Vergeltung auf der Hard

Kurt Mlady

Vergeltung auf der Hard

Impressum

Die Deutsche Nationalbibliothek verzeichnet diese Publikation in der Deutschen Nationalbibliografie; detaillierte bibliografische Daten sind im Internet über http://dnb.d-nb.de abrufbar.

Kurt Mlady:
Vergeltung auf der Hard
Erste Auflage, 2023

www.buchtraum.de
Idee und Text: Kurt Mlady
Grafik: Monika Mlady
Buchgestaltung: Fahner Verlag
Lektorat: Yvonne Durmann
Druck und Bindearbeiten: Druckhausnord.de

ISBN 978-3-942251-68-6

Herzlichen Dank meiner Tochter Monika
für ihre tatkräftige Unterstützung und
die Gestaltung des Covers.

Inzwischen war ich mit Sonja bereits ein halbes Jahr zusammen – länger als mit allen Freundinnen, die ich vor ihr jemals hatte. Zu unserem Halbjahrestag hatte ich sogar einen Tisch im „Alten Spital“ in meinem Wohnort Stein reserviert. Eigentlich nicht meine Preisklasse, aber zur Feier des Tages wollte ich mich nicht lumpen lassen. Die kleine Nische für zwei Personen, in der wir jetzt saßen, war echt gemütlich und das ganze Ambiente des historischen Gebäudes war gediegen und durchaus sein Geld wert. Der Chef des Hauses, der hier eigenhändig die Kochlöffel schwang, verstand sein Handwerk, denn das Essen war grandios. Perfekter Geschmack, liebevoll angerichtet und – was für mich am wichtigsten war – reichliche Portionen. Zur Vorspeise hatten wir einen leckeren Feldsalat mit Speckwürfeln und als Hauptspeise einen feinen Zwiebelrostbraten mit Bratkartoffeln, die zum Anbeten waren. Dass Sonja die große Portion nicht ganz schaffte, war mir alles andere als unangenehm. Wirklich Hunger hatte ich natürlich nicht mehr, aber das Essen war einfach zu gut, um auch nur einen kleinen Rest zurückgehen zu lassen.

„Möchtest du noch einen Nachtisch?“, fragte ich aufmerksam, als die Kellnerin das Geschirr später abgetragen hatte.

„Nein danke, ich bin pappsatt. Echt tolles Restaurant, hier sollten wir öfter hergehen.“

Im Kopf hatte ich die Rechnung schon zusammenaddiert und war froh, dass der Nachtisch ausfiel. Dass wir hier öfter hergehen, das hatte ich nicht vor. Das Gehalt als Kommissar bei der Kripo war zwar nicht übel, aber das Leben war inzwischen auch nicht mehr ganz billig. Alleine Miete und Auto fraßen schon einen großen Teil meines Geldes auf.

„Zum Einjährigen können wir ja wieder herkommen“, sagte ich zuversichtlich und erntete ein leichtes Schmollen.

Ob es ein Einjähriges geben würde, daran hatte ich selbst allerdings leichte Zweifel. Nicht dass Sonja keine perfekte Partie gewesen wäre, aber ich war mir nicht sicher, ob ich wirklich für eine dauerhafte Beziehung geschaffen war.

Als Kollegin bei der Kripo war sie mit unseren unregelmäßigen Arbeitszeiten vertraut und ihre Ratschläge waren mir wichtig und auch schon mehrfach hilfreich gewesen. Oft half einfach ein Blick von außen auf einen Fall, um das Offensichtliche zu sehen, das die Ermittler manchmal aus den Augen verloren hatten. Sie war lieb und nett und interessierte sich für mein Leben. Sie klammerte nicht und ließ mir meine Freiheit, außerdem sah sie toll aus. Sie hatte einen gut proportionierten Körper, blonde, schulterlange Haare und immer ein gewinnendes Lächeln im hübschen Gesicht. Ihre Unsicherheit überspielte sie oft mit einem netten Lächeln und sie liebte Tiere.

„Hast du schon mal darüber nachgedacht, ob wir zusammenziehen?"

Ihre Frage traf mich wie ein Faustschlag. Ich blickte sie atemlos an und meine Gesichtszüge schienen nicht die kleinste positive Emotion auszudrücken, denn ihre Miene versteinerte förmlich, als sie meine Reaktion sah.

„Natürlich habe ich darüber schon nachgedacht", sagte ich schnell, um die Situation noch zu retten.

„Hast du nicht", entgegnete sie zornig.

Sie kannte mich einfach zu gut. Mein einfaches Gemüt war wahrscheinlich leichter auszurechnen und zu durchschauen als das eines Säuglings.

„Du hast recht", gab ich zu. „Ich glaube, ich bin noch nicht so weit und unsere beiden Wohnungen sind einfach auch zu klein für zwei Personen."

„Für unsere beiden Mieten finden wir auch eine größere Wohnung. Das lass ich als Ausrede nicht gelten", sagte sie mit einem etwas gefassteren Ton als vorher. „Warum bist du nicht so weit? Willst du nicht mit mir zusammen sein?"

Das war eine dieser Fragen, auf die ich nur falsch antworten konnte. Nicht darauf zu antworten, wäre aber die schlechteste Alternative gewesen.

„Ich bin gerne mit dir zusammen, Sonja", sagte ich deshalb wahrheitsgemäß. „Ich denke nur, wir sollten nichts überstürzen!"

Sie lehnte sich in ihrem Stuhl zurück und ich musste mich zusammenreißen, dass ich ihr nicht in den gewagten Ausschnitt ihres hautengen Oberteils glotzte. Sie nahm die Stoffserviette von ihrem Schoß und legte sie sorgsam auf den Tisch vor sich. Ich hörte förmlich die Rädchen in ihrem Kopf rattern und wollte ihr zuvorkommen.

„Lass uns noch etwas warten und uns besser kennenlernen. Aufgeschoben ist ja schließlich nicht aufgehoben. Ich denke, wir reden im Frühjahr noch einmal darüber."

Der Blick, den sie mir jetzt zuwarf, hätte misstrauischer nicht sein können.

„Wir haben nicht darüber geredet, Bernd. Du hast eine verdammte Panik, auch nur den kleinsten Teil deiner Freiheit aufzugeben. Ich bin bereit dazu, deine Marotten zu ertragen, um mit dir zusammen zu sein."

„Welche Marotten denn?", gab ich schärfer zurück als beabsichtigt.

„Welche Marotten?", wiederholte sie sichtlich sprachlos. „Du bist der schlampigste Mensch, den ich kenne – deine Wohnung sieht aus wie ein Saustall – dein Auto ist eine fahrende Müllkippe – du glotzt ungeniert jedem Rock hinterher, selbst wenn wir zusammen sind – deine Essmanieren lassen echt zu wünschen übrig, denn niemand, den ich kenne, isst sein Essen kalt aus dem Topf oder aus der Pfanne und niemand trinkt seine Milch direkt aus der Tüte."

„Nicht so laut", unterbrach ich sie, denn einige Leute hatten sich schon nach uns umgedreht.

„Ich lasse mir nicht den Mund verbieten", konterte sie Gott sei Dank etwas leiser. „Du isst wie ein Assi auf einer Zeitung, nur dass du danach den Teller nicht in die Spülmaschine räumen musst. Apropos Spülmaschine – du hast in dem halben Jahr, in dem wir jetzt zusammen sind, noch nie meine Spülmaschine ausgeräumt."

„Es ist ja auch deine Maschine", wollte ich schon entgegnen, riss mich aber dann doch zusammen.

„Du klappst weder die Klobrille runter, wenn du bei mir in der Wohnung bist, noch fühlst du dich berufen, mal den Staubsauger zur Hand zu nehmen und deine verdammten Brösel vom

Teppich zu saugen. Reichen dir diese Marotten jetzt aus oder soll ich noch mehr aufzählen?"

Ich hob beide Hände, um mich geschlagen zu geben, auch wenn ich einige, wenn auch schwache, Gegenargumente hätte anbringen wollen.

Ich wartete einige Zeit, bis sich ihr erregtes Gesicht wieder etwas entspannt hatte, dann fragte ich naiv: „Warum willst du mit so einem Menschen zusammenziehen, Sonja?"

Ihre Augenbrauen zogen sich zusammen und eine steile Falte bildete sich über ihrer Nase. Ihre graublauen Augen begannen zu glänzen und füllten sich mit Tränen.

„Weil ich dich liebe", flüsterte sie gepresst. Dann stand sie hastig auf und verschwand in Richtung Toilette.

Ich sank in meinem Sitz zusammen wie ein geprügelter Hund. Ich hatte ein echt mieses Gefühl in der Magengegend und ein verdammt schlechtes Gewissen. Ich wusste, dass mir das L-Wort noch nie über die Lippen gekommen war. Das war mir einfach zu viel. Ich mochte Sonja. Ich mochte sie sogar sehr, aber ich hätte nicht zu sagen gewusst, ob dieses Gefühl Liebe war oder ob es dazu noch mehr brauchte. Eins war jedoch sicher, ich hatte diesen Abend vermasselt, und das war eine Marotte, die Sonja mir zwar nicht vorgeworfen hatte, die ich aber perfekt beherrschte.

Das Klingeln meines Telefons riss mich aus meinen Überlegungen und sorgte für strafende Blicke der anderen Gäste.

„Ich stör dich ungern bei deinem Halbjahresdate, aber wir haben einen Fall", sagte Moni, meine Partnerin bei der Kripo.

„Ganz schlechter Zeitpunkt, Moni, gerade sind das Z- und das L-Wort gefallen und ich habe mich total mies verhalten."

„Welches Z- und welches L-Wort?", fragte Monika Fröhlich etwas verstört.

„Zusammenziehen und Liebe", entgegnete ich leise.

„Trottel! Wir treffen uns auf der Hard, an der Jet-Tankstelle, in zehn Minuten. Komm in die Hufe!"

Ich seufzte gequält, legte mein Handy zur Seite und kippte den Rest meines Mineralwassers hinunter. Dann winkte ich die Kellnerin mit dem weltweit gültigen Zeichen für „Bezahlen" zu mir, auch wenn ich wusste, dass das in diesem Restaurant mehr als ungehörig war. Monis zehn Minuten ließen mir nicht viel Zeit, um die Wogen bei Sonja etwas zu glätten. Außerdem hatte ich mir den Ausklang des Abends durchaus anders vorgestellt. Ich hatte sogar extra meine Wohnung auf Vordermann gebracht und alles vorbereitet. Gehetzt warf ich einen Blick in Richtung Toilette, von Sonja war aber nichts zu sehen. Wenn ich jetzt einfach verschwand, dann war das sicherlich das Ende unserer Beziehung und ich glaubte nicht wirklich, dass ich das wollte. Jetzt zu ihr auf die Damentoilette zu gehen, war aber sicherlich auch nicht besser.

Die Bedienung legte mir die Rechnung auf einem kleinen Tablett auf den Tisch und wollte sich gerade wieder entfernen, als ich „Halt, warten Sie!“ sagte und meinen Geldbeutel aus der Hosentasche zog.

„Ich habe es eilig“, entschuldigte ich mich und legte zwei Scheine auf das Tablett. „Passt so“, sagte ich mit einem gekünstelten Lächeln auf den Lippen und reichlich Wehmut über das etwas zu großzügig geratene Trinkgeld.

„Könnten Sie der Dame sagen, dass ...“

„Was soll sie mir sagen?“, fuhr mir Sonja barsch ins Wort.

Ich hatte nicht bemerkt, dass sie wieder zu unserem Tisch gekommen war und jetzt wie eine Rachegöttin mit vor der Brust verschränkten Armen vor uns stand. Die Kellnerin beeilte sich, das Weite zu suchen, denn sie hatte sicherlich das tödliche Funkeln in Sonjas rot verweinten Augen bemerkt.

„Moni hat gerade angerufen, wir haben einen Fall auf der Hardhöhe in Fürth. Ich soll in zehn Minuten an der Jet in der Würzburger Straße sein. Nein, es sind nur noch sechs Minuten“, sagte ich nach einem Blick auf mein Handy.

Ich stand auf und fragte: „Soll ich dich vorher in meiner Wohnung absetzen?“

„Nein, lass mich an der U-Bahn raus, ich fahr zu mir.“

Sie ging an mir vorbei in Richtung Garderobe, nahm ihre warme Winterjacke vom Haken und zog sie an. Ich ärgerte mich eine Sekunde später und seufzte genervt, denn die Marotte, dass ich ein Stoffel war, hatte Sonja bei ihrer Aufzählung auch nicht erwähnt.

Kurz darauf traten wir aus der behaglichen Wärme der Gaststube in die eisige Kälte der Nacht hinaus. Sicherlich, es war Winter, aber der leichte Schneefall, der bereits den Parkplatz und mein Auto mit einer weißen Schicht überzogen hatte, den hätte ich jetzt wirklich nicht gebraucht. Auch Sonja zog die Jacke fester um sich und wartete ungeduldig, bis ich ihr die Beifahrertür von innen geöffnet hatte. Ich hatte eine ähnliche Szene einmal in einem Film gesehen. Allerdings war es ein Typ, der es als Liebesbeweis ansah, dass ihm seine Freundin, nachdem er ihr mit dem Schlüssel die Beifahrertür geöffnet hatte, von innen den Knopf der Türverriegelung hochgezogen hatte. Der Fehler in meiner Überlegung wurde mir klar, als Sonja sich gesetzt hatte und sich genervt einige Schneeflocken aus dem Gesicht strich und dabei „Stoffel“ murmelte.

„Lass mich hier raus“, sagte Sonja, als wir eine Minute später an der U-Bahn-Station in Röthenbach vorbeifuhren.

Ich hielt rechts an, brachte noch ein „Entschuldigung“ heraus, dann knallte die Beifahrertür zu und Sonja eilte über die Straße. Ich drosch genervt mit der Rechten gegen mein Lenkrad und fuhr dann los.

„Ich bin schon am Tatort“, sagte Moni angesäuert am Telefon, als ich noch auf der Tangente in Richtung Fürth fuhr. Sie gab mir die genaue Adresse durch und betonte noch einmal, ich solle mich beeilen.

Es war einer der typischen Fünfzigerjahre-Sozialwohnblocks, der dort vollkommen eingerüstet auf mich wartete. Unser neuer Dienstwagen, drei Streifenwagen und der Transporter der Spurensicherung standen mitten auf der Straße vor einem der Eingänge. Ich stellte meinen in die Jahre gekommenen C2 dazu und hastete die Haustreppe in den sechsten Stock hinauf. Anscheinend wurde der ganze Bau generalsaniert, denn alles war verdreckt und sah aus, als wäre es im Rohbau. Der Putz war von den Wänden geschlagen, gewaltige Kabelstränge zogen sich durch das Treppenhaus und alles war verstaubt und stank nach Mörtel und Farbe.

„Hallo Kollegen“, sagte ich freundlich und schob mich an zwei uniformierten Polizisten vorbei durch die offen stehende Wohnungstür. Ich ging durch den großblumig tapezierten Flur auf die Stimmen zu, die von dessen Ende leise zu mir drangen. Linker Hand lag eine kleine, schmucklos eingerichtete Küche. Rechts ein Bad mit geblümten, rosafarbenen Fliesen und einem riesigen Boiler über der Badewanne. Im Schlafzimmer, das direkt an das Bad anschloss, saß eine Frau, mit vor dem Gesicht zusammengeschlagenen Händen, schluchzend auf dem mahagonifarbenen Ehebett. Neben ihr saß eine uniformierte Kollegin und versuchte, sie zu beruhigen. Ich ging weiter und trat ins Wohnzimmer. Ein Gestank nach Bier, Urin und Exkrementen schlug mir heftig entgegen.

„Hallo“, grüßte ich knapp und hob die Rechte zum Gruß. Moni und die drei in weißen Overalls steckenden Kollegen von der Spusi nickten mir nur kurz zu. Die Ärztin, die zwischen mir und der Leiche kniete, ließ sich jedoch in ihrer Arbeit nicht stören. Die letzten Gedankenreste an Sonja und unser gemeinsames Abendessen traten in den Hintergrund und mein Fokus richtete sich auf die Tat. Ich trat an Monis Seite und betrachtete den Toten. Was von seinem zerschmetterten Gesicht noch übrig war, deutete auf einen Mann Ende vierzig hin, der alles andere als gepflegt aussah. Er hatte eine Glatze und die wenigen Haare, die noch einen lichten Kranz von den Schläfen über den Hinterkopf bildeten, waren lang, fettig und ungepflegt. Ein ebenfalls ungepflegter Bart wucherte in seinem Gesicht und widerlich buschige Augenbrauen vervollständigten den Eindruck eines Asozialen noch mehr. Das ehemals grüne und jetzt vollkommen ausgewaschene Spielvereinigungs-T-Shirt war nicht nur blutverschmiert, sondern starrte vor Essensflecken und schwitzigen Salzrändern. Der gewaltige Bierbauch, der dieses T-Shirt bis an seine Belastungsgrenze spannte, kam sicherlich nicht nur von den fünf Flaschen Bier, die auf dem gefliesten Couchtisch standen. Auf der grau melierten Jogginghose hatte sich ein gewaltiger Urinfleck ausgebreitet und der Gestank nach Exkrementen kam sicherlich auch aus dieser Hose.

„Er ist noch warm, ich schätze, dass der Todeszeitpunkt etwa drei bis vier Stunden her ist", sagte die Ärztin und stand auf. Sie nickte mir kurz zu und ich zog mein Handy heraus, um mir ihre Einschätzung und die Uhrzeit zu notieren. Danach ließ ich meinen Blick langsam durch das kleine Wohnzimmer gleiten. Eine verlebte, ehemals gelbe Couch und zwei gleichfarbige Sessel standen auf der einen Längsseite. Gegenüber war eine Schrankwand, in die ein gewaltiger Flachbildschirm anscheinend mithilfe einer Kettensäge unfachmännisch eingepasst worden war. Der geflieste Couchtisch war verschlagen und heruntergekommen und strotzte vor Dreck, Essensresten, Lieferverpackungen und den besagten fünf Bierflaschen. Auf dem Fensterbrett standen einige mehr oder weniger lebende Pflanzen und vor der Balkontür war der beige Teppichboden völlig verschlissen, haarlos und fleckig. In einer der hinteren Zimmerecken machten sich auf der nikotingelben Raufaser schwarze Schimmelflecken breit. Mich schüttelte es bei diesem Anblick.

„Seine Frau hat ihn gefunden", sagte Moni zu mir und deutete auf den Flur.

„Übler Anblick, sie wird ziemlich verstört sein", sagte ich und betrachtete den Toten noch einmal genauer. Der Kopf des Mannes lag in einer großen Blutlache und sein Gesicht war völlig zerstört. Nase, Kiefer und auch die Wangenknochen waren nur noch Matsch. Auch an den nackten Armen zeigten sich üble Hämatome.

„Der Mann wurde zu Tode geprügelt", sagte die Ärztin und erzählte uns damit nicht wirklich etwas Neues. „Ich schätze mit einem runden, langen Gegenstand."

„Zum Beispiel ein Baseballschläger", ergänzte ich in Gedanken.

Ein Streifenpolizist kam herein und hatte einen kleinen Schreibblock in der Hand. Er kam zu uns und blickte auf den Zettel, als er zu sprechen begann. Er nannte uns erst den Namen des Mannes, dann dessen Alter und dann sagte er noch: „Der

Typ wurde schon zweimal auffällig wegen häuslicher Gewalt und einmal bekam er eine Anzeige wegen Förderung der Prostitution. Diese wurde jedoch aus Mangel an Beweisen eingestellt."

„Danke!", sagte Moni lächelnd, als der Polizist seinen Block sinken ließ.

„Ich versuche, mit der Frau zu sprechen", sagte Moni zu mir und ging in den Flur hinaus.

Einer der drei Spusi-Leute kam zu mir und zeigte mir einen Gegenstand, den er in einer seiner blau behandschuhten Hände hielt.

„Das hier lag neben der Leiche am Teppich", sagte er und streckte mir die Hand entgegen.

Meinem ersten Impuls folgend hätte ich den Gegenstand fast angefasst, konnte mich aber gerade noch zurückhalten. Es war eine verchromte Metallspitze etwa einen Zentimeter lang und an der Basis einen Zentimeter im Durchmesser. Eine kleine Bruchkante zeigte, dass sie irgendwo abgebrochen war, aber was das Teil für einen Zweck erfüllte, erschloss sich mir nicht. Ich blickte den Spusi-Beamten fragend an, aber auch der zog ratlos die Schultern hoch.

„Dann tüte es ein", sagte ich bestimmend und ging dann auch wieder in den Flur hinaus. Aufmerksam ließ ich meine geschulten Augen über Fußboden und Wände wandern. An der Schlafzimmertür blieb ich stehen und betrachtete kurz die Ehefrau des Toten, die noch immer auf dem Bett saß. Moni war vor ihr in die Hocke gegangen und blickte ihr von unten herauf in die Augen. Die Ehefrau, das konnte man ihr auch im Sitzen ansehen, war dünn und ausgemergelt. Ihr Gesicht war auffällig geschminkt. Knallrote Lippen und übertrieben dunkler Lidschatten stachen aus dem millimeterdicken Make-up heraus. Das Schwarz der Wimperntusche hatte sich durch die vielen Tränen auf ihren hohlen Wangen verschmiert. Die ganze Schminke ließ aber das ausgezehrte Gesicht nicht wirklich besser aussehen. Fast konnte man unter der Haut schon Schädel- und Kieferknochen erahnen. Die Haare der Frau waren lang und blond und wirkten sehr gepflegt. Moni redete leise mit ihr, aber ich konnte beide nicht verstehen. Ich wandte mich deshalb ab und ging weiter den Flur hinunter. Ein Geräusch aus Richtung der offenen Haustüre ließ mich aufblicken. Mit etwas Mühe bugsierten zwei Beamte den Zinksarg zwischen sich durch das Treppenhaus und blicken mich jetzt fragend an. Ich lächelte, trat einen Schritt zur Seite ins Bad und winkte die beiden Beamten durch.

„Können wir schon einpacken?“, fragte mich der Hintere.

„Frag die Ärztin, von uns aus schon.“

Ich hätte die kleinen Blutspritzer auf der geblümten Tapete beinahe übersehen. Schon fast an der Eingangstür entdeckte ich sie auf der rechten Seite des Flurs.

„Hier sind noch einige Blutspritzer“, sagte ich zu einem der Spusi-Leute und deutete auf die Flecken an der Wand.

„Wahrscheinlich auch vom Opfer“, dachte ich bei mir. Sicherlich hatte er seinem Mörder die Wohnungstür selbst geöffnet und sich hier bereits den ersten Schlag eingefangen, bevor er ins Wohnzimmer geflüchtet war. Es gab aber auch eine geringe Chance, dass das Blut vom Täter stammte, dann hatten wir zumindest einen kleinen Anhaltspunkt, auf dem wir bei der Suche nach dem Täter aufbauen konnten.

Einer der Männer der Spurensicherung und ich gingen den beiden Beamten dabei zur Hand, den schweren Körper des Toten in den Sarg zu legen und dann durch das verwinkelte Treppenhaus nach unten zu tragen. Selbst zu viert war es noch eine üble Plackerei und ich war vollkommen aus der Puste und Schweiß stand mir auf der Stirn, als der Sarg endlich im Transporter der Beamten stand.

„Danke, Jungs“, sagte einer der beiden leichthin und schien noch nicht einmal außer Atem zu sein.

Ich stapfte geschafft wieder das Treppenhaus hinauf und betrat in dem Moment die Wohnung, als die Männer der Spurensicherung und die Ärztin gerade dabei waren, zu verschwinden.

„Ich schick dir die Ergebnisse der Obduktion, Bernd“, sagte die Ärztin lächelnd, deren Namen ich wieder einmal nicht kannte.

„Alles klar“, gab ich zurück und reichte ihr meine Hand. Kurz darauf war die Geschäftigkeit aus der Wohnung gewichen und Stille senkte sich über den Tatort. Leises Schluchzen drang aus dem Schlafzimmer und ich konnte mir kaum vorstellen, wie es der Frau gleich ergehen würde, nachdem Moni und ich uns verabschiedet hatten und die Frau mit ihrem Jammer und einem riesigen Blutfleck auf dem Wohnzimmerteppich zurückließen. Ein Blutfleck, der als letztes makabres Andenken an ihren Mann zurückblieb.

Ich lehnte mich an den Türrahmen des Schlafzimmers und betrachtete die zwei Frauen, die inzwischen standen. Moni hatte ihren dicken, grau melierten Mantel an, aus dem unten ein Paar Jeans und warme, schwarze Winterstiefel herausblickten. Oben wölbte sich ein dicker, schwarzer Rollkragen aus den Mantelaufschlägen und ihr blondes Haar war zu einem praktischen Pferdeschwanz zusammengefasst.

Die Frau des Opfers sah aus wie eine Prostituierte, dachte ich jetzt, nachdem ich sie ganz vor mir hatte. Gerade hatte meine kniende Partnerin sie ziemlich verdeckt, aber jetzt konnte ich die hochhackigen Schuhe, die grobe Netzstrumpfhose und den lilafarbenen Minirock sehen. Die magere Taille wurde von einer Art Mieder noch enger zusammengeschnürt und die kleinen Brüste wurden fast mit Gewalt nach oben gedrückt.

„Soll ich die Polizeipsychologin anrufen oder kommen Sie alleine zurecht?“, fragte Moni einfühlsam.

Die Frau wischte sich mit dem Handrücken über die Augen und verteilte dabei die schwarzen Schmierer in ihrem Gesicht noch mehr.

„Ich komme zurecht“, sagte sie daraufhin schniefend.

Meine Partnerin zog eine Visitenkarte aus ihrer Manteltasche und drückte sie der Frau in die Hand.

„Okay, dann sind wir jetzt weg. Wenn Sie Probleme haben, dann rufen Sie mich einfach an.“

Die Frau nickte nur und senkte den Kopf.

Ich hob nur kurz eine Hand zum Gruß und trollte mich dann in Richtung Wohnungstür.

„Das ist doch eine Nutte?“, sagte ich später, als wir schon ein Stockwerk nach unten gegangen waren.

„Denke ich auch“, stimmte mir meine Partnerin zu.

„Aber keine registrierte, oder?“, fragte ich.

„Ich nehme an, dass ihr Mann sie anschaffen geschickt hat. Überhaupt scheint das ein ziemlich übler Assi gewesen zu sein. Sie hat erzählt, dass er sie im Suff immer wieder zusammengeschlagen hat. Dabei hat sie ihn aber trotzdem in Schutz genommen. Ich verstehe solche Frauen nicht, die sich schlagen lassen und auf den Strich gehen, um ihrem Alten die Sauferei zu finanzieren.“

„Und wenn sie genug hatte und sich bei ihm gerächt hat? Vielleicht hat sie ihn ja selber zusammengeschlagen“, überlegte ich laut.

„Das glaube ich nicht. Sie war dem Typen so hörig, dass sie es alleine niemals geschafft hätte, sich von ihm zu lösen. Außerdem hätten wir dann irgendwo in der Wohnung die Tatwaffe gefunden. So abgebrüht ist sie nicht, dass sie nach einer solchen Bluttat auch noch einen klaren Kopf behalten hätte, um die Tatwaffe zu verstecken. Sie hatte auch keinen Tropfen Blut an sich. Nach solch einem Gemetzel hat der Täter sicherlich ausgesehen wie ein Metzger.“

Inzwischen standen wir vor unserem neuen Dienstwagen, einem dunkelblauen A6. Den alten Fünfer-BMW hatte ich ja bei einem anderen Fall zuschanden gefahren.

„Wir treffen uns im Präsidium“, sagte Moni und schloss den Wagen auf.

„Jo“, sagte ich, zog meinen Autoschlüssel aus der Jackentasche und schlenderte zu meinem Wagen. Dass inzwischen Mitternacht vorbei war, wurde mir erst bewusst, als ich die sonst so stark befahrene Würzburger Straße mutterseelenalleine in Richtung Fürth Zentrum fuhr. Das war auch der Moment, in dem mein Ärger mit Sonja wieder in meinen Gedanken aufpoppte. Jetzt noch zu ihr zu fahren, war sinnlos, das war mir klar, obwohl es mir schwerfiel, den ganzen Ärger vorerst auf sich beruhen zu lassen. So in meine Gedanken vertieft hatte ich schnell das Präsidium erreicht und fuhr in die Tiefgarage. Ich stellte meinen Kleinwagen neben unser Dienstauto und stieg aus.

Im Präsidium herrschte zwar nie wirklich Ruhe, aber nachts lief alles etwas ruhiger und weniger hektisch ab. Ich stapfte die Treppe hoch in unser Großraumbüro. Mit einem wehmütigen Seitenblick ging ich am gläsernen Büro unseres Vorgesetzten vorbei. Natürlich war es um diese Zeit leer. Noch immer schmerzte es mich etwas, dass dieses Büro nicht mehr das von Günter Lauterbach war. Seit ich in diese Abteilung versetzt wurde, hatte sie Günter geleitet und wir waren nicht nur gut miteinander ausgekommen, sondern hatten auch die Marotten und Vorzüge des anderen gekannt und respektiert. Nachdem Günter aber vor einem Monat befördert und nach Nürnberg versetzt worden war, mussten wir uns alle an seinen Nachfolger gewöhnen. Anfangs ist es immer ein Abtasten und ein Ausloten der Grenzen des Neuen. Erst später würde sich eine kameradschaftliche oder auch eine eher streng dienstliche Zusammenarbeit entwickeln. Der Neue hieß Rüdiger Probst und hatte den Rang eines Polizeihauptkommissars mit vier silbernen Sternen auf der Uniform. Da sah ich mit nur einem Stern schon sehr mager aus. Monika war Oberkommissarin und hatte zwei dieser Sterne. Da wir aber in der Regel in Zivil unterwegs waren, spielten eher das Auftreten und der optische Eindruck eine Rolle. Ich war zwar kein Hüne und auch kein Riese, aber ich hatte eine sportliche Figur, dichte kurz geschnittene, dunkelblonde Haare, in der Regel einen gepflegten Dreitagebart und meist ein gewinnendes Lächeln auf den Lippen.

Monika Fröhlich, wie meine Partnerin mit vollem Namen hieß, saß an ihrem Schreibtisch und war in ihren Computerbildschirm vertieft.

„Na, schon etwas herausgefunden?“, fragte ich beim Näherkommen und setzte mich auf ihre Schreibtischecke.

„Die Frau ist tatsächlich schon einmal wegen unerlaubter Prostitution aufgegriffen worden. Das Verfahren wurde jedoch als Bagatelle eingestellt. Ihr Typ hatte da schon deutlich mehr auf dem Kerbholz. Ich denke, wenn sie wirklich der Täter wäre, dann hätte sie uns nicht in so einem offensichtlichen Nutten-Outfit empfangen."

„Oder sie hat es gerade deshalb getan, um uns diese Schlüsse ziehen zu lassen", entgegnete ich nachdenklich.

„So clever ist sie nicht", meinte Monika gedankenverloren.

„Hast du sie gefragt, ob er irgendwelche Feinde oder Ärger hatte, die eine solche Tat rechtfertigen würden?"

„Nichts rechtfertigt so eine Bluttat", erwiderte Moni fast etwas aufgebracht.

„Du weißt genau, was ich meine", entgegnete ich genervt.

„Ich wusste auch nicht, was ein Z- oder ein L-Wort ist. Du sprichst oft in Rätseln und ich soll mir dann einen Reim darauf machen."

Nach diesem Spruch geisterte sofort wieder Sonjas enttäuschtes Gesicht durch meine Gedanken und ich musste mich zwingen, es beiseitezuschieben.

„Feinde?", wiederholte ich meine Frage knapp.

„Die Frau wusste nichts. Beide leben seit Jahren von der Stütze und kommen aus ihrer Wohnung kaum heraus. Sie haben weder Freunde noch Verwandte und damit auch keine Feinde."

Moni gähnte herzhaft hinter vorgehaltener Hand und ich beschloss, dass es Zeit war, zum zweiten Mal Feierabend zu machen.

„Dann lass uns für heute Schluss machen", sagte ich und stand auf. Moni fuhr noch ihren Computer herunter, stand ebenfalls auf und griff sich ihren Mantel von der Stuhllehne. Gemeinsam gingen wir durch das Polizeirevier und verabschiedeten uns voneinander, bevor jeder in seinen Wagen stieg.

Eine Viertelstunde später sperrte ich meine Wohnungstür auf und warf meinen Schlüsselbund auf die Ablage im Flur. Meine Wohnung sah echt aus wie geleckt. Zumindest im Vergleich zu sonst, wenn ich keinen Damenbesuch erwartete. Obwohl, seit ich mit Sonja zusammen war, hatte ich mich echt gebessert. Zu oft hatte sie mich in meinem Saustall erwischt, wenn sie spontan vorbeikam, ohne sich anzukündigen. Ob das ihre Absicht war, um mich zu Ordnung zu erziehen, wusste ich nicht, aber ich traute es ihr durchaus zu. Streng genommen fühlte ich mich ja selbst in einer aufgeräumten Umgebung wohler als in einem Chaos aus schmutziger Wäsche, Resten von Essen und unzähligen Schachteln von diversen Lieferdiensten. Dass ich in dieser Nacht alleine in mein Bett musste, das war so nicht geplant, aber ich fühlte mich auch nicht alleine schuldig an unserem Streit vom Vorabend. Selbst ein Hörbuch sparte ich mir heute. Ich warf meine Klamotten auf den Boden und glitt völlig geschafft und müde in mein Bett.

Es war Samstag und ich hatte dienstfrei, deshalb ignorierte ich die Sonne, die am nächsten Morgen aufdringlich in mein Schlafzimmerfenster schien, und ich ignorierte auch das Klingeln meines Weckers und das meines Handys, bis ich endlich ausgeschlafen hatte. Ich hatte keine Lust, zum Bäcker zu gehen, um mir Frühstück zu holen, deshalb trank ich nur ein Glas Wasser, warf mich dann auf die Couch, nahm meinen Controller zur Hand und startete ein brutales Ballerspiel. Wie immer vergingen dabei die Stunden wie im Flug und meine Gedanken über die Arbeit und über meine Beziehung zu Sonja waren völlig vergessen. Es war schon später Nachmittag, als mich schließlich der Hunger übermannte und ich den Controller widerwillig zur Seite legte. Die Ruhe, die daraufhin in meine Wohnung einkehrte, war fast störend. Wenn ich schon Videogames spielte, dann zumindest immer so laut, dass weder die Straßengeräusche von draußen noch das Poltern und Gezeter der Nachbarn dabei zu hören waren.

Ich war gerade dabei, mich anzuziehen, als mein Handy klingelte.

„Hallo, Schatz“, sagte ich freundlich, als mir das Bild von Sonja auf meinem Display angezeigt wurde.

„Was treibst du den ganzen Tag? Ich habe zigmal versucht, dich anzurufen“, antwortete sie genervt.

„Ich habe geschlafen, wir waren noch lange mit dem Fall beschäftigt“, sagte ich ebenso genervt.

„Wollen wir uns treffen?“, fragte sie und die Frage klang eher wie eine Drohung.

„Warum?“

„Warum?“, wiederholte sie zornig. „Weil wir reden müssen.“

„War klar, dass du nicht zum Kuscheln kommen willst“, dachte ich, sagte aber: „Bei mir, oder bei dir, Schatz?“

„Lass das Schatz-Getue und komm vorbei!“

„Dein Befehl ist mir Wunsch – ich eile!“, sagte ich um einen Spaß bemüht, aber sie legte einfach auf.

Kurz darauf saß ich in meinem Wagen und rollte durch Stein. Einer Eingebung folgend hielt ich vor der Konditorei Mitterer und holte uns vier Stückchen Kuchen. Zwei Apfel- und zwei Himbeerkuchen, die mich aus der Auslage verführerisch angelächelt hatten. Wenn Sonja keins wollte, würde ich alle vier Stücke schaffen. Beide Sorten schmeckten nämlich ausnehmend lecker. Danach fuhr ich weiter in Richtung Poppenreuth. Vor dem Dreifamilienhaus ihrer Eltern parkte ich meinen Wagen, dann klingelte ich in der obersten Etage, auf deren Klingelschild Sonjas Namen stand. Insgeheim hoffte ich, dass ich nicht ihrer Mutter begegnete, die im Erdgeschoss residierte. Sie war zwar sehr nett, kannte aber anscheinend nur zwei Themen: heiraten und Kinder kriegen. In meiner derzeitigen Stimmung hatte ich aber keine Lust, gute Miene zu bösem Spiel zu machen und Interesse an diesen Themen zu heucheln. Leise stieg ich durchs Treppenhaus, nachdem Sonja den Türöffner betätigt hatte. Die Wohnungstür war nur angelehnt und ich ging hinein. Sofort drang mir Sonjas angenehmer Duft in die Nase und meine Anspannung fiel etwas von mir ab. Ich stellte das Päckchen mit dem Kuchen auf das Schuhschränkchen im Flur, hängte meine Jacke an die Garderobe und zog meine Schuhe aus. Auf Socken schlich ich in das kleine Wohnzimmer und ging auf Sonja zu, die wie eine Rachegöttin mit vor der Brust verschränkten Armen mitten im Raum stand und mich mit ihren graublauen Augen anfunkelte. Ohne mich einschüchtern zu lassen, trat ich vor sie und hauchte ihr einen Kuss auf den Mund. Mein „Hallo“, bewusst ohne „Schatz“ als Zusatz, war eher geflüstert, aber nicht unterwürfig, wie wahrscheinlich von ihr erwartete. Ich ließ mich in einen der bequemen Sessel fallen und fläzte mich wohlig hinein. Hier in ihrer Wohnung würde sie ja wohl nicht auf Etikette achten und von mir erwarten, dass ich mit dem Hinsetzen wartete, bis auch sie sich gesetzt hatte. Ich weiß nicht, ob sie es bewusst machte, aber sie setzte sich genau in die Ecke der Dreisitzer-Couch, die am weitesten von meinem Sessel entfernt war.

„Das mit gestern Abend tut mir leid, Sonja", sagte ich, um die Wogen etwas zu glätten. Ihre süße, rot getigerte Katze hatte sich inzwischen an mich angeschlichen und strich mir jetzt maunzend um die Füße.

„Ich hatte echt den Eindruck, dass das Wort ‚Zusammenziehen' bei dir eine regelrechte Panik ausgelöst hat", sagte Sonja vorwurfsvoll, anscheinend ohne meine Entschuldigung überhaupt wahrgenommen zu haben.

„Es war sicherlich keine Panik, aber etwas erschrocken bin ich schon, als du so mit der Tür ins Haus gefallen bist. Ehrlich gesagt habe ich bis gestern keinen Gedanken an eine gemeinsame Wohnung verschwendet. Prinzipiell bin ich ja nicht dagegen, aber ich fühle mich einfach noch nicht bereit dazu. Lass uns das ganze Thema noch etwas verschieben und uns besser kennenlernen."

Ich hatte bewusst einen versöhnlichen Ton angeschlagen, um sie nicht noch mehr zu reizen, aber in ihrer Miene konnte ich kein Anzeichen von Einlenken erkennen.

„Also, ich mache mir schon lange Gedanken über unsere Zukunft und da wäre eine gemeinsame Wohnung, in meinen Augen, der erste Schritt."

„Bitte fang jetzt nicht mit Familie, heiraten und Kinder kriegen an", dachte ich mir, verzog aber keine Miene.

Mit einem geschmeidigen Satz sprang mir ihre Katze auf den Schoß und begann sofort, wie ein Rasierapparat zu schnurren und meine Oberschenkel mit ihren Vorderpfoten durchzukneten. Ich wusste, dass Sonja es hasste, wenn ihre Katze fremdging, aber dafür konnte ich ja jetzt wirklich nichts.

„Es wäre natürlich der erste Schritt, Sonja, aber ich bin halt noch nicht bereit dafür. Und das liegt ganz bestimmt nicht an dir, sondern nur an mir."

Entschlossen hob ich die Katze hoch, stand auf und legte das motzende Tier wieder auf meinen Sessel, dann umrundete ich den kleinen Couchtisch und warf mich gekonnt neben Sonja auf das Sofa. Ich schmiegte mich an sie und legte meinen treuesten Hundeblick auf, als ich sie ansah.

„Kannst du mich noch leiden?", fragte ich verführerisch.

„Arsch", antwortete sie nur, dabei zeigte ihr Gesichtsausdruck noch die Verärgerung, aber in ihre Augen waren wieder die Ehrlichkeit und Güte zurückgekehrt, die ich so an ihr liebte.

„Ich habe Kuchen mitgebracht", sagte ich gut gelaunt, sprang auf und holte die Packung mit den Kuchenstücken aus dem Flur. An die Aufzählung meiner Marotten vom Vortag denkend holte ich zwei Kuchenteller und zwei Gabeln aus der Küche, und natürlich einen Kuchenheber. Alleine in meiner Wohnung hätten die vier Stücke Kuchen auch ohne Werkzeug den Weg in meinen Magen gefunden.

Als wir später ins Bett gingen, fühlte sich alles wieder richtig an. Den halben Sonntag blieben wir im Bett und den Rest des Tages verbrachten wir damit, uns eine Staffel Game of Thrones reinzuziehen. Nachdem ich bei Sonja immer einige Klamotten von mir gebunkert hatte, blieb ich bis Montagmorgen und machte mich dann frisch geduscht und recht pünktlich auf den Weg ins Präsidium.

Erst als ich unser Büro betrat und unserem neuen Chef in seinem Glaskäfig zugenickt hatte, kehrte langsam unser Fall wieder in mein Bewusstsein zurück. Ich zog meine blaue Daunenjacke aus und warf sie über die Rückenlehne meines Bürostuhls. Moni war nicht an ihrem Platz und so hatte ich Zeit, meinen Rechner hochzufahren und meine Mails zu checken. Im Gegensatz zu draußen war es in unserem Büro muckelig warm. Auf dem Stück von Poppenreuth bis ins Präsidium war mein Wagen noch nicht einmal warm geworden und Kälte war nicht wirklich mein Ding.

Unter meinen Mails war nichts Aufregendes dabei und ich lehnte mich beruhigt in meinem Stuhl zurück.

„Morgen, Bernd!"

Monis Stimme riss mich kurz darauf aus meinen Gedanken. Sie stellte die obligatorische, morgendliche Kaffeetasse auf ihren Schreibtisch, zog die Jacke aus und setzte sich mir gegenüber.

„Und wann ziehst du jetzt mit Sonja zusammen?“, sagte sie süffisant und nahm dann einen vorsichtigen Schluck aus ihrer Tasse.

„Das Thema ist vom Tisch – vorerst“, sagte ich genervt.

Moni tippte einige Minuten auf ihrer Computertastatur, dann sah sie mich an und fragte: „Und was fällt dir zu unserem Fall ein?“

„Bisher habe ich mir keine Gedanken darüber gemacht“, sagte ich wahrheitsgetreu.

„Vielleicht sind unser Opfer und seine Frau einem Zuhälter auf die Füße getreten und er hat deshalb diese Abreibung bekommen“, mutmaßte Moni und ich merkte, dass sie sich am Wochenende deutlich mehr Gedanken gemacht hatte als ich.

„Ehrlich gesagt ist in meinen Augen seine Frau auch noch nicht ganz raus aus dem Kreis der Verdächtigen. Sie hat zumindest das beste Motiv.“

„Dann sollten wir der Dame noch einmal auf den Zahn fühlen und dann die Kollegen von der Sitte kontaktieren“, beschloss Moni und stand auf. Auch ich erhob mich und griff mir meine Jacke. Unser neuer Chef war stirnrunzelnd in sein Handy vertieft und wir gingen einfach an seinem Büro vorbei.

Eine Viertelstunde später hatte Moni unseren Wagen wieder vor dem Wohnblock geparkt, in dem der Mord passiert war. Im Gegensatz zu unserem letzten Besuch war hier die Hölle los. Unzählige Kleinlaster und Transporter hatten die Straße so gut wie zugeparkt und Horden von Handwerkern bevölkerten die Baustelle.

„Ganz schön was los“, sagte Moni, als wir uns vorsichtig durch das Treppenhaus noch oben arbeiteten. Noch mehr als am Freitagabend stank es nach Mörtel, Farbe und Flexstaub. Der Radau, der hier sicherlich seit Wochen tobte und noch für einige Zeit anhalten würde, war für die Bewohner wahrlich ein Albtraum.

Es dauerte einen Moment, nachdem ich geklingelt hatte, bis die Frau unseres Opfers die Wohnungstür geöffnet hatte. Die augenscheinliche Prostituierte vom letzten Besuch hatte sich völlig verwandelt. Ich hätte sie fast nicht wiedererkannt. Die lange blonde Mähne war einem dunklen Kurzhaarschnitt gewichen, der unordentlich in alle Himmelsrichtungen abstand. Sicherlich war das allerdings Absicht und der aktuellen Mode geschuldet und nicht die Folge von Ungepflegtheit.

„Guten Morgen", sagten Moni und ich fast im Duett.

Die Frau nickte nur erkennend und zog die Tür ganz auf, um uns einzulassen. Sie trug eine Jeans und einen dunkelroten Rollkragenpullover. Ihr Gesicht war ungeschminkt und wirkte so fast jünger als mit dem ganzen Kleister am Tatabend.

„Wir hätten noch einige Fragen", sagte ich freundlich, aber sie schien noch immer kein Wort für uns übrig zu haben. Sie ging vor in Richtung Wohnzimmer und machte einen langen Schritt über die Stelle, an der der große Blutfleck den Teppichboden getränkt hatte. Von dem Fleck war allerdings nichts mehr zu sehen. Der Teppichboden war zwar anscheinend noch nass und an der Stelle jetzt deutlich sauberer als im restlichen Zimmer, aber das Blut war weg. Auch die Spritzer an den Wänden und Möbeln hatte sie restlos entfernt. In diesem Moment stieg die Achtung vor dieser Frau in mir deutlich an. Aus dem Zimmer war zwar keine gemütliche Oase geworden, aber zumindest waren die Unordnung und der Dreck verschwunden und es war alles sauber. Die Frau ließ sich in einen Sessel fallen, schlug die Beine übereinander und verschränkte die Arme vor der Brust.

„Was gibt es noch?", fragte sie dann etwas schnippisch.

„Dürfen wir uns setzen?", fragte Moni und deutete auf die verlebte Couch. Die Frau nickte nur und Moni setzte sich. Ich blieb lieber stehen, denn mir ging gerade durch den Kopf, was dieses Sofa in seinem Leben sicherlich schon alles durchgemacht hatte und welche Körperflüssigkeiten in diesen Stoff bereits eingetrocknet waren. Mich schüttelte es etwas, dann hörte ich Moni fragen: „Haben Ihr Mann oder Sie jemals Probleme mit anderen

Zuhältern bekommen? Könnte Rache die Ursache für seinen Tod sein?"

Ich hatte bei Monis unsensibler Frage eigentlich mit einem Gemütsausbruch der Frau gerechnet, deren Miene blieb aber völlig ausdruckslos und gleichgültig. Es dauerte einige lange Momente, bis sie antwortete.

„Mein Mann war ein Schwein und ich bin froh, dass er tot ist."

Sie schwieg einen Augenblick, dann sagte sie: „Es gab immer mal wieder Probleme mit anderen Nutten, aber ich habe das immer selbst geklärt, oder ich bin an andere Stellen ausgewichen. Mit einem Loddel hatte ich nie etwas zu tun."

„Und ihr Mann?", fragte ich nach.

„Mein Mann war ein verdammtes Arschloch. Der hat sich nur um sich selbst gekümmert, und wenn ich nicht gespurt habe oder keine Kohle angeschafft habe, dann hat er mich verdroschen. Wenn er besoffen war, dann war er echt widerlich. Ich war nur seine Putzfrau und seine Nutte, die er anschaffen geschickt hat. Am schlimmsten war es, wenn er mich in seinem Suff gevögelt hat. Es war wirklich übel. Ich habe mich vor meinem Mann mehr geekelt als vor jedem wildfremden Freier auf der Straße."

Jetzt hatte ihre Stimme die Gefasstheit verloren und ihre Augen schimmerten feucht.

„Fällt Ihnen jemand ein, der Ihrem Mann das angetan haben könnte?", fragte ich trotzdem.

„Ja, verdammt, da fällt mir tatsächlich jemand ein, Bulle", sagte sie zornig und funkelte mich an. „Ich – ich bin dann wohl eure Hauptverdächtige. Ich hatte allen Grund, das Schwein zu erschlagen."

„Waren Sie es?", fragte ich spontan.

Sie überlegte nur kurz, wischte sich mit dem Handrücken die Augen trocken, dann flüsterte sie: „Nein, leider ist mir jemand zuvorgekommen. Aber ich hatte ich es schon Tausende Male vor."

„Wusste jemand von Ihrem Martyrium? Haben Sie Ihre Sorgen mit jemandem geteilt? Vielleicht mit einer Freundin oder ihren Eltern?", fragte Moni vorsichtig.

„Martyrium – du hast ja echt einen gepflegten Wortschatz, Hübsche. Nein, ich habe keine Eltern und keine Freundin und habe auch niemandem etwas erzählt. Das war mein Problem und ich kam schon zurecht. War's das jetzt?"

Ich wollte mich schon abwenden, um zu gehen, als meine Partnerin in einem viel zutraulicheren Ton fragte: „Was machen Sie jetzt? Brauchen Sie Hilfe? Wir haben bei der Polizei Psychologen, die Ihnen bei der Verarbeitung der Tat zur Seite stehen und Sie beraten können."

Einen kurzen Moment blickte die Frau etwas unschlüssig, aber dann schob sich wieder die Kälte auf ihre Miene und sie antwortete: „Eure Psychologin konnte mir auch nicht helfen, aus der Scheiße hier herauszukommen." Sie machte eine Geste, die die ganze Wohnung, oder wahrscheinlich sogar das ganze Viertel einschließen sollte. „Wer hier drinsteckt, der bleibt hier drin – und verreckt auch irgendwann hier drin", sagte sie mit tiefer Resignation in der Stimme.

Moni stand auf und streckte der Frau ihre Hand hin.

„Dann sind wir fertig", sagte sie und zog ihre Hand nach einem langen Moment wieder weg. Die Frau des Opfers hatte demonstrativ ihre Arme vor der Brust überkreuzt und ihre Hände unter die Achseln geschoben.

Einige Minuten später standen wir wieder im lärmenden Treppenhaus.

„Sollen wir Nachbarn befragen, ob sie etwas von der Tat mitbekommen haben?", fragte ich meine Partnerin. Wir wussten zwar beide, dass bei solchen Befragungen meist nichts Brauchbares herauskam, aber wir hatten bisher nicht wirklich einen Anhaltspunkt, an dem wir unsere Ermittlungen ansetzen konnten. Ohne zu antworten, trat Moni an die Haustüre der Nachbarwohnung und klingelte. Ich zog schon mal meinen Dienstausweis aus der Hose und hielt ihn bereit. Eine schrille Stimme drang durch die Wohnungstür und den Lärm im Treppenhaus: „Komme gleich!"

Ich blickte meine Partnerin an und sie blickte mich an, denn beide hatten wir sofort beschlossen, dass hinter der Tür etwas

Nerviges auf uns lauerte. Einige Schlösser wurden geräuschvoll betätigt, dann schwang die Wohnungstüre nach innen auf.

„Was wollen Sie?“

Die Stimme der Frau klang jetzt noch schriller als bei geschlossener Tür.

„Kriminalpolizei Fürth, mein Name ist Monika Fröhlich und das ist mein Kollege Bernd Peter“, sagte Moni freundlich und hielt der Frau ihren Dienstausweis vor die Nase. Die Nachbarin unseres Opfers war klein. Ich schätzte sie auf einen Meter fünfzig. Sie hatte ihren siebzigsten Geburtstag sicherlich schon einige Jahre hinter sich, wofür nicht nur ihre schlohweißen Haare, sondern auch ihr runzeliges Gesicht sprach. Die Frau war in meinen Augen die typische Vertreterin der Spezies „graue Maus“. Braune Wollstrumpfhose, grauer Rock und braune Strickjacke. Wenn mir diese Frau auf der Straße begegnen würde, dann hätte ich sicherlich Probleme, sie überhaupt wahrzunehmen.

„Dürfen wir einen Moment reinkommen?“, fragte Moni und hängte noch den Namen der Frau an die Frage, aber erst nachdem sie kurz auf das Klingelschild geblickt hatte.

Etwas widerstrebend zog die Frau die Wohnungstür ganz auf und wir traten ein. Die Tür schloss sich hinter uns und ein Geruch umfing uns, wie ich ihn schon oft bei älteren Menschen wahrgenommen hatte. Klar definieren konnte ich ihn nicht, aber es war eine Mischung aus Kohlsuppe, Kamille und 4711.

„Sie haben sicherlich mitbekommen, dass am Freitag ihr Nachbar ermordet wurde?“, fragte Moni, nachdem wir in der großen Wohnküche an einem Esstisch mit oranger Wachstuchtischdecke und vier Stühlen Platz genommen hatten. Die Frau hatte zwei dicke Kissen untergelegt, um im Sitzen auch über den Tisch blicken zu können.

„Sicherlich, der Lärm war ja nicht zu überhören“, antwortete sie schrill. Sie nahm sich dabei eine Brille, die auf einem kleinen Stapel mit Kreuzworträtselheften lag, und setzte sie auf.

„Der Lärm, als der Mord geschah, oder der Lärm unserer Kollegen der Polizei?“, fragte Moni gleich nach.

„Die arme Frau hat ja öfter mal eine Abreibung bekommen und das ganze Haus hat zugehört. Der Motorradfahrer hat ihm das alles wieder zurückgezahlt. Die Schläge konnte man auch dieses Mal im ganzen Haus hören, er hat nämlich die Wohnungstür offen gelassen.“

„Motorradfahrer?“, fragte ich aufmerksam geworden.

„Sicher, der hatte von oben bis unten schwarze Lederklamotten an. Und einen schwarzen Helm“, ergänzte sie noch.

„Und wie haben Sie das alles sehen können?“, fragte Moni weiter.

„Na durch den Türspion. Da kann ich alles sehen, was im Haus so vor sich geht“, entgegnete sie stolz.

„Und warum haben Sie nicht die Polizei angerufen?“, fragte ich und legte so viel Vorwurf in die Frage, wie ich konnte.

„Der hat es doch nicht anders verdient. Die arme Frau hat mir echt leidgetan.“

„Und warum haben Sie nicht früher die Polizei gerufen, wenn er seine Frau geschlagen hat?“ Dieses Mal hatte Moni die vorwurfsvolle Frage gestellt.

„Sie ist doch selbst schuld, wenn sie bei diesem widerlichen Typen bleibt. Ich misch mich nicht in die Angelegenheiten anderer Leute. Das hat mir mein Männe schon immer eingebläut, als er noch gelebt hat.“

Ihre Stimme stockte etwas, als sie ihren verstorbenen Mann erwähnte.

„Hatte der Motorradfahrer eine Waffe dabei?“, fragte ich nach, weil ich die Einstellung der Frau nur zu gut von anderen Fällen her kannte. Die Courage, sich einzumischen, hatten die wenigsten Menschen in solchen Situationen. Danach waren immer alle voller Mitleid und Zorn, aber zum Zeitpunkt der Tat hielten sich die meisten ängstlich heraus.

„Sicher, der hatte einen Holzprügel dabei. Der war nach der Tat auch völlig blutverschmiert“, antwortete sie ruhig.

„Haben Sie das Gesicht des Täters gesehen?“, fragte Moni.

„Nein, der hatte einen geschlossenen Helm mit Verspiegelung. Als er hinausrannte, war auch sein Helm voller Blutspritzer.“

Langsam entwickelte sich ein Bild des Täters in meiner Vorstellung. Besonders weiter brachte es mich jedoch nicht. Die Beschreibung war zwar deutlich detaillierter als bei vielen anderen Zeugenaussagen, aber ein markanter Anhaltspunkt für eine Fahndung fehlte trotzdem. Motorradfahrer mit schwarzen Lederklamotten gab es wie Sand am Meer und ein verspiegeltes Visier war auch nicht gerade selten. Diese Tatsachen wusste sicherlich auch der Täter und hatte sie sich zunutze gemacht.

„Haben Sie das Motorrad des Täters gesehen?“, fragte ich auf eine Eingebung hin.

„Sicherlich, es war eine schwarze Maschine, aber das Kennzeichen konnte ich aus der Ferne auch mit meinem Fernglas nicht erkennen“, sagte sie und deutete auf ein kleines Fernglas auf dem Fensterbrett des Küchenfensters.

Ich hatte zwar gerüchteweise schon von Menschen gehört, die ihre Umwelt ständig mit Argusaugen beobachteten, sogenannte Spanner oder Voyeure, dass jetzt eine solche Person vor mir saß, war trotzdem überraschend. Für unseren Fall waren die Beobachtungen der Frau zwar nützlich, aber im Grunde meines Herzens verachtete ich diese Neigung zutiefst. Ich holte schon heftig Luft, um ihr einen geharnischten Vortrag über Menschenwürde, Privatsphäre und Voyeurismus zu halten, als ich den Blick von Moni und ihr leichtes Kopfschütteln sah. Also atmete ich hörbar wieder aus und löste meine Hände, die ich zu Fäusten geballt hatte.

„Haben Sie sonst noch Beobachtungen gemacht, die uns weiterhelfen können?“, fragte meine Partnerin zutraulich.

Die Frau blickte uns nacheinander mit ihren stechenden, grünen Augen an und zog geräuschvoll die Nase hoch. Dann musterte sie mich intensiver von Kopf bis Fuß und fragte: „Hast du schon einmal einen erschossen, Jungchen?“ Ihre Stimme hatte dabei ihre schrille Färbung fast verloren und war in lauernde Neugier umgeschwungen. Mich traf die Frage völlig unvorbereitet und meine Miene schien das widerzuspiegeln, denn sie grinste mich unverhohlen an.

„Bis jetzt noch nicht“, antwortete ich kalt. „Aber das kann sich schnell ändern.“ Wie zufällig ließ ich meine rechte Hand dabei in Richtung meiner Pistole sinken.

„Na, na, wer wird denn gleich so grob werden. Ich bin doch nur neugierig“, sagte sie grinsend und hob demonstrativ ihre Hände.

„Ihre Neugier und Ihre Untätigkeit haben vielleicht einem Menschen das Leben gekostet, gute Frau“, fuhr ich sie zornig an. „Kümmern Sie sich um Ihre eigenen Angelegenheiten und unterlassen Sie es, andere Leute zu beobachten und auszuspionieren.“

Mit diesen Worten stand ich auf und schob geräuschvoll meinen Stuhl über die grauen Bodenfliesen. Auch Moni erhob sich und zog eine Visitenkarte aus ihrer Jacke.

„Wenn Ihnen noch etwas einfällt, dann können Sie uns jederzeit anrufen“, sagte sie und legte die Karte auf die Wachstischdecke. Im Hinausgehen warf ich noch einen Blick auf den Türspion und dann auch noch auf den kleinen Holzschemel, der neben der Tür am Boden stand. Damit war mir auch klar, wie die kleine Person es geschafft hatte, den Hausflur durch den Spion im Auge zu behalten. Meine Partnerin hatte anscheinend ebenfalls diese Überlegung angestellt und war zum gleichen Ergebnis gekommen, wie mir ihre angewiderte Miene aus Unverständnis zeigte.

„Mehr werden wir bei anderen Hausbewohnern auch nicht erfahren“, sagte ich, während wir im lärmenden Treppenhaus nach unten stiegen.

„Das Motorradkennzeichen hat sicherlich niemand aufgeschrieben. Deswegen sollten wir versuchen, ob wir nicht von Überwachungskameras aus der Gegend eine gute Aufnahme bekommen können.“

„Glaubst du der Frau des Opfers?“, fragte ich meine Partnerin, als wir kurz darauf wieder in unserem kalten Wagen saßen.

„Wenn sie als Motorradfahrer selbst ihren Mann zu Tode geprügelt hat, dann kann sie es verdammt gut verbergen.“

„Ich würde eher sagen, dann würde sie mehr versuchen, es zu verbergen. Sie macht keinen Hehl daraus, dass sie ihn gehasst hat und ihn umbringen wollte. Vielleicht hat sie den Motorradfahrer ja angeheuert“, sinnierte ich vor mich hin.

„Manche Frauen sind schon komisch“, überlegte Moni laut. „Sie lassen sich auf einen Typen ein, der sie schlägt, auf den Strich schickt und wie Scheiße behandelt und dennoch bleiben sie bei ihm und fügen sich ohne Murren in ihr Schicksal. In der heutigen Zeit kann man sich doch überall Hilfe holen und gegen so ein Arschloch vorgehen. Warum machen Frauen dieses miese Leben so lange mit?“

Ich merkte, dass Moni dieses Thema wirklich zutiefst berührte, und erinnerte mich an eine Szene in ihrer Wohnung, als ich ihren Ex mit der sadistischen Ader fast erschlagen hätte.

„Ich denke, es ist Zeit für ein zweites Frühstück“, sagte ich, um sie aus ihren negativen Gedanken zu holen.

„Du denkst immer nur an das eine“, entgegnete sie lächelnd.

Sie lenkte den Wagen stadteinwärts und bog dann ab, in Richtung Klinikum. Erst wunderte ich mich darüber, weil es zum Präsidium geradeaus gegangen wäre. Als sie nach wenigen Metern auf den Parkplatz eines Brothauses fuhr, wusste ich Bescheid. Der gefallene Schnee der Vortage hatte sich inzwischen in eine eklige Matschepampe verwandelt und wir waren beide froh, als wir kurz darauf an einem der gemütlichen Tische im Warmen saßen. Ich hatte mir eins dieser Laugendreiecke mit Leberkäse und ein längliches Baguette mit Salami geholt. Dazu einen kalten Eistee. Monika saß nur vor einer Tasse Kaffee. Sie war tief in ihre Gedanken versunken und auch ich ließ die Befragungen der Frau unseres Opfers und die der Nachbarin noch einmal Revue passieren.

„Ist dir auch aufgefallen, dass sie eine Psychologin erwähnt hat?“, fragte ich kauend und Moni hob ihren Kopf.

„Ich habe die Psychologin erwähnt“, sagte sie stirnrunzelnd.

„Nein, du hast gesagt, dass wir bei der Polizei Psychologen haben, die ihr helfen könnten. Darauf hat sie behauptet, dass die Psychologin ihr auch nicht helfen konnte. So als hätte sie in der

Vergangenheit schon einmal mit einer Psychologin zu tun gehabt."

„Jetzt, wo du es sagst ... könnte wirklich stimmen."

„Wir sollten uns bei der Sitte mal die alten Akten ansehen, vielleicht finden wir ja da etwas Brauchbares", sagte ich und biss ein großes Stück des krossen Salami-Baguettes ab.

„Wohin verdrückst du nur das ganze Essen?", fragte Moni und schüttelte den Kopf. „Wenn du weiter so reinhaust, gehst du irgendwann auseinander wie ein Hefekuchen."

Ich rieb mir demonstrativ über den Bauch und sagte: „Alles nur Muskeln."

So richtig überzeugt war ich davon allerdings nicht, denn wenn ich ehrlich zu mir selbst war, dann fühlten sich in letzter Zeit meine Jeans und T-Shirts irgendwie enger an und das lag sicherlich nicht am zu heißen Waschen.

Wieder zurück im Präsidium trennten wir uns. Meine Partnerin wollte zur Verkehrsüberwachung und nach Aufnahmen von Überwachungskameras suchen und ich machte mich auf zur Sitte, um die alten Fälle unseres Ehepaares zu durchleuchten. Zwei Beamtinnen, ebenfalls in Zivil, so wie ich, erwarteten mich in einem Büro mit fünf Arbeitsplätzen. Beide malträtierten ihre Computertastaturen und schienen mich im ersten Moment gar nicht wahrzunehmen.

„Guten Morgen, die Damen", grüßte ich freundlich und ging auf die nach dem ersten Eindruck hübschere der beiden zu. Leider hörte die andere auf zu tippen und hob den Kopf. Die Zweite schenkte mir weder Aufmerksamkeit noch war ich ihr anscheinend eines Blickes würdig.

Nach einem kurzen Aufblitzen des Erkennens in ihren Augen, fragte mich die Erste: „Wie kann ich dir helfen, Bernd?"

Sie strich sich dabei mit der rechten Hand imaginäre Strähnen hinter die Ohren, denn ihre langen brünetten Haare waren restlos und ordentlich zu einem Pferdeschwanz zusammengefasst.

„Hallo“, sagte ich und setzte mich auf einen Stuhl ihr gegenüber. Während ich ihr die Hand reichte, fragte ich: „Und du bist?“

„Ich heiße Josefine, aber meine Freunde nennen mich einfach Jo.“

Sie hatte warme, trockene Hände mit langen Fingern und gepflegten, kurz geschnittenen Nägeln. Ich weiß nicht, was es ist, dass sich die Aufmerksamkeit eines Mannes immer erst auf die blonden Damen richtet, wenn er einen Raum betritt, in dem mehrere Frauen anwesend sind. Es war auf jeden Fall eine Tatsache, zumindest bei mir. Jetzt, da ich neben Jo saß, strafte mich mein erster Eindruck Lügen. Sie hatte ein wunderschönes Gesicht mit beeindruckenden, dunklen, perfekt getrimmten Augenbrauen, unter denen mich zwei rehbraune Augen freudig anfunkelten. Sie war kaum geschminkt und hatte einen einmaligen, bronzefarbenen Teint ohne die geringste Unreinheit.

Wenn ich nicht in einer Beziehung stecken würde, wäre jetzt der Zeitpunkt gekommen, meinen Charme spielen zu lassen und die Angel auszuwerfen. So aber ließ ich ihre Hand etwas überhastet wieder los und überkreuzte beide Arme vor der Brust.

„Ich bin dienstlich hier, Jo“, sagte ich förmlich und zwang ein neutrales Lächeln in mein Gesicht.

„Natürlich.“

„Wir haben einen Mord, der irgendwie auch in eure Zuständigkeit fällt. Eine illegale Prostituierte, deren Mann kaltblütig erschlagen wurde. Könntest du mal nachsehen, ob zwischen dem Opfer und euren Kunden irgendwo ein Zusammenhang besteht? Wir haben nämlich nur den Hinweis, dass ein völlig in Schwarz gekleideter Motorradfahrer anscheinend den Mord begangen haben soll. Vielleicht ist euch ja schon einmal etwas in der Art untergekommen.“

„Hast du den Namen des Opfers?“, fragte mich Jo und begann wieder auf ihre Tastatur einzuschlagen.

Bei manchen Leuten muss man echt Angst um ihre Computer haben, so grob wie sie die teilweise behandelten.

Ich gab ihr sowohl den Namen unseres Opfers als auch den seiner Frau.

Es dauerte einige Minuten, in denen ich mich im Büro der Sitte gründlich umsah, wobei mein Blick auch abschätzend für einige Zeit auf der Kollegin von Jo haften blieb.

„Also“, hob Jo an. „Beide sind schon bei uns aufgetaucht. Sind aber eher kleine Fische im Milieu. Sie wurde schon zweimal erwischt und ermahnt und er hatte schon eine Anzeige wegen Förderung der Prostitution. Das Verfahren wurde jedoch eingestellt, weil die Ehefrau für ihn ausgesagt hat. Was das Ganze mit einem Motorradfahrer zu tun hat, kann ich dir nicht sagen.“

Das, was Jo mir da erzählte, hatte ich alles schon am Tatort erfahren, brachte mich also absolut nicht weiter.

„Kann ich mal einen Blick in die Akte werfen?“, fragte ich und setzte mein gewinnendstes Lächeln ein. Jo blickte kurz zu ihrer blonden Kollegin, dann drehte sie mir ihren Bildschirm zu. Ich las den Bericht der Kollegen akribisch, griff über die Ecke des Schreibtisches auf ihre Tastatur und scrollte die Akte weiter nach unten. Die vorletzte Seite füllte ein Gutachten einer Psychologin, deren Name mir schon untergekommen war. In dem Gutachten dominierten die Wörter: Gewalt, Hörigkeit und Unterwürfigkeit. Im Prinzip ein Urteil, das einem der gesunde Menschenverstand schon sagte, wenn man die Frau des Opfers kennengelernt hatte. Auch wenn das nur eine magere Ausbeute war, zwinkerte ich Jo zu und drehte den Bildschirm wieder zu ihr.

„Danke für deine Hilfe, Jo“, sagte ich ehrlich und erhob mich. Sie nahm eine ihrer Visitenkarten von einem kleinen Stapel auf ihrem Schreibtisch, kritzelte eine Handynummer drauf und drückte sie mir lächelnd in die Hand.

„Wenn du noch Fragen hast, dann ruf mich einfach an.“

Ich nahm die Karte, schob sie in meine Gesäßtasche der Jeans und verabschiedete mich mit einem unguten Gefühl und einem festen Händedruck von ihr.

Als ich zurück in unser Büro kam und einen verstohlenen Seitenblick in den Glaskasten unseres neuen Chefs warf, saß Moni an seinem Schreibtisch und blickte ihm konzentriert in sein verkniffenes Gesicht. Ich ging zu meinem Schreibtisch und ließ mir meine Neugier nicht anmerken. Um diese Zeit war im Büro viel los. Leute gingen und kamen, es wurde diskutiert und gestritten und über allen Geräuschen tönte ununterbrochen das Klicken von Computertastaturen. Ich warf immer wieder einen Seitenblick in Richtung meiner Partnerin. Unser Chef schob ihr gerade sein Handy über den Tisch zu und Moni betrachtete eingehend das Display. Dann nahm er das Handy wieder an sich und Moni zog ihres aus der Hosentasche. Das leise Klingeln zeigte mir, dass unser Chef ihr gerade etwas per WhatsApp geschickt hatte.

Ein paar Minuten später kam meine Partnerin aus dem Büro und ließ sich mit gerunzelter Stirn auf ihren Bürostuhl sinken.

„Na, hast du bei der Sitte etwas herausbekommen?“, fragte sie direkt und ich hatte den Eindruck, dass sie damit von ihrem Treffen mit unserem Chef ablenken wollte.

„Nichts, was wir nicht schon wussten und was uns weiterbringen würde“, antwortete ich mit meinem kühlsten Unterton.

„Ich habe die Überwachungsvideos von einer Verkehrskamera an der Würzburger. Es wird allerdings etwas dauern, sie zu sichten“, sagte sie und hielt mir einen USB-Stick über den Schreibtisch.

„Wieso ich?“, fragte ich ärgerlich und griff mir den Stick zögerlich.

Sie tippte sich auf die nicht vorhandenen Dienstgradabzeichen auf den Schultern.

„Außerdem habe ich etwas anderes vor“, sagte sie wichtigtuerisch.

„Hat das was mit der Unterredung mit deinem Rüdiger zu tun?“, fragte ich spitz und benutzte absichtlich den Vornamen unseres neuen Chefs.

Monika ließ sich wieder in ihren Bürostuhl sinken, von dem sie sich gerade erhoben hatte, und funkelte mich zornig an.

„Kümmer du dich um deine eigene Beziehung und misch dich nicht in meine ein!“

„Beziehung“, wiederholte ich gedehnt und konnte meine Überraschung nicht verbergen.

„Eine Beziehung, wie sie zwischen Vorgesetzten und Untergebenen nun einmal herrscht. Und nicht der Schweinkram, der dir schon wieder durch den Kopf geht“, beeilte sich Moni zu relativieren. Eine leichte Röte hatte sich trotzdem auf ihre Wangen geschlichen. Mit Schwung stand sie auf und beugte sich dann noch einmal bedrohlich über meinen Schreibtisch.

„Schau dir die Videos an und ruf mich an, wenn du etwas gefunden hast!“

Die unterschwellige Drohung war dabei deutlich aus ihren Worten herauszuhören.

Ich hatte schon eine spitze Erwiderung auf der Zunge in der Art wie: „Lieber glotze ich Videos, als mit einem Rüdiger rumzumachen.“ Aber ich verkniff sie mir und schaute ihr nur hinterher, als sie das Büro mit schwingenden Hüften verließ. Einen Seitenblick auf unseren neuen Chef später, war ich überzeugt, dass der von unserem kleinen Disput nichts mitbekommen hatte. So gereizt und unruhig hatte ich den Hauptkommissar allerdings noch nicht gesehen. Anscheinend übelgelaunt und mit verkniffener Miene glotzte er in seinen großen Computerbildschirm und schien nicht wirklich etwas zu finden, das seine Laune verbessern würde.

Mit einem entnervten Seufzer schob ich den USB-Stick in meinen Rechner und öffnete die erste von zwölf Dateien. Das Bild zeigte die Kreuzung Würzburger und Friedrich-Ebert-Straße. Oben am Rand waren Datum und Uhrzeit der Aufnahme zu sehen. Ich wusste zwar, wann mich Moni aus meinem Halbjährigen mit Sonja gerissen hatte, wann die Tat geschehen war, wusste ich jedoch noch nicht wirklich. Um mir einige Stunden Überwachungsvideo zu sparen, nahm ich meinen Telefonhörer zur Hand und rief in der Gerichtsmedizin an.

Den genauen Todeszeitpunkt konnten mir die Kollegen nicht sagen, aber sie konnten ihn auf Freitagabend zwischen siebzehn und neunzehn Uhr eingrenzen.

Ich brauchte einige Minuten, um mich in der Reihenfolge und dem zeitlichen Ablauf der Videos zurechtzufinden, aber schließlich lief das erste, beginnend um sechzehn Uhr, ab. Noch erhellte Tageslicht die Szenerie, aber es begann schon dunkel zu werden. Ich lehnte mich im Stuhl zurück und legte meine Beine auf den Schreibtisch. Einige Kollegen warfen mir zwar komische Blicke zu, aber das störte mich natürlich kaum. Dass diese Kreuzung nur einer von vielen möglichen Fluchtwegen war, war mir klar, aber selbst diese kleine Chance, unseren Täter zu ermitteln, konnten wir nicht ungenutzt lassen.

Eine Stunde verging, in der sich der Freitagnachmittagsberufsverkehr unablässig in beide Richtungen der Würzburger Straße wälzte. Wie zu erwarten, waren im Dezember fast keine Motorräder unterwegs. Nur einige hart gesottene Ganzjahresfahrer schlängelten sich durch die endlose Blechlawine. Der eintönige Wechsel zwischen roter Ampel (anhalten) und grüner Ampel (fahren), in stetem Rhythmus, schläferte mich fast ein. Nach einer Stunde war es dunkel geworden und die Straßenlaternen beleuchteten die Kreuzung nur ungenügend. Die Scheinwerfer und Rücklichter der Fahrzeuge warfen üble Reflexionen auf den Bildschirm und teilweise war es schwierig, einzelne Autos voneinander zu unterscheiden. Der Verkehr wurde weniger und das Beobachten dadurch etwas entspannter. Ein Blick auf die Uhrzeit der Aufnahme zeigte mir, dass ich jetzt in der Kernzeit des Mordes angekommen war. Ich schwang meine Füße vom Tisch und beugte mich etwas in Richtung Bildschirm, um auch nichts zu verpassen. Natürlich hätte man das Video auch schneller ablaufen lassen können, was ich sicherlich auch gemacht hätte, wenn wir auf der Suche nach einem markanten, großen Truck gewesen wären. Aber ein schwarzes Motorrad mit einem schwarzen Fahrer und noch dazu in der Nacht, hätte ich so sicherlich übersehen.

Es dauerte noch eine Stunde und ich war inzwischen bei Datei Nummer sieben angelangt, als ich aus meinem Halbschlaf hochschreckte. Ganz kurz hatte ich ein Motorrad gesehen, das über die inzwischen recht leer gewordene Kreuzung gehuscht war. Schnell hatte ich die Szene wieder etwas zurückgespult und ließ sie jetzt in Zeitlupe ablaufen. Die Qualität der Aufnahme verschlechterte sich dadurch zwar deutlich, aber ich konnte das Bild genau an der Stelle anhalten, an der das schwarze Motorrad mit dem schwarz gekleideten Fahrer über die grüne Ampel fuhr.

„Jetzt habe ich dich“, sagte ich etwas zu laut, sodass einige Kollegen zu mir herüberschauten. Die Auflösung des Standbildes war zwar nicht besonders hoch, aber unsere Techniker würden sicherlich noch einige Pixel herauszaubern können, was uns aber wahrscheinlich nichts brachte, denn schon jetzt war klar zu erkennen, dass dieses Motorrad kein Kennzeichen hatte.

„Gar nicht so dumm, unser Mörder“, dachte ich bei mir, um nicht die Kollegen wieder aufmerksam zu machen.

Ich nahm mein Handy zur Hand und wählte Monis Nummer. Ein kurzer Blick ins Büro unseres Chefs zeigte mir, dass der schon Feierabend gemacht hatte.

„Stör ich gerade?“, fragte ich, als Moni sich gemeldet hatte.

„Was willst du?“, fragte sie genervt.

„Ich wollte nicht stören, wenn du gerade mit deinem Rüdiger zugange bist.“

„Bernd“, fuhr sie mich an. „Lass es sein!“

Ich zuckte fast etwas zusammen beim Klang ihrer zornigen Stimme.

„Ich habe die Überwachungsaufnahmen gesichtet. Genau um achtzehn Uhr neununddreißig fährt unser Täter über die Kreuzung Würzburger- und Friedrich-Ebert-Straße, und zwar biegt er in Richtung Klinikum ab. Leider hat das Motorrad kein Kennzeichen, anhand dessen wir es identifizieren könnten. Ich kann höchstens versuchen, ob die Techniker herausfinden, welches Modell das Motorrad ist, sodass wir unsere Suche eingrenzen können.“

„Mach das“, sagte meine Partnerin kühl und legte auf.

Jetzt war sie sauer und ich hatte fast ein schlechtes Gewissen, aber wirklich nur fast. Dass sie mit unserem neuen Chef etwas hinter meinem Rücken besprach und sich vielleicht auch noch mit ihm traf, bereitete ihr sicherlich auch keine schlaflosen Nächte.

„Toni, kannst du dir das mal ansehen?", rief ich in die hinterste Ecke unseres Büros, in der Anton Steinbach, unser genialer Techniker und Computer-Nerd, arbeitete. Wenn der seinen Bürostuhl verlassen musste, bekam er zwar fast Heimweh, aber seiner korpulenten Figur schadete die Bewegung sicherlich nicht.

„Was willst du, Bernd?", rief er zurück und machte keine Anstalten, sich zu erheben.

„Ich habe da eine Aufnahme, aus der du etwas herauskitzeln musst", antwortete ich genervt.

„Schick sie mir per Mail."

„Beweg jetzt deinen Arsch hierher!", machte ich meinem Ärger lautstark Luft. „Bitte", fügte ich etwas ruhiger hinzu.

Inzwischen hatten wir die volle Aufmerksamkeit des ganzen Büros und das war sicherlich auch der Grund, aus dem sich Toni ächzend aus seinem Bürostuhl erhob und langsam zu mir herüberstapfte.

Er stellte sich schwer atmend hinter mich und blickte mir über die Schulter auf meinen Bildschirm.

„Was?", fragte er angepisst.

„Kannst du dieses Motorrad etwas detaillierter hinbekommen, dass ich Marke und Modell herausfinden kann?"

„Sicherlich nicht hier an deinem Steinzeitrechner – schick mir das Video per Mail!", sagte er rechthaberisch und mit reichlich Vorwurf in der Stimme. Sein Atem verströmte dabei einen Geruch nach Lakritze und Zucker, so, als würde man eine Tüte Haribo Colorado aufreißen.

„Kannst du dir die Uhrzeit merken?", fragte ich, um ihm nicht recht zu geben.

„Kannst du sie in die Mail schreiben?", konterte er in einem Ton, als würde er mit einem Kleinkind sprechen.

„Also gut“, gab ich mich geschlagen. Gegen einen Typen, der wahrscheinlich zuletzt in der Grundschule einen Stift in der Hand gehabt hatte, konnte ich als zumindest noch halb analoger Mensch nicht gewinnen. Jedenfalls nicht, wenn es ums Thema Computer und seine Anwendung ging. Ich öffnete mein Mailprogramm, hängte Video sieben an und schrieb die Uhrzeit in die Mail.

„Hast du fein gemacht, mein Großer“, sagte Toni und klopfte mir anerkennend auf die Schulter.

„Verpiss dich!“, flüsterte ich halb zornig und halb belustigt.

Toni verzog sich grinsend wieder in seine Nerd-Ecke und ich schloss die Überwachungsdatei auf meinem Rechner und zog den USB-Stick heraus. Ich schnippte ihn auf Monis Schreibtisch, lehnte mich zurück und schloss für einen Moment die Augen. Es hatte Stunden gedauert, die Überwachungsvideos zu sichten, und ich war ziemlich geschafft. Meine Gedanken kreisten nicht um unseren Fall, sondern um meine Partnerin und unseren Chef. Was verheimlichten sie mir?

Als mein E-Mail-Programm einen Ton von sich gab, wurde ich wieder aus meinen Gedanken über Moni und ihren Rüdiger gerissen und öffnete meine Augen.

Ducati XDiavel, stand in der Mail von Toni und das Bild eines schwarzen Motorrades war als Anhang beigefügt. Ich blickte wahrscheinlich völlig perplex in seine Ecke hinüber und erntete ein schelmisches Grinsen, bevor er sich wieder seinem Bildschirm widmete.

„Bist du sicher?“, rief ich hinüber.

„Ich bin nicht nur fett, ich kann auch etwas“, kam als Antwort, so laut, dass das ganze Büro es hören konnte.

Das Motorrad sah aus wie eine Wettkampfmaschine für den Einsatz auf den Rennstrecken dieser Welt.

„Wenn überhaupt ein Motorrad, dann sicherlich eins dieser Höllengefährte“, dachte ich bewundernd bei mir. Dass es sicherlich nur eine Handvoll dieser Geschosse in unserer Gegend geben würde, war mein zweiter Gedanke. Das gute und in der Magengegend kribbelnde Gefühl, einem Täter dicht auf den

Fersen zu sein, machte sich in mir breit und ich wollte schon mein Handy herausziehen, um Moni anzurufen und ihr meinen Erfolg unter die Nase zu reiben. Ich unterließ es dann aber doch, um noch herauszufinden, wem konkret dieses Motorrad gehörte. Schnell hatte ich das Programm mit den Zulassungsdaten der Verkehrsüberwachung aufgerufen und in die Felder Marke und Modell die Ducati eingetragen. Vierundfünfzig Treffer in Mittelfranken dämpften meine Euphorie dann wieder merklich. Dass es diese Rennsemmel so oft gab, damit hatte ich echt nicht gerechnet. Ich schränkte die Suche auf die Zulassungsstellen Fürth, Landkreis Fürth, Nürnberg, Nürnberger Land und Erlangen ein und bekam noch immer vierunddreißig Besitzer angezeigt. Ich überflog die Liste nach mir bekannten Namen, fand aber keinen. Etwas frustriert druckte ich mir die Liste aus, faltete sie zusammen und schob sie in meine Hosentasche.

„Arbeit für morgen", dachte ich abschließend und zog meine Jacke an. Da Sonja sich nicht gemeldet hatte, beschloss ich, nach Hause zu fahren.

Oberkommissarin Monika Fröhlich war nicht begeistert vom Auftrag ihres neuen Chefs. Die WhatsApp-Nachricht, die er ihr auf seinem Handy gezeigt hatte, sah zwar beunruhigend aus, konnte aber sicherlich auch harmlos oder ein Scherz sein. Dass er sie um Hilfe gebeten hatte und ihr das Versprechen abgenötigt hatte, keiner Menschenseele davon zu erzählen, passte ihr eigentlich gar nicht. Sie war nicht der Typ Einzelkämpfer, sondern eher ein Teamplayer. Auch wenn sie sich oft mit ihrem Partner Bernd Peter kabbelte und stritt, so funktionierte ihre Zusammenarbeit doch meist hervorragend.

Du wirst leiden, so wie ich gelitten habe.
Du wirst weinen, so wie ich geweint habe.
Du wirst trauern, so wie ich getrauert habe.

Diese Nachricht hatte Rüdiger Probst ihr auf seinem Handy gezeigt. Seine Vermutung war, dass ihn jemand aus seiner Vergangenheit als Ermittler auf den Kieker hatte und ihm etwas antun wollte. Bei den vielen Fällen, die er in seiner Dienstzeit bearbeitet hatte, kamen da allerdings einige Verdächtige zusammen. Die Überprüfung der Handynummer, die Monika Fröhlich als Erstes vorgenommen hatte, war natürlich erfolglos gewesen. Es war die Nummer eines Prepaid-Handys, das weder registriert noch zu orten war. Die Akten von Hunderten von alten Fällen nach Hinweisen zu durchforsten, war alleine nicht zu bewältigen, und schon gar nicht ohne Bernd oder andere Kollegen aufmerksam zu machen. Es reichte schon, dass ihr Partner bereits Lunte gerochen hatte, nur weil sie sich mit ihrem Chef in seinem Büro unterhalten hatte. Dass Bernds Gedanken natürlich gleich wieder in eine Richtung gingen, die völlig abwegig war, das hätte sie sich natürlich denken können.

Die Pizzeria in Burgfarrnbach hatte ihr Chef als Treffpunkt vorgeschlagen und jetzt saß Monika Fröhlich dort alleine an einem Tisch, ein Glas Wasser vor sich, und wartete darauf, dass er kam. Unpünktlichkeit gab es bei der Oberkommissarin nicht, aber von ihrem Partner war sie da einiges gewohnt, was diese Unsitte anging, deshalb nahm sie es gelassen, als ihr Chef zwanzig Minuten zu spät eintrudelte.

„Sorry, dass ich zu spät komme. Ich kam zu Hause nicht weg", entschuldigte er sich und strich sich einige Schneeflocken aus den kurz geschnittenen, pechschwarzen Haaren. Nachdem er dem Kellner seine Jacke gegeben hatte, setzte er sich ihr gegenüber hin. Er rieb sich die Hände und erschauerte kurz.

„Verdammt kalt draußen!"

Monika Fröhlich blickte ihn in die fast schwarzen Augen. Dann musterte sie sein Gesicht genauer. Der Oberlippenbart war ebenso schwarz wie die Augenbrauen und die Stoppeln des Bartes. Die Nase war größer als normal und auch etwas schief. Das Kinn und die Wangenknochen waren markant wie bei einem eher südeuropäischen Mann. Als sich der Geruch nach Kälte und Schnee verzogen hatte, wehte ein Hauch von Aftershave zu Monika herüber, den sie nicht kannte, der aber durchaus zu dem maskulinen Eindruck ihres Chefs passte.

„Es ist toll, dass Sie Zeit für mich haben. Die ganze Sache macht mir echt Sorgen. Ich habe Angst um meine Familie, dass ihnen etwas zustoßen könnte. Ich habe eine Frau und zwei Kinder und kann die natürlich nicht im Haus einschließen."

„Haben Sie Ihrer Frau von der WhatsApp erzählt?", fragte Monika Fröhlich überrascht.

„Natürlich nicht, Sie sind der einzige Mensch, der etwas davon weiß. Ich habe keine Ahnung, wer hinter dieser Sache steckt. Es könnte ja nicht nur jemand aus einem alten Fall sein, sondern durchaus auch etwas Privates. Wer weiß schon, wie die Leute so ticken. Dass Sie nichts mit der Sache zu tun haben, da bin ich mir ziemlich sicher. So lange kennen wir uns noch nicht, dass da etwas vorgefallen sein könnte, das Sie so gegen mich aufbringen würde."

„Ziemlich sicher?", fragte Monika nach.

„Nein, nicht ziemlich, ich bin mir sicher. Apropos, ich bin übrigens der Rüdiger", sagte er und streckte ihr die Hand über den Tisch. „Freunde nennen mich Rudi."

„Ich heiße Monika", entgegnete die Oberkommissarin und gab ihm die Hand. In Gedanken fügte sie hinzu: „Und meine Freunde nennen mich Moni, aber die Freundschaft musst du dir erst verdienen."

Der Kellner kam und Rüdiger bestellte sich einen Rotwein. Monika schloss sich an und bestellte die gleiche Sorte. Als der Kellner die Getränke brachte, bestellten beide jeweils eine Pizza, dann stellte die Oberkommissarin die ersten Fragen. Sie wollte sich ein Bild machen über den Charakter ihres Chefs und über seine Vergangenheit. Wie sie es gerne machte, fiel sie gleich mit der Tür ins Haus, um die Reaktion ihres Gegenübers zu testen.

„Hast du im Dienst mal jemanden erschossen?"

Ihr Chef blickte sie unerschrocken an und antwortete: „Du hast echt Fingerspitzengefühl bei deiner Verhörtechnik."

„Das ist kein Verhör. Ich möchte mir nur einen Überblick verschaffen, wie vielen und welchen Leuten du Grund dazu gegeben hast, dich zu hassen oder dir etwas anzutun."

Ihr Chef lehnte sich zurück und drehte sein Rotweinglas am Stiel. Versonnen blickte er dabei in die schillernde rote Flüssigkeit. Es dauerte einen langen Augenblick, bis er zu sprechen begann: „Ich habe tatsächlich einmal einen Jugendlichen im Dienst erschossen. Das war in meinem zweiten Jahr nach der Ausbildung und ich fuhr Streife mit einem älteren Kollegen." Er stockte etwas und schien Kraft zu sammeln, um über diesen Vorfall zu sprechen. „Wir gingen einer Beschwerde nach, nachdem in einer verlassenen Fabrikhalle in Zabo einige Jugendliche ihr Unwesen trieben. Tatsächlich hatten einige Jungs die Halle aufgebrochen und innen eine stattliche Rampenanlage zum BMX- und Skateboardfahren aufgebaut. Echt tolle Anlage. Das musste also schon Monate oder sogar Jahre so gegangen sein, ohne dass sich bis dahin jemand beschwert hätte. Mein Kollege und ich hatten jetzt den schwarzen Peter zugeschoben bekommen und mussten die Kids aus der Halle werfen. Die fühlten sich jedoch im Recht und sahen gar nicht ein, dass ihre mühevolle und teure Arbeit jetzt einfach beim Teufel sein sollte. Die meisten verzogen sich und ließen sich von meinem älteren Kollegen einschüchtern und mit Androhungen von Konsequenzen und Strafen vertreiben. Drei etwas ältere Typen juckte allerdings die Drohung nicht und sie bauten sich streitsüchtig vor meinem Kollegen auf. Als zwei der Jungs sich mit Prügeln bewaffneten und uns Schläge androhten, wenn wir nicht verschwinden, blieb mein Kollege immer noch cool, aber ich bekam Angst, wie noch nie in meinem Leben. Ich begriff erst zu diesem Zeitpunkt, dass Polizist sein bedeutet, dass du jeden Tag dein Leben aufs Spiel setzen musst und nicht weißt, ob du wieder heil und lebend nach Hause kommst. Vollkommene Panik ergriff mich jedoch erst, als der dritte Junge in die Jacke griff und eine Pistole hervorzog. Was dann geschah, weiß ich nur aus Erzählungen meines Kollegen. Ich habe nicht die kleinste Erinnerung an diesen Vorfall."

Monika Fröhlich hielt bei dieser Geschichte den Atem an. Ihr gegenüber war wieder in die Vergangenheit eingetaucht und schien sie nicht mehr wahrzunehmen. Er presste sein Weinglas so stark zusammen, dass seine Fingerknöchel weiß hervortraten.

Monika hatte Angst, dass er das Glas zerdrücken und sich verletzen könnte. „Ich habe meine Waffe gezogen und ohne Vorwarnung geschossen. Erst als der Knall der Waffe die Ruhe der Fabrikhalle zerriss, kam ich langsam wieder zur Besinnung. Ich ließ meine Waffe fallen, als wäre sie aus glühendem Eisen. Der Junge war nur zwei Meter vor mir gestanden und ich konnte ihn natürlich nicht verfehlen. Ich sehe heute noch manchmal sein erschrockenes Gesicht in meinen Träumen, als er von der Wucht der Kugel zurückgeschleudert wurde und wie in Zeitlupe zu Boden schlug. Kai Berger. Er hieß Kai Berger und war zweiundzwanzig Jahre alt, als ich sein Leben auslöschte. Und er hatte nur eine verdammte Gaspistole in der Hand."

Monika Fröhlich notierte sich den Namen Kai Berger in Gedanken und nahm sich vor, diesen Fall genauer zu recherchieren.

„Und wie ging der Fall damals aus?", fragte sie, um ihr Gegenüber wieder in die Realität zurückzuholen. Ihr Chef hob den Kopf und sah sie mit glänzenden Augen an. Fast etwas erschrocken schob er das Weinglas von sich und setzte sich aufrechter hin.

„Du siehst ja selbst, ich sitze vor dir und bin dein Chef, obwohl ich als Mörder im Knast sitzen müsste. Das Verfahren zog sich über Jahre. Mein armer Kollege und ich wurden befragt, befragt und noch mal befragt. Sie stellten uns förmlich auf den Kopf und wendeten uns von innen nach außen. Der Richterspruch lautete, dass ich in Notwehr und in Ausübung meiner Pflicht geschossen hatte. Es war für mich nicht zu erkennen, dass die Waffe nicht scharf war."

Monika wartete einen Moment, ob noch etwas kommen würde, dann fragte sie: „Und was war mit den Hinterbliebenen, Eltern, Freunden, Verwandten? Haben die sich mit dem Urteil abgefunden oder haben sie dich in irgendeiner Form bedroht?"

„Ich denke, dass das ausschlaggebende Argument für die Hinterbliebenen war, dass die beiden anderen Jungs unsere Schilderung des Hergangs voll bestätigt haben. Ich habe nie Drohungen erhalten und bin auch nie angefeindet worden. Es reichten aber auch die Vorwürfe, die ich mir selbst gemacht habe und bis heute mache."

„Du warst nicht schuld am Tod des Jungen", sagte Monika Fröhlich zutraulich, griff über den Tisch und nahm die Hand ihres Chefs in ihre.

Fast etwas panisch zog er seine Hand weg und legte sie sich in den Schoß.

Den peinlichen Moment löste der Kellner auf, als er kurz darauf die beiden Pizzas brachte.

„Fällt dir sonst noch jemand ein, der sich an dir rächen will?", fragte Monika, als sie schweigend bereits zwei Pizzastücke gegessen hatte.

„Ich habe mich das auch schon gefragt, das kannst du mir glauben", antwortete Rüdiger kauend. „Weitere Tote gehen nicht auf mein Konto, zumindest nicht unmittelbar. Ich weiß nicht, ob andere Menschen an den Folgen ihres Gefängnisaufenthalts oder aus Gründen, die ich nicht kenne, zu Tode gekommen sind. Ich weiß es einfach nicht."

Die Stimme ihres sonst so beherrschten Chefs klang jetzt fast verzweifelt und Monika Fröhlich wusste in diesem Moment, dass die Suche nach einem mutmaßlichen Verdächtigen alles andere als leicht werden würde. Zumal da ja noch ihr aktueller Fall auf sie wartete.

„Wenn ich alte Akten nach Verdächtigen durchsuche, wird das sicherlich nicht unbemerkt bleiben, vor allem, weil du nicht nur hier bei uns tätig warst."

„Das weiß ich, Monika. Versuche einfach, diskret zu sein. Ich möchte keine schlafenden Hunde wecken."

„Und was ist mit Bernd? – Bernd Peter, mein Partner."

„Ich möchte derzeit nicht, dass außer uns beiden von dem Vorfall jemand etwas mitbekommt."

„Und was soll ich ihm sagen?"

„Ich rede mit ihm und kläre das", entgegnete Rüdiger Probst zuversichtlich.

Inzwischen hatten beide ihre Pizza verdrückt und Monika Fröhlich spürte, dass ihr Chef unruhig wurde. Fast hektisch suchte er nach dem Kellner, um zu zahlen.

„Sorry, aber ich muss jetzt gehen", sagte er, nachdem er die Rechnung für beide beglichen hatte.

„Anscheinend hat ihn die Beichte über den erschossenen Jungen doch tiefer berührt als anfangs angenommen", dachte Monika Fröhlich nüchtern.

„Kein Problem, ich trinke nur in Ruhe meinen Wein aus. Wir sehen uns morgen im Büro."

Er blicke ihr noch einmal tief in die Augen. Es sah fast so aus, als wollte er noch einmal abschätzen, ob sie wirklich vertrauenswürdig und sein Problem bei ihr in guten Händen war. Monika unterließ es aber, das noch einmal zu versichern. Das musste er schon mit sich selbst ausmachen.

Ich saß am nächsten Morgen zeitig im Büro und schrieb mir hinter die Namen auf meiner Liste der Motorradfahrer eine Reihenfolge, in der ich sie heute abklappern wollte. Dabei half mir das Navi meines Handys enorm. Moni trudelte ein, als ich fast fertig war.

„Morgen Bernd", begrüßte sie mich freundlich und gab mir damit zu verstehen, dass mein vorwurfsvolles Misstrauen vom Vortag inzwischen vergessen war.

„Morgen, Hübsche", sagte ich deshalb erleichtert.

„Na, schon was herausgefunden?", fragte sie, während sie Platz nahm und ihre Waffe in eine ihrer Schreibtischschubladen legte.

„Ich habe das Motorrad auf dem Überwachungsvideo gefunden und Toni hat Marke und Modell herausgefunden. Es hat kein Kennzeichen. Ducati XDiavel. Davon gibt es in Mittelfranken über fünfzig. Hier im Großraum noch immer vierunddreißig."

Ich hob dabei meine Liste hoch. Moni langte über unsere beiden Schreibtische und ich reichte ihr die Liste hinüber. Sie überflog sie kurz und fragte dann: „Und was bedeuten die Zahlen am Rand?"

„In dieser Reihenfolge werden wir die Besitzer heute besuchen."

Ich kannte sie inzwischen zu gut, um die Veränderung in ihrem Gesicht und in ihrer Haltung nicht zu bemerken, als ich „wir" gesagt habe. Sie reichte mir die Liste zurück und sagte: „Das schaffst du auch alleine, Bernd. Ich habe etwas anderes zu erledigen."

„Fängt die Geheimnistuerei schon wieder an", dachte ich mir genervt. Sonst hätte sie mir zumindest gesagt, was sie erledigen musste. Ihr hilfesuchender Blick in Richtung Büro unseres Chefs sollte wahrscheinlich beiläufig wirken, aber auch das hatte sie nicht wirklich drauf. Obwohl ich innerlich kochte, faltete ich ruhig die Liste zusammen und stand auf.

„Alles klar, Moni, dann klappere ich die Adressen alleine ab. Ich nehme den Wagen und ruf dich an, wenn ich etwas herausfinde."

Ich nahm meine Jacke und zog sie an.

„Sorry, Bernd!", flüsterte sie und auf ihrer Stirn waren zwei steile Unglücksfalten zwischen den Augenbrauen zu sehen.

Ich verließ das Büro, hastete die Treppe zur Tiefgarage hinunter und schwang mich in den A6. Die Liste der Motorradhalter hatte ich auf den Beifahrersitz gelegt und die erste Adresse ins Navi eingegeben. Ob das Motorrad jetzt im Winter angemeldet war, hatte ich nicht als Kriterium vorausgesetzt. Da das Fahrzeug kein Kennzeichen hatte, konnte es theoretisch ja auch abgemeldet sein. Die erste Adresse war nicht weit. Mitten in Fürth, in der Flößaustraße, gegenüber einer Pizzeria, meldete mein Navi, dass ich das Ziel erreicht hatte. Inzwischen fiel eine Mischung aus Schnee und Regen und ich hatte eigentlich keinen Bock, das Auto zu verlassen. Auf der Straße stand die schwarze Maschine offensichtlich nicht. Bei diesem Wetter hätte ich das einem richtigen Biker aber auch nicht zugetraut. Entschlossen öffnete ich die Fahrertür und stieg aus. Ich klemmte angewidert meinen Kopf zwischen die Schultern und zog den Reißverschluss meiner Daunenjacke ganz zu. Vorsichtig, die matschigen Pfützen umgehend, ging ich zu dem Haus mit der angegebenen Nummer. Neben der Eingangstür des mehrstöckigen Sandsteinbaus gab es noch ein zweiflügliges Tor. Ich prüfte kurz meine Waffe, zog meinen Ausweis aus der Hosentasche, dann klingelte ich im dritten Stock beim Namen des Halters der Maschine. Es dauerte einen langen Moment, in dem mir das Schnee-Wasser-Gemisch stetig auf den Kopf tropfte und schließlich unangenehm kalt in meinen Nacken floss. Als der Türsummer ertönte, drückte ich die Haustüre eilig auf und betrat ein Treppenhaus, das intensiv nach Bohnerwachs und feuchtem Keller roch. Die auf Hochglanz gebohnerte Holztreppe knarzte übel, als ich langsam die rutschigen Stufen hochstieg. Das schwere Holzgeländer war genauso perfekt restauriert wie die ganze Treppe und die verzierten Stuckelemente an den Decken. Durch die Fenster, die auf halber Höhe zwischen den Stockwerken nach hinten hinausgingen, konnte ich einen kleinen Hinterhof ausmachen, der von einer efeubewachsenen Mauer umgeben war und im Sommer sicherlich ein lauschiges Schattenplätzchen abgab. Die Tür im dritten Stock stand offen und ein gewaltiger Hüne blickte mir völlig haarlos entgegen. Vorsorglich blieb ich in zwei Metern Abstand vor der Wohnungstür stehen. Aus der Wohnung klangen die harten Beats einer Metalband zu mir heraus.

„Hallo, Kriminalpolizei Fürth, mein Name ist Bernd Peter“, sagte ich freundlich, erntete aber ein völlig unbewegtes Pokerface von meinem Gegenüber. Erst jetzt sah ich, dass nicht nur die Arme des Mannes völlig mit Tattoos bedeckt waren, sondern auch sein gesamter Kopf, mit Ausnahme des Gesichtes.

„Und?“, fragte er redselig und verschränkte provozierend seine gewaltigen Unterarme vor der Brust. Dabei verdeckte er fast das gesamte AC/DC-Logo, das vorne auf seinem dunkelblauen T-Shirt prangte. Seine schwarze Lederhose war speckig und verranzt und auf seine hellblauen Socken waren gelbe Quietschentchen aufgedruckt. In das Klischee eines Schlägertyps passte bei dem Kerl alles, außer natürlich die Socken.

„Sind sie der Halter einer Ducati XDiavel?“, fragte ich mit fester Stimme, obwohl die hünenhafte Figur des Typen schon respekteinflößend war.

„Wer will das wissen?“

Ich blickte ihn herausfordernd an und ließ wie ganz nebenbei meine rechte Hand in Richtung meines Pistolenholsters wandern. Das Funkeln in seinen Augen zeigte mir, dass er mich jetzt ernst zu nehmen schien.

„Ja, mir gehört so eine Maschine.“

„Waren Sie am Freitagabend mit diesem Motorrad unterwegs?“

Ohne einen Moment zu überlegen, sagte er sofort: „Nein, das war ich nicht. Bei diesem Wetter steht meine Lady schön im Trockenen.“

„Und wo waren Sie am Freitagabend?“

Jetzt brauchte er einen Moment, bis er antwortete.

„Freitag war ich im Fürther Mare, ein paar Bahnen schwimmen und einige Saunagänge machen.“

Ich hatte zwar mit Freizeitaktivitäten wie Schlägern, Saufen oder vielleicht noch Bodybuilding gerechnet, aber warum soll so ein Typ nicht auch schwimmen oder saunieren?

„Waren Sie alleine?“

Er verzog sein Gesicht zu einem unverschämten Grinsen und antwortete: „Wegen mir alleine hätten die das Bad sicherlich nicht aufgesperrt, Herr Wachtmeister.“

„Eins zu null für dich“, dachte ich mir.

„Waren Sie mit jemandem zusammen dort, der Ihr Alibi bestätigen kann?“

„Wieso Alibi?“, fragte er erschrocken und das dumme Grinsen verschwand aus seinem Gesicht.

„Eins zu eins“, dachte ich bei mir.

„Es geht um einen Mordfall. Der Täter hat ein Motorrad gefahren. Und zwar genau so eins, wie Sie es haben.“

„Mord?“, fragte er und eine leichte Blässe schob sich in sein Pokerface. „Ich war alleine im Bad. Nein, ich bin alleine hin und mit einem Mädchen wieder gegangen. So gegen zehn Uhr.“

„Und wie heißt dieses Mädchen?“, fragte ich nach.

Jetzt überlegte er wieder und die Blässe in seinem Gesicht wich einer peinlichen Röte.

„Keine Ahnung – Mandy oder so. Oder Melanie. Ich weiß es nicht. Sie hatte auf jeden Fall sensationelle Tattoos am ganzen Körper, und wenn ich ganzen Körper sage, dann meine ich das auch so."

Stolz über seine Eroberung schwang in diesen Worten mit, aber ein Alibi war das noch lange nicht.

„Kann ich das Motorrad sehen?"

Er musterte mich abschätzend, wahrscheinlich um abzuwägen, ob ich es wert war, seine Lady zu Gesicht zu bekommen. Sicher hätte er es sich nicht so lange überlegt, wenn es um Mandy gegangen wäre.

„Sicherlich", sagte er schließlich und ging in die Wohnung. Ein paar Augenblicke später kam er wieder zurück, ein paar schwarze, lederne Motorradstiefel an den Füßen und einen Schlüsselbund in der Hand. Er zog die Wohnungstür hinter sich zu und stieg dann vor mir die Treppe hinunter bis ins Erdgeschoss. Wir verließen das Haus durch die Tür, die hinaus in den kleinen Hinterhof führte. Dann schloss er eine weitere Tür auf, die in einen großen Raum führte, dessen Ausgang das breite, zweiflügelige Tor bildete, das ich schon von der Straße aus gesehen hatte. Neben einigen ziemlich schrottig wirkenden Fahrrädern stand in diesem Raum auch ein Motorrad. Unter einer mattschwarzen Plane mit glänzendschwarzen Ducati-Aufdruck.

„Da steht sie", sagte der Hüne und machte keine Anstalten, die Plane abzunehmen. Ich trat an das Motorrad heran und betrachtete die Plane. Vorsichtig fuhr ich mit einem Finger über die Leinwand, aber es war nicht die kleinste Staubschicht zu erkennen.

„Kann ich sie sehen?", fragte ich und legte eine große Portion Bewunderung in meine Worte. Das fiel mir auch nicht wirklich schwer, denn eine solche Maschine war sicherlich der Traum eines jeden Mannes.

Der Hüne nickte und begann vorsichtig, die Plane abzuziehen. Fast liebevoll ging er dabei ans Werk und es fehlte nur noch Joe Cockers Striptease Song „You can leave your hat on" und das Ganze wäre perfekt inszeniert gewesen. Auf den Bildern der Überwachungskamera war das Motorrad ja nur von Weitem zu sehen gewesen, außerdem in einer miesen Auflösung. Was da jetzt vor mir stand, war eine Höllenmaschine reinsten Kalibers. Ich ging bewundernd einmal um das Motorrad herum und blickte dann ihren stolzen Besitzer in die glänzenden Augen.

„Ich habe niemanden getötet, Herr Kommissar“, sagte er eindringlich und ich war fast versucht, ihm zu glauben. Ob das Motorrad vor zwei Tagen bewegt wurde, konnte ich nicht feststellen, da es jetzt vor mir stand, als stünde es frisch poliert und fabrikneu im Verkaufsraum eines Ducati-Händlers.

„Ist sie angemeldet?“, fragte ich ausweichend und betrachtete das Kennzeichen von Nahem.

„Ja, ich melde sie nicht ab, so viel spart man dabei auch nicht und ich kann sie bei schönem Wetter jederzeit aus dem Winterschlaf holen.“

„Wann sind sie zuletzt gefahren?“

„Das ist schon einige Wochen her, aber sie wird jeden Tag abgestaubt und gewienert.“

„So sieht sie auch aus“, dachte ich bewundernd.

„Alles klar, dann habe ich alles gesehen. Wenn ich noch Fragen habe, dann melde ich mich. Hier meine Karte, falls ihnen zum letzten Freitag noch etwas einfällt.“

Ich drückte ihm meine Karte in die Hand, warf noch einen letzten Blick auf die Maschine und sagte im Hinausgehen: „Geiles Teil – ich finde selbst raus!“

„Ach, Herr Kommissar, bitte erwähnen Sie Mandy nicht vor meiner Freundin, die reißt mir sonst den Kopf herunter.“

„Ich versuche es zu vermeiden“, sagte ich grinsend und trat hinaus in die Kälte des Hinterhofes.

Eine Minute später saß ich wieder in meinem Wagen und blickte auf die etwas aufgeweichte Liste der Motorradbesitzer. Die Motivation, diese alle alleine abzuklappern, war fast auf den Nullpunkt gesunken. Besonders hoch war sie allerdings nie gewesen, vor allem seit ich wusste, dass Moni nicht bereit war, mir zu helfen. Ich wollte gerade den Wagen starten, als mein Handy klingelte. Sonja stand im Display und ich ging ran.

„Hallo, Schatz."

„Hallo, Bernd, ich wollte nur wissen, wie es dir geht."

„Super", sagte ich mit so viel Ironie, wie ich aufbringen konnte. „Moni lässt mich bei unserem Mordfall völlig alleine und brütet mit unserem neuen Chef irgendeine Sache aus. Ich überprüfe gerade einige Motorradhalter und die Liste ist verdammt lang."

„Soll ich dir helfen? Ich habe heute Freischicht."

Sonja war ja eine Kollegin aus der Inspektion, allerdings nur im Innendienst beschäftigt. Als ich sie kennengelernt hatte, war sie mir auch in einem unserer Fälle behilflich gewesen. Dass man seine Freundin mit zu Ermittlungen nimmt, ging natürlich gar nicht, wenn sie allerdings gleichzeitig eine Kollegin war, konnte man sicherlich ein Auge zudrücken.

„Alles klar, ich hole dich ab. Ich check jetzt noch zwei Halter in Zirndorf, danach hole ich dich zu Hause ab."

„Also, bis gleich", sagte Sonja gut gelaunt und legte auf. Ich warf mein Handy auf den Beifahrersitz zu meiner Liste und startete den Wagen. Ich fuhr die Flößaustraße zurück, hielt mich dann links und fuhr die Schwabacher bis Fürth Süd. Dort bog ich rechts ab und fuhr dann in Oberasbach wieder rechts nach Zirndorf. Ich musste durch den ganzen Ort und bemerkte zu spät, dass der Weg über die Tangente sicherlich der schnellere gewesen wäre. Zirndorf war schon fast zu Ende, als mich das Navi über einen Bahnübergang lotste. Ich bog noch zweimal rechts und einmal links ab, dann tönte der Satz „Sie haben Ihr Ziel erreicht" aus dem Navigationsgerät. Es war eine typische Wohngegend, in der jeder Bewohner der mehrstöckigen Wohnhäuser sein eigenes Auto hatte, und alle standen natürlich auf der Straße. Einen Parkplatz fand ich deshalb erst ein ganzes Stück entfernt von meinem Ziel. Der üble Schneeregen hatte inzwischen zwar aufgehört, aber der widerliche Matsch lag noch immer auf Gehweg und Straße. Ich hastete den Gehweg einige Häuserblocks zurück und stand dann vor der Hausnummer, die auf meinem Zettel stand.

Ich drückte auf die Klingel für den ersten Stock und schob die gläserne Haustür auf, als der Türsummer ertönte. „Hallo, Frau Huber?“, rief ich fragend, als ich die Treppen hochgestiegen war und mir eine Frau in den Fünfzigern mit üppigen graubraunen Locken die Tür geöffnet hatte.

„Ja?“, fragte sie nur.

„Kripo Fürth, Bernd Peter ist mein Name, ist Ihr Mann Ralph zu Hause?“

Sie runzelte die Stirn und sagte: „Nein, er ist im Urlaub!“

„Kann ich kurz reinkommen, Frau Huber?“

„Ich heiße Sommerfels-Huber, Herr Peter“, entgegnete sie belehrend und schob die Tür auf.

„Um was geht es?“, fragte sie mit Besorgnis in der Stimme. „Haben Sie einen Ausweis?“

Anscheinend war ihr gerade eingefallen, dass es durchaus Maschen von Betrügern gab, die sich als Polizisten ausgaben und sich so Zugang zu Wohnungen verschafften.

„Keine Sorge, Frau Huber – ach, Sommerfels-Huber, Entschuldigung. Ich habe nur einige Fragen zum Motorrad Ihres Mannes.“

Die Frau zog ihre offene Strickjacke vor der Brust zusammen und verschränkte die Arme davor.

Mein Blick streifte kurz durch den Hausflur und die offene Wohnzimmertür.

„Ein eingefleischter Clubberer mitten im Feindesland Fürth“, dachte ich erstaunt, als ich die diversen Bilder, Schals und Fanartikel des 1. FCN an den Wänden verteilt sah.

„Freitagabend wurde ein Verbrechen begangen, das mit einer Maschine, wie sie Ihr Mann fährt, in Verbindung steht. Meine Aufgabe ist es, die Halter aufzusuchen und ihr Alibi für die Tatzeit zu überprüfen.“

„Ach so“, die Frau atmete sichtbar auf und sagte dann: „Wie gesagt, mein Mann macht seinen jährlichen Motorradurlaub mit seinen Kumpels.“

Begeisterung über diese Unternehmung ihres Mannes hätte sich anders angehört. Anscheinend bohrte da etwas Neid oder

Zorn über diese Männertour in ihrer Seele. Was allerdings für unseren Fall nicht relevant war.

„Sie sind bereits letztes Wochenende in Richtung Griechenland losgefahren und kommen nächste Woche wieder."

„Und er ist auch mit der Ducati XDiavel unterwegs?", fragte ich der Vollständigkeit halber nach.

„Ja sicher, er hat nur diese eine Maschine. Die war teuer genug."

„Dann hat sich die Angelegenheit ja erledigt, Frau Hu- ... Sommerfels-Huber", verbesserte ich mich schnell und wandte mich dann zum Gehen.

„Was ist den passiert?", fragte sie hinter mir und ich drehte mich wieder um.

Ich wollte ihr sicherlich keine Details erzählen, aber ihre Neugier machte auch mich neugierig.

„Ein Mann wurde erschlagen und ein Zeuge hat den Täter mit schwarzen Lederklamotten, schwarzem Helm und der Maschine Ihres Mannes beobachtet."

„Okay", entgegnete sie lang gezogen und tiefe Falten zeigten sich auf ihrer Stirn.

„Wissen Sie etwas?", fragte ich eindringlich und trat dicht an sie heran.

„Nein, ich weiß nichts. Ich bin nur neugierig", entgegnete sie ausweichend.

Ich zog mein Handy heraus, um mir Notizen zu machen. Das Verhalten der Frau hatte mich etwas stutzig gemacht, deshalb fragte ich sie: „Wie heißen denn die Kumpels Ihres Mannes, mit denen er unterwegs ist, und wohin sind sie genau gefahren?"

„Das sind halt Arbeitskollegen. Der eine heißt Stefan und der andere Daniel, glaube ich. Mehr weiß ich leider auch nicht und sie wollten nach Griechenland."

„Fahren sie die ganze Strecke oder nehmen sie die Fähre?"

„Ich weiß es nicht", antwortete die Frau fast etwas verzweifelt.

„Sie müssen doch mit Ihrem Mann darüber sprechen, wohin er in den Urlaub fährt und vor allem mit wem!", sagte ich ungläubig.

Ihre Augen schimmerten feucht und ich spürte, dass da noch etwas kommen würde.

„Er erzählt mir nichts und ich habe manchmal den Verdacht …“, ihre Stimme kippte und ein tiefer Schluchzer entrang ihrer Kehle. Mit einem Handrücken wischte sie sich die Tränen ab. „Ich denke, dass da auch eine andere Frau im Spiel ist, aber das ist nur so ein Bauchgefühl. Auf jeden Fall verheimlicht er mir etwas und das macht mich krank und lässt mich vielleicht sogar schon Gespenster sehen.“

Sie zog ein Taschentuch aus der Hose und schnäuzte sich geräuschvoll.

Die Stille, die auf ihren Verdacht hin folgte, war mir mehr als unangenehm. Ich hatte selbst genug Probleme mit meinen beiden Damen und brauchte nicht auch noch die einer dritten. Ich legte der Frau beruhigend eine Hand auf die Schulter und sagte: „Es wird alles wieder gut, Frau Sommerfels-Huber. Ich muss jetzt gehen.“

Mit einem Ruck wandte ich mich ab und ging die Treppe hinunter. Meine Schritte hallten dabei fast unangenehm von den kahlen Wänden wider. Einen Moment später öffnete ich die Haustüre und trat hinaus in die Kälte und den wieder einsetzenden Regen.

„Mistwetter“, fluchte ich und ging schneller, um meinen Wagen einigermaßen trocken zu erreichen.

Es wäre zum nächsten Halter in Zirndorf nicht wirklich weit gewesen, aber ich beschloss kurzerhand, doch erst Sonja zu Hause abzuholen. Bei solchen Begegnungen wie gerade eben wäre sie sicherlich eine gute moralische Unterstützung und hätte ein feineres Händchen als ich.

Zwanzig Minuten später stand ich vor Sonjas Elternhaus und schrieb ihr eine Nachricht, dass ich da bin.

Anscheinend hatte sie schon gewartet, denn einen Augenblick später stieg sie auf der Beifahrerseite ein. Sie beugte sich zu mir und hauchte mir einen gut gelaunten Kuss auf den Mund.

„Dann lass uns zusammen Verbrecher jagen“, sagte sie unternehmungslustig und öffnete den Reißverschluss ihrer Jacke, weil ich den Wagen inzwischen mollig warm eingeheizt hatte. Ich warf noch einmal einen kurzen Blick auf meine Liste, startete den Wagen und wendete. Die nächste Adresse lag in Sichtweite des Ronhof-Stadions, das inzwischen auch schon in Playmobil-Arena und Trolli-Stadion umbenannt wurde. „Für mich ist das einfach der Ronhof", dachte ich bei mir, als ich das Stadion rechts liegen ließ und in die Seitenstraße abbog, in der unser Motorradhalter wohnen sollte.

Dieses Mal parkte ich den Wagen vor einem zweistöckigen Wohnhaus, neben dem eine Doppelgarage mit vorgelagertem Carport stand. Der gewaltige Weinstock, der den ganzen Carport eingewickelt und zugewuchert hatte, war um diese Jahreszeit natürlich völlig entlaubt und wirkte fast abgestorben. Sonja und ich stiegen aus und schlossen fröstelnd unsere Jacken. An beiden Klingelschildern standen die gleichen Nachnamen und ich klingelte entschlossen bei beiden. Ungeduldig wollte ich nach einigen Momenten des Wartens ein zweites Mal klingeln, als aus dem Innern des Hauses gedämpft eine Stimme „Komme gleich" rief.

Das Alter der Frau, die kurz darauf die Haustüre öffnete, war schwierig einzuschätzen. Ihr Haar war voll, schulterlang und kohlrabenschwarz. Ihr Gesicht hingegen war eingefallen, grau und faltig wie das einer Greisin. Die Figur war sportlich und die ganze Erscheinung stattlich und selbstbewusst.

„Ja, bitte?", fragte sie mit erhobenem Kinn und etwas Schärfe in der Stimme, so als hätten wir sie gerade bei etwas Wichtigem unterbrochen. Ich stellte Sonja und mich vor und machte einen Schritt auf die Frau zu, um so vielleicht hineingebeten zu werden. Sie trat mir aber entschlossen entgegen und zog die Tür etwas hinter sich zu.

„Wir sind auf der Suche nach dem Halter eines schwarzen Motorrades", sagte Sonja sehr diplomatisch und fügte den Namen des Halters hinzu.

„Richard ist in der Arbeit – was wollen Sie von ihm?", antwortete die Frau, jetzt doch etwas verunsichert.

„Wann wird er denn zurückkommen? Wir hätten einige Fragen zu seinem Motorrad“, fragte ich.

„Richard ist mein Sohn. Er kommt sehr unregelmäßig nach Hause. Das richtet sich danach, was in der Arbeit los ist.“

„Vielleicht können Sie uns ja sagen, wo Ihr Sohn am Freitagabend war und ob er mit der Maschine unterwegs war“, entgegnete Sonja zutraulich. Sie hatte wirklich ein Gespür dafür, wie sie Leute ansprechen musste, um nicht gleich deren Ablehnung oder Misstrauen zu erwecken.

„Freitags ist er immer in Forchheim zum Squash-Spielen. Meistens kommt er spät nach Hause, weil er noch mit seinen Kumpels zusammensitzt.“

„Und war er diesen Freitag mit dem Motorrad unterwegs?“, fragte ich nach.

„Nein, die Kiste steht bei dem Wetter nur in der Garage“, sagte sie und deutete auf das gewaltige Holztor, das in die Garage führte.

„Können wir das Motorrad kurz ansehen?“, fragte Sonja ganz in meinem Sinn.

Die Frau musterte uns noch einmal eindringlich, dann langte sie in den Hausflur und betätigte den elektrischen Garagenöffner. Zumindest nahm ich das an, weil sich einen Moment später das riesige Tor knarrend in Bewegung setzte und langsam nach oben aufschwang. Sonja und ich gingen gemächlich auf das Tor zu und warteten, bis es ganz offen war. Schon im Hochgehen fiel mein erster Blick auf einen grandiosen Oldtimer, der links an der Wand stand. Das Auto sah aus, als stammte es aus einem alten Mafia-Gangsterfilm. Völlig fasziniert von dem Wagen drehte ich als Erstes eine bedächtige Runde um den Citroën, denn als solcher stellte er sich heraus, als ich das Firmenlogo auf dem großen Kühlergrill entdeckte. Sonja hingegen hatte bereits das Motorrad ins Visier genommen, das die zweite Hälfte der Garage für sich beanspruchte. Wie der Citroën war auch das Motorrad schwarz von oben bis unten. Auch diese Maschine bestätigte das Klischee, nach dem die Motorräder immer sauberer und gepflegter dastanden als ihre Fahrer. Der Fahrer war zwar nicht anwesend, aber sauberer und gepflegter als dieses Geschoss konnte er nicht sein. Wären an den Reifen nicht deutliche Abnutzungsspuren zu erkennen gewesen, wäre dieses Motorrad durchaus als fabrikneu durchgegangen.

„Nicht das kleinste Stäubchen“, sagte Sonja und fuhr demonstrativ mit dem Zeigefinger über die schwarze Sitzbank.

„Das Ding wird nicht nur nach jeder Fahrt geputzt, sondern auch regelmäßig abgestaubt, da ist er sehr penibel, mein Herr Sohn“, sagte die Mutter unseres Verdächtigen, die uns in die Garage gefolgt war. Es schwang zwar auch etwas Stolz in dieser Aussage mit, aber hauptsächlich war sie von dieser Angewohnheit ihres Sohnes wahrscheinlich genervt.

„Eine kleine Staubschicht hätte Ihren Sohn jetzt sicherlich entlastet. Das hätte nämlich bedeutet, dass er am Freitag nicht damit gefahren ist“, sagte ich ungerührt.

„Wieso entlastet? Er war am Freitag in Forchheim, das habe ich Ihnen doch gesagt. Was soll er überhaupt verbrochen haben?“

So cool sie bisher auch war, jetzt schlugen ihre Mutterinstinkte durch und versuchten, ihren Sohn in Schutz zu nehmen.

„Können Sie uns Namen von Personen geben, mit denen Ihr Sohn zum Squash-Spielen geht und die sein Alibi bestätigen können?“, entgegnete ich, ohne auf ihre Frage einzugehen.

„Keine Ahnung, mit wem mein Sohn seine Freizeit verbringt. Er ist ein erwachsener Mann und meldet sich nicht bei seiner Mutter ab.“

„Vielleicht hat er Ihnen gegenüber einmal die Namen seiner Spielpartner erwähnt?“, fragte Sonja in beruhigendem Ton.

„Da müssen Sie ihn schon selbst fragen“, entgegnete die Frau und verließ die Garage. Sonja und ich gingen ebenfalls wieder zurück zur Eingangstür des Hauses und hinter uns schloss sich das Garagentor mit einem gelegentlichen Knarren der starken Federn.

„Könnten Sie Ihrem Sohn bitte meine Karte geben und ihm sagen, dass er mich anrufen soll?“, sagte ich abschließend und reichte ihr meine Visitenkarte.

„Und einen schönen Tag noch“, ergänzte Sonja, als die Frau meine Karte genommen hatte und sich abwandte.

„Ganz schön mühsam, aus den Leuten etwas herauszubekommen“, sagte Sonja genervt, als wir wieder im Auto saßen. „Die Polizei hat echt einen miesen Ruf hier in Deutschland.“

Stumm gab ich ihr Recht, auch wenn ich mich an diese Tatsache inzwischen gewöhnt hatte. Ich nahm meinen Zettel mit den Haltern zur Hand und tippte dann die nächste Adresse in mein Handy ein. Der A6 hatte zwar auch ein Navigationssystem, aber mit dem hatte ich mich bis jetzt nicht auseinandergesetzt. Mondstraße in Zirndorf, war mir kein Begriff, obwohl ich mich inzwischen auch im Landkreis Fürth ganz gut auskannte. Ich drückte Sonja mein Handy in die Hand und startete den Wagen. Schnell waren wir wieder auf der Erlanger Straße stadteinwärts unterwegs, fuhren am Präsidium vorbei und schlängelten uns dann über Nebensträßchen durch Dambach und dann über die Zirndorfer Straße nach Zirndorf hinein. Nach zweimaligem Abbiegen und drei roten Ampeln fuhr ich den Wagen auf eine enge Einfahrt vor zwei Garagen. Das Wohnhaus lag direkt an der Straße, wurde aber von einem hölzernen Lärmschutzwall völlig abgeschirmt. Der furchtbare Schneeregen hatte inzwischen aufgehört und Sonja und ich stiegen aus. Ich klingelte an der unteren Glocke, denn dort prangte der Namen des Halters der Ducati. Der Türsummer des Gartentors ertönte und ich drückte auf. Die Haustür schwang auf und ein ergrauter Mittfünfziger mit kleinem Wohlstandsbauch trat heraus.

Ich ließ meinen üblichen Spruch ab und hätte bei der Vorstellung meiner Kollegin um ein Haar Monika Fröhlich gesagt.

„Ist was passiert?“, fragte unser Gegenüber aufgeregt.

„Keine Sorge, Herr Wimmer, alles ist gut“, entgegnete Sonja freundlich und ich sah in seiner Miene, wie er meine Freundin schamlos von oben bis unten musterte. Er grinste anzüglich, streckte Sonja die Hand entgegen und sagte in einem zugegeben charmanten Tonfall: „Du kannst mich ruhig Werner nennen.“

„Wir recherchieren in einem Mordfall“, sagte ich schärfer als beabsichtigt. Nein, ich hatte es durchaus beabsichtigt, den Opa zu schockieren.

„Sind Sie der Halter einer Ducati XDiavel?“, fragte ich etwas ruhiger, nachdem ich mit Befriedigung seinen erschrockenen Blick registriert hatte.

„Sicher, das ist die Maschine von meinem Sohn, zugelassen ist sie auf mich und die sündhaft teure Versicherung zahle ich auch“, gab unser Gegenüber bereitwillig Auskunft. „Was ist damit? Ist was passiert?“

„Wir müssen einen Mordfall aufklären, bei dem ein Motorrad dieses Typs eine entscheidende Rolle spielt.“

Als Sonja das Wort Mordfall aussprach, veränderte sich die Miene des Mannes zusehends. Die Augenbrauen zogen sich zusammen und eine steile Falte entstand über seiner Nasenwurzel. Der eingezogene Bauch verlor alle Spannung und wölbte sich stattlich hervor.

„Steht das Motorrad hier?“, fragte ich und deutete auf die beiden Garagen.

„Nein, über den Winter steht es bei meiner Mutter in der Garage. Bei uns ist kein Platz.“

Er deutete dabei auf eine kurze Treppe und einen schmalen Durchgang, der anscheinend auf ein Grundstück hinter dem Haus führte.

„Können wir es sehen, Werner?“, fragte ich in freundschaftlichem Ton, obwohl ich wusste, dass er nur Sonja das Du angeboten hatte.

„Sicher“, flüsterte er. Erst einen Moment später sagte er etwas fester: „Sicher könnt ihr es sehen.“

Mit einigen Schritten holte er aus der Wohnung einen Schlüsselbund, zog sich Badelatschen über die nackten Füße an und ging vor. Einige Treppen führten zu einem imposanten Gartengrundstück mit altem Baumbestand und verwilderten Ecken. Wir steuerten auf einen überdachten Durchgang zwischen einem Doppelhaus und einem Flachbau zu und standen schließlich vor einem alten Garagentor. Werner sperrte bereits auf und ließ dann das Tor nach oben gleiten. Auf einer mit dicken Holzbohlen abgedeckten Grube stand das gesuchte Motorrad. Nein, es war das Fragment eines Motorrades. Der Rahmen mit den beiden Rädern und das Cockpit. Die restlichen Teile wie Verkleidungen, Tank und Motor waren in der ganzen Garage verteilt. Überhaupt war diese Garage der Inbegriff von Unordnung und Chaos. Ich fühlte mich ab der ersten Sekunde wie im Schlaraffenland. Genau so musste eine Werkstatt aussehen und nur der, der hier Tag für Tag arbeitete, fand sich in diesem Durcheinander von Werkzeug, Ersatzteilen und Müll sicherlich blind zurecht.

„Wie lange steht sie schon so zerrupft hier herum?“, fragte ich Werner.

„Ich denke, dass mein Sohn sie erst am Wochenende zerlegt hat. Aber ehrlich gesagt habe ich es nicht wirklich mitbekommen.“

Ärger schwang in seiner Stimme mit. Sicherlich war er nicht nur der Halter der Maschine und der, der die Versicherung bezahlt, sondern anscheinend hatte er sie seinem Sohn auch finanziert. Den Ärger konnte ich auch nachvollziehen, denn mit Respekt und Ahnung von der Materie hatte der Schrauber, der die Maschine hier zerlegt hatte, sicherlich nicht gehandelt. Der Motor lag halb zerpflückt auf einer völlig verdreckten Werkbank und die Lackteile, wie Tank und Verkleidung, waren achtlos auf dem Boden verteilt.

„Am Freitagabend war sie also noch fahrbereit?“, fragte ich nach, nur um sicherzugehen.

„Ich weiß nicht, wann genau mein Sohn auf die bescheuerte Idee gekommen ist, das Ding zu zerlegen, da müsste ich ihn erst fragen.“

„Wäre es möglich, das gleich zu tun?“, fragte Sonja. „Es ist wichtig, Werner.“

Aus dem Augenwinkel konnte ich es nicht genau sehen, aber ich hätte schwören können, dass ein charmantes Lächeln und ein Augenaufschlag das Wort Werner unterstrichen.

„Sicher“, freute sich Werner und griff in die Hosentasche der völlig verwaschenen und löchrigen gelben Jogginghose.

„Mein Handy ist in der Wohnung“, stellte er dann fest und schob uns aus der Garage. Er schloss das Tor und schlurfte dann mit den Badelatschen zurück zum Haus. Da er uns nicht mit hineinbat, warteten wir vor der Haustür, bis er wieder mit seinem Handy auftauchte. Anscheinend hatte er bereits die Nummer seines Sohnes gewählt, denn er hatte das Telefon am Ohr.

„Warum hast du das Motorrad zerlegt?“, eröffnete er das Gespräch rüde.

Die Antwort des Sohnes konnten wir nicht hören, aber sie fiel sehr lang und ausführlich aus, zumindest nach der Zeit gerechnet, die Werner gebannt lauschte.

„Hier sind zwei Beamte der Polizei, die einige Fragen an dich hätten“, sagte er dann und stellte das Handy auf laut.

„Hallo, Herr Wimmer, mein Name ist Bernd Peter. Wir ermitteln in einem Fall, in dem ein Motorrad wie Ihres eine Rolle spielt. Ich möchte gerne wissen, ob Sie am Freitagabend mit der Maschine unterwegs waren.“

Es dauerte einen Moment, in dem wir nur das Atmen am anderen Ende der Leitung hörten.

„Ich bin seit Wochen nicht mehr mit dem Bock gefahren. Der Motor spackt und läuft nicht. Ich hau das Ding echt bald zum Teufel.“

Die Stimme seines Sohnes glich der von Werner auffallend. Die Wortwahl war vielleicht noch etwas grobschlächtiger als die des Vaters.

„Können Sie uns sagen, wo Sie am Freitagabend waren?“, fragte Sonja freundlich.

„Hallo, was ist denn das für eine liebliche Stimme? Die muss ja zu einem zauberhaften Geschöpf gehören.“

Ich betrachtete das Telefon, ob nicht irgendwo der Sabber herauslief. Der Kerl war noch schlimmer als sein notgeiler Vater.

„Sie sprechen mit einer Beamtin der Kripo und nicht mit irgendeinem Flittchen, Herr Wimmer“, mischte ich mich ein und runzelte die Stirn, als ich Sonjas rosa Wangen wahrnahm.

„Freitag war ich in meinem Wohnwagen und hatte netten Besuch einer Bekannten", sagte er etwas beleidigt, aber auch mit einer Spur Stolz auf seine Eroberung.

„Name und Anschrift der Frau?", fragte ich genervt.

„Keine Ahnung, sie hieß Susi, ja, ich denke, sie hieß Susi. Mehr weiß ich leider nicht. Intime Details wollen Sie sicher nicht wissen, oder? Sie war allerdings schon ziemlich heiß, wenn Sie verstehen, was ich meine."

„Herr Wimmer, Sie haben mich noch nicht überzeugt, dass Sie ein Alibi für die Zeit haben, in der der Mord passiert ist. Ihre Weibergeschichten tragen auf jeden Fall nicht dazu bei", sagte ich scharf. „Wann haben Sie die Maschine zerlegt?"

„Na, am Wochenende", sagte er erschrocken.

„Wann genau?"

„Samstagnachmittag und Sonntag den ganzen Tag", antwortete er. Die Anspielung, dass er ein Mordverdächtiger war, hatte wieder einmal gewirkt.

„Kann das jemand bezeugen?"

Es dauerte einen Moment, bis er antwortete.

„Sicherlich, ich habe bei meiner Oma etwas getrunken und sogar am Sonntag ihre legendären Schnitzel gegessen."

Ich schaute schnell zu Werner und erntete ein Nicken.

„Sie wohnt in der Doppelhaushälfte", flüsterte er unnötigerweise.

Ich überlegte kurz und sagte dann ins Telefon: „Es wäre gut, wenn Sie den Namen Ihrer Bekannten herausfinden und sie Ihnen ein Alibi für den Freitagabend gibt, Herr Wimmer. Ansonsten war's das von uns."

Werner zog das Handy wieder an sich, hielt es sich ans Ohr und sagte drohend: „Wir sprechen uns noch!", dann legte er auf.

„Das war alles, Werner", sagte ich und hielt ihm mein Kärtchen hin. „Ihr Sohn soll uns anrufen, wenn er Namen und Adresse seiner Bekannten herausgefunden hat!"

Mit diesen Worten wandte ich mich ab und ging zum Wagen. Sonja drückte dem Grauhaarigen die Hand und folgte mir wortlos.

Ich hatte zwar vom Bauchgefühl her den Eindruck, dass bisher keiner der besuchten Halter ein echter Tatverdächtiger war, so richtig ausschließen konnte ich aber auch keinen. Irgendwie war das alles unbefriedigend.

Monika Fröhlich hatte den Fall, bei dem ihr Chef diesen Kai Berger erschossen hatte, noch einmal gründlich durchleuchtet und war jetzt auf dem Weg zu dessen Mutter in Lauf. Der Vater war seit einigen Jahren tot und neben der Mutter gab es noch einen größeren Bruder mit dem Namen Oliver. Die Adresse lag im Ortsteil Heuchling. Monika hielt den Wagen vor einem zweistöckigen Prachtbau an, der zwar alt, aber traumhaft restauriert oder über die Jahrzehnte immer tadellos in Schuss gehalten wurde. Eine weiße Mauer mit halbrunden, roten Dachziegeln als Abschluss umgrenzte ein wahrlich verschwenderisches Grundstück, das durch das große schmiedeeiserne Tor fast wie ein Schlosspark wirkte.

„Na toll, ob die mich überhaupt reinlassen?", dachte Monika Fröhlich eingeschüchtert. Sie stieg aus ihrem Wagen, ging zum kleineren Personentor, das ebenso wie das gewaltige, zweiflügelige Haupttor aus silberfarbenem, verschnörkeltem Schmiedeeisen mit goldfarbenen Verzierungen bestand. Sie drückte entschlossen die Glocke und blickte dann in die kleine Kamera, die im Granitpfosten des Tores eingelassen war. Die Stimme einer Frau krächzte aus dem kleinen Lautsprechergitter darunter: „Wer sind Sie und was wollen Sie?"

Es war keine freundliche Stimme und Monikas Ehrfurcht gegenüber Leuten höherer Gesellschaftsschichten war sofort wie weggeblasen.

„Kriminalpolizei, mein Name ist Monika Fröhlich. Kann ich Sie bitte kurz sprechen? Es geht um den Todesfall Kai Berger."

Eine kurze Pause entstand, in der nur das leise Rauschen der Sprechanlage zu hören war, dann klackte das große Tor und begann nach innen aufzuschwingen. Eine orange Rundumleuchte und ein nerviges Geräusch wie beim Rückwärtsfahren eines Müllwagens zeugten davon, dass die Anlage anscheinend auf dem neuesten Stand der Sicherheitsvorschriften war. Monika ging eilig zu ihrem Wagen, startete den Motor und rollte dann durch das Tor auf das imposante Bauwerk zu. In der offenen Haustüre erwartete sie bereits die Hausherrin, zumindest erweckte die wartende Dame einen recht herrschaftlichen Eindruck. Die kastanienroten Haare fielen glatt bis zu den Schultern und waren sicherlich gefärbt. Der strenge, beigefarbene Hosenanzug war gewiss nicht von der Stange und die passenden Schuhe hatten vermutlich auch fast einen vierstelligen Betrag gekostet. Das dezente Make-up und die gepflegten Fingernägel wurden augenscheinlich von einem Profi angelegt und Monika Fröhlich ballte etwas verlegen ihre Hände zu Fäusten, um ihre Nägel zu verstecken.

„Frau Berger?“, fragte die Oberkommissarin und streckte der Hausherrin ihre Hand entgegen.

„Sicher“, raunte die Frau selbstsicher, ergriff aber nicht die dargebotene Hand.

„Es geht um den Todesfall Ihres Sohnes. Ich bearbeite gerade einen Fall, der anscheinend im direkten Zusammenhang mit dem Tod von Kai steht.“

„Kai ist nicht gestorben! Er wurde von einem schießwütigen Polizisten hingerichtet!“, sagte sie scharf und verbittert.

Monika überlegte kurz, ob sie gegen dieses Vorurteil argumentieren sollte, unterließ es aber dann.

„Genau um diesen Polizisten geht es. Er hat eine anonyme Drohung erhalten und fürchtet jetzt um sein Leben und das seiner Familienangehörigen.“

„Und Sie denken, dass die alte Berger so verbittert ist, dass sie nach so vielen Jahren einen Rachefeldzug startet?“

„Ich ermittle in alle Richtungen, Frau Berger, und versuche, dabei auch völlig wertfrei zu bleiben. Dieser Polizist hat in seiner gesamten Dienstzeit so viele Fälle bearbeitet und Täter dingfest gemacht, dass diese Aufgabe für mich nicht einfach ist.“

„Und Sie fangen natürlich bei den übelsten Fällen an, sehe ich das richtig?“

„Sicherlich ist der Tod eines jungen Menschen das Schlimmste, was einem Polizisten im Dienst passieren kann. Und Sie können mir glauben, dass dieser tragische Fall den Mann schwer aus der Bahn geworfen hat und ihn auch nach diesen vielen Jahren noch immer nicht in Ruhe lässt."

„Ich habe kein Mitleid mit diesem Typen – aber an Rache denke ich ebenso wenig."

„Was ist mit Ihrem zweiten Sohn?"

„Lassen Sie Oliver aus dem Spiel, der arme Junge hat genug mitgemacht", sagte sie scharf und fast schon drohend.

„Lebt er hier?", fragte Monika Fröhlich, ohne auf die unterschwellige Drohung einzugehen.

„Das Haus ist groß genug. Er lebt hier, aber ich sehe ihn kaum. Der Junge hat seit dem Tod seines Bruders völlig den Halt verloren."

Die sonst so selbstbewusst wirkende Frau verschränkte die Arme vor der Brust und ein tiefer Schatten legte sich auf ihr Gemüt. Ihre Augen glänzten feucht, als sie weitersprach: „Es sind die Drogen, die ihn völlig kaputtmachen. Wir haben schon so viel probiert, um ihm zu helfen, aber seine Seele ist so sehr verletzt, dass er das Leben nicht mehr ohne Drogen bewältigen kann. Oliver ist aber völlig harmlos und würde keiner Fliege etwas zuleide tun. Rachegedanken hat er nicht. Er lebt in seiner eigenen Welt und hat genügend mit sich selbst zu kämpfen, um sich auch noch um diesen Polizisten zu kümmern."

Tränen liefen der Frau über die Wangen und sie wirkte plötzlich um zehn Jahre gealtert. Ihre Schultern waren nach vorne gefallen und ihr Gesicht zeigte tiefe Sorgenfalten.

Monika Fröhlich hätte der Frau gerne geglaubt. Sie spürte die Ohnmacht und die Verzweiflung einer Mutter in ihr, aber vielleicht wollte sie ihren Sohn auch nur decken und sie bei ihren Ermittlungen behindern.

„Ist Oliver zu Hause?", fragte sie deshalb.

Die Frau richtete sich auf und wischte sich mit dem Handrücken die Tränen weg. Ihre Stimme bekam wieder einen kämpferischen Unterton, als sie sagte: „Er ist zu Hause, aber er ist krank. Sie können ihn nicht sehen."

Monika Fröhlich blickte der Mutter scharf in die braunen Augen.

„Entweder ich spreche jetzt kurz mit ihm, oder er bekommt eine Vorladung aufs Revier und wir sprechen intensiv mit ihm. Das können Sie jetzt selbst entscheiden."

Nur noch kurz konnte die Mutter dem Blick der Oberkommissarin standhalten, dann senkte sie den Kopf und flüsterte: „Kommen Sie mit."

Das Innere des Hauses übertraf die Erwartungen deutlich, die das Äußere schon versprochen hatte. Ein gewaltiger Eingangsbereich mit viel Marmor, Stuck und Goldverzierungen erwartete Monika Fröhlich, als die Hausherrin die Tür hinter ihnen geschlossen hatte und auf eine breite Treppe ins Obergeschoss zusteuerte. Ganz entfernt drang das dumpfe Wummern von Bässen an Monikas Ohren, während sie sich fasziniert umsah. Beide Frauen schlichen dann die Marmortreppe nach oben, als wollten sie nichts kaputtmachen. Ein breiter Flur schloss sich an der Treppe an, den ein wunderschöner Teppich bedeckte, der die leisen Schritte der beiden Frauen zur Gänze verschluckte. Zwei Meter vor der zweiten Tür auf der rechten Seite blieb die Hausherrin stehen und aus ihrem verzerrten Gesicht konnte Monika Scham und Schuldbewusstsein herauslesen. Mit einer Geste ihrer Hand deutete sie auf die Tür, ohne dass sie näher heranging. Die Oberkommissarin schluckte schwer und trat dann auf die Tür mit der goldenen Klinke zu. Die Musik, die inzwischen deutlicher zu hören war, kam eindeutig aus diesem Raum. Monika Fröhlich klopfte fest gegen das weiße Holz und drückte dann die Klinke nach unten. Ihre rechte Hand wanderte dabei aus Gewohnheit in Richtung ihrer Waffe.

„Die Tür ist echt verdammt schalldicht", dachte sie, als die Bässe im Raum ihr fast die Gesichtszüge verschoben. Es herrschte ein beinahe bedrohliches Halbdunkel in dem Zimmer und es stank nach Urin, Zigarettenrauch und etwas Süßlichem, das Monika nicht gleich einordnen konnte. Das Zimmer war groß, edel eingerichtet, aber völlig verwahrlost. Auf einem verwüsteten Bett lag im Halbdunkel ein abgemagerter, nackter Mann, der nur mit Boxershorts bekleidet war. Monika ließ ihren Arm sinken, denn von diesem Gerippe ging wahrlich keine Gefahr aus. Mit schnellen Schritten ging sie zum Fenster, schob die schweren Vorhänge zur Seite und öffnete erst beide Flügel des inneren und dann beide des äußeren Fensters. Frische, kalte Luft schlug ihr entgegen und die Oberkommissarin atmete erleichtert aus und wieder ein. Dann wandte sie sich dem Mann zu, der tatsächlich nur aus Haut und Knochen bestand und wie tot dalag. Die harten Beats der Hardrock-Musik erstarben abrupt und eine gespenstische Ruhe kehrte ein, als die Hausherrin unvermittelt die Anlage abschaltete.

„Danke“, flüsterte Monika Fröhlich und schenkte der Frau ein kurzes Lächeln.

„Herr Berger!“, sagte sie dann laut in Richtung Bett.

Der Kopf des Mannes sah fast aus wie eine dieser ägyptischen Mumien, bei denen sich die Haut straff über die Schädelknochen spannte. Die langen blonden Haare waren vollkommen verfilzt und am Kinn des Mannes zeichneten sich ungleichmäßig vereinzelte Barthaare ab, die seit Wochen keinen Rasierapparat gesehen hatten.

„Herr Berger“, wiederholte Monika lauter und trat ganz ans Bett heran. Das Zucken der Augenlider war das einzige Lebenszeichen des jungen Mannes, aber zumindest war es ein Lebenszeichen.

„Oliver, die Polizei ist da und will mit dir reden“, sagte die Mutter des Mannes genervt und peinlich berührt.

„Sie sehen doch, wie es ihm geht. Er kann nichts mit Ihrer Sache zu tun haben“, ergänzte sie leiser, an die Oberkommissarin gewandt.

Monika Fröhlich gestand sich ein, dass es wahrscheinlich schon eine gewaltige Kraftanstrengung für den Mann bedeutet hätte, überhaupt aus dem Bett zu kommen. Ihr Blick fiel auf seine Armbeuge, die vollkommen zerstochen und mit Blutergüssen übersät war. Auf dem Nachttisch lagen eine Tüte mit Gras und eine kleine Pfeife.

Anscheinend wurde es der Mutter zu bunt, denn sie schob Monika brüsk zur Seite und rüttelte ihren Sohn an den Schultern.

„Wach auf, Oliver, die Polizei ist da."

Langsam kam Bewegung in ihren Sohn. Die Augenlider gingen auf wie in Zeitlupe und erst war nur das blutunterlaufene Weiße in ihnen zu sehen. Einen Moment später tauchten die blauesten Augen auf, die Monika Fröhlich jemals zu Gesicht bekommen hatte.

„Was ist denn?", raunte Oliver mit verklebtem Mund.

„Herr Berger, ich heiße Monika Fröhlich und bin Oberkommissarin bei der Kriminalpolizei in Fürth."

„Na fröhlich siehst du aber nicht gerade aus, Täubchen", fiel ihr der Mann ins Wort. Dabei grinste er und zog sich die Bettdecke über seinen nackten Körper.

So tot, wie sein Äußeres wirkte, schien er nicht zu sein. Es reichte sogar aus, um den alten Witz anzubringen, der Monika seit ihrer Schulzeit begleitete.

„Ich bin nicht Ihr Täubchen, Herr Berger, und fröhlich werde ich sicherlich, wenn gleich die Kollegen der Drogenfahndung dieses Haus auf den Kopf stellen."

„Oliver, reiß dich zusammen", keifte ihn seine Mutter an. „Die Kommissarin hat nur einige Fragen zum Tod von Kai."

Ihr Sohn funkelte die Frau zornig an, dann schob er sein Kopfkissen gegen das Kopfteil seines Bettes, setzte sich schnaufend auf und ließ sich dagegen sinken.

„Was?", fragte er knapp und jegliche Belustigung war aus seiner Stimme verschwunden.

„Kennen Sie Rüdiger Probst?", fragte Monika Fröhlich direkt und versuchte, eine Reaktion in diesen unglaublich blauen Augen zu erkennen.

„Den Killer, der meinen Bruder ermordet hat? Ja, den kenne ich", antwortete er und in seinen Augen spiegelte sich die Kälte seiner Stimme wider. „Hol mir Kaffee", fuhr er dann seine Mutter unvermittelt an.

Nachdem diese jedoch keine Anstalten machte, das Zimmer zu verlassen, und ihrem Sohn einen finsteren Blick zuwarf, schrie er: „Na, wird's bald!"

Die Mutter zuckte unter seiner Stimme zusammen, als hätte er ihr ins Gesicht geschlagen, dann stürmte sie aus dem Zimmer.

„Rüdiger Probst wird von einer anonymen Person bedroht. Sind Sie diese Person?", fragte Monika Fröhlich hart.

Jetzt richtete sich das Gerippe vor ihr auf und die Bettdecke rutschte ihm von der Brust.

„Jetzt hör mir mal zu, Täubchen." Das Wort Täubchen zog er dabei genussvoll in die Länge. „Mein Leben ist am Arsch und mich interessiert weder deine Drohung mit der Drogenfahndung noch das Gewäsch meiner Mutter. Aber eins kann ich dir sagen, ich wünsche niemandem etwas Schlechtes, aber den Bullen, der meinen kleinen Bruder auf dem Gewissen hat, den können sie von mir aus die Eier abschneiden und die Haut in Streifen vom Körper abziehen. Das hat er sich allemal verdient. Und wenn ihn ein Unbekannter bedroht, dann bin es garantiert nicht ich. Allerdings beneide ich den Kerl dafür, dass er es durchzieht."

Die Oberkommissarin blickte den kaputten Mann noch einen Moment in die Augen.

„Du könntest ein hübscher Kerl sein", dachte sie, dann wandte sie sich ab und verließ das Zimmer. Auf der Treppe kam ihr die verweinte Mutter mit einem Tablett entgegen und Monika nickte ihr mitfühlend zum Abschied zu. Als sie das Haus verlassen hatte, atmete sie erst einmal tief durch, um den Druck, der schwer auf ihrer Brust lastete, loszuwerden. Sie stieg in den Wagen und langte nach ihrem Handy, das auf dem Beifahrersitz lag. Ein Anruf in Abwesenheit und die beiden Worte „Neuer Chef" prangten auf dem Display. Sie drückte auf Rückruf und hielt sich dann das Telefon ans Ohr.

„Ich habe eine neue Nachricht erhalten", meldete sich ihr Chef ohne Begrüßungsfloskel.

„Dann schick sie mir!"

„Komm lieber schnellstens vorbei, ich glaube, es wird ernst, und wir haben keine Zeit“, stöhnte die Stimme am anderen Ende der Leitung.

„Bin unterwegs“, sagte Monika kurz und legte auf.

Ich sterbe sehr bald im roten Haus,
bitte, Probby, hol schnell mich hier raus.
Dort, wo Wallensteins Soldaten stritten
und Rekruten bei der Ausbildung litten.
Wo ich liege, wird die Sonne nie scheinen,
Fluss, Hain und Berg sich dort vereinen.
Ich bin gefesselt mit rostigen Ketten,
beeil dich, nur du kannst mich retten.

Monika Fröhlich las die WhatsApp-Nachricht auf dem Handy ihres Vorgesetzten immer wieder, konnte sich aber nicht den geringsten Reim darauf machen, was diese Hinweise bedeuten sollten. Die Nummer war die gleiche wie bei der ersten Nachricht, und wenn es nicht ein übler Scherz war, dann machte der Absender jetzt anscheinend ernst mit seiner Drohung. Sie saßen im Büro ihres Chefs und die Miene ihres Gegenübers war verzweifelt.

„Gehen wir die Zeilen doch einmal nacheinander durch“, sagte Monika beruhigend. „Rotes Haus. Das kann überall sein, oder kennst du aus deiner näheren Umgebung oder aus deinem Verwandten- oder Bekanntenkreis jemanden mit einem roten Haus?“

„Ich habe schon hin und her überlegt, aber das Einzige, was ich sagen kann, ist, dass ich nur in der Grundausbildung in Sulzbach-Rosenberg von meinen Stubenkollegen Probby genannt wurde. Der Rest sagt mir absolut nichts.“

„Dann sollten wir davon ausgehen, dass entweder der Täter oder das Opfer aus diesem kleinen Kreis stammen wird“, resümierte Monika Fröhlich.

„Der Täter bestimmt nicht. So dumm wird er nicht sein“, meinte ihr Chef nüchtern.

„Dann sollten wir schnellstens die Leute aus deiner damaligen Einheit checken, ob einer davon vermisst wird."

Monika Fröhlich las sich noch einmal die Nachricht durch.

„Die Schlacht von Wallenstein gegen Gustav Adolf war doch auf der Alten Veste, wenn ich mich nicht täusche", raunte sie dann. „Und das mit den Rekruten, ob sich das auch auf diesen Krieg bezieht?"

Ihr Chef hob nur resignierend die Schultern.

„Wo die Sonne nie scheint, das kann doch nur bedeuten, dass es unter der Erde ist", meinte Monika weiter.

„Es kann auch ein Gebäude sein, was durch das rote Haus ja schon angedeutet wird", entgegnete ihr Chef. „Und wo vereinigen sich Fluss, Hain und Berg?", fragte er stirnrunzelnd weiter. „Was genau ist eigentlich ein Hain?"

Monika hob die Schultern. Sie wusste im Moment nicht, wo sie ansetzen konnte. Vor allem wusste sie nicht, wie viel Zeit ihnen blieb, um diese Fragen alle zu lösen und das unbekannte Opfer zu finden. Sollte das Versteck wirklich unter der Erde liegen, vielleicht sogar in einer eingegrabenen Kiste, wie es manchmal in einschlägigen Krimis vorkam, dann zählte im Prinzip jede Stunde, um es zu finden. War jedoch genug Luft zum Atmen vorhanden, dann hatten sie vielleicht Tage, bevor der Versteckte verdurstete. Sie drückte ihrem Boss sein Handy wieder in die Hand und zog ihres aus der Hosentasche. Schnell hatte sie das Wort Hain eingegeben, das sie zwar kannte, dessen Bedeutung ihr allerdings nicht ganz klar war. „Kleiner, lichter Wald", las sie laut vor. „Das bedeutet Hain", ergänzte sie, als sie den fragenden Blick ihres Chefs wahrnahm. „Wo treffen Fluss, lichter Wald und Berg aufeinander und wo fand der Krieg zwischen Wallenstein und Gustav Adolf statt? Vielleicht finden wir ja eine Überschneidung, wenn wir uns das auf einer Landkarte anschauen", grübelte Monika. „Eins ist aber klar, alleine schaffe ich das nicht. Wir sollten ein Team einsetzen, das sich um diesen Fall kümmert, und zwar Tag und Nacht. Zumindest so lange bis wir ausschließen können, dass ein Menschenleben bedroht ist."

Das erschrockene Gesicht ihres Chefs zeigte ihr sofort, dass er das für keine gute Idee hielt.

„Lass es uns erst zu zweit versuchen, Monika. Ich kann wegen einer Privatfehde oder einen schlechten Scherz nicht den ganzen Polizeiapparat einschalten."

„Es geht vielleicht um Menschenleben – dann lass mich zumindest Bernd mit einbeziehen."

„Wir versuchen es erst zu zweit und wenn wir nicht mehr weiterkommen, dann ziehen wir Bernd zurate. Können wir es so machen?"

Monika Fröhlich war die Bitte ihres Vorgesetzten alles andere als recht, aber schließlich akzeptierte sie, was er vorschlug, mit einem zögerlichen Nicken.

„Ich versuche, meine Kollegen aus der Ausbildung auszugraben, und du kümmerst dich um Wallenstein und den kleinen, lichten Wald", sagte ihr Chef zufrieden.

„So machen wir es", stimmte sie zu und verließ sein Büro.

Als sie an ihrem Schreibtisch saß, war sie froh, dass ihr Partner Bernd gerade nicht an seinem Platz war. Sie hatte keine Lust, seine Fragen zu beantworten und ihn dabei anzulügen. Sie machte einen großen Schluck von dem inzwischen kalt gewordenen Kaffee, dann tippte sie in Google „Wallenstein Schlacht Gustav" ein und schon erschien der Vorschlag „Schlacht an der Alten Veste" bei Wikipedia. Monika wählte den Link aus und vertiefte sich in das angebotene Wissen über diese Schlacht.

Als sie damit fertig war, wusste sie zwar viele Details dieser Schlacht im Dreißigjährigen Krieg, aber richtig entscheidende Erkenntnisse zu ihrem Fall hatte sie nicht herausgelesen. Wallensteins Lager war anscheinend riesig. Es erstreckte sich über die heutigen Städte Stein, Oberasbach und Zirndorf und beherbergte über sechzigtausend Menschen und fünfzehntausend Pferde.

Wie sie in Google Maps kurz darauf feststellte, waren die einzigen Flüsse, die in diesem Bereich flossen, die Rednitz und die Bibert. Außer einigen kleinen Erhebungen gab es nichts, das man in Monikas Augen, auch nur im entferntesten als Berg bezeichnen konnte. Und in diesem Gebiet nach einem roten Haus zu suchen, glich wahrscheinlich der berüchtigten Suche nach der Nadel im Heuhaufen.

Monika Fröhlich starrte völlig in Gedanken auf ihren Bildschirm und rekapitulierte immer wieder im Geiste jede einzelne Zeile des makabren und völlig dilettantisch geschriebenen Gedichts. Unbewusst wickelte sie dabei immer wieder ihre blonden Haare um den Zeigefinger und zog daran, bis ein Schmerz ihre Kopfhaut durchzuckte. Gerne hätte sie sich jetzt mit ihrem Kollegen ausgetauscht und eine Strategie entwickelt, wie sie weiter ermitteln sollten. Sie war es zwar auch gewohnt, alleine zu arbeiten, aber eine zweite Meinung oder ein anderer Blickwinkel auf den Fall halfen in solchen Momenten oft weiter. Sie fragte sich, ob die Hinweise des Täters wirklich dazu dienten, den Gesuchten zu finden, oder ob sie nur dazu herhielten, mit ihrem Chef zu spielen, wie es eine Katze mit einer Maus tat. Eine wirkliche Chance zu überleben hatten die Mäuse meist nicht.

Die Suche in alten Fällen ihres Chefs machte in Monikas Augen jetzt keinen Sinn mehr, denn die konkrete Bedrohung ließ dazu keine Zeit. Sich jetzt in alten Akten zu vergraben, während dort draußen vielleicht ein Mensch starb, das konnte sie nicht verantworten.

Nach diesen Überlegungen kniff die Oberkommissarin die Augen zusammen, fuhr sich mit beiden Händen übers Gesicht und beschloss, aktiv zu werden. Den Ausschnitt von Wallensteins Lager druckte sie sich aus, und auch eine Karte dieser Gegend aus heutiger Zeit, dann schnappte sie sich ihre Jacke und verließ das Büro, ohne ihren Chef noch eines Blickes zu würdigen.

Die nächsten beiden Halter einer Ducati auf meiner Liste, waren schnell abgeklappert und beide hatte für die Tatzeit ein bombensicheres Alibi. Außerdem waren Sonja und ich uns einig, dass uns unsere Menschenkenntnis an die Unschuld der beiden Motorradfahrer glauben ließ. Jetzt waren wir auf dem Weg zu Halter Nummer sechs. Unterbüchlein und nur eine Hausnummer, stand auf meiner Liste, und der Ort war Stein. Dass in meinem Wohnort eine dieser Höllenmaschinen unterwegs war, hätte ich nicht gedacht, und dass es in Unterbüchlein keine Straßennamen gab, sondern nur Hausnummern, das hatte ich auch nicht gewusst. Ich fuhr mit Sonja, aus Nürnberg kommend, auf der B14 durch Stein und bog dann nach ein paar Hundert Metern rechts ab nach Gutzberg. Ich wusste zwar, dass die kleinen Nachbardörfer alle eingemeindet worden waren und jetzt zur Stadt Stein gehörten, aber bewusst wahrgenommen hatte ich sie noch nicht. Einige schöne Fachwerkhäuser zeugten davon, dass diese Dörfer schon eine lange Geschichte hinter sich hatten, die sicherlich interessant, aber heute für uns kein Thema war. Dem Wegweiser nach rechts folgend fuhren wir weiter nach Unterbüchlein. Am Ortseingang wurde mir klar, warum es hier nur Hausnummern gab. Die wenigen Häuser konnte man an zwei Händen abzählen und die Straßenlaternen an einer. Inzwischen hatte sich nämlich die Dämmerung über das Tal gelegt und keine Menschenseele war auf der Straße zu sehen. Ein einsames Werbeschild mit der Aufschrift „Zum Grünen Tal" wies auf eine Kneipe hin, die natürlich in keinem noch so kleinen, fränkischen Dorf fehlen durfte.

„Ich weiß nicht, ob ich das Kaff gruselig oder idyllisch finden soll", raunte Sonja und seufzte tief.

Wir fuhren durch den Ort und hatten nach wenigen Häusern auch schon das Ortsschild von Oberbüchlein erreicht.

„Das war zu weit", raunte ich ärgerlich und wendete in einer Einfahrt. Dass nach der Gaststätte noch eine Straße abzweigte, hatten wir in der Dämmerung wohl übersehen. Ich bog ab und schon das erste Bauernhaus auf der rechten Seite hatte die Hausnummer, die wir suchten. Die Einfahrt auf den Hof war etwas steil und eng, ich konnte den Wagen schließlich aber auf dem Kopfsteinpflaster abstellen. Das linker Hand stehende Wohnhaus sah uralt, aber perfekt renoviert aus. Das Stallgebäude rechts hatte die Restaurierung anscheinend noch vor sich. Auf der Hofseite, die gegenüber der Einfahrt lag, war eine Pferdekoppel, auf der zwei Pferde standen, die sich nicht stören ließen, als Sonja und ich den Wagen verließen. Mit wenigen Schritten war Sonja beim Koppelzaun und versuchte, die Pferde zu locken, die hielten es aber nicht einmal für nötig, ihre Köpfe zu heben. Ich ging auf die Haustüre des Wohngebäudes zu und suchte noch nach der Klingel, als die Tür schon geöffnet wurde.

„Wer sind Sie und was machen Sie hier?“, fuhr mich ein Mann an, dessen Alter ich nicht einschätzen konnte.

„Irgendwo in den Vierzigern“, dachte ich abschätzend.

„Entschuldigen Sie die späte Störung. Wir sind von der Kriminalpolizei Fürth. Meine Kollegin und ich ermitteln in einem Fall, bei dem eine Ducati XDiavel eine entscheidende Rolle spielt. Nach einer Liste der zugelassenen Motorräder dieses Typs klappern wir jetzt die Halter ab, um ihnen einige Fragen zu stellen“, sagte ich erklärend. Der Mann vor mir hatte ungefähr meine Größe und war sehr schlank. Seine Haare waren kurz geschnitten und ein Dreitagebart zierte sein Kinn. Selbst bei den Worten Kriminalpolizei und Fall hatte er keine Miene verzogen.

„Ich habe eine solche Maschine“, stellte er nüchtern fest. „Wollen Sie sie sehen?“

Inzwischen war auch Sonja neben mich getreten, nickte den Mann freundlich zu und streckte ihm die Hand hin.

„Ich heiße Mitch“, sagte der und ergriff Sonjas Hand.

„Sonja“, entgegnete meine Freundin lächelnd.

„Nicht Thomas?“, fragte ich irritiert und blickte noch einmal auf meinen Zettel der Halter.

„Doch, doch, aber alle Welt nennt mich Mitch.“

„Alles klar, Mitch, ich heiße Bernd“, entgegnete ich und schob meinen Zettel wieder in die Jackentasche.

Als der Hausherr die Tür etwas weiter aufzog, um sich Schuhe anzuziehen, konnte ich einen Blick in die Wohnung riskieren und musste insgeheim feststellen, dass dieses Haus mit einem perfekten Mix aus alter Substanz und neuen Elementen traumhaft renoviert worden war.

„Tolles Haus!“, sagte ich ehrlich und konnte dem Hausherrn damit tatsächlich eine Emotion entlocken. Das feine Lächeln drückte Stolz und Dankbarkeit gleichermaßen aus. Ein überflüssiges Wort verlor er jedoch nicht.

Die kleine, runde Lampe über der Haustüre erleuchtete den Weg nur spärlich, als wir jetzt über den Hof zur Scheune gingen. Routiniert öffnete der Hausherr ein großes, in die Jahre gekommenes Holztor und schaltete das Licht an. Im Normalfall hätte ich hinter dem Tor irgendwelche Landmaschinen erwartet, mit der dieser Bauer seine Felder bestellte. Dass hier eine Sammlung Motorräder in einer fein säuberlichen Reihe auf uns wartete, das überraschte nicht nur mich, sondern auch Sonja.

„Das ist ja mal eine tolle Sammlung", sagte ich begeistert.

Langsam wanderte ich um die Reihe der Motorräder. Das gesuchte stand als Erstes in der Reihe, dann kamen noch zwei weitere Ducati, die im Vergleich zur neuen nicht so brachial wirkten und sicherlich schon einige Jahrzehnte auf dem Buckel hatten. Als Nächstes in der Reihe stand eine Moto Guzzi California. Im Vergleich zu den drei Rennern war sie eher eine gemütliche Tourenmaschine. Auch die war schon in die Jahre gekommen, sah aber wie auch alle anderen Motorräder sehr gepflegt und gut erhalten aus. Eine alte Vespa schloss die Reihe der Zweiräder unspektakulär ab. Auf der anderen Seite des Raumes war ein Motorradgerippe auf einer Hebebühne aufgebockt. Die Marke oder das Modell waren nicht zu erkennen, denn Motor, Tank und Verkleidungen waren komplett abgebaut und nirgends zu sehen.

„Die Guzzi gehört meiner Frau", sagte Mitch fast entschuldigend. „Ich fahre selten mit der Neuen, die ist im Vergleich zu den beiden anderen zwar deutlich kräftiger, aber sie ist echt ein schwerer Prügel. Außerdem bin ich eher ein Freund von unkomplizierter Technik. Mit dem ganzen Gedöns wie ABS, ESB, Einspritzung und Steuergeräten bist du verloren, wenn unterwegs ein Problem auftritt. Da lob ich mir die alte Technik, die mit Vergaser, Zündspule und Unterbrecherkontakten auskommt."

„Warst du am Freitag mit der Diavel unterwegs?", fragte ich direkt und blickte Mitch dabei musternd in die Augen.

Meiner Meinung nach etwas zu schnell, entgegnete er: „Bei dem Sauwetter bleiben meine Babys im Stall."

„Und deine Frau?", hakte Sonja nach.

„Die Guzzi steht seit Jahren unberührt herum und mit meinen Maschinen fährt sie nicht."

„Lässt du sie nicht fahren, oder will sie damit nicht fahren?", fragte Sonja.

Mitch grinste süffisant, als er antwortete: „Ein Motorrad und eine Frau verleiht man nicht – wenn dann noch eher die Frau."

Anscheinend hatte Sonja diesen Spruch noch nicht gehört, denn sie war für einen Moment etwas perplex.

„Im Winter wird geschraubt und ab Mai wird wieder gefahren." Beim Wort „geschraubt" deutete er auf die zerlegte Maschine auf der Hebebühne.

Ich ging noch einmal zur Diavel und fuhr mit dem Finger über die schwarze Sitzbank und tatsächlich war danach eine undeutliche Spur in der feinen Staubschicht zu sehen.

„Alles klar, das war's dann schon", sagte ich im Hinausgehen.

„Um was geht es eigentlich konkret?", fragte Mitch, als er das Tor quietschend zuschob.

Ich hielt an und drehte mich noch einmal um.

„Wir ermitteln in einem Mordfall auf der Hardhöhe, bei der der Täter eine XDiavel gefahren hat."

„Und wie viele stehen auf deiner Liste?", fragte er neugierig.

„Über dreißig in der Region Nürnberg, Fürth, Erlangen."

„Doch so viele – kann ich die Liste mal sehen? Es könnte sein, dass ich vom Ducati-Club einige kenne, die ihr ausschließen könnt."

„Wo ist dieser Ducati-Club?", fragte Sonja neugierig.

„In Postbauer Heng, das ist Richtung Neumarkt."

„Ich weiß, wo Postbauer ist, das ‚Trend' war früher meine Lieblingsdisco, als ich noch jung und knackig war", entgegnete Sonja schwärmerisch.

Nach einem Moment verzog meine Freundin ärgerlich das Gesicht. Wahrscheinlich hatte sie jetzt darauf gewartet, dass ich sagte, sie sei immer noch jung und knackig. Aber ich hatte den Moment verpasst, weil ich die Info über den Ducati-Club noch nicht richtig verarbeitet hatte. Ich zog kopfschüttelnd die zerknitterte Liste aus meiner Jackentasche, überlegte nur kurz, ob ich nicht zu viel verriet, wenn ich sie Mitch zeigte, und hielt sie ihm dann hin.

„Wenn sie im Club sind und du sie kennst, dann heißt das noch lange nicht, dass sie nicht verdächtig sind“, sagte Sonja nüchtern.

„Sicher“, murmelte Mitch und überflog die Liste.

„Nein, davon sagt mir keiner was. Im Club sind doch eher die Oldtimerfahrer organisiert, die natürlich immer auf der Suche nach Ersatzteilen und Erfahrungen mit der Reparatur der alten Maschinen sind.“

Er drückte mir die Liste wieder in die Hand und ich schob sie zerknittert wieder in die Jackentasche. Wir verabschiedeten uns mit einem festen Händedruck und stiegen in den Wagen. Inzwischen hatte die Dämmerung einer bedeckten Nacht Platz gemacht und wir beschlossen, für heute Feierabend zu machen.

„Pennst du heute bei mir?“, fragte ich verführerisch. Bei Sonja kam es anscheinend nicht als verführerisch an, denn sie sagte genervt: „Du Trampel!“

Sie schlief dann doch bei mir und ich fuhr sie am nächsten Morgen sehr zeitig nach Hause. Danach holte ich mir ein Frühstück bei einem Bäcker und fuhr ins Präsidium. So früh war ich selten dran und noch herrschte in den Büros die Ruhe vor dem Sturm. Monis Platz war noch leer und der Glaskäfig unseres Chefs auch. Während ich genüsslich mein Frühstück verspeiste, strich ich die Liste der Ducati-Halter auf meinem Schreibtisch glatt, nahm einen Kugelschreiber zur Hand und markierte die Namen, die ich bereits besucht hatte, mit einem Häkchen. Mit vollem Mund kauend ging ich danach die einzelnen Geschichten und Alibis noch einmal durch und kringelte die Häkchen ein, bei denen ich ausschließen konnte, dass der Halter als Täter infrage kam. Ernüchtert musste ich feststellen, dass ich nicht wirklich viele Halter ausschließen konnte und dass die Liste der noch nicht besuchten noch deutlich länger war als die der besuchten. Ärger schob sich langsam aus meinem Magen in Richtung Nacken. Ärger darüber, dass ich anscheinend wieder alleine an dem Fall dran war, und Ärger darüber, dass die Tüte mit meinem Frühstück und die Flasche mit dem kalten Kakao bereits leer waren. Ein bisschen Selbstmitleid war sicherlich auch dabei, als ich tief seufzte, meine Jacke nahm und das Büro verließ.

Ich war noch drei volle Tage im Großraum unterwegs und klapperte weiter die Halter der Ducatis ab. Leider war Sonja nicht mehr mit von der Partie, denn sie musste selbst arbeiten. Von Moni sah und hörte ich in dieser Zeit nichts und ich hatte auch keinen Bock, als Erster bei ihr anzurufen.

Die letzte Adresse auf meiner Liste war in Burgfarrnbach. Das lag allerdings genau in der anderen Richtung vom Tatort als die Fluchtrichtung des Täters. Vielleicht war der Täter ja so clever, dass er das bei seiner Planung des Mordes bewusst gemacht hatte, um uns auf eine falsche Spur zu führen.

„Auf den einen Halter kommt es jetzt wirklich nicht mehr an", dachte ich und tippte in mein Navi die Graf-Pückler-Limpurg-Straße ein. Das nasskalte Wetter hatte sich inzwischen verzogen, die Straßen waren wieder trocken und die Temperaturen im Plusbereich. Dass es Burgfarrnbach gibt, das hatte ich natürlich vorher schon gewusst. Oft genug fährt man durch die Käffer der näheren Umgebung. Aber dass dieser Ort ein gewaltiges Schloss beherbergte, das hatte ich nicht gewusst. Ich stellte zwar den Wagen auf der Rückseite des Schlosses ab, um meinen letzten Halter zu besuchen, nahm mir aber vor, danach den Prachtbau auch von vorne zu begutachten. Das Haus, vor dem ich geparkt hatte, war zweistöckig und schien im Erdgeschoss eine Arztpraxis zu beherbergen, zumindest prangte ein großes Messingschild am Gartenpfosten neben dem offen stehenden Gartentor. Das Klingelschild neben der Haustüre verriet mir, dass der Halter der letzten Diavel im ersten Stock wohnte. Ich klingelte und drückte die Haustür auf, als der Summer ertönte. Als ich die Treppe in den ersten Stock erklommen hatte, erwartete mich ein gut aussehender Surfer-Typ in der offenen Tür. Es war sein Sixpack, das mir als Erstes ins Auge fiel und das mich meinen Bauch einziehen ließ. Erst beim zweiten Blick sah ich seine von der Sonne ausgezogenen, blonden Locken, die nur halbherzig zu einem schulterlangen Pferdeschwanz zusammengefasst waren. Es war zwar heute nicht mehr so kalt wie in den letzten Wochen, aber es war noch immer Winter. Der Kerl hatte nur Bermudashorts an und war braun gebrannt, als käme er geradewegs von einem Strand auf Hawaii.

„Hallo, mein Name ist Bernd Peter und ich bin Kommissar bei der Kriminalpolizei in Fürth“, sagte ich, während ich die letzten Stufen der Marmortreppe hinaufstieg.

„Alles klar, Mann“, entgegnete der Surfer-Typ und schenkte mir ein Lächeln, das ihn noch attraktiver machte als seine Bauchmuskeln.

„Gott sei Dank ist Sonja heute nicht dabei“, dachte ich und war echt neidisch auf diese zwei Reihen leuchtend weißer Zähne und die beiden hellblauen Augen.

„Sorry für den Aufzug, aber ich dachte, du bist meine Freundin“, sagte er ohne den geringsten Anflug von Scham.

Ich nickte wissend und zog meine Liste mit Haltern aus der Tasche, weil ich den Namen des Typen schon wieder vergessen hatte.

Der Name schien osteuropäisch zu sein, denn ich hatte echte Mühe, ihn auszusprechen, als ich mein Gegenüber fragte, ob er so hieß.

„Ja, das ist mein Name. Um was geht es denn, Herr Kommissar?“, fragte er ohne jeglichen Akzent.

„Sie sind der Halter einer Ducati XDiavel“, sagte ich und tippte auf meine verkrüppelte Liste.

„Jo, die hat mir meine Freundin spendiert. Ist aber schon zwei Jahre her.“

„Ich ermittle in einem Mordfall, in dem eine solche Maschine eine wichtige Rolle spielt. Waren Sie letzten Freitag gegen Abend mit der Ducati unterwegs?“

Ich merkte ihm an, dass seine Ruhe und Gelassenheit von einer Sekunde zur anderen wie weggeblasen waren. Das Grinsen war aus seinem gebräunten Gesicht gewichen und Sorgenfalten zogen sich über seine Stirn.

„Ich sollte mir was anziehen“, wich er aus und ging zurück in die Wohnung. „Komm doch herein“, forderte er mich im Weggehen auf und ließ einfach die Tür offen. Ich trat ein und schloss die Wohnungstür hinter mir. Kurz griff ich nach meiner Waffe und legte den Sicherungshebel um.

„Freitag, sagst du?"

Seine Stimme kam irgendwo aus den Tiefen der großen Wohnung. Ich tappte über einen flauschigen, lila Teppich durch den Flur in Richtung der Stimme.

„Ja, Freitag gegen zwanzig Uhr", antwortete ich, während ich die zahllosen Bilder von halb- oder völlig nackten Schönheiten, mit und ohne Surfbrett, an den Wänden betrachtete – und es waren nicht diese billigen Bilder, die einen aus jeder Zeitschrift ansprangen, sondern es waren Schwarzweißfotografien, die ich durchaus als Kunst bezeichnen würde.

„Schöne Bilder", rief ich in die Wohnung hinein.

„Danke", kam es stolz zurück und einen Augenblick später stand der Typ wieder vor mir. Er hatte sich ein ärmelloses, weißes Unterhemd übergezogen und ein buntes, bis zum Boden reichendes Tuch um die Hüften geschlungen. Zwei weiße Zahnreihen grinsten mich an und die Unsicherheit war aus seinem Gesicht gewichen.

„Du hast verdammt noch mal Dreck am Stecken, mein Junge", dachte ich und grinste zurück.

„Meine Arbeit", sagte er knapp und machte eine Geste, die alle Bilder an den Wänden einschloss.

Diese Information überraschte mich jetzt doch etwas. Das hätte ich ihm ehrlich gesagt nicht zugetraut. Er erfüllte in meinen Augen alle Klischees eines arbeitsscheuen Weiberhelden, der sich auf Kosten reicher Frauen durchs Leben vögelt und schmarotzt.

„Hier sind noch mehr meiner Werke", sagte er und bat mich ins Wohnzimmer. Nein, es war alles, nur kein Wohnzimmer. Der große Raum war komplett mit weißem Sand ausgelegt. Die vielleicht zehn Zentimeter hohe Stufe, die vom Flur aus in das Zimmer führte, zeigte mir, dass dieser Sand wirklich knöcheltief im ganzen Raum ausgebracht worden war. Und es war kein Bausand aus einer Grube hier in der Gegend, sondern es war wirklich feiner weißer Sand, der nur vom Strand eines Meeres stammen konnte. Die Zimmerdecke war verschwunden und man konnte bis in den Spitzboden sehen. Dort waren feine, bunte Stoffbahnen wie ein Himmel aus Regenbögen gespannt worden. Ein Beachvolleyballnetz teilte den Raum in zwei Hälften und alle Wände waren mit wahren Kunstwerken von Bildern nackter Menschen gefüllt. Wie er den alten T1 VW Bus in diese Wohnung bekommen hat, wollte ich mir gar nicht vorstellen. Anscheinend diente der als Bar und ein Surfbrett auf zwei abgesägten Palmstämmen als Tisch. Der Bully war ein echter Traum und entflammte sofort mein „Haben wollen"-Herz. Ich brauchte einen langen Moment, bis ich die Fülle von ungewöhnlichen Eindrücken in diesem Raum verarbeitet hatte, dann wandte ich mich wieder dem Typen zu.

„Mal was anderes", sagte ich bewundernd und machte eine Armbewegung, die den ganzen Spielplatz einschloss. „Freitagabend?", schob ich gleich meine Frage hinterher.

„Tja, ich war nicht hier. Ich hatte ein Shooting in Frankfurt", entgegnete er ohne Zögern.

„Und Sie waren mit der Ducati unterwegs?"

„Nein, natürlich nicht. Ich bin schon ewig nicht mehr auf der Maschine gesessen."

„Und wo ist das Motorrad?", fragte ich weiter.

„Im Aufzug, wo sie hingehört", antwortete er und deutete mit dem Daumen über seine Schulter.

„Kann ich sie sehen?"

„Sicherlich", antwortete er, drehte sich um und ging durch den Sand zur breiten, dreiteiligen Glasfront hinüber, die größtenteils durch eine Art Schilfmatte verdeckt war. Er betätigte einen von drei Schaltern, die links des Fensters an der Wand angebracht waren, und ein fernes Brummen hob an.

„Das ist also der Aufzug", dachte ich überrascht, als ein großer Kasten aus Stahlsegmenten und Glasflächen vor dem Fenster nach oben kam. Mit einem unmerklichen Ruck erstarb das Brummen und der Aufzug kam zum Stehen. Neben die Ducati waren noch ein Rennrad, ein Mountainbike und ein großes Skateboard in den Glaskäfig gezwängt.

„Tadaa“, grinste mein Gegenüber und deutete auf das Motorrad, während er gelassen den zweiten Schalter neben der Tür drückte. Das linke Segment der Glasfront schwang etwas nach innen und schob sich summend vor das mittlere. Kalte Luft schlug uns entgegen und kurz zeigte sich ein erstaunter Ausdruck im Gesicht von Blondie. Die Maschine hatte keine bunten Verkleidungselemente, wie ich sie bei einigen der bis jetzt begutachteten Motorräder gesehen hatte. Durch diese bunten Streben hatte ich bereits fast zwei Drittel meiner Liste mit einem Kringel um das Häkchen versehen und damit ausgeschlossen. Das Motorrad auf dem Überwachungsvideo hatte nämlich definitiv kein einziges buntes Anbauteil. Keines der Motorräder auf der Liste war allerdings in einem derart miesen Zustand wie das, das in diesem Aufzug jetzt vor mir stand. Von oben bis unten verdreckt, und einige Schrauben zeigten sogar schon Anzeichen von Flugrost.

„Und so verdreckt steht sie jetzt schon wie lange hier?“, fragte ich neugierig.

„Wie gesagt, ich bin schon ewig nicht mehr auf der Maschine gesessen“, entgegnete er mürrisch. „Ich bin nicht so der Motorradfreak.“

„Wann wurde sie das letzte Mal bewegt?“, fragte ich energischer nach.

„Keine Ahnung. Das ist mindestens ein Jahr her, vielleicht sogar zwei.“

Ich machte einen vorsichtigen Schritt in den Aufzug hinaus und betrachtete die Maschine genauer. Dann hob ich meinen Kopf und erkannte, dass der Aufzug nicht wirklich ein geschlossenes Dach hatte. Schräge Metalllamellen sorgten zwar dafür, dass kein Sonnenlicht nach innen fiel, aber Schnee und Regen fanden problemlos einen Weg ins Innere des Glaskäfigs. Dass die Sitzbank und der Tank völlig verdreckt waren, war also kein Wunder. Ich trat wieder zurück in den Sand und nickte zufrieden. Der Fotograph drückte wieder beide Schalter und der Aufzug und die Scheibe setzten sich wieder in Bewegung.

„Kann jemand bestätigen, dass sie auf dem Shooting in Frankfurt waren?“

„Sicher, meine Agentin war dabei, und natürlich die Mädchen.“

Bei dem Wort Mädchen grinste er wieder süffisant.

„Schreiben Sie mir bitte Namen und Telefonnummern der Damen auf“, sagte ich mit vielleicht etwas zu viel Neid in der Stimme.

Ein paar Minuten später saß ich wieder in meinem Wagen und drehte nachdenklich den Zettel mit den Telefonnummern in meinen Fingern. Ich wusste, dass ich erst gar nicht anrufen musste, um das Alibi des Fotographen zu überprüfen. So bereitwillig, wie er mir die Namen und Nummern gegeben hatte, stimmte es sicherlich. Ich zog meine Liste heraus und machte einen Haken hinter dem letzten Halter. Ob ich einen Kringel um den Haken machen sollte, war ich mir nicht sicher. Schließlich zählte ich die Haken ohne Kringel und kam auf neun. Ich zog noch einen halben Kreis um meinen letzten Halter und reduzierte dadurch meine Verdächtigen auf achteinhalb.

Froh, endlich mit den Recherchen durch zu sein, wollte ich gerade wieder aussteigen, um mir das Schloss anzuschauen, als mein Handy klingelte.

„Moni“ stand im Display und ich wartete noch drei Klingeltöne ab, bis ich ranging.

„Kommissar Bernd Peter“, meldete ich mich förmlich.

„Ich bin‘s“, kam es kleinlaut zurück.

„Wer ist ich?“, fragte ich erstaunt.

„Jetzt tu nicht so, Bernd, du weißt genau, wer dran ist“, schrie sie mich an.

„Hallo, Moni, schön von dir zu hören“, gab ich erkennend zurück.

„Ich brauche deine Hilfe – und zwar dringend – können wir uns treffen – jetzt?“

„Diesen Tonfall meiner Partnerin kannte ich und ich wusste, dass jetzt keine Zeit mehr für Sarkasmus oder einen Spaß war.

„Wo bist du?“, fragte ich deshalb ernst.

„Auf der Alten Veste.“

„Ich bin gerade in Burgfarrnbach. Ich komme zu dir“, sagte ich knapp und legte auf. Die Besichtigung des Schlosses musste warten. Ich startete den Wagen und fuhr zügig los.

Eine Viertelstunde später fuhr ich den Berg zum Turm auf der Alten Veste hinauf. Unterhalb der historischen Gaststätte stand Monis Jaguar und sie saß wartend auf der Motorhaube. Ihr Blick war gehetzt, als ich geparkt hatte und zu ihr ging.

„Wo drückt der Schuh, mein Mädchen?“, fragte ich zutraulich.

„Nenn mich nicht Mädchen“, fuhr sie mich an.

„Dann bin ich mal wieder weg“, entgegnete ich und wandte mich wieder ab.

„Bernd“, sagte sie fast flehend. „Ich komm nicht weiter und ich habe das Gefühl, dass ein Menschenleben in Gefahr ist.“

„Jetzt mal ganz von vorne“, sagte ich, als ich mich ihr wieder zugewandt hatte.

Sie blickte unschlüssig zu Boden und nestelte an ihren Pullover-Ärmeln herum. Dann seufzte sie tief, schluckte hart und hob den Kopf.

„Rüdiger, ich meine unser Chef, hat über WhatsApp eine Nachricht erhalten, in der er bedroht wird. Nein, eigentlich werden seine Freunde und seine Familie bedroht. Wir vermuten, dass es sich um einen Betroffenen aus einem seiner alten Fälle handelt. Ich versuche jetzt seit fast einer Woche, die Hinweise zu entschlüsseln, die uns der Täter geschickt hat, aber ich komme alleine nicht weiter. Rüdiger hat mich ausdrücklich darum gebeten, niemanden zu diesem Fall hinzuzuziehen, auch dich nicht. Aber ich brauche jemanden, der mir hilft, bevor wir ein erstes Opfer haben.“

„Okay“, raunte ich lang gezogen und begriff langsam, warum mich meine Partnerin in der letzten Zeit alleine gelassen hatte. „Und wie lautet diese Nachricht?“

Moni zog ihr Handy aus der Tasche, wischte und tippte einige Male, dann hielt sie mir die Nachricht hin.

Ich sterbe sehr bald im roten Haus,
bitte, Probby, hol schnell mich hier raus.
Dort, wo Wallensteins Soldaten stritten
und Rekruten bei der Ausbildung litten.
Wo ich liege, wird die Sonne nie scheinen,
Fluss, Hain und Berg sich dort vereinen.
Ich bin gefesselt mit rostigen Ketten,
beeil dich, nur du kannst mich retten.

„Probby?“, fragte ich stirnrunzelnd, als ich den Text dreimal gelesen hatte.

„Das war der Spitzname von Rüdiger bei seiner Grundausbildung in Sulzbach-Rosenberg. Wir wissen inzwischen, dass einer seiner Stubenkollegen seit einer Woche verschwunden ist. Ein gewisser Manfred Brust. Er ist Polizist in Zirndorf.“

Langsam wurde mir warm und ich las den Text ein weiteres Mal.

„Und du bist hier, weil hier die Schlacht von Wallenstein gegen Gustav Adolf stattgefunden hat?“

„Ich bin hier, weil ich nicht mehr weiterweiß“, raunte sie leise.

„Komm, steig in den Wagen, ich weiß, wo wir hinmüssen“, sagte ich, zugegeben mit etwas Triumph in der Stimme. Sie starrte mich an, während ich um den Audi ging.

„Lass deinen Wagen stehen, den holen wir später“, sagte ich fest und stieg ein. Der Schotter des Parkplatzes stob davon, als ich mit Schwung zurücksetzte, und dann schossen wir schon den Berg hinunter. Moni starrte mich immer wieder von der Seite her an, während ich den Wagen mit quietschenden Reifen durch Zirndorf lenkte. Ich wusste, sie wartete auf eine Erklärung, aber ich wollte sie noch etwas zappeln lassen.

Erst als wir durch den Tunnel unter den Bahngleisen hindurchfuhren, begann ich mit meiner Erläuterung.

„Letztes Jahr wurden Informationstafeln zu der Schlacht im Dreißigjährigen Krieg aufgestellt. Danach lag Wallensteins Heer." „In Oberasbach, Stein und Zirndorf", unterbrach mich Moni.

„Genau. Und wo litten die Rekruten? Hast du das auch herausgefunden?", fragte ich etwas spöttisch.

Moni schüttelte den Kopf.

„Und wo treffen Fluss, Hain und Berg aufeinander?", fragte ich weiter.

„Der einzige Berg ist die Alte Veste, und da ist zwar Wald ohne Ende, aber kein Hain und auch kein richtiger Berg", antwortete sie kleinlaut.

„Weil es keinen Hain und keinen Berg gibt, sondern den Hainberg, und als wir Kinder waren, sind dort Rekruten der Bundeswehr und der US-Armee ausgebildet worden. Außerdem stand dort immer eine Ruine aus roten Backsteinen. Und in dieser Ruine war auch ein halb eingestürzter Keller."

Mit meinen letzten Worten riss ich den Audi um die Kurve auf die Rothenburger Straße und beschleunigte stadtauswärts.

„Und das weißt du einfach so?"

„Na, so schwierig war das jetzt nicht", antwortete ich selbstsicher.

„Arsch", maulte sie nur und verschränkte ihre Arme vor der Brust.

Kurz darauf lenkte ich den Wagen um die beiden Betonhindernisse, die das Einfahren auf das Naturschutzgebiet Hainberg verhindern sollten, und fuhr die Schotterpiste entlang. Da wir als Kinder immer hier unterwegs waren, um nach gebrauchter Munition oder verlorenen Ausrüstungsgegenständen zu suchen, kannte ich mich recht gut aus. Die letzte verbliebene Backsteinmauer des roten Hauses war inzwischen auch eingefallen und ich hielt daneben an. Die Reste der Ruine waren fast vollkommen mit abgestorbenen Brennnesseln und Brombeerranken überwuchert und Moni und ich hatten Mühe, uns hindurch zu schlängeln, ohne uns zu zerkratzen. Wir kletterten über große Mauerstücke und Reste von Betonteilen. Ich wusste noch ungefähr, wo der kleine Einstieg in den eingestürzten Keller war, und krabbelte zielstrebig über den Schutt und die Steine. Moni fluchte unterdrückt, weil sich ihr schicker Pullover ständig in den Dornen verfing.

„Hier ist es“, sagte ich zufrieden, als die Öffnung vor mir auftauchte. Schon als ich noch ein Kind war, war dieses Loch für mich mehr als unheimlich gewesen. Daran hatte sich auch nicht viel geändert. Das schwarze Loch wirkte wie der Eingang zur Unterwelt und auch alle rationalen Gedanken änderten an dieser Tatsache nicht viel. Ich zog mein Handy heraus und schaltete die Lampe ein. Als ich den Kopf in das Loch steckte, um mir einen Überblick zu verschaffen, schlug mir der Geruch von Fäulnis, Exkrementen und Tod entgegen.

„Scheiße, ich glaube, wir sind zu spät“, flüsterte ich mehr zu mir selbst. Dann atmete ich tief ein, hielt die Luft an und ließ mich in das Loch gleiten. Der Keller war mit Unrat, Erde und Müll angefüllt, sodass ich nicht aufrecht stehen konnte. Spinnweben klebten sich in mein Gesicht und meine Haare. Mich grauste es, als ich versuchte, sie mir mit der Hand wieder abzuwischen. Auf den ersten Blick sah ich in einer Ecke einen zusammengekauerten Körper liegen.

„Moni, ruf einen Notarzt! Der Gesuchte liegt hier“, rief ich zu meiner Partnerin, die noch außen wartete.

„Lebt er?“, fragte sie zurück und ich kroch weiter auf den Körper zu. Ein mehrstimmiges, verärgertes Quieken ertönte und ein paar Ratten verschwanden in einem Spalt zwischen den Steinblöcken.

„Bitte nicht“, flehte ich und wappnete mich für einen grausigen Anblick. Schwere, rostige Ketten fesselten Arme und Beine des Mannes und hatten tiefe Wunden in Handgelenken und an den Schienbeinen hinterlassen. Dort hatten sich anscheinend auch schon die Ratten gütlich getan, denn aus dem rohen, blutverkrusteten Fleisch leuchteten teilweise die hellen Knochen heraus. Mit einem tiefen Seufzer stieß ich die Luft aus, die ich bis jetzt angehalten hatte, und zog den widerlichen Gestank nach Tod in meine Lungen.

„Manfred?“, fragte ich vorsichtig und erschrak fast vor meiner eigenen Stimme, die hier unten dumpf und hohl klang. Vorsichtig schob ich mich weiter an den Mann heran und versuchte, ihn aus der Ecke zu ziehen, in die er sich verkrochen hatte. Er war schwer und ich musste heftig zufassen. Schließlich konnte ich ihn über den Unrat ein ganzes Stück aus der Ecke zerren. Erst als sich die Ketten spannten und ich die Verankerung in der Wand sah, an der die Ketten mit einem dicken Vorhangschloss befestigt waren, hörte ich auf zu ziehen. Bisher hatte der Mann keinen Ton von sich gegeben und sein Körper hatte auch keinen Zucker gemacht. Ich drehte ihn mit Mühe auf den Rücken und erschrak heftig, als ich in sein Gesicht leuchtete. Auch hier hatten die Ratten bereits ein Festmahl gefeiert und ich konnte durch die aufgefressenen, blutigen Wangen Kiefer und Zähne sehen. Ein Stück graues Panzertape verschloss den Mund und die geschlossenen Augen schienen unbeschädigt zu sein. Dass noch Leben in diesem Körper steckte, darauf hatte ich keine Hoffnung mehr. Ich wollte gerade Moni rufen, dass der Mann tot war, als ein heftiges Zucken den Körper vor mir erschütterte, er sich vollkommen versteifte und sich beide Augen öffneten. Schmerz und maßloses Grauen starrten mich aus diesen Augen an.

„Er lebt!“, rief ich mehr aus Schreck und hörte einen tiefen Seufzer vom Kellerloch her.

„Hallo, Manfred, ich bin von der Polizei. Alles ist in Ordnung, wir werden dich gleich befreien“, sagte ich zutraulich und legte dem Mann vorsichtig eine Hand auf die Schulter. Ich spürte, wie sich der steife Körper etwas entspannte, und richtete die Lampe meines Handys weg von seinem Gesicht.

„Moni, ich brauche Wasser und einen Bolzenschneider“, rief ich erneut und wusste, dass ich meiner Partnerin damit zwei schwere Aufgaben reingedrückt hatte, die sie auf andere Gedanken bringen würden. Ich beugte mich über den Gefesselten, dessen Augen jetzt wieder geschlossen waren. Sein Körper war wieder erschlafft und ich wusste, dass jede verstreichende Minute den Mann seinem Tod mit riesigen Schritten näherbrachte. Mit spitzen Fingern versuchte ich, das Panzertape zu entfernen, und schaffte es schließlich, eine Ecke etwas von der Haut zu lösen. Mit einem Ruck abziehen traute ich mich nicht, um nicht die zerfressenen Wangen noch weiter aufzureißen. Vorsichtig zog ich deshalb das Band ab und war froh, dass der Mann wieder bewusstlos war.

„Bernd, ich habe Wasser“, rief mir Moni vom Eingang zum Keller her zu. „Mit einem Bolzenschneider sieht es schlecht aus. Aber unsere Leute sind unterwegs.“

Ich kroch zurück zum Kellerloch und griff mir die Fahrradflasche, die Moni mir herunterreichte.

„Von einem Radfahrer“, sagte sie erklärend. „Ich muss wieder raus, um einen vernünftigen Weg hierher zu suchen und unsere Leute einzuweisen. Rüdiger ist auch unterwegs.“ Mit diesen Worten verschwand sie wieder und ich kroch zurück zu Manfreds Brust. Vorsichtig griff ich unter seinen Hinterkopf und hob ihn etwas an. Ich stellte die Fahrradflasche am Boden ab und versuchte, den geschlossenen Mund etwas zu öffnen. Willig öffneten sich die Kiefer, auch wenn die Kleberreste des Tapes noch die Lippen verklebten. Ich nahm wieder die Fahrradflasche zur Hand, zog mit den Zähnen den Trinkverschluss heraus und setzte sie sorgsam am Mund des Gefesselten an. Mein Handy hatte ich auf den Boden gelegt und sah nur undeutlich, wie das Wasser in den Mund floss und nach kurzer Zeit aus den abgefressenen Wangen wieder herausrann.

„Verdammt“, fluchte ich und setzte die Flasche wieder ab. Unvermittelt erschütterte ein tiefer Huster den Mann und er spuckte mir das Wasser ins Gesicht. Seine Augen waren noch immer geschlossen, als er wie ein Verdurstender wild zu schlucken begann. Ich legte die Flasche wieder an seinem Mund an und er begann zu trinken. Ich setzte immer wieder ab, flößte ihm aber den kompletten Inhalt der Flasche nach und nach ein.

Als in der Ferne die ersten Sirenen von Einsatzfahrzeugen erklangen, wurde mir wieder bewusst, dass wir den Mann jetzt aus diesem Kellerloch herausbringen mussten. Ich drehte ihn etwas zur Seite und betrachtete die Ketten im Licht meines Handys genauer. Es lagen tatsächlich zweiteilige Stahlschellen um jedes Hand- und Fußgelenk, die auch aus einem mittelalterlichen Folterkeller hätten stammen können. Nur durch die Verschlüsse waren neuwertige Schrauben mit Muttern gesteckt. Den Versuch, die Muttern an den Schrauben mit der Hand zu lösen, gab ich schnell auf. Ohne Werkzeug war da nichts zu machen.

Als kurz darauf die ersten Stimmen am Kellerloch laut wurden, kroch ich nach vorne und steckte meinen Kopf nach draußen. Ein Notarzt mit seinem Koffer in der Hand und zwei Sanis mit einer Trage hatten sich den Weg bis zum Kellerloch gebahnt und blickten mich jetzt erwartungsvoll an.

„Der Mann ist bewusstlos und mit schweren Ketten gefesselt. Er wurde von Ratten ziemlich übel zugerichtet, lebt aber noch. Der Keller ist eingestürzt und ihr könnt die Trage vergessen. Man kommt nur kriechend an den Verletzten heran. Als Erstes brauchen wir Werkzeug, um die Ketten oder die Bandagen an Arm- und Fußgelenken zu entfernen."

Der Notarzt nickte verstehend und sagte: „Ich sehe ihn mir an."

Mit diesen Worten schob er mir seinen Koffer ins Loch und kletterte hinterher, als ich Platz gemacht hatte. Ich leuchtete ihm, als er sich langsam dem Verletzten näherte. Mit geübtem Griff tastete er am Hals des Bewusstlosen nach dessen Puls, dann schob er vorsichtig ein Augenlid hoch und leuchtete Manfred mit einer kleinen Lampe in die Pupille. Was auch immer er dabei sah, ließ ihn nicht in Hektik geraten. Er zog ruhig seinen Koffer zu sich heran, öffnete ihn und holte einige Utensilien heraus.

„Ich brauche eine Armvene", sagte er, ohne mich anzusehen, und ich war im ersten Moment etwas überfordert. So, wie der Verletzte jetzt dalag, waren beide Arme unter seinem Körper versteckt.

„Also gut", dachte ich mir, griff beherzt zu und drehte den Mann zur Seite. Danach schob ich einen Jackenärmel hoch und wollte gerade den Ärmel des Pullovers nach oben krempeln, als mir der Arzt eine Schere in die Hand drückte.

„Danke“, raunte ich und schnitt gekonnt Pullover und Jackenärmel auf.

Mit wenigen Handgriffen setzte der Notarzt einen Zugang und hängte eine Tropfflasche dran. Die drückte er mir in die Hand und zog noch eine Spritze auf. Die Kanüle stach er direkt in den Schlauch vom Tropf und drückte die durchsichtige Flüssigkeit hinein.

„Dafür, dass er nicht aufwacht“, erklärte er kurz und packte seine Sachen wieder in den Koffer. „Er muss schnellstens hier raus, sonst verlieren wir ihn. Sein Puls ist schwach und er ist völlig dehydriert.“

„Ist in dem Koffer eine Zange oder eine Eisensäge?“, fragte ich mit Blick auf die schweren Fesseln. Der Arzt schaute mich an, als hätte ich um eine Dosis Drogen gebeten, und sparte sich dann auch die Antwort.

„Moni, hol bitte das Bordwerkzeug aus dem Wagen. Ich brauche eine Zange oder einen Schraubenschlüssel, um die Fesseln aufzubekommen.“

Ein fernes „Alles klar“ meiner Partnerin ertönte und dann musste ich wieder warten.

Mit der Kombizange und einem Gabelschlüssel aus dem Werkzeug gelang es mir wenig später, die Verschlussschrauben der Arm- und Fußfesseln zu entfernen. Die Scharniere der Bandagen gingen leicht auf und der Anblick der geschundenen und angefressenen Gelenke war übelerregend. Die beiden Sanitäter waren inzwischen in das Loch geklettert und der Arzt war verschwunden. Selbst die beiden hart gesottenen Sanis mussten mehrfach schlucken, um den Gestank und den Anblick des Verletzten zu ertragen. Es war ganz schön eng, als wir den Verletzten vorsichtig aus dem Keller an die frische Luft zerrten. Ich hielt dabei nur den Injektionsbeutel und hatte Mühe damit, dass der Schlauch und die Nadel nirgends hängen blieben.

Schließlich lag der Verletzte auf der Trage und wurde festgeschnallt. Ich hielt noch immer den Beutel mit der Tropfflüssigkeit, als die beiden Sanitäter, Moni und der Notarzt gemeinsam die schwere Trage über die Bruchsteine und das dichte Gestrüpp bugsierten. Auf dem nahen Schotterweg warteten bereits die Leute von der Spurensicherung und eine ganze Horde uniformierter Kollegen. Unser Chef trat an die Trage heran und sein Gesicht verzerrte sich zu einer schuldbewussten Grimasse, als er seinem ehemaligen Stubenkameraden in das zerfressene Gesicht blickte.

„Zur Seite, der Mann muss schnellstens ins Krankenhaus", rief der Notarzt über das Gewimmel der Leute hinweg. Einige Augenblicke später schlugen die beiden Türen des Krankentransporters hinter dem Verletzten und dem Notarzt zu und der Wagen setzte sich mit auf dem Schotter knirschenden Reifen in Bewegung.

Die Leute der Spurensicherung machten sich ans Werk, aber ich vermutete, dass bei der Suche nach Fingerabdrücken oder anderen Anhaltspunkten auf den Täter nicht viel herauskommen würde. Die Streifenpolizisten waren unterdessen damit beschäftigt, den Tatort großräumig abzusperren und neugierige Spaziergänger, Jogger und Radfahrer daran zu hindern, zu gaffen und die Beamten von ihrer Arbeit abzuhalten.

„Wie hast du ihn gefunden?", fragte unser Chef Moni mit bedrückter Stimme.

„Bernd hat ihn gefunden", sagte meine Partnerin kleinlaut. Sie wusste, dass sie damit der Bitte unseres Chefs, mich nicht einzuweihen, zuwidergehandelt hatte. „Und wenn ich ihn viel früher in den Fall eingeweiht hätte, dann wäre dein Freund sicherlich nicht so zugerichtet worden", ergänzte sie vorwurfsvoll.

Rüdiger Probst blickte mich versonnen an, so als würde er durch mich hindurchschauen.

„Das ist mir inzwischen auch schon egal", meinte er dann resigniert. „Jetzt haben wir tatsächlich einen Fall. Ich denke nicht, dass dieser Täter es damit bewenden lässt. Findet dieses Arschloch, bevor es ein weiteres Opfer gibt!"

Moni und ich nickten nur und unser Chef wandte sich ab und ging zu seinem Wagen. Wir blickten ihm hinterher und ich versuchte, mich in seine Lage zu versetzen. Die Aussicht, dass ein weiterer Bekannter oder Verwandter diesem Täter zum Opfer fiel, hing wie ein Damoklesschwert über seinem Kopf und würde ihm sicherlich unruhige Tage und schlaflose Nächte bereiten.

Ich wollte mich gerade an Monika wenden, um zu besprechen, wie wir jetzt weitermachen sollten, als unser Vorgesetzter zu uns zurückgehetzt kam. Er hatte sein Handy in der Hand und blickte sich nervös um.

„Er ist hier!", rief er völlig entsetzt und hielt uns sein Telefon hin.

Du siehst ja ziemlich erschüttert
aus, Probby. War er denn noch am
Leben, dein Freund Titte?

„Er muss tatsächlich hier in der Nähe sein", sagte Moni leise und blickte sich um. Das weitläufige Gelände mit vielen Bäumen, Sträuchern und kleinen Hügeln bot jedoch unzählige Möglichkeiten, sich mit einem Fernglas zu verstecken und alles von Weitem zu beobachten.

Ich suchte mit meinen Blicken die kleinen Gruppen von Schaulustigen ab und ging langsam auf sie zu. Meine Hand wanderte dabei provozierend zum Holster mit meiner Waffe. Wenn der Täter sich hier herumtrieb, dann konnte ich ihn vielleicht damit zu einer verräterischen Reaktion bewegen. Obwohl ich es fast ausschloss, dass von ihnen einer der Täter war, nahm ich auch die Uniformierten nacheinander unter die Lupe.

„Schreib etwas zurück. Vielleicht können wir das Handy ja hören", sagte Moni so laut, dass selbst ich es hören konnte, obwohl ich schon ganz schön weit weg war. Einer Eingebung folgend rief ich laut über den ganzen, abgesperrten Bereich hinaus: „Der Täter hält sich noch hier auf und beobachtet uns. Bitte schwärmt in alle Richtungen aus und versucht, ihn zu finden. Aber Vorsicht, er könnte bewaffnet sein."

Diese Information und ein paar erschrockene Schreie unter den Schaulustigen sorgten dafür, dass sich die kleinen Gruppen schnell auflösten und die Leute in alle Himmelsrichtungen verschwanden.

„Bernd, wir haben da etwas gefunden!“, rief mir kurz darauf einer der Leute mit den weißen Overalls zu.

Während die Streifenpolizisten mit gezogenen Waffen ausschwärmten, ging ich zu dem Hünen hinüber, der mich um fast zwei Köpfe überragte. Ich kannte ihn vom Sehen, von anderen Fällen, bei denen wir schon aufeinandergetroffen waren.

„Hier ist eine Überwachungskamera versteckt“, sagte er und deutete auf ein kleines Kästchen im Zwischenraum zweier großer Mauerreste.

„Wie weit kann so ein Ding senden?“, fragte ich den Großen.

Dieser bückte sich zu der Kamera hinunter und betrachtete sie genauer.

„Wenn sie eine Karte hat, im Prinzip auf der ganzen Welt.“

„Und können wir feststellen, wer das Signal empfängt?“

„Schwierig“, sagte der Beamte unsicher.

„Also pack das Ding ein und gib es unseren Technikern!“

Etwas desillusioniert ging ich zu Moni und unserem Chef hinüber und sagte: „Wir haben eine Kamera gefunden, der Typ kann also überall stecken.“

„Wissen wir“, sagte meine Partnerin und hielt mir das Handy unseres Chefs hin.

Was bist du für eine feige Ratte?
Komm raus und stell dich mir!
Oder hast du Angst?

Du kannst mich nicht provozieren,
Probby. Du wirst weiter leiden,
so wie ich gelitten habe.
Übrigens, gute Leute hast du da,
pass gut auf sie auf!

„Ist das eine Drohung gegen uns?“, fragte ich erstaunt und Moni nickte ärgerlich. Ich wusste, dass ihr gerade einer unserer letzten Fälle durch den Kopf ging, bei dem ich in die Fänge eines

Psychopaten geraten war und echt übel zugerichtet wurde. Ich strich ihr beruhigend über den Arm und grinste sie an.

„Lasst uns von hier verschwinden“, sagte ich ruhig.

„Du musst erst wieder deine Streifenpolizisten einfangen“, sagte Moni und machte eine Geste, die den ganzen Hainberg einschloss.

Gott sei Dank hatten fast alle Beamten ein Funkgerät dabei, sodass alle nach wenigen Minuten wieder vor Ort waren.

Unser Chef war inzwischen verschwunden und auch Moni und ich saßen wieder in unserem Wagen.

„Fährst du mich wieder zu meinem Auto?“

„Na klar, meine Hübsche.“

„Wie ich deine Machosprüche vermisst habe“, entgegnete Monika und stieß einen erleichterten Seufzer aus.

„Wieso eigentlich ‚Titte‘?“, fragte Moni nach einer Weile des Schweigens. Wir waren schon fast wieder bei der Alten Veste angelangt und ich fragte mich, ob sie jetzt wirklich so lange über den Zusammenhang nachgegrübelt hatte.

„Checkst du es wirklich nicht?“, fragte ich erstaunt. „Probst, Probby – Brust, Titte. Das sind die Spitznamen der beiden aus ihrer Grundausbildung.“

Monika machte ein Gesicht, als hätte sie gerade das Siebener-Einmaleins begriffen.

„So ticken echt nur Männer“, sagte sie vorwurfsvoll und ich nickte nur zustimmend.

Eine halbe Stunde später saßen wir uns im Büro gegenüber und tauschten uns über unsere beiden Fälle aus.

„Woher kennt der Entführer die Spitznamen aus der Grundausbildung von Rüdiger?“, fragte Moni nachdenklich.

„Und woher kennt er die Namen und Adressen?“, ergänzte ich. „Entweder er ist auch ein Bulle, oder er hat Zugang zu polizeiinternen Informationen“, gab ich mir die Antwort gleich selbst.

„Die Spitznamen könnte er natürlich auch aus unserem Opfer herausbekommen haben“, sinnierte meine Partnerin laut.

„Wir müssen den Mann schnellstens befragen. Sicherlich hat er den Täter gesehen und kann uns einen Hinweis geben. Ansonsten haben wir nicht viel. Ich denke nicht, dass die Auswertung der Spuren einen Treffer ergibt, aber vielleicht bringt uns ja die Überwachungskamera etwas weiter", sagte ich grübelnd.

„Rüdiger hat im Dienst einmal einen Jugendlichen erschossen", flüsterte Moni leise, sodass nur ich es verstehen konnte. Laut ergänzte sie: „Die Familie habe ich schon gecheckt. Komische Mutter und drogensüchtiger, völlig fertiger Bruder. Ich denke nicht, dass sie mit dem Fall etwas zu tun haben."

Ich nickte nur verstehend, obwohl mir die Information mit dem erschossenen Jugendlichen zu wenig war. Darüber wollte ich schon mehr Details wissen, aber dazu blieb später Zeit und es musste ja nicht hier im Büro besprochen werden.

„Hast du etwas über den Motorradkiller herausgebracht?", fragte mich Moni kurz darauf und ich brauchte einen Moment, bis ich von dem einen Fall auf den anderen umgeschaltet hatte. Ich griff hinter mich und zog meine Liste aus der Tasche meiner Jacke. Die Liste sah inzwischen ziemlich vergammelt und widerlich aus. Sie war völlig zerknittert, halb zerrissen und voller Flecken, also versuchte ich, sie auf meinem Schreibtisch einigermaßen glatt zu streichen.

„Von den dreißig Ducati-Fahrern sind noch neun auf meiner Liste, die nicht wirklich ein Alibi haben und wo ich echt nicht weiß, wie ich sie einordnen soll. Hast du eigentlich gewusst, dass es in Burgfarrnbach ein recht imposantes Schloss gibt?"

Monika blickte mich stirnrunzelnd an und fragte: „Was spielt das jetzt für eine Rolle?"

„Es spielt keine Rolle. Ich war nur heute dort und habe meinen letzten Ducati-Fahrer befragt. Der ist mir auch nicht ganz geheuer. Sein Wohnzimmer war mit Sand aufgefüllt und ein Beachvolleyballnetz stand drin – und ein geiler VW-Bulli als Bar. Der Kerl hätte dir gefallen. So ein braun gebrannter Surfer-Typ mit blonden Haaren und blauen Augen. Außerdem ist er Fotograph und macht echt schöne Bilder von nackten Menschen."

„Und der wohnt in einem Schloss in Burgfarrnbach?“, fragte sie ungläubig.

„Er wohnt nicht im Schloss, sondern gleich daneben“, klärte ich Moni lächelnd auf.

„Manfred ist tot“, sagte plötzlich unser Chef mit belegter Stimme, direkt neben mir und ich erschrak fast zu Tode, weil ich ihn nicht hatte kommen hören. Auch Monika schreckte zusammen und beide starrten wir Rüdiger Probst in das aschfahle Gesicht. „Er ist gar nicht mehr wach geworden und war einfach bereits zu schwach.“

„Tut mir leid, Rüdiger“, sagte Moni, stand auf und legte unserem Chef eine Hand auf die Schulter.

„Mir tut es auch leid“, raunte ich leise, blieb aber sitzen.

„Findet dieses Arschloch, bevor er noch mehr Leute auf dem Gewissen hat.“

„Wir müssten wissen, wer alles von den Spitznamen in eurer Grundausbildung wusste“, sagte ich, obwohl jetzt vielleicht nicht der richtige Zeitpunkt war.

„Keine Ahnung, die hat er sicherlich von Manfred erfahren. Wenn nicht, müsste der Typ ja aus unserer damaligen Einheit kommen. Mit Spitznamen wie Titte, Probby oder Flasche geht ja niemand hausieren und die stehen auch nicht in einer Akte.“

„Flasche?“, hakte Monika nach.

„Ja, Flasche, Rotfuchs, Mops und Haufen. Das waren alle Leute in meiner Stube und ich denke nicht, dass davon einer der Täter ist, und auch nicht, dass von diesen Leuten einer das nächste Opfer sein wird. Der Täter wird sich als Nächstes jemanden suchen, an den wir jetzt nicht denken, und dadurch wird er uns immer einen Schritt voraus sein.“

„Kannst du mir die Namen zu den Spitznamen trotzdem aufschreiben?“, fragte Monika. „Ansonsten haben wir nichts, was uns weiterbringt.“

„Was ist eigentlich mit unserem anderen Mordfall?“, warf ich dazwischen.

„Hast du schon etwas herausgefunden?“, fragte Rüdiger genervt.

„Ich habe alle Ducati-XDiavel-Fahrer in der Region befragt und konnte sie auf neun Verdächtige reduzieren. Aber auch in diesem Fall geht es schleppend voran.“

„Priorität hat jetzt mein Fall. Die Wahrscheinlichkeit, dass es sich dabei um eine Serie handeln wird, ist relativ groß. Bei dem toten Zuhälter vermute ich eher einen Racheakt als Motiv.“

„Dann behalten wir beide Fälle?“, fragte Monika.

„Sicher, aber klemmt euch dahinter, dass kein weiteres Opfer zu Schaden kommt“, sagte Rüdiger Probst eindringlich und ging hinüber zu seinem Glasbüro.

Die nächsten Tage waren damit ausgefüllt, dass wir alte Fallakten unseres Chefs nach Hinweisen durchstöberten, die auf ein Rachemotiv des Täters hinwiesen. Die Auswertung der Spuren am Tatort ergab kaum nützliche Hinweise. An den rostigen Stahlketten wurden zwar DNA-Spuren gefunden, die nicht vom Opfer und auch nicht von mir stammten, der Computer konnte sie jedoch auch keiner Person zuordnen. Die Kamera war eine etwas modifizierte Wildkamera, die sich durch einen Bewegungsmelder einschaltete und dann fünf Minuten lief, bis sie sich wieder automatisch deaktivierte. Dabei wurde das Gefilmte jedoch nicht aufgezeichnet, wie bei einer regulären Wildkamera, sondern direkt über eine SIM-Karte an ein Handy übertragen. Da weder die SIM-Karte registriert noch das Handy zu orten war, konnten wir mit dieser Spur auch nichts anfangen. Nachdem wir es leid waren, ständig ins Präsidium nach Lauf zu fahren, hatten wir alle Akten in unser Auto geladen und jetzt standen einige Kartons neben unseren Schreibtischen und hohe Stapel türmten sich auf den Tischen. Ein Geruch nach altem Papier und millimeterdickem Staub kitzelte in meiner Nase und meine Lust auf diese öde Arbeit war auf den Nullpunkt gesunken.

„In der ersten Nachricht hieß es doch, du wirst leiden, du wirst weinen und du wirst trauern“, sagte ich halblaut zu mir selbst und Monika hob den Kopf. „Trauert man nur, wenn jemand gestorben ist oder auch wenn beispielsweise ein geliebter Mensch ins Gefängnis kommt?“

„Ich denke, dass man nur bei einem Todesfall trauert", entgegnete Moni. „Aber es kann ja auch ein Todesfall sein, der nicht unmittelbar von Rüdiger verschuldet worden ist. Es könnte ja ein Fall sein, den der Täter aufgrund von unglücklichen Umständen oder von irgendwelchen Zusammenhängen unserem Chef in die Schuhe schiebt, ohne dass der wirklich daran beteiligt war."

„Wenn das wirklich so ist, dann finden wir in den Akten hier gar nichts. Darin steht nur alles bis zum Abschluss des Falles und nicht, was vielleicht in der Folge noch passiert ist", entgegnete ich und schloss demonstrativ die offene Akte vor mir. „Ich hol mir jetzt ein Frühstück in der Kantine, kommst du mit?" Mit diesen Worten stand ich auf und blickte Moni auffordernd an.

„Sicher", sagte die eintönig und erhob sich geschmeidig aus ihrem Bürostuhl. Demonstrativ ließ sie aber die Akte vor sich auf dem Schreibtisch offen.

Unser Chef saß an seinem Schreibtisch, als wir an seinem Büro vorbeikamen, und glotzte mit einer derart geschockten Miene auf sein Handy, dass ich mich innerlich sofort und schweren Herzens von der Butterbreze und der Lachssemmel verabschiedete, die mir gerade durch meine Gedanken und meinen leeren Magen gegeistert waren.

„Was ist los?", fragte ich, als ich spontan in sein Büro trat.

„Er hat sich gemeldet – und wir haben keine Zeit. Ich denke, mein Onkel Ernst ist sein nächstes Opfer." Mit diesen Worten hielt er Moni und mir sein Handy hin.

Onkel Ernst kann nicht versinken,
sehr bald wird er aber ertrinken.
Der Fluss heißt nicht Wörnitz
und gewiss auch nicht Regen.
Ihn schnell zu finden,
wäre für Ernst ein Segen.
Wo Fischerberg grünes Geländer erreicht,
ist das Wasser kalt und nicht sehr seicht.

Ich musste schlucken und den Text ein zweites Mal lesen. Eine sofortige Eingebung wie bei seiner Nachricht über den Hainberg hatte ich dieses Mal nicht. Dass wir einen Fluss suchten, in dem Onkel Ernst ertränkt werden sollte, war klar. Aber welchen Fluss?

„Wo wohnt dein Onkel?“, fragte ich pragmatisch.

Rüdiger überlegte einen Moment, dann platzte er heraus: „In Steinach – hinten raus, wo es nach Boxdorf geht.“

„Ist da ein Fluss?“

„Da ist die Regnitz nicht weit“, sagte Monika, denn sie war ja dort draußen in Mannhof zu Hause.

Ich nahm noch einmal das Handy von Rüdiger, las mir den Text durch und gab es ihm dann wieder zurück.

„Schick uns den Text, wir müssen los!“ Mit diesen Worten rannte ich los in Richtung Tiefgarage zu unserem Wagen.

Eine Minute später hatten wir das Blaulicht auf dem Autodach montiert und rasten mit Sirene und Vollgas in Richtung Stadeln.

„Nicht Wörnitz und nicht Regen, ergibt in meinen Augen Regnitz. Das ‚Reg‘ von Regen und das ‚nitz‘ von Wörnitz“, sagte ich laut überlegend und auf den Verkehr vor mir starrend.

„Macht Sinn“, stimmte Moni zu.

„Wo Fischerberg grünes Geländer erreicht“, wiederholte ich den Satz laut. „Sagt dir Fischerberg etwas?“, fragte ich Monika.

„Nein, aber das grüne Geländer könnte eine Brücke sein.“

„Gib doch mal Fischerberg in Maps ein“, sagte ich und musste kurz darauf heftig in die Eisen steigen, weil ein Vollidiot vor mir partout nicht zur Seite fahren wollte, obwohl genug Platz war.

„Wie soll ich so tippen“, maulte Moni, während ich den Wagen weiter auf der Erlanger Straße durch den Verkehr bugsierte.

Wir waren schon in Stadeln, als Moni anscheinend einen Treffer hatte.

„Es gibt tatsächlich eine Straße, die Fischerberg heißt – hier links“, beeilte sie sich zu sagen, und ich riss den Wagen mit quietschenden Reifen in eine steile Linkskurve.

„Die heißt hier nur „Panzerstraße“, dass sie offiziell Fischerberg heißt, wusste ich nicht“, sagte meine Partnerin, während ich den A6 durch eine enge Schikane lenkte.

„Da vorne ist eine Brücke mit grünem Geländer“, sagte Monika und auch ich sah die Brücke hinter einer Allee mit hohen Pappeln. Es waren eigentlich zwei Brücken, eine für Autos und eine schmälere für Fußgänger und Radfahrer. Ich stoppte den Wagen vor der Brücke auf einer Auffahrt zum Radweg und stellte den Motor ab. Einen Moment später standen wir auf der Brücke und blickten uns gehetzt um. Der Fluss unter uns war nicht reißend, aber floss schon zügig und kalt dahin. Jetzt merkte ich auch, dass ich im Eifer des Gefechtes meine Jacke im Büro hatte hängen lassen, denn der Wind fuhr kalt durch mein T-Shirt und ließ mich frösteln.

„Wo ist er?“, rief mir Moni zu, die bereits die Brücke überquert hatte.

„Keine Ahnung – vielleicht unter einer der Brücken“, entgegnete ich und stapfte am Anfang der Radfahrerbrücke durch das Gras, um unter die Brücke blicken zu können.

Ein Blick reichte und ich konnte unser Opfer sehen. Kopfüber hing er, mit auf dem Rücken gefesselten Armen, an einem Seil vom Brückengeländer und nur sein Kopf war unter Wasser.

„Moni, er hängt an einem Seil am Brückengeländer“, schrie ich fast panisch und kämpfte mich durch Dickicht und Gebüsch, um ans Wasser zu kommen. Mit zwei Handgriffen zog ich meine Waffe und mein Handy heraus und warf beide ins Gras. Ich kratzte mir Arme, Hände und Gesicht auf, als ich wie ein Panzer durchs Dickicht brach. Ohne großartig zu überlegen, und den Gefesselten immer im Blick, sprang ich ins Wasser. Die Kälte ließ mich den Atem anhalten. So seicht, wie das Wasser von außen gewirkt hatte, war es nicht und ich musste mich heftig gegen die Strömung stemmen, um nicht abgetrieben zu werden. Ich sah Moni oben am Geländer stehen und sich abmühen, das Seil hochzuziehen, aber alleine konnte sie es sicherlich nicht schaffen. Ich kämpfte mich im brusttiefen Wasser vorwärts und versuchte, die Mitte des Flusses zu erreichen. Der Kopf von Onkel

Ernst war, seit ich ihn erblickt hatte, nicht aus dem Wasser aufgetaucht. Anfangs hatte er sicherlich den Kopf immer wieder anheben können, um Luft zu bekommen, aber wir wussten ja nicht, wie lange er schon hier hing.

„Ruf einen Notarzt!“, rief ich Moni zu und sie unterbrach sofort ihre Versuche, das Seil hochzuziehen, und zog ihr Handy aus der Tasche.

Mein nächster tastender Schritt, ging ins Leere und ich musste schwimmen, als mich die Strömung davontrug. Mit wenigen Zügen war ich beim Gefesselten und hielt mich an ihm fest. Ich versuchte sofort, sein Gesicht aus dem Wasser zu bekommen, ging aber dabei selbst fast unter. Hier war der Fluss zu tief, um mit den Füßen auf den Grund zu kommen.

„Mach das Seil los, Moni“, rief ich zwischen zwei tiefen Atemzügen. Ich konnte meine Partnerin nicht mehr sehen, weil die Strömung uns unter die Brücke trieb. Das Gesicht des Gefesselten war blau, aber ich wollte noch nicht aufgeben. Vielleicht konnte man ihn ja reanimieren, auch wenn das jetzt nicht wirklich so aussah. Während diese Gedanken durch meinen Kopf schossen, wurde mir plötzlich das kalte Wasser wieder mehr als bewusst. Meine Hände waren eiskalt und ich konnte sie kaum mehr spüren. Meine Brust zog sich zusammen und die Füße in meinen Schuhen fühlten sich völlig steif an.

Als der schwere Körper von Onkel Erich unvermittelt auf mich stürzte, wurden wir beide unter Wasser gedrückt. Die Strömung riss uns beide mit sich fort und ich kämpfte, um wieder an die Wasseroberfläche zu kommen. Ich konnte gerade meinen Kopf aus dem Wasser strecken und Luft holen, als ein heftiger Schlag meinen Körper erschütterte. Ich hielt den Gefesselten immer noch mit einer erfrorenen Hand fest, sah aber nicht, ob dessen Kopf über oder unter Wasser war. Der Mittelpfeiler der Autobrücke hatte mich getroffen und an dem schrammte jetzt mein Körper entlang.

„Bernd.“

Monis Schrei drang nur entfernt an meine Ohren, während ich immer noch kämpfte, um meinen Kopf über Wasser zu halten.

Plötzlich war das Halbdunkel, das unter den Brücken geherrscht hatte, verschwunden und Himmel war über mir. Meine Füße stießen gegen den Grund und ich kämpfte gegen die Strömung, um in Richtung Ufer zu kommen. Jetzt konnte ich auch wieder den Kopf des Opfers aus dem Wasser halten. Moni ging am Ufer entlang neben uns her und wollte gerade ins Wasser steigen, als ich ihr zurief: „Bleib draußen und hilf mir, ihn rauszuziehen!"

An einem umgestürzten Baum, der halb ins Wasser ragte, fand ich endlich Halt und konnte aus dem Wasser kriechen. Am Ende stand Moni dann doch bis zu den Knien im Wasser und half mir, Onkel Ernst auf das Ufergras zu ziehen. Moni riss ihm sofort das Klebeband vom Mund und begann mit einer Herzmassage. Mir war eiskalt und meine Zähne klapperten, ohne dass ich es abstellen konnte. Der kalte Wind tat sein Übriges und ich rollte mich zusammen wie ein Baby.

„Alles klar?", fragte Moni besorgt und heftig keuchend.

„Passt scho", entgegnete ich zitternd und hauchte mir in meine gefühllosen Hände. Das ferne Heulen einer Notarztsirene brachte wieder etwas Ruhe in meine Gedanken. Es war so gut, dass es diese Jungs gab und man nie vergebens anrief. Dies war wirklich eine grandiose Errungenschaft unserer Zeit, die ohne Vorbehalte so viele Leben rettete, egal ob arm oder reich, weiß oder schwarz, christlich oder einer anderen Religion angehörig, alle wurden gleichbehandelt. Ob sie unser Opfer retten konnten, daran hatte ich jedoch meine Zweifel.

„Hier sind wir!", schrie Moni verzweifelt, als der Notarzt mitten auf der Brücke angehalten hatte und ausgestiegen war. Eine zweite Sirene war bereits zu hören, als der Notarzt mit seinem Koffer zu uns gerannt kam.

„Er hing mit dem Kopf im Wasser und wir wissen nicht wie lange", sagte Moni schwer atmend.

Ohne ein Wort zog der Arzt seinen Koffer auf und warf mir als Erstes eine zusammengefaltete Foliendecke zu. Während ich versuchte, sie mit meinen kalten Fingern aufzufalten, hörte Moni mit der Herzmassage auf.

„Mach weiter!“, fuhr der Arzt sie an und zog einen Beatmungsbeutel aus seinem Koffer. Er überstreckte den Kopf des Gefesselten, drückte ihm das Teil auf das blaue Gesicht und begann in einem langsamen Rhythmus zu pumpen. Nach einigen Stößen hörte er auf und holte ein kleines Fläschchen aus seinem Koffer. Er zog daraus eine Spritze auf und schob dann Moni sanft zur Seite. Mit zwei Fingern tastete er auf dem Brustkorb des Mannes herum und stieß dann die Spritze tief zwischen die Rippen.

„Mach weiter“, befahl er meiner Partnerin und griff selbst wieder zu dem Beatmungsballon. Ohne dass ich sie kommen gehört hatte, standen plötzlich zwei Sanitäter, mit einer Trage bei uns und setzten sie direkt neben dem Gefesselten ab.

Moni und ich schauten gar nicht so schnell, dann war Onkel Ernst aufgeladen und mit Sanitätern und Notarzt im Krankenwagen verschwunden.

Wir beiden saßen im Gras wie zwei Häufchen Elend. Ich hatte mir die golden glänzende Wärmedecke um die Schultern gelegt und Moni war immer noch völlig außer Atem.

„Ich sollte Rüdiger anrufen“, flüsterte Moni und rappelte sich auf. Sie half auch mir auf die Füße und zog dann ihr Handy aus der Hosentasche. Auch sie war ohne Jacke aus dem Präsidium verschwunden, hatte aber zumindest einen dicken Pulli an. Völlig steif ging ich hinter ihr her zum Wagen, bevor ich aber einstieg, stapfte ich noch einmal zum Ufer hinunter und holte meine Waffe und mein Telefon. Um die Sitze nicht völlig zu versauen, legte ich die Wärmefolie darüber, bevor ich einstieg. Moni hatte den Motor schon gestartet und die Heizung lief auf Vollgas.

Mit Rüdiger trafen wenig später auch zwei Steifen ein, die sich schnell um den Verkehr kümmerten. Inzwischen hatte sich nämlich in beide Richtungen schon eine ganz schöne Fahrzeugschlange gebildet, die nur im Schritttempo an Notarzt- und Krankenwagen vorbeikamen. Wir setzten unseren Chef ins Bild und der ging bedrückt zum Krankenwagen hinüber.

„Rüdiger, wir fahren schnell zu mir nach Hause. Wir müssen dringend aus den nassen Klamotten heraus“, rief Moni ihm hinterher.

Einer der Streifenpolizisten half uns, rückwärts auf die Straße zu rollen, dann legte Moni den Gang ein und fuhr in Richtung Stadeln davon. Nach Mannhof war es nur ein paar Minuten. Meine Partnerin ließ mir den Vortritt ins Bad. Ich zog meine Klamotten aus, warf sie in die Badewanne und stellte mich dann unter die heiße Dusche. Es schmerzte, als in meine Füße und Hände langsam wieder das Gefühl zurückkehrte.

„Ich habe ein paar Klamotten von meinem Ex“, sagte Moni und legte mir einen kleinen Stapel auf den Klodeckel.

Es dauerte nicht lange, dann war ich in die etwas zu großen Kleider geschlüpft und hatte die Jeans mit einem Gürtel notdürftig zusammengezogen. Die Hosenbeine und Pulloverärmel hatte ich hochgekrempelt und stand jetzt mit meinen nassen Turnschuhen in der Hand in der Badezimmertür. Moni drängte sich an mir vorbei, sie hatte auch schon ihre nasse Hose und ihren Pullover ausgezogen und ich musste wieder einmal feststellen, dass sie eine tolle Figur hatte.

„Glotz nicht“, sagte sie scharf und schloss die Badezimmertür hinter sich.

Ich hatte zwar versucht, meine Turnschuhe mit Zeitungspapier und Föhn etwas trocken zu bekommen, schließlich schlüpfte ich dann aber doch in die noch nassen, aber warmen Schuhe. Moni war schnell fertig und so saßen wir wenig später wieder im Wagen und fuhren zum Tatort.

Krankenwagen und Notarzt waren verschwunden, nur unser Chef und ein Streifenwagen waren noch vor Ort.

Schon die Miene und ein bedauerndes Kopfschütteln von Rüdiger Probst sagten uns beiden, dass sein Onkel es nicht geschafft hatte. Tiefe Furchen in seinem Gesicht und getrocknete Tränen machten ihn um zehn Jahre älter.

„Hier war das Seil befestigt“, erklärte ich kurz darauf. Das Seil war genau so lang, dass das Opfer nur mit dem Kopf ins Wasser hing. Wenn er also bei Bewusstsein war, wird es eine Zeit lang gedauert haben, bis er keine Kraft mehr hatte, um mit der Nase aus dem Wasser zu kommen."

Moni warf mir einen Blick zu, der sagte: „Sei mal etwas sensibler!"

„Soll ich die Spurensicherung rufen?", fragte meine Partnerin und unser Chef schüttelte nur den Kopf.

„Das bringt uns nicht weiter. Ich habe das Seil und die Handfesseln, mehr gibt es sowieso nicht. Ich fahre jetzt zu seiner Frau. Ernst war der kleine Bruder meiner Mutter und hat zwei Kinder.

Ich schluckte schwer, denn ich wusste aus eigener Erfahrung, wie schwer dieser Gang für unseren Chef jetzt wurde.

„Wir fahren ins Präsidium", sagte Moni und Rüdiger nickte nur versonnen.

„Wir nehmen das Seil und die Fesseln mit zur KTU, vielleicht finden die ja doch etwas heraus", sagte ich und holte mir die Sachen aus dem Kofferraum unseres Chefs.

Ein bedrückendes Schweigen hatte uns ergriffen. Ich fragte mich, welcher kranke Geist sich solche Methoden ausdachte, um andere Menschen zu quälen. War der Hinweis, dass wir uns beeilen sollen, wirklich ernst gemeint, oder war da sein Opfer schon tot. Das Klingeln meines und Monis Handy gleichzeitig riss mich aus meinen Überlegungen.

„Eine Nachricht von Rüdiger", sagte ich, als ich mein WhatsApp geöffnet hatte. Der Vorname unseres Chefs ging mir dabei noch immer nicht so leicht über die Lippen.

Upps, da hätten es deine Leute ja fast geschafft, Onkel Ernst zu retten. Echt ein gutes Team, das du da hast, Probby. Da weiß ich gar nicht, welchen der beiden ich mir zuerst vornehmen soll. Den cleveren Bernd oder die hübsche Monika.

Ich las Monika die weitergeleitete Nachricht vor und hatte dabei das Gefühl, dass dieser Entführer mir direkt im Nacken saß.

Ich hatte sogar Mühe, mich nicht umzudrehen und den Rücksitz zu kontrollieren.

„Der Typ macht mir Angst“, sagte Monika bedrückt und beschrieb damit auch mein Gefühl recht zutreffend.

Im Präsidium angekommen, brachte ich als Erstes die Tüten mit dem Seil und den Handfesseln zur KTU und ging dann in unser Büro.

„Wir wollten gerade frühstücken“, sagte ich zu Moni und zwinkerte ihr zu.

„Dann lass uns frühstücken“, stimmte sie zu und folgte mir in die Kantine.

„Wir sollten in nächster Zeit auf uns achtgeben“, sagte ich später, während ich auf einem Stück meiner Butterbreze mit Schnittlauch kaute. „Dem Typen traue ich alles zu.“

„Ich frage mich echt, wo er unsere Namen her hat. So leicht sind die doch nicht herauszufinden.“

„Vielleicht ist es ja doch ein Insider“, murmelte ich mit vollem Mund.

Monika nippte versonnen an ihrem Kaffee.

„Du solltest echt nach Hause fahren und dich umziehen“, sagte sie dann. „In den Klamotten erinnerst du mich zu sehr an meinen Ex und darauf habe ich wirklich keinen Bock.“

Ich blickte an mir hinunter und musste ihr eindeutig recht geben. In den Klamotten sah ich echt übel aus, alles hing völlig unförmig an mir herunter und außerdem hatte ich noch immer nasse Füße in meinen Turnschuhen.

„Kommst du alleine klar?“, fragte ich besorgt. Eigentlich wollte ich sie nicht alleine lassen.

„Sicher, hier im Präsidium kann mir nichts passieren und zu Hause schließe ich mich ein.“

„Alles klar, dann sehen wir uns morgen wieder“, sagte ich und schob mir das letzte Stück der Breze in den Mund. Ich holte noch meine Jacke aus dem Büro, dann verschwand ich in der Tiefgarage und fuhr nach Hause.

Ich hatte das Bedürfnis, noch einmal ausgiebig zu duschen, und zog mir dann meinen Jogginganzug über. So früh war ich in letzter Zeit selten zu Hause und so fläzte ich mich gemütlich in meinen Sessel und startete ein Spiel auf meiner Playstation.

Nachts, gegen zwei Uhr, schaffte ich es endlich, das Teil wieder abzuschalten. Ich schlurfte in mein Schlafzimmer, zog mich aus und schlüpfte unter meine kuschelige Zudecke. Statt sofort einzuschlafen, wie es sonst meine Art war, kamen mir wieder die Bilder von Onkel Ernst in den Sinn. Der Mann war vielleicht Ende vierzig und hatte sein halbes Leben noch vor sich und jetzt lag irgendwo eine einsame und wahrscheinlich völlig verzweifelte Frau alleine in ihrem Bett und trauerte um ihren geliebten Mann, der vollkommen sinnlos einem Täter zum Opfer gefallen war, der bei seinen Taten anscheinend gewissenlos und ohne den geringsten Skrupel zu Werke ging. Wie der Entführer es geschafft hatte, mitten am Tag, ohne jemandem aufzufallen, auf dieser Brücke den Mann am Geländer zu befestigen, war mir schleierhaft. Entweder der Täter war ein sehr kräftiger Mann oder er hatte Hilfe. Ich nahm mir vor, am nächsten Tag an der Brücke vorbeifahrende Leute zu befragen, ob sie am Vortag etwas Verdächtiges bemerkt hatten. Außerdem wollte ich der Herkunft des Seiles auf den Grund gehen. Vielleicht hatte es sich der Täter ja erst kürzlich irgendwo besorgt und wir konnten ermitteln, wo.

Bevor ich am nächsten Morgen in unser Büro ging, machte ich einen Abstecher zur KTU, um mich nach dem Seil zu erkundigen.

„Morgen“, sagte ich freundli[illegible]h das Labor betrat. Ein Mann in weißem Arbeitsman[illegible]seinem Computer und grunzte unwillig, ohne mich an[illegible]

„Habt ihr schon was über da[illegible]sgefunden?“, versuchte ich es weiter, und zwar immer noch freundlich, obwohl mir schon ein übles Schimpfwort im Hals brannte.

„Seil?“, fragte er und warf mir einen unwilligen Blick zu.

„Ja, das Seil, mit dem der Tote von gestern am Brückengeländer befestigt war.“ Jetzt klang meine Stimme schon einen Tick ungeduldiger und auch etwas lauter.

„Ach, das Seil", entgegnete der Typ und deutete auf einen Tisch in einer Ecke, auf dem tatsächlich das blaue Seil vom Vortag lag. „Der Täter muss sich seine Flossen ganz schön aufgerieben haben. Das Seil ist voller Blut und Hautreste. Die DNA wird gerade bestimmt." Mit diesen Worten war der Techniker sogar aufgestanden und folgte mir zum Tisch mit dem Seil hinüber.

„Gibt es über das Seil sonst etwas zu berichten?", fragte ich.

„Nö, stinknormales Kunststoffseil, gibt es in jedem Baumarkt. Ziemlich genau fünf Meter lang und zehn Millimeter Durchmesser."

„Kannst du mir ein Stück abschneiden? Dann versuche ich es in den Baumärkten der Gegend, vielleicht kommen wir so etwas weiter."

Schnell hatte mir der Techniker ein zehn Zentimeter langes Stück abgeschnitten und ich steckte es in meine Jackentasche.

Moni war nicht an ihrem Platz, als ich kurz darauf in unser Büro kam. Ich setzte mich auf meinen Drehstuhl und schaltete den Rechner ein. Ein schneller Blick zum Büro unseres Chefs, ließ mich etwas erschrocken hochfahren. Unser neuer Inspektionsleiter, Karl Künast, stand vor dem Schreibtisch von Rüdiger Probst, der wie ein zusammengefallenes Häufchen Elend dahinter saß. Obwohl ich ihn nur von hinten sah, strahlte er wie immer Autorität und Selbstbewusstsein aus. Automatisch setzte ich mich etwas aufrechter hin und vertiefte mich in meine Mails. Selbst als ich die Glastü[illegible]üdigers Büro leicht ins Schloss fallen hörte, verkniff ic[illegible]inzuschauen, um nicht aus Versehen Blickkontakt m[illegible]er des Präsidiums herauszufordern.

„Kommissar Peter!"

Ich ruckte herum, als seine befehlsgewohnte Stimme direkt neben mir ertönte. Vielleicht etwas zu schnell stand ich auf und streckte ihm meine Hand entgegen.

„Guten Morgen", stammelte ich dabei höflich und versuchte, ein Lächeln in mein Gesicht zu zaubern.

„Wo ist Oberkommissarin Fröhlich?"

„Sie wird jeden Moment kommen", sagte ich und blickte in Richtung Treppenaufgang, in der Hoffnung, meine Partnerin würde dort erscheinen und mich aus dieser Situation retten.

„Wie weit seid ihr im Fall eures Chefs?", fragte er, setzte sich erwartungsvoll auf Monis Bürostuhl und richtete seinen aufmerksamen Blick auf mich. Auch ich setzte mich wieder und schluckte einige Male schwer.

„Schwieriger Fall. Der Täter könnte ein Insider von der Polizei sein. Er kennt die Spitznamen aus der Grundausbildung von Rüdiger, er kennt selbst die Namen von Monika und mir und er droht uns unverhohlen. Beim letzten Mord hat er sich am Seil verletzt, mit dem er das Opfer von der Brücke hängen ließ. Die DNA wird gerade mit der auf den Ketten vom ersten Tatort abgeglichen und ich habe ein Stück des Seils, um festzustellen, wo es gekauft wurde. Vielleicht haben wir Glück und der Täter hat es erst kürzlich gekauft und wir können nachvollziehen, wer er ist."

Er nickte, anscheinend zufrieden mit meinem Bericht, obwohl er mir sehr dürftig vorkam.

„Rüdiger Probst ist aus diesem Fall raus. Er ist das Opfer und muss beschützt werden. Früher oder später wird sich der Täter direkt an ihm rächen wollen. Monika und du, ihr berichtet mir direkt, und nur mir, alle Entwicklungen und Fortschritte."

Ich wunderte mich etwas, weil es sonst nicht seine Art war, Untergebene mit einem vertrauten „Du" anzusprechen.

„So machen wir es", sagte ich und vermied es damit, ihn zu duzen. Dass Moni und ich auch in der Schusslinie des Täters standen, interessierte ihn anscheinend nicht. Jammern wollte ich deshalb allerdings auch nicht.

Er stand auf und verließ ohne ein weiteres Wort das Büro. Ich atmete einige Male tief durch und studierte dann weiter meine Mails.

„Morgen", sagte Moni leise, als sie kurz darauf an ihren Schreibtisch kam und ihre Waffe darauf ablegte.

„Morgen“, entgegnete ich, während sie die Jacke auszog und über ihre Stuhllehne hängte. „Und, bist du unserem Chef noch über den Weg gelaufen?“, fragte ich sie.

Moni blickte sich kurz zum Büro von Rüdiger um und schaute dann fragend zu mir herüber.

„Den Herrn Polizeidirektor meine ich natürlich.“

„Nö“, meinte meine Partnerin knapp und setzte sich auf ihren Stuhl.

„Wir sollen in Rüdigers Fall nur ihm berichten und Rüdiger ist aus dem Fall raus.“

Moni hob beide Augenbrauen und zeigte damit ihre Überraschung.

„Das wird ihm nicht gefallen“, sagte sie und warf einen Seitenblick zum Büro unseres direkten Vorgesetzten.

„Egal“, lenkte ich ab. „Wir sollten uns auf die Suchen nach dem Mistkerl machen. Die KTU hat Blut- und Hautreste auf dem Seil festgestellt und gleicht sie mit den DNA-Proben von der Kette ab.“

Ich zog das Stück Seil aus meiner Hosentasche und warf es Moni zu.

„Wir sollten versuchen, die Herkunft des Seiles herauszufinden. Es ist ziemlich genau fünf Meter lang und zehn Millimeter dick. Sollte also zu finden sein. Ich werde noch einmal zur Brücke fahren und dort Passanten befragen, ob sie gestern etwas Verdächtiges mitbekommen haben.“

„Wir suchen also nach der Herkunft des Seiles?“, fragte Moni mit einer starken Betonung auf das Wort „wir“.

„Wenn wir uns aufteilen, geht es sicher schneller“, sagte ich pragmatisch.

„Und wie war das mit ‚aufeinander aufpassen‘?“, fragte sie genervt.

„Sie hat recht“, dachte ich, wollte ihr aber nicht zustimmen.

„Hast du Angst?“, fragte ich deshalb mit geringfügig schlechtem Gewissen.

„Du suchst das Seil und ich befrage die Passanten“, antwortete sie bestimmt und warf mir die Schnur wieder zurück.

„Miststück“, dachte ich, sagte aber: „Zu Befehl, Frau Polizeioberkommissarin.“

„Baumärkte gibt es echt genug in der Region“, dachte ich, nachdem ich den vierten wieder verlassen hatte und mit leeren Händen in Richtung Wagen ging. Zumindest hatten die bisherigen kein solches Seil. Es war also doch kein Allerweltsseil, das es in jedem Baumarkt gab, allerdings konnte es der Täter genauso gut im Internet bestellt haben. Ich hatte mich gerade in den Fahrersitz gesetzt, als mein Handy klingelte. „Rüdiger Probst“ stand im Display und ich ging ran: „Hallo, Chef.“

„Hallo, Bernd, der Killer hat wieder zugeschlagen“, sagte er bedrückt.

„Verdammt“, fluchte ich. „Ohne vorheriges Gedicht?“

„Nein, nicht dieser Killer. Der mit dem Motorrad und dem Baseballschläger.“

„Verdammt“, fluchte ich erneut, weil dieser Fall in meinem Kopf gerade so weit weg war.

„Ich schick dir die Adresse und sag auch Monika Bescheid. Trefft euch dort.“ Mit diesen Worten legte er auf.

Einige Augenblicke später surrte mein Telefon und im Display tauchte die Adresse des Tatortes auf. Oberasbach, Rosenstraße, stand dort zu lesen, allerdings ohne Hausnummer.

Ich brauchte die Adresse nicht in Maps einzugeben, denn ich kannte die Ecke mit den Blumenstraßen im Ortsteil Unterasbach. Tagsüber war in der Innenstadt viel los und ich quälte mich durch die verstopfte Sigmundstraße stadtauswärts. Beim Kerscher musste ich mich zusammenreißen, um nicht stehen zu bleiben und mir eines dieser überragenden Schnitzelsandwichs zu holen. Dann fuhr ich über die Rothenburger Straße bis zum Ortseingang von Oberasbach. Nach dreimaligem Linksabbiegen war ich dann auch schon am Ziel. Die Hausnummer war überflüssig, denn zwei Streifenwagen mit blinkendem Blaulicht wiesen mir unübersehbar den Weg.

„Männliche Leiche im dritten Stockwerk“, sagte einer der Uniformierten, als ich ausgestiegen war und ihm meinen Dienstausweis hingehalten hatte.

„Danke“, sagte ich knapp und ging in das mehrstöckige Wohnhaus hinein. Der Geruch nach Altbau, Zigarettenrauch und billigem Parfum nahm mich gefangen, kaum hatte ich das Treppenhaus betreten.

„Scheint nicht die Absteige der Oberasbacher Hautevolee zu sein“, dachte ich naserümpfend und stapfte die Treppen nach oben. An der Wohnungstür im dritten Stock empfing mich ein Beamter und winkte mich durch, als ich meinen Ausweis hochhielt. Bereits im kleinen Flur, der von der Eingangstür nach links führte, lag der Tote. Zwei Beamtinnen in Uniform standen mit bleichen Gesichtern in einigen Metern Abstand. Der Tote war selbst im Liegen ein gewaltiger Mann. Oberarme wie ein Preisboxer und ein durchtrainierter, muskulöser Körper deuteten auf einen zumindest semiprofessionellen Bodybuilder hin. Die kräftigen Arme waren übersät mit Tattoos. Der Kopf mit dunkler Stoppelfrisur und an den Enden bis zum Kinn gezogenem Oberlippenbart war tattoofrei. Die rechte Seite des Kopfes war blutüberströmt und der Teppichboden darunter zeigte eine dunkle Lache. Ich nickte den beiden Beamtinnen grüßend zu, dann kniete ich mich neben den Toten.

„Wer hat ihn gefunden?“, fragte ich, ohne von der Leiche aufzublicken. Es dauerte einen Moment, bis eine der zwei Polizistinnen antwortete.

„Der Fahrer eines Paketdienstes. Er hatte ein Paket für einen Mieter im vierten Stock und fand die Tür hier sperrangelweit offen vor. Nachdem er den Toten entdeckt hatte, hat er den Notruf alarmiert.“

„Und wo sind Sanitäter und Notarzt?“, fragte ich erstaunt und hob den Kopf. Wie einstudiert hoben beide Frauen gleichzeitig die Schultern und verzogen ihre Miene zu einem „Keine-Ahnung-Gesicht“.

„Dann kümmert euch mal drum, Mädels, wir brauchen einen Arzt, die Leiche muss hier weg und wir brauchen die Spurensicherung. Habt ihr etwas angefasst?“, fragte ich noch und betrachtete den zersplitterten Baseballschläger, der neben dem Toten am Boden lag.

„Nein“, stammelten beide und quetschten sich angewidert an der Leiche vorbei.

Außer dass die Wohnung etwas anders aussah, hatte die Tat schon sehr viel mit der auf der Hardhöhe gemeinsam. Eine Chance, sich zu wehren, hatten beide Opfer anscheinend nicht gehabt. Der Täter hatte ohne Vorwarnung zugeschlagen und die Opfer sofort niedergestreckt. Ich richtete mich auf, stieg über den Leichnam und inspizierte die Wohnung. Ich tippte darauf, dass es sich um eine Sozialwohnung einer Wohnungsbaugesellschaft handelte. Zwei Zimmer, Küche, Bad und ein kleiner Balkon auf der Südseite. Alles war sauber und aufgeräumt und in Details sah man die kreative Hand einer Frau. Ich öffnete die Schränke im Schlafzimmer und meine Vermutung, dass das Opfer mit einer Frau zusammengewohnt hatte, bestätigte sich dadurch, dass drei Viertel des Schrankes mit Frauenkleidern gefüllt waren. Dass hier kein reiches Pärchen wohnte, war deutlich an der Ausstattung der Wohnung zu erkennen. Das einzige Teil von Wert war ein imposanter Kaffeeautomat in der Küche, der eher in ein Restaurant gepasst hätte. Der hatte sicherlich ein halbes Vermögen gekostet. Während ich so in meine Betrachtungen vertieft war, hatte anscheinend meine Partnerin den Tatort erreicht, denn ich hörte ihre Stimme draußen im Treppenhaus.

„Das gleiche Muster wie auf der Hardhöhe“, sagte ich kurz darauf zu ihr. „Ich schätze, das ist kein Zufall. Die Frau ist nicht zu Hause und ein Paketbote hat die Leiche entdeckt.“

„Das fehlt uns noch, wenn dieser Fall sich auch als Serie entwickelt. Was wissen wir vom Opfer?“

Ich zuckte mit den Schultern, so wie es die beiden Polizistinnen so gekonnt gemacht hatten, und versuchte, auch ein „Keine-Ahnung-Gesicht“ zu machen.

„Ich bin auch noch nicht lange da und es waren bisher noch nicht einmal ein Arzt oder Sanis da, geschweige denn die Spusi.“

Ich ging zur Wohnungstür und schaute auf das Klingelschild, dann zog ich mein Handy heraus und rief im Präsidium an. Ich gab Name, Adresse und Stockwerk durch und bat darum, mir Details zum Opfer aufs Handy zu schicken. Moni ging derweil ein Stockwerk höher, um die Mieter zu befragen. Ich ging in den zweiten Stock und klingelte. Weder hier noch im ersten Stock war jedoch jemand zu Hause. Im Erdgeschoss öffnete eine ältere Dame mit einer geblümten Kittelschürze und blicke mich misstrauisch an.

„Guten Tag, Frau Schulz“, sagte ich nach einem kurzen Seitenblick aufs Klingelschild. „Ich heiße Bernd Peter und bin von der Kriminalpolizei Fürth. Ich ermittle in einem Tötungsdelikt. Hier im Haus, im dritten Stockwerk, wurde ein Toter aufgefunden. Haben Sie in den letzten Stunden etwas mitbekommen? War hier ein Fremder im Haus, oder ist Ihnen sonst etwas aufgefallen?“

„Nö“, war die ausschweifende, fränkische Antwort.

Noch ehe ich eine weitere Frage nachschieben konnte, hatte sie mir die Tür vor der Nase zugeknallt.

„Danke fürs Gespräch“, raunte ich genervt und klingelte ein zweites Mal. So einfach wollte ich mich nicht abspeisen lassen. Auch wenn sie nichts wusste, dieses schofelige Verhalten wollte ich der Frau nicht durchgehen lassen. Aber auch nachdem ich wütend gegen die Tür geklopft hatte, blieb diese verschlossen. Verärgert und wütend ging ich durch die Haustüre nach draußen. Der Arzt war mir gerade schon im Treppenhaus entgegengekommen, jetzt stiegen drei Leute der Spurensicherung aus ihrem Wagen.

„Hallo, Bernd“, begrüßte mich einer der drei und ich nickte freundlich zurück. Der Typ war mir zwar schon in einigen zurückliegenden Fällen über den Weg gelaufen, ich wusste aber nicht mehr, ob er Torsten oder Norbert hieß.

„Dritter Stock“, sagte ich deshalb nur knapp und deutete auf die Haustüre. Danach schaute ich mir die Nachbarhäuser an, ob ich irgendwo eine Menschenseele zu Gesicht bekam, die ich nach einem Motorradfahrer befragen konnte, der vielleicht in den letzten Stunden hier geparkt hatte. Die Wohnblocks machten aber alle den Eindruck, als wären sie verlassen. Nicht einmal Kinder waren auf der Straße oder auf den Grundstücken der Häuser zu sehen.

Irgendwelche Überwachungskameras gab es in einem Kaff wie Oberasbach sicherlich auch nicht und der Motorradfahrer hatte genug Möglichkeiten und Strecken, um ungesehen von hier verschwinden zu können; vorausgesetzt natürlich er war wieder mit dem Motorrad unterwegs.

Ich ging zurück zum Tatort. Dort hatte sich inzwischen ein hektisches Treiben entwickelt. Der Arzt kniete neben der Leiche und untersuchte sie, die Leute der Spurensicherung in ihren weißen Overalls nahmen Fingerabdrücke an der Wohnungstür, am Baseballschläger und vom Opfer. Moni stand im Wohnzimmer und unterhielt sich mit den beiden Polizistinnen. Deren Gesichter hatte wieder eine fast normale Färbung angenommen.

„Die Mieter im vierten Stock haben nichts mitbekommen. Sie wussten aber, dass die Frau des Opfers derzeit im Krankenhaus liegt“, sagte meine Partnerin, als ich zu ihnen trat.

„Okay“, sagte ich nickend. „Und was hat sie?“

„Anscheinend ist sie die Treppe hinuntergefallen. Mehr wussten die Obermieter auch nicht.“

„Die Todesursache dürfte allen klar sein“, sagte plötzlich der Arzt hinter mir. „Das Ganze müsste um die zwei Stunden her sein.“

„Alles klar, Doc“, sagte ich dankbar.

Der Arzt wandte sich zum Gehen, hob seinen Koffer vom Boden auf und stockte dann.

„Ich weiß nicht, ob es relevant ist, aber der Tote hat ziemlich ramponierte Fingerknöchel. Die Verletzungen müssen allerdings schon einige Tage zurückliegen. Sie sind vollkommen verschorft und schon am Abheilen.“

Ich machte die paar Schritte zum Toten, ging in die Hocke und schaute mir seinen Handrücken an.

„Das sieht verdammt nach einer Schlägerei aus“, murmelte ich, als sich Moni zu mir gesellte.

„Könnte also eine Racheaktion sein, und nicht unser Motorradkiller“, meinte sie darauf sinnierend.

Ich nickte zwar, war mir aber eigentlich sicher, dass wir hier eine Serie vor uns hatten. Sie konnte vielleicht auch auf Rache beruhen, hatte aber mit den Abschürfungen an den Knöcheln des Opfers wahrscheinlich nichts zu tun.

„Können wir ihn jetzt einladen?", fragte eine ungeduldige Stimme von der Wohnungstür her.

Moni nickte den beiden Beamten mit dem Zinksarg zu und die taten ihre Arbeit. Die drei Weißkittel von der Spusi packten ihre Sachen gerade auch wieder ein und einer sagte zu mir: „Wir haben einige Abdrücke gefunden und schicken dir die Ergebnisse, wenn sie ausgewertet sind."

Ich nickte und die drei verschwanden im Treppenhaus.

Die beiden männlichen Streifenpolizisten packten mit an, als der Leichnam in den Sarg gehievt wurde, und trugen dann die schwere Kiste durch das Treppenhaus zum wartenden grauen Bulli vor dem Haus.

„Fährst du zur Frau des Toten ins Krankenhaus? Ich fahr wieder zur Brücke und befrage die Leute", sagte Moni zu mir, als wir jetzt alleine in der Wohnung waren.

Ich wollte schon aufbegehren, dass ich ja auch noch auf der Suche nach dem Seil war. Den Gesichtsausdruck meiner Partnerin kannte ich jedoch und wusste, dass sie keinen Widerspruch zuließ.

„Der Typ hat eine bewegte Vergangenheit", sagte ich murmelnd, als eine Minute später die Daten des Opfers auf meinem Handy erschienen. „Mehrere Vorstrafen wegen Tätlichkeiten, Drogendelikten und Raubüberfällen."

„Ein wahres Schätzchen", kommentierte Moni, die über meine Schulter auf mein Handy schielte. „Hier ist auch der Name der Frau, also mach dich auf die Socken ins Krankenhaus!"

„Das sind meine liebsten Gänge – Todesnachrichten zu überbringen", stöhnte ich und verließ die Wohnung. „Vergiss nicht, abzuschließen, Schatz!", sagte ich noch, ohne mich umzudrehen. Monis genervten Gesichtsausdruck konnte ich mir aber durchaus vorstellen.

Das Fürther Klinikum war nicht allzu weit vom Präsidium entfernt und die hübsche Dame an der Information hatte auch schnell das Zimmer der gesuchten Frau herausgefunden. Einige

Stockwerke und endlose Flure später klopfte ich vorsichtig an die entsprechende Zimmertüre und trat ein. In allen vier Betten lag jeweils eine Frau. Mit Zuschauerinnen beziehungsweise Zuhörerinnen hatte ich nicht gerechnet.

„Frau Hornschuh?“, fragte ich und blickte nacheinander alle vier Kranken an. Nur eine zeigte eine kleine Reaktion und das war ausgerechnet die, die am übelsten aussah. Der halbe Kopf war unter einem weißen Verband verborgen, das Gesicht war grün und blau verfärbt und das rechte Auge war vollkommen zugeschwollen. Der rechte Arm war eingegipst und nach oben fixiert.

Ich ging zu dem kleinen Tisch und schob mir einen der beiden Stühle an das Bett der Verletzten und stellte mich leise vor. Ihre aufgeplatzte Lippe zuckte nur, ansonsten zeigte sie keine Reaktion.

„Ich bin wegen Ihrem Mann hier, Frau Hornschuh“, sagte ich und ein panisches Flackern leuchtete plötzlich in ihren Augen auf.

„Habt ihr das Schwein verhaftet?“, fragte die Frau im Nachbarbett mit krächzender Stimme.

„Nein, ich bin die Treppe hinuntergefallen“, stammelte die Verletzte leise, aber bestimmt.

„Mensch, Süße, nimm das Arschloch nicht auch noch in Schutz. Der gehört hinter Gitter!“

„Würden Sie sich bitte nicht einmischen“, sagte ich resolut und funkelte die Bettnachbarin böse an.

„Ich mein ja nur“, sagte die kleinlaut und wandte sich ab.

„Ich muss Ihnen eine traurige Nachricht überbringen, Frau Hornschuh. Ihr Mann wurde heute ermordet.“

Ich wusste nicht genau, welche Emotionen das verunstaltete Gesicht ausdrückte, aber ich glaubte nicht, dass es ein großer Schmerz war, der aus dem einen offenen Auge sprach. Die Bettnachbarin hingegen ließ ein leises Klatschen vernehmen und ich schielte bedrohlich zu ihr hinüber.

„Ermordet?“, fragte die Frau des Toten flüsternd.

„Ja, er wurde tot in Ihrer gemeinsamen Wohnung aufgefunden."

Ein tiefer Seufzer entrann ihrer Seele und ich meinte fast, etwas wie Erleichterung herauszuhören. „Hatte Ihr Mann Feinde, denen Sie das zutrauen würden?"

Sie schüttelte zwar den Kopf, sagte aber: „Er war kein guter Mensch, aber ermordet zu werden, das hat er wirklich nicht verdient."

„Feinde?", fragte ich noch einmal nach.

„Genaues weiß ich nicht, er hat mir über seine Angelegenheiten nie etwas erzählt."

„Hat er Sie so zugerichtet?", fragte ich direkt und wollte sie damit zu einer unüberlegten Reaktion bewegen.

Sie blickte mir lange in die Augen und sagte dann: „Er hat es nicht so gemeint. Hinterher hat er es immer bereut, wenn er mich geschlagen hat."

„Es kam also öfters vor?"

„Meistens war er nicht so schlimm, da ist ihm nur mal die Hand ausgerutscht."

Ich verstand solche Frauen einfach nicht, die völlig zerschlagen im Krankenhaus lagen und ihr Arschloch von Mann trotzdem noch in Schutz nahmen. Ich wusste aber, dass das beileibe kein Einzelfall war und dass auch ich sie nicht würde bekehren können. Selbst jetzt, wo ihr Mann tot war, nahm sie ihn immer noch in Schutz.

„War das Liebe oder einfach nur Dummheit?", fragte ich mich insgeheim, hatte aber keine Antwort darauf. Hier würde ich sicherlich nichts Sachdienliches mehr zu diesem Fall herausbekommen. Ein besseres Alibi, als diese Frau es hatte, gab es praktisch nicht, und dass sie einen Killer beauftragt hatte, traute ich ihr absolut nicht zu.

Ich war gerade aufgestanden und wollte mich verabschieden, als es an der Tür klopfte und eine Frau hereinkam. Eine tolle Frau. Sie hatte einen dunkelblauen Hosenanzug und eine weiße Bluse an, hatte ihr brünettes Haar straff nach hinten zu einem Pferdeschwanz zusammengefasst und trug halbhohe, dezente

Schuhe. Wenn überhaupt, war sie nur leicht geschminkt und Schmuck trug sie gar keinen. Sie ging schnurstracks zum Bett, vor dem auch ich stand, und begrüßte die Verletzte mit einem freundlichen Lächeln.

„Frau Hornschuh, Sie sehen ja schon etwas besser aus!", sagte sie in einem geschäftsmäßigen Ton, mit einer Freundlichkeit, die ich ihr nicht ganz abnahm. Wie hatte die Frau wohl ausgesehen, als es noch schlimmer war. Meine Neugierde war geweckt, wer die Frau wohl war. Ich tippte auf Anwältin oder Steuerberaterin.

„Wie geht es Ihnen heute?", fragte sie einfühlsam.

„Mein Mann wurde ermordet. Der Kommissar hat mir die Nachricht gerade überbracht." Sie deutete dabei mit der gesunden Linken in meine Richtung.

Ich hatte gerade die braunen Augen der Frau fixiert und so entging mir nicht das kurze Aufflackern darin, als die Verletzte den Tod ihres Mannes erwähnte. Ich konnte allerdings schlecht einschätzen, welche Emotion ich darin gelesen hatte. Jetzt machte sie den Eindruck, vollkommen erschüttert zu sein.

„Das tut mir aber leid, wie ist das denn passiert?", fragte sie zerknirscht und schien mich erst jetzt zu bemerken.

„Kommissar Bernd Peter", stellte ich mich lächelnd vor und hielt ihr meine Hand über das Bett hinweg hin.

„Susanne Pirol", entgegnete sie lächelnd und gab mir eine gepflegte, aber ungewöhnlich kalte Hand.

Ich wartete darauf, dass sie mir ihre Funktion oder ihr Hiersein erklären würde, aber es kam nichts.

Anscheinend hatte sie meinen fragenden und erwartungsvollen Blick richtig gedeutet, denn sie fügte nach einer kurzen Pause hinzu: „Ich bin Psychologin und betreue Frau Hornschuh."

Ich hatte den Eindruck, dass mir entweder der Name oder das Gesicht der Frau schon einmal untergekommen war, deshalb fragte ich: „Kennen wir uns?"

„Ich denke nicht. Ich habe allerdings auch schon in anderen Fällen für die Polizei gearbeitet. Vielleicht sind wir uns ja schon einmal über den Weg gelaufen."

„Könnte sein", sagte ich halb überzeugt.

Ich wollte noch fragen, aus welchem Grund die Psychologin die Verletzte betreute, wusste aber instinktiv, dass sie mir das nicht auf die Nase binden würde. Ärztliche Schweigepflicht galt auch für Psychologen. Also verabschiedete ich mich und verließ wieder das Krankenhaus. Weder in diesem noch im Fall von Rüdiger hatten wir wirklich etwas Greifbares, das nervte mich langsam. Ich zog mein Handy heraus und wählte Monis Nummer.

„Ja", meldete sie sich knapp.

„Ich war bei der Ehefrau des Opfers. Die arme Frau wurde von ihrem Mann fast zu Tode geprügelt. Das Gesicht ist völlig verschwollen und grün und blau verfärbt. Sie hat sogar einen Arm in Gips und sieht echt nicht gut aus. Nachdem ich ihr vom Tod ihres Mannes erzählt habe, ist sie schnell von der Geschichte abgewichen, dass sie die Treppe hinuntergefallen ist, und hat zugegeben, dass ihr Mann sie vermöbelt hat. Er hat es aber nicht so gemeint, hat sie ihn zwar verteidigt, aber ihr zerschundenes Gesicht zeugt davon, dass er ein übles und brutales Schwein war."

„Ich stehe hier an der Brücke und versuche, Passanten zu finden, die etwas von der Tat bemerkt haben. Es ist aber bedeutend weniger los, als ich erwartet habe. Bis jetzt habe ich drei Radfahrer und zwei Spaziergänger befragen können und es ist verdammt kalt."

„Ich mache mich jetzt auch wieder auf die Suche nach der Herkunft des Seiles. Es wird Zeit, dass wir in Rüdigers Fall vorankommen, nicht dass wir bald ein drittes Opfer haben. Wir sehen uns später im Büro." Damit legte ich auf.

Die Nürnberger Baumärkte hatte ich fast alle abgehakt, nur einen in der Nähe der Pyramide und einen in Fürth, in der Schwabacher Straße, hatte ich noch auf meiner Liste. Da der Fürther näher zum Klinikum lag, fuhr ich erst dort hin. Einen Einkaufswagen und die Suche nach dem Seil ersparte ich mir. Ich ging direkt zur Information, zog Dienstausweis und Seilstück aus der Jackentasche und legte beides auf die Theke der Info. Ich stellte mich vor und fragte die Dame freundlich: „Verkaufen Sie diese Sorte Seil?"

Sie betrachtete erst mich argwöhnisch, dann das Seil und sagte dann schnippisch: „Weiß ich doch nicht!"

Ich wollte schon harsch reagieren, beherrschte mich dann aber und sagte freundlich: „Können Sie dann bitte jemand fragen, der sich mit Ihrem Sortiment besser auskennt?"

Eine leichte Röte stieg in ihr pausbackiges Gesicht und sie machte zwei genervte Atemzüge, wodurch sich ihre Nasenflügel zornig blähten.

„Ich kann ja nicht alles wissen. Haben Sie eine Ahnung, wie viele Artikel wir auf Lager haben?"

„Das will ich gar nicht wissen, gute Frau. Ich möchte nur wissen, ob dieser sicher gut sortierte Laden dieses Seil im Sortiment hat?"

„Moment!", sagte sie trocken und zog ein Telefon aus einer Ladestation. Sie drehte sich weg, sprach kurz mit einer Person am anderen Ende und stellte dann das Telefon wieder in seine Station. „Es kommt gleich jemand, der Ihnen helfen kann!" Mit diesen Worten ließ sie mich stehen und widmete sich dem nächsten Kunden in der Schlange, die sich inzwischen hinter mir gebildet hatte.

Ein dunkler Typ, ich vermutete mit arabischen Wurzeln, kam mit grinsenden, schneeweißen Zähnen und einem gewaltigen schwarzen Vollbart auf mich zu. „Darwish" stand auf seinem Namensschild und ich stellte mich auf gebrochenes Deutsch ein.

„Wie kann ich helfen?", fragte er mich auf Hochdeutsch und ich ärgerte mich wieder einmal über meine verdammten Vorurteile.

„Hallo, ich bin von der Kripo Fürth und ermittle in einem Mordfall. Verkaufen Sie diese Sorte Seil in Ihrem Baumarkt?"

Das Lächeln verschwand ganz kurz, kam aber sofort wieder. Er nahm mir das Seilstück aus der Hand und betrachtete es nur kurz.

„Sicher, das könnte von uns sein. Das verkaufen wir meterweise von der Rolle." Mit diesen Worten reichte er mir das Seilstück zurück. „Wollen Sie es sehen?"

Ich nickte und folgte ihm dann durch die Gänge des Baumarktes. Es war echt viel los und Massen von Leuten schoben Massen an Baumaterial und Gartenbedarf in ihren Einkaufswägen zu den Kassen. An einer Verkaufswand mit diversen Rollen von unterschiedlichen Seilen blieben wir stehen. Das gesuchte Seil war sofort an der blauen Farbe zu erkennen. Ich hielt kurz mein mitgebrachtes Seilstück an die Rolle und wusste sofort, dass es genau das Gleiche war.

„Volltreffer", sagte ich zufrieden. „Und wenn ich jetzt noch wüsste, ob jemand in der letzten Zeit ein fünf Meter langes Stück gekauft hat, dann wäre ich schon deutlich weiter."

„Was wir von diesem Seil verkauft haben, das lässt sich relativ leicht nachvollziehen. Wer es gekauft hat, natürlich nur, wenn es mit Karte bezahlt wurde."

„Das ist doch mal ein Verkäufer, der mitdenkt", dachte ich.

„Dann sollten wir das herausfinden", sagte ich zufrieden und marschierte wieder hinter Darwish her. Er hatte sich auf einem Zettel die Artikelnummer des Seiles notiert und führte mich jetzt in ein Büro hinter der Information.

„Marianne, der Mann ist von der Kripo und muss wissen, wer in letzter Zeit von diesem Seil gekauft hat. Es handelt sich um einen Mordfall."

Marianne war ein mütterlicher Typ mit etwas ergrauten, roten Haaren und einem freundlichen Lächeln im Gesicht. Sie saß an einem Computer und schien die gute Seele der Verwaltung zu sein. Darwish legte ihr den Zettel mit der Artikelnummer neben die Tastatur, winkte mir kurz zu und verließ dann wieder das Büro.

„In welchem Zeitraum soll das Seil gekauft worden sein?", fragte mich Marianne.

„Können Sie wochenweise rückwärts suchen?"

„Sicherlich."

Ich blickte ihr über die Schulter, als sie im betriebsinternen Warenwirtschaftssystem auf die Suche nach den verkauften Seilstücken ging.

„Allzu viel verkaufen wir davon anscheinend nicht“, sagte sie nach kurzer Zeit. „Letzte Woche ein Fünfmeter- und ein Zehnmeterstück.“

„Haben Sie Informationen zu den Käufern?“, fragte ich positiv überrascht.

„Wir fragen an den Kassen nur die Postleitzahl ab, diese hier sind beide aus Fürth.“

„Wurden die Seilstücke bar oder mit Karte bezahlt?“

„Das lange Stück wurde mit ein paar anderen Artikeln bar bezahlt, das kurze mit einer Rolle Panzertape und einer Packung Kabelbinder, mit Karte.“

Ich nickte zufrieden und freute mich innerlich über diesen Treffer.

„Können Sie mir bitte den Vorgang ausdrucken? Wenn möglich mit den Karten- und Kontendaten des Käufers?“

Wenige Augenblicke später schnurrte der Laserdrucker an der Ecke ihres Schreibtisches und Marianne reichte mir ein Blatt mit den Daten herüber.

„Manchmal sind Computer ja ganz praktisch, aber meistens bedeuten sie nur Mehrarbeit und Ärger“, sagte sie vergnügt.

„Herzlichen Dank auf jeden Fall, Sie haben mir, glaube ich, sehr weitergeholfen!“

Ich verließ das Büro und ging zufrieden zum Wagen. Endlich hatte ich etwas in der Hand, das uns im Fall unseres Chefs weiterbringen würde. Ich fuhr ins Präsidium, ohne einen weiteren Gedanken an den verbliebenen Baumarkt zu verschwenden. Bevor ich im Büro zu meinem Platz ging, machte ich einen Abstecher zu unseren Internetermittlern. Ich erklärte kurz die Zusammenhänge und legte ihnen den Ausdruck des Baumarktes vor. Damit betraute ich die Spezialisten vertrauensvoll, etwas über den Käufer des Seiles herauszufinden.

„Schickt mir das Ergebnis bitte aufs Handy“, bat ich noch, notierte meine Nummer auf den Ausdruck vom Baumarkt und marschierte dann zu meinem Schreibtisch. Ein kurzer Seitenblick zeigte mir, dass Rüdiger Probst nicht in seinem Büro war, und im Grunde genommen war ich froh darüber. Wenn er da gewesen wäre, hätte ich wahrscheinlich nicht widerstehen können, ihn von den Entwicklungen in seinem Fall zu berichten. Ich hatte mich noch gar nicht gesetzt, als mein Handy klingelte und Name sowie Adresse des Seilkäufers angezeigt wurden.

„Echt schnell, die Leute von der IT“, dachte ich mir und fuhr meinen Rechner hoch. Ich wollte gerade den Namen des Käufers eintippen, um noch Hintergrundinformationen zu erhalten, als Moni ins Büro kam. Ihrer finsteren Miene konnte ich schon entnehmen, dass die Befragungen an der Brücke nicht von Erfolg gekrönt worden waren. Außerdem sah sie stark durchgefroren aus.

„Na, wie war dein Tag bis jetzt?“, fragte ich übertrieben freundlich.

„Klappe!“, war die knappe, aber eindeutige Antwort.

„Ich habe den Käufer des Seils ermittelt, während du dich an der Brücke vergnügt hast.“

Sie funkelte mich zornig an, blieb mir aber eine genervte Antwort schuldig und ließ sich in ihren Bürostuhl sinken.

Ich tippte den Namen des Gesuchten in den Fahndungscomputer ein und wartete, bis das Bild eines Mannes und seine Vita am Bildschirm erschienen. Ob ich wirklich überrascht war, konnte ich nicht sagen, aber wir hatten es tatsächlich mit einem Polizisten zu tun. Das runde Gesicht mit den kurz geschnittenen, lichten Haaren und einem gepflegten Schnurrbart war wirklich ein Allerweltsgesicht und ließ keine Rückschlüsse auf seinen Charakter oder seine Intension zu, unserem Chef etwas zuleide tun zu wollen. Sein Lebenslauf war makellos und unauffällig und beinhaltete nicht den kleinsten Hinweis auf verbrecherische Aktivitäten.

„Und?“, fragte Moni, die plötzlich hinter mir stand und über meine Schultern auf den Bildschirm blickte. Dabei war sie mir so nahe, dass ich ihr unaufdringliches Parfum riechen und ihre Körperwärme förmlich spüren konnte.

„Bulle!“, fasste ich meine Erkenntnisse zusammen, dann bewegte ich den Mauspfeil auf das Drucken-Symbol.

„Dann lass uns dem Typen mal auf den Zahn fühlen", sagte ich wenig später zu Moni und schob mir den Ausdruck mit den Daten des Mannes in die Jackentasche. Die Polizeidienststelle, in der er stationiert war, lag direkt am Auffanglager für Flüchtlinge in Zirndorf. Seine Wohnung war in Weinzierlein, einem Ortsteil von Zirndorf.

Moni hatte fröstelnd ihre Winterjacke noch gar nicht ausgezogen und marschierte jetzt wortlos vor mir her in Richtung Tiefgarage. Der Innenraum des Wagens war sogar noch etwas warm, als Moni ihn in den einsetzenden Schneefall auf die Straße lenkte. Noch waren die Fahrbahnen frei, aber das konnte sich bei den herrschenden Minusgraden schnell ändern. Der Schnee taute nicht gleich wieder weg, sondern blieb auf dem gefrorenen Boden sofort liegen.

Wir waren uns einig, dass wir es zuerst in der Dienststelle des Kollegen versuchen wollten, bevor wir zu seiner Wohnung fuhren. Während Moni den Wagen lenkte, zog ich noch einmal den zerknitterten Ausdruck mit den Daten des Verdächtigen aus meiner Jackentasche. Ich strich das Blatt einigermaßen glatt und überflog es noch einmal.

„Assi!", raunte Moni, nach einem kritischen Seitenblick auf den Zettel. Ich strich noch einmal demonstrativ über das Blatt auf meinem Oberschenkel und schenkte Moni ein verschmitztes Lächeln.

„Ich denke, dass der Typ etwas jünger als Rüdiger ist. Ich nehme an, dass sie die Grundausbildung nicht zur gleichen Zeit absolviert haben. Weißt du, wann Rüdiger geboren ist?", fragte ich meine Partnerin.

„Keine Ahnung, dürfte so in den Siebzigern gewesen sein."

„So wie es aussieht, hat sich unser Mann nie etwas zuschulden kommen lassen. Ich wäre froh, wenn mein Lebenslauf so makellos daherkäme."

Die beiden ersten Aktionen waren glatt über die Bühne gegangen. Jetzt galt es in den engeren Familienkreis von Rüdiger Probst einzudringen und ihn bis ins Mark zu treffen. Erst dann, wenn er richtig verzweifelt und für immer am Boden zerstört war, dann war die Vergeltung seiner Tat vollbracht. Ihn selbst zu töten, das lag nicht in der Absicht von Thomas Voigt. So wie er, sollte auch sein Opfer leiden. Leiden für den Rest seines Lebens und büßen für seine verwerfliche Tat. Er musste nur vorsichtig zu Werke gehen und durfte sich keine Fehler erlauben, denn das Ermittlungsteam der Kripo war auf Zack und hatte seine Hinweise immer viel zu schnell gedeutet. Vom Atzenhofer Müllberg aus hatte er mit einem Fernglas beobachtet, wie sie das zweite Opfer fast noch rechtzeitig am Brückengeländer entdeckt hatten. Nur wenige Minuten früher war der Kopf des Opfers noch regelmäßig aus dem Wasser getaucht, um zu atmen. Thomas Voigt strich sich über seine Verletzungen an den Handflächen. Dort hatte ihn das Seil beim Hinablassen des Onkels übel verbrannt und aufgeschürft. Er hatte zwar die Seillänge und alles andere richtig berechnet und ausgeführt, der Körper seines Opfers war allerdings einfach zu schwer gewesen, um ihn langsam nach unten zu lassen.

Inzwischen war er mit ganzer Energie an seinem nächsten Opfer dran. Rüdiger Probst hatte zwar vorsorglich seine Frau und die beiden Kinder schnell aus der Schusslinie gebracht, aber im Zeitalter von Internet, Handys und GPS-Ortung war es nicht schwierig gewesen, die drei bei einer Tante der Mutter in Göggelsbuch bei Allersberg ausfindig zu machen. Seine Fähigkeiten als IT-Fachmann hatten ihm dabei natürlich geholfen. Auch den Ermittlungsbeamten auf der Spur zu bleiben, war nicht schwierig, nachdem er das Telefon ihres Chefs gehackt und ihre Handynummern herausgefunden hatte. Dass dieses Zweierteam nebenbei noch an einem anderen Fall arbeitete, machte Thomas Voigt einerseits etwas ärgerlich, auf der anderen Seite war es vielleicht gar nicht schlecht, wenn sie nicht ihm ihre ganze Aufmerksamkeit und Zeit widmen konnten. Das Haus der Tante hatte er bereits erkundet. Die Idee, dort einzusteigen und eins der Kinder in der Nacht herauszuholen, hatte er schnell verworfen. Das freistehende Gebäude hatte ringsum Bewegungsmelder, die jede Annäherung erfassten und den großen Garten in helles

Licht tauchten. Ob ein Kollege im Haus war, wusste Thomas Voigt nicht, aber selbst Tante, Onkel und Mutter waren keine leichten Gegner, wenn sie ihn ertappten. Die Kinder aus der Schule in Fürth zu entführen, in die sie jeden Tag von der Mutter gebracht und wieder abgeholt wurden, war auch zu riskant. Aber der Schulweg war lange und bot genug Möglichkeiten, einen Wagen zu stoppen und eins der Kinder an sich zu bringen. Die Frage, welches der Kinder er entführen sollte, hatte Thomas Voigt lange beschäftigt. Löste der Tod des kleinen Jungen die größeren Schmerzen in seinem Vater aus oder der des zwei Jahre älteren Mädchens? Er wusste es nicht, denn er hatte keine Kinder. Das Mädchen war sicherlich das schützenswertere und zartere Geschöpf. Der Junge hingegen war der Stammhalter und meist der Stolz der Väter. Schließlich hatte Thomas Voigt beschlossen, dass er, wenn es so weit war, sich erst aus der Situation heraus entscheiden wollte. Die Stadtautobahn und die A9 schieden aus, um das Auto der Mutter zu stoppen, aber ein kleiner Parkplatz am äußersten Ende des Rothsees, wo die kleine Roth in den See mündete, bot sich förmlich als Entführungsplatz an.

Jetzt stand Thomas Voigt an der Einfahrt zum Parkplatz und wartete auf den beigen Kuga der Mutter. Er hatte seine Dienstuniform an und eine rote Winkerkelle in der Hand. Sein Namensschild hatte er von der Jacke entfernt und sogar seinen Schnurrbart hatte er sich abrasiert. Die dunkle Sonnenbrille fiel nicht besonders auf, da Straße und Umgebung mit Schnee gezuckert waren und jetzt in der Nachmittagssonne glitzerten und die Augen blendeten. Einige Fahrzeuge, die den Parkplatz anfahren wollten, hatte er schon resolut abgewiesen, sodass der Parkplatz völlig leer hinter ihm lag. Thomas Voigt war nervös. Zum ersten Mal zeigte er sich Opfern, die am Leben blieben, und hoffte, dass die Maskerade ausreichte, um ihn unerkannt entkommen zu lassen. Bis dreizehn Uhr waren die Kinder in der Schule, also rechnete er zwischen dreizehn Uhr fünfundvierzig und vierzehn Uhr mit dem Auto der Familie. Er wusste, dass er nur einen Versuch hatte. War der Wagen erst einmal vorbei, dann war die Chance verpasst. Trotz der Kälte lief Thomas Voigt der

Schweiß den Rücken hinunter. Die Winkerkelle in seiner Hand wurde von Minute zu Minute schwerer und jedes Mal, wenn ein Wagen vorbeifuhr, senkte Thomas Voigt den Blick, sodass der Schirm seiner Dienstmütze sein Gesicht verbarg. Seinen eigenen Wagen hatte er auf der anderen Straßenseite hinter einer großen Scheune am Appelhof abgestellt. Erst hatte er noch überlegt, ob er sich nicht einen Wagen von einem Autoverleih holen sollte, das erschien ihm dann aber doch zu nachvollziehbar. Er nahm sein eigenes Auto und vertraute auf seine Recherchen, dass hier in der Gegend keine einzige Verkehrsüberwachungskamera aufgestellt war.

Die Zeit verging nur schleppend, während Thomas Voigt wartete. Fast minütlich schob er seinen Jackenärmel etwas zurück und blickte auf seine Uhr.

Als der beige Kuga dann in der lang gezogenen Kurve der Straße auftauchte, hätte Thomas Voigt ihn fast verpasst. Die Mutter der Kinder hatte einen Affenzahn drauf, und er hatte fast die Befürchtung, dass sie ihn und die Winkerkelle zu spät wahrnehmen würde. Gott sei Dank wurde sie schnell langsamer und schwenkte auf die Zufahrt zum Parkplatz ein. Sie fuhr noch ein Stück und parkte dann den Wagen auf der rechten Seite. Thomas Voigt nahm die Winkerkelle in die linke Hand, griff mit der rechten in seine Jackentasche und umschloss damit den Taser. Er wusste, dass ihm nicht viel Zeit blieb. Sicherlich würde die Frau eines Polizisten schnell misstrauisch, wenn kein Streifenwagen auf dem Parkplatz wartete. Eilig ging er deshalb zur Fahrertür des Wagens und lächelte die sorgenvoll blickende Frau durch die geschlossene Scheibe an.

„Allgemeine Verkehrskontrolle, könnte ich bitte Führerschein und Fahrzeugschein sehen? Und stellen Sie bitte den Motor ab."

Ein Seitenblick auf die Rücksitzbank zeigte ihm, dass beide Kinder im Fond saßen.

„Ihren Dienstausweis bitte!", sagte die Frau von Rüdiger Probst selbstbewusst.

„Jetzt muss ich schnell sein", dachte Thomas Voigt und lächelte die Frau an.

Er ließ die Winkerkelle fallen, griff mit der Linken an den Türgriff und zog mit der Rechten den Taser aus der Tasche. Innerhalb einer Sekunde riss er die Tür auf und stieß mit dem Taser zu. Der Kupplungsfuß der Frau war aber um einen Sekundenbruchteil schneller. Der Wagen machte einen gewaltigen Satz nach vorne und riss Thomas Voigt schmerzhaft den Türgriff aus der Hand. Das Mädchen schrie auf und war jetzt genau auf der Höhe ihres mutmaßlichen Entführers. Einen Vorteil hatte die ganze Aktion der Frau, sie hatte den Motor abgewürgt. Thomas Voigt nutzte die Sekunden, die ihm verblieben, riss die hintere Tür des Wagens auf und steckte den Taser nach vorne in den Nacken der Frau am Steuer. Der Wagen sprang zwar noch an, dann sackte der Kopf der Frau auf ihre Brust und das Auto begann langsam vorwärts zu rollen.

„Verdammte Scheiße!", fluchte Thomas Voigt und lief neben dem Wagen her. Soweit es der Sicherheitsgurt zuließ, versuchte das Mädchen von ihm wegzurücken und sie schrie dabei aus Leibeskräften. Thomas Voigt schlug die hintere Tür zu und rannte gehetzt neben dem Fahrzeug her. Er riss die Fahrertür auf, hielt sich am Lenkrad fest und trat mit aller Wucht, zwischen den Beinen der Mutter hindurch, auf die Bremse. Thomas Voigt keuchte zufrieden und erleichtert. Er zog den Schlüssel aus dem Zündschloss und warf ihn auf den Parkplatz hinaus. Dann zog er die Rolle mit Panzertape aus der Jacke und fesselte die Hände der betäubten Frau ans Lenkrad. Ihr Kopf schwang noch immer halb betäubt hin und her, als er ihr mit dem Tape den Mund verschloss. Danach schloss er wieder die Fahrertür, ließ einen gehetzten Blick über den Parkplatz und die Umgebung schweifen und ging hinter zum Mädchen. Panisches Entsetzen flackerte in den Augen des Kindes, das noch immer schrie wie am Spieß.

„Die nehme ich nicht", dachte sich Thomas Voigt und schlug dem Mädchen seine Faust unters Kinn. Die Ruhe, die daraufhin einkehrte, als das Kind bewusstlos zusammensank, war erleichternd und der Entführer fand zurück in seine Professionalität. Mit schnellen Bewegungen fesselte er die Hände des Mädchens an die Kopfstütze des Fahrersitzes und klebte ihr ein Stück Tape auf den Mund. Erst jetzt richtete er seinen Blick auf den kleinen Jungen, der anscheinend den Ernst der Lage noch gar nicht richtig erkannt hatte. Schnell schloss er die Tür auf der Fahrerseite und eilte um den Wagen herum. Er öffnete die hintere Tür auf der Beifahrerseite und sagte: „Du bist cool, nicht so ein Schreihals wie deine Schwester."

Die Augen des Jungen veränderten sich von einer Sekunde zur nächsten. Tränen und Panik waren darin zu sehen und sein Gesicht verzog sich zu einer ängstlichen Grimasse. Er holte noch einmal tief Luft, dann schrie der Achtjährige seine Angst hinaus.

Bevor Thomas Voigt den Jungen im Kindersitz abschnallte, riss er noch ein Stück des Panzertapes ab und verschloss damit den Mund des Kindes. Jetzt befreite er den Buben vom Sicherheitsgurt, zog ihn aus dem Kindersitz und richtete sich auf. Der Junge schlug mit Händen und Füßen nach ihm und seine Tritte waren teilweise recht schmerzhaft. Genervt legte er das Kind bäuchlings auf den Boden und zog zwei große Kabelbinder aus der Hosentasche. Schnell waren Hände und Füße gefesselt und der Junge lag über seiner Schulter. Thomas Voigt nutzte die Deckung der Bäume und ging zur Straße. Im Schatten einer großen Pappel wartete er ungeduldig, bis kein fahrendes Auto mehr in Sicht war, dann rannte er mit seinem Opfer über die recht befahrene Zufahrtsstraße zum Rothsee. Als er seinen Wagen hinter der Scheune erreicht hatte, legte er das gefesselte Kind und die Winkerkelle in den Kofferraum, schlug erleichtert den Deckel zu und stieg dann selbst ein. Er atmete einige Male tief durch, warf seine Dienstmütze und die Sonnenbrille auf den Rücksitz und startete dann zufrieden das Auto. Eine Minute später zeugte nur noch ein einsamer, beiger Ford Kuga mit einer offenen Hintertür von dieser Entführung.

Nach zwanzig Minuten Fahrzeit stellte Moni den Dienstwagen vor der kleinen Polizeistation am Auffanglager ab. Wir zogen unsere Köpfe zwischen die Schultern, als wir die Stufen zur Eingangstür hoch hasteten, denn inzwischen schneite es heftig und ein strammer Wind schnitt uns ins Gesicht.

„Wir sind von der Kripo Fürth, mein Name ist Bernd Peter und das ist meine Kollegin Monika Fröhlich“, stellte ich uns dem Beamten am Empfang vor. Gleichzeitig zogen wir unsere Dienstausweise heraus und zeigten sie vor.

„Wir hätten einige Fragen an den Kollegen Thomas Voigt“, übernahm Moni das Wort.

Erst blickte uns der Beamte unverständig an, dann sagte er: „Thomas hat Urlaub und ab nächsten Monat ist er in einer anderen Dienststelle.“

Jetzt waren es Moni und ich, die etwas verdutzt blickten.

„Wissen Sie auch, wohin er versetzt wurde?“

„Sicher, Thomas ist ein absoluter Computerfreak und hat sich für die IT-Abteilung im Fürther Präsidium beworben.“

Wenn es noch möglich war, dann waren Moni und ich jetzt noch mehr überrascht. Der Typ sollte also ein Kollege werden.

„Und jetzt ist er zu Hause? Oder ist er weggefahren?“, fragte ich nach einer kurzen Denkpause.

„Keine Ahnung, da bin ich ehrlich gesagt überfragt.“

„Wie ist er so?“, fragte Moni nach.

Der Beamte überlegte einen Moment, bevor er antwortete.

„Wie gesagt, er ist der totale Computer-Nerd, aber ansonsten ist er ein umgänglicher und netter Kollege. Wir waren alle etwas geschockt, als er verkündet hat, dass er unser Team verlässt.“

„Danke für die Informationen“, sagte Moni lächelnd, nachdem wir uns mit einem Blick verständigt hatten, dass wir hier fertig waren.

„Hat er etwas ausgefressen?“, fragte der Beamte zögerlich, als wir uns schon abgewandt hatten und gerade gehen wollten.

Ich blickte noch einmal zurück und fragte mich, ob der Uniformierte noch etwas wusste, das uns weiterhelfen könnte, kam aber zu dem Schluss, dass er sicherlich nichts wusste, was über den reinen Dienstbetrieb und die geschäftsmäßige Kameradschaft hinausging. Deshalb schüttelte ich nur verneinend den Kopf und folgte Moni in die Kälte hinaus.

„Das ist doch mal eine Überraschung. Es kann doch kein Zufall sein, dass sich dieser Typ ausgerechnet in die Dienststelle versetzen lässt, in der Rüdiger arbeitet“, sagte ich mehr zu mir selbst, als wir wieder im Wagen saßen und Moni auf die Rothenburger Straße stadtauswärts einbog.

„Aber warum, das ist die Frage“, entgegnete Moni und schüttelte sich die Schneeflocken aus den blonden Haaren. „Wo ist der Zusammenhang?“

Ich zog wieder den zerknitterten Ausdruck aus der Jackentasche.

„Zu ihm nach Hause?“, fragte ich Moni mit einem Seitenblick und sie nickte grübelnd.

Ich tippte die Adresse in das Navi des Audis ein und startete den Routenplaner. Weinzierlein war nicht weit. Auf halber Strecke klingelte Monis Handy und sie hielt es mir hin. Im Display stand Rüdiger und ich ging ran.

„Er hat meinen Sohn, Kevin!“, platzte unser Chef schluchzend heraus.

Ich musste erst einmal heftig schlucken, um den Kloß im Hals loszuwerden. Auch Moni runzelte geschockt die Stirn, da ich auf Lautsprecher geschaltet hatte und sie mithören konnte.

„Ich dachte, du hast deine Frau und die Kinder aus der Schusslinie gebracht?“, fragte Moni und wir hörten, wie unser Chef die Nase hochzog und schwer schluckte.

„Er hat sie am Schulweg erwischt. Draußen in Allersberg hat er den Wagen meiner Frau gestoppt. Er hatte eine Polizeiuniform an. Dann hat er meine Frau mit einem Elektroschocker betäubt und meine Tochter niedergeschlagen. Kevin hat er mitgenommen.“

Wir hatten es ja berufsbedingt oft mit Toten, Entführten oder kranken Tätern zu tun. Wenn aber ein Bekannter, Verwandter oder Freund betroffen waren, ging uns das noch mehr an die Nieren.

„Geht es deiner Frau und dem Mädchen gut?“, fragte Moni teilnahmsvoll.

„Beide haben einen Schock und sind im Krankenhaus. Meine Frau ist völlig verzweifelt. Sie gibt sich die Schuld an der Entführung.“

Hast du schon eine Nachricht oder einen Hinweis vom Täter erhalten?“

„Nein, nichts!“

„Kevin lebt noch! Er wird ihn nicht einfach umbringen. Wir müssen beim kleinsten Hinweis dieses Mal nur deutlich schneller sein“, sagte Moni zuversichtlich. „Wir melden uns wieder, Rüdiger.“

Ich bewunderte meine Partnerin in solchen Momenten für ihre Professionalität und die Zuversicht, die sie ausstrahlen konnte. In meinem Kopf drehte sich gerade alles im Kreis und ich hatte Mühe, meine Emotionen in den Griff zu bekommen. Wie man seinen Frust oder seinen Zorn an kleinen Kindern auslassen konnte, das wollte mir nicht in den Kopf. Irgendwie passte dieses Verhalten auch nicht zu dem Eindruck, den unser Verdächtiger bei seinen Kollegen und bei mir bisher hinterlassen hatte.

Moni hatte die Rothenburger Straße inzwischen nach links verlassen und war nach Weinzierlein hineingefahren. Die freundliche Stimme des Navis schickte uns einmal nach links und dann nach rechts und tat dann lautstark kund, dass wir das Ziel erreicht hatten. Eine recht unscheinbare Doppelhaushälfte auf der rechten Straßenseite war unser Ziel. Sowohl Moni als auch ich zogen unsere Waffen aus den Holstern, luden durch und entsicherten die Pistolen. Dann stiegen wir aus und tappten durch den Schnee auf das Haus zu.

„Verdammt, wir sind zu spät“, sagte ich und deutete auf eine einzelne Spur mit Fußabdrücken, die von der Haustüre in Richtung Gehsteig verlief. Die schneefreie Stelle an der Straße deutete darauf hin, dass dort bis vor Kurzem ein Wagen gestanden hatte. Moni drückte die Klingel. Ein ferner Gong ertönte im Haus, aber sonst blieb es still. Ich ging nach rechts und schlich vorsichtig ums Haus bis zur Terrasse. Immer wieder warf ich Blicke in die Fenster, aber nirgends brannte Licht oder zeigte sich eine Bewegung. Die Terrasse sah nicht anders aus als Hunderte andere. Ein runder Grill, einige zusammengeklappte Gartenstühle und ein schneebedeckter Gartentisch. Ein Blick durch die Terrassentür ins Wohnzimmer zeigte auch keine Auffälligkeiten. Hier am

Kaff schien die Welt in Ordnung zu sein, wäre da nicht ein entführter, kleiner Junge gewesen, der vielleicht noch vor Minuten hier versteckt worden war. Oder er war noch immer im Haus und nur sein Entführer war kurz verschwunden, vielleicht um Besorgungen zu machen. Dass wir ihm so dicht auf der Spur waren, damit rechnete er sicherlich nicht. Ich hörte noch einmal den Gong aus dem Innern des Hauses. Sicherlich stand Moni noch vor der Eingangstür und versuchte ihr Glück.

Manchmal bin ich einfach zu spontan und überlege mir die Konsequenzen meiner Handlungen zu wenig. Als ich jetzt mit meiner Waffe die Scheibe der Terrassentür einschlug, war das wieder so ein Moment. Ich griff durch die zerbrochene Scheibe und stellte den Türgriff waagerecht. Dann drückte ich mit der Linken die Terrassentüre nach innen und streckte die Rechte mit der Pistole nach vorne. Die Glasscherben am Boden knirschten am Laminat, als ich darauf trat. Ich schlich durch das Wohnzimmer und lauschte, ob ich irgendwelche Geräusche aus dem Haus hören konnte. Alles war jedoch still, nur das unaufgeregte Ticken einer altertümlichen Pendeluhr konnte ich wahrnehmen. Ich eilte durch den Hausflur und öffnete die Eingangstüre. Moni blickte mich mit gerunzelter Stirn und der Waffe im Anschlag an.

„Die Terrassentüre war offen“, grinste ich.

Schnell kam Moni ins Haus und wir schlossen die Haustüre hinter uns. Falls Thomas Voigt in den nächsten Minuten zurückkam, sollte er keinen Verdacht schöpfen. Wobei unsere Spuren im Schnee uns sicherlich verrieten.

„Ich denke, der Vogel ist ausgeflogen“, raunte ich Moni zu.

„Vielleicht versteckt er den Jungen ja irgendwo im Haus“, sprach sie meinen Gedanken aus.

Ich deutete mit der Waffe zur Treppe, die nach oben führte, und Monika verstand. Während sie die Treppe ansteuerte, ging ich zum Kellerabgang. Möglichst lautlos glitt ich vorsichtig die Treppe hinunter. Das Kellergeschoss war in drei Räume aufgeteilt. Wasch- und Heizungskeller, Vorratsraum und Gerümpel-

Keller. Hier war aber weder ein Kind noch ein verborgener Raum, in dem Kevin versteckt gehalten werden konnte.

„Bernd?"

Monis Stimme klang nicht beunruhigt oder alarmiert, als sie von oben nach mir rief. Ich beeilte mich aber trotzdem, die beiden Treppen nach oben zu kommen.

„Kein Kind, aber das hier ist interessant", sagte sie und deutete auf ein Bett mit Metallrahmen, auf dem Stücke von gebrauchtem Panzertape lagen. Das Zimmer sah aus wie ein Gästezimmer. Bett, kleiner Schrank, Fernseher und ein Sessel.

„Das Büro sieht aus wie die Schaltzentrale eines Großkonzerns."

Moni deutete auf das gegenüberliegende Zimmer.

„Das Schlafzimmer ist ordentlich und unspektakulär."

Ich ging die paar Schritte ins Büro. Tatsächlich war eine der Wände angefüllt mit einer ganzen Reihe großer Flachbildschirme und ein Regal neben einem Schreibtisch beinhaltete eine ganze Rechnerbatterie.

„Computer-Nerd, kann man wohl sagen", bestätigte ich die Einschätzung des Beamten aus Zirndorf.

„Wie sieht es im Keller aus?", fragte Monika.

„Nichts, alles normal."

„Der einzige Hinweis, dass Rüdigers Junge hier war, sind die Panzertape-Reste. Als Beweis für eine Entführung würden die nur helfen, wenn DNA des Jungen daran zu finden wäre", sagte Moni zusammenfassend. Wir gingen zurück ins vermeintliche Gästezimmer und tüteten die Klebestreifen ein, dann verließen wir das Obergeschoss und standen schließlich vor der zerdepperten Terrassentür.

„Musste das sein?", fragte Moni mich genervt.

„Gefahr im Verzug", antwortete ich selbstsicher und ließ das Rollo der Tür nach unten rattern.

„Und wenn er doch nicht unser Täter ist? Dann haut der Richter dir dieses ‚Gefahr im Verzug' gewaltig um die Ohren."

„Du bist doch die Ranghöhere. Ich habe nur deine Befehle ausgeführt", sagte ich schmunzelnd.

Moni schloss die Augen und ich merkte, wie sie um Fassung rang. Ohne meine scherzhafte Aussage zu kommentieren, drehte sie sich schließlich weg und marschierte in Richtung Haustür. Der Schneefall hatte, während wir im Haus waren, deutlich zugenommen und sowohl unsere als auch die Spuren des Täters waren unter der weißen Pracht fast verschwunden.

„Chef, wir brauchen zum Abgleich schnellstens eine DNA-Probe deines Jungen“, sagte ich nüchtern ins Telefon, als Rüdiger meinen Anruf annahm. Moni lenkte den Wagen derweil mit weiblicher Vorsicht, über die teilweise spiegelglatten Straßen in Richtung Präsidium. Es war wirklich ein Dreckswetter, das uns extrem ausbremste. „Hat der Entführer sich schon gemeldet?“, stellte ich die Gegenfrage, um nicht auf die Frage unseres Chefs antworten zu müssen, was wir hatten.

„Nichts – was habt ihr?“, stellte er die Frage ein zweites Mal. Und dieses Mal schwang deutlich unterdrückter Ärger in seiner Stimme mit.

„Wir sind auf dem Weg, Rüdiger, wir berichten dir alles, wenn wir wieder im Präsidium sind“, sagte Moni resolut und ich legte schnell auf.

Als Nächstes wählte ich die Nummer unseres Dienststellenleiters. Nach nur einem Klingeln ging er ran.

„Kommissar Bernd Peter“, meldete ich mich.

„Was gibt es?“, fragte er sachlich.

„Wir sind einem Verdächtigen auf der Spur. Sie wissen, dass der Sohn von Rüdiger Probst entführt wurde?“

Es kam keine Antwort, deshalb fuhr ich fort zu berichten: „Ich habe den Käufer des Seils vom zweiten Mord ermittelt. Es ist ein Kollege aus der Inspektion am Auffanglager in Zirndorf. Er ist anscheinend ein Computerexperte und fängt nächsten Monat im Präsidium in Fürth an.“

„Thomas Voigt?“, fragte unser Chef erstaunt dazwischen.

„Sie kennen ihn?“

„Sicherlich, ich habe sein Einstellungsgespräch geführt. Der Mann ist tatsächlich ein Genie und wirklich eine Bereicherung für unser IT-Team."

„Er hat das Seil gekauft und zusätzlich Kabelbinder und ein Panzertape. Rüdigers Frau und Tochter wurden mit einem Panzertape gefesselt und wir haben Reste davon in Thomas Voigts Haus gefunden."

„Wo ist der Mann?"

„Er ist flüchtig."

„Und der Junge?"

„Ist wahrscheinlich bei ihm."

„Wie konntet ihr ein Klebeband in seinem Haus sicherstellen?"

War der Bericht bis jetzt ganz positiv verlaufen, so kam jetzt der negative Teil.

„Ich dachte, der Junge sei vielleicht im Haus eingeschlossen, und habe deshalb die Scheibe der Terrassentür eingeschlagen!"

Einen Moment herrschte Ruhe auf der anderen Seite der Verbindung, dann sagte unser Polizeidirektor: „Gefahr im Verzug. Richtige Entscheidung. Ich leite sofort eine Fahndung nach dem Mann ein."

Ich grinste Moni an und sie verdrehte genervt die Augen.

„Wir sind auf dem Weg ins Präsidium und Rüdiger Probst verlangt Antworten von uns, wenn wir da sind", sagte ich fast flehend.

„Ich bin unterwegs, wir treffen uns im Büro!"

Es dauerte ewig, bis wir im Schneckentempo das Präsidium erreicht hatten. Sobald nur drei Schneeflocken auf der Straße liegen, bricht jedes Mal sofort der ganze Verkehr zusammen. Meiner Ansicht nach macht erst eine geschlossene Schneedecke das Fahren zum reinen Vergnügen. Im Speziellen, wenn man einen Wagen mit Heckantrieb fährt. Damit kann man so genial um Kurven driften und Donuts in den Schnee zaubern, wie es bei trockener Straße nur mit massivem Reifenverschleiß möglich ist.

Unser Präsidiumsleiter saß bereits in Rüdigers Büro. Obwohl die Glastür geschlossen war, hörte das ganze Großraumbüro den Streit der beiden mit.

„Ich will wissen, was ihr herausgefunden habt. Ihr wisst, wer meinen Jungen hat, oder?"

„Ich kann dir nichts über den Fall sagen, Rüdiger", entgegnete unser Chef geduldig. „Geh ins Krankenhaus und kümmere dich um deine Frau und deine Tochter. Deine Leute und ich sind an dem Fall dran und du bist uns in deinem Zustand keine Hilfe. Du bist emotional viel zu aufgewühlt, um noch objektiv urteilen und handeln zu können."

„Ich bin nicht aufgewühlt!", schrie Rüdiger Probst unbeherrscht und schlug mit beiden Fäusten auf seinen Schreibtisch. Moni und ich schlichen zu unseren Schreibtischen und versuchten, jeglichen Blickkontakt mit Rüdiger zu vermeiden.

Das Klingeln von Rüdigers Handy war in der eingetretenen Stille auch durch die Glaswände seines Büros zu hören. Ich wagte einen Seitenblick auf ihn, als er das Smartphone von seinem Schreibtisch nahm und eilig darauf herumwischte.

„Nein!"

In dem lang gezogenen Aufschrei unseres Chefs lag aller Pein, aller Schmerz und alle Verzweiflung, die ein Mensch nur fühlen konnte. Hätte unser Präsidiumsleiter ihm nicht unter die Arme gegriffen, wäre Rüdiger völlig zerstört und kraftlos zu Boden gegangen. Ich sprang auf, eilte zum Glaskasten und riss die Tür auf. Mit vereinten Kräften schafften wir es, Rüdiger in seinen hochlehnigen Chefsessel zu bugsieren. Sein Gesicht war eingefallen und aschfahl und schwere Tränen rollten ihn über die Wangen. Sein Handy hatte er fallen gelassen und der helle Bildschirm strahlte mich an. Moni war mir anscheinend gefolgt, denn sie bückte sich, griff das Handy und las leise die Nachricht auf dem Display. Ich merkte ihr an, wie sich ihr Gemütszustand beim Lesen veränderte. Die Reaktion war nicht so krass wie die von Rüdiger Probst, aber auch sie schien geschockt und betroffen zu sein. Sie hielt mir das Handy hin und ich nahm es und las:

Das Liebste sind uns doch die Kinder.
Doch grausam kann er sein, der Winter.
Scheint die Sonne auch noch so hell,
die Kälte tötet doch sehr schnell.
Ohne Kleider an einen Mast gebunden,
stirbt man schnell in ein paar Stunden.
Vielleicht könnt ihr diesmal das Opfer retten,
leicht wird es nicht, das möchte ich wetten.
Zwischen zwei Orten an einem Strommast er hängt,
gebt euch Mühe, denn die knappe Zeit drängt.
Die Aussicht, das Kind zu finden, stetig sinkt,
wenn die zwei Orte ihr nicht zusammenbringt.
aaabbccefhlnnrrrsstü

Beim ersten Mal lesen begriff ich nur, dass der Junge nackt irgendwo da draußen an einem Pfosten hing und dem Erfrierungstod ausgesetzt war. Ich reichte das Handy an unseren Präsidiumsleiter weiter und legte dem schluchzenden Vater des Jungen eine Hand auf die bebenden Schultern. Der Mann war vollkommen in sich zusammengefallen und weinte wie ein Baby. Ich konnte das nur bedingt nachvollziehen, denn ich hatte noch keine Kinder.

„Wer kann dieses Rätsel lösen?“, fragte mein Oberboss und gab mir das Handy wieder zurück. Ich überflog noch einmal die Buchstabenreihe und sah nicht den kleinsten Hinweis. Ich dachte an die Texte mit völlig verdrehten Wörtern, die man manchmal im Internet findet und die man trotzdem lesen konnte. Auf diese Buchstabenreihe traf das auf jeden Fall nicht zu. Zwei Orte sollten sich aus dieser Reihe ergeben, das bedeutete eine Unzahl von Möglichkeiten. Nachdem die Reihe auch noch alphabetisch geordnet war, waren beide Orte sicherlich bunt gemischt.

„Ich bring es zu den IT-Leuten, kümmert ihr euch um Rüdiger.“

Ich rannte in die hinterste Ecke unsere Büros und war froh, als ich die korpulente Figur von Anton Steinbach auf seinem Spezial-Bürostuhl sah.

„Hallo Toni, ich hätte da mal ein Problem“, fiel ich mit der Tür ins Haus. Ich scrollte die Nachricht an unseren Chef etwas nach oben, sodass nur noch die Buchstabenreihe zu sehen war. Diese Buchstabenkombination muss zwei Orte ergeben. Irgendwo dazwischen wird ein entführtes Kind festgehalten. Die Zeit drängt, weil das Kind nackt draußen in der Kälte sitzt.“

Mit stoischem Blick musterte Toni die Buchstabenreihe und tippte sie in seinen Computer ein.

„Und wo sollen diese Orte sein? Oder sind es Städte?“

Ich überlegte selbst einen Moment, denn diese nahe liegende Frage war mir noch nicht eingefallen.

„Ich vermute, dass es Orte in der näheren Umgebung sind. Vielleicht maximal fünfzig Kilometer im Umkreis.“

„Weißt du, wie viele Orte es im Umkreis von fünfzig Kilometern gibt?“, fragte mich Toni und blickte mir zweifelnd in die Augen.

„Vielleicht sind es auch nur dreißig Kilometer – keine Ahnung“, sagte ich ungeduldig. „Hast du nicht einen Dechiffrierer, der das schnell herausbringt?“

„Das ist kein verschlüsselter Code, der auf einen spezifischen Algorithmus beruht, Bernd. Das sind einfach nur alphabetisch geordnete Buchstaben.“

„Scheiße, dann gib dir Mühe. Wir müssen dieses Kind retten!“

Ich stolperte fast über einen der riesigen Pflanzkübel, die wegen der Verbesserung des Büroklimas aufgestellt worden waren, als ich auf das Display des Handys glotzend, zurück zu Moni ging.

„Findet raus, wo das Kind ist!“, raunte uns der Präsidiumsleiter beschwörend zu. „Und sagt mir, wenn ihr Hilfe braucht!“

Ich nickte nur und legte Rüdigers Handy auf seinen Schreibtisch. Vorher hatte ich noch die Nachricht des Entführers kopiert und an Monis und mein Telefon weitergeleitet. Jetzt ins Auto setzen und das Kind suchen, war natürlich der erste Impuls, den wir hatten. Aber das war sinnloser, als die berühmte Nadel im Heuhaufen zu suchen. Auf unseren Bürostühlen, vor den Augen unserer Chefs, dieses verdammte Rätsel zu lösen, kam aber auch nicht infrage. Also schnappten wir uns wieder unsere Jacken und verließen das Büro. Ohne uns abgesprochen zu haben, gingen wir in die Cafeteria, holten uns Kaffee, Tee und einige Gebäckstückchen und verzogen uns in eine der hintersten Ecken. Beide hatten wir dabei kaum den Blick von unseren Handydisplays mit dem Buchstabensalat gelassen. Moni schien nichts hinunterzubringen, denn sie nippte nur gelegentlich versonnen an ihrem Kaffee, während sie versuchte, Ordnung in die Buchstabenreihe zu bekommen. Ich hingegen brauchte jetzt Zucker. Viel Zucker, um der Aufgabe gewachsen zu sein. Die Tatsache, dass irgendwo dort draußen in dem verdammten Schneegestöber und in der Kälte ein achtjähriger Junge an einen Strommast gefesselt saß und fror, setzte mich extrem unter Druck. Das Leben des Jungen hing von unserem Bemühen ab. Ich hatte schon überlegt, eine Hundertschaft der BePo anzufordern, um alle Strommasten im Landkreis absuchen zu lassen, aber selbst die würde diese Aufgabe nicht schaffen, bevor es dunkel wurde. Mit einem Bissen schob ich mir gerade ein halbes Schokocroissant in den Mund, als plötzlich Sonja mit einem Tablett in der Hand neben unserem Tisch stand.

„Hallo, Leute, darf ich mich zu euch setzen?“

„Sicher“, sagte Moni lächelnd und ich nickte nur mit übervollem Mund.

„Lass es dir schmecken, Bernd. Niemand isst dir etwas weg, du kannst dir ruhig Zeit lassen.“

Ich verdrehte genervt die Augen und versuchte hektisch, den Croissantbissen hinunterzuwürgen.

Sonja setzte sich neben mich und linste auf das Display meines Smartphones, das offen vor mir lag.

„Hallo, Schatz“, sagte ich, nachdem ich endlich den Mund leer hatte. Ich beugte mich zu ihr, um sie zu küssen, sie verzog jedoch den Mund und zog die Stirn in Falten. Da ich keine Serviette mitgenommen hatte, wischte ich mir mit dem Handrücken über den Mund und hatte tatsächlich einen braunen, echt nicht lecker aussehenden Streifen auf der Hand. Schnell hatte ich den jedoch mit der Zunge abgeschleckt und erntete ein gemeinsames

„Assi“ von den beiden Damen am Tisch. Ich schlürfte laut einen Schluck meines heißen Tees, dann verschwand die zweite Hälfte des Schokocroissants genüsslich in meinem Mund. Sonja schüttelte den Kopf und Moni vertiefte sich angewidert wieder in ihr Handy.

Sonja hatte einen Schluck von ihrem Kaffee genommen, natürlich leise und gesittet, und stellte ihre Tasse wieder auf das Tablett.

„Was habt ihr da?“, fragte sie, nachdem wir beide wieder in unser Telefon glotzten und Buchstaben im Geist zusammenfügten und die Ergebnisse wieder verwarfen.

„Wir suchen zwei Orte, die sich aus diesen Buchstaben ergeben“, erklärte Moni geduldig. „Zwischen den beiden Orten ist ein achtjähriges Kind an einem Strommast gefesselt – nackt!“

„Jetzt im Moment?“, fragte Sonja schockiert.

„Ja, jetzt im Moment und es ist arschkalt da draußen!“, entgegnete ich weniger geduldig.

Sonja griff resolut nach meinem Handy und schob es zwischen uns, sodass wir die Buchstabenfolge beide lesen konnten.

„Und wo sollen die Orte sein? In welchem Umkreis?“

„Wir wissen es nicht genau, vermuten aber im Großraum Landkreis Fürth“, sagte Moni.

Brütendes Schweigen legte sich über unsere Sitzecke, nur unterbrochen von gelegentlichen Trink- und Essgeräuschen. Sonja war die Erste, die nach Minuten das Schweigen brach.

„Der Schlüssel sind das eine C und das Ü. Eines der Cs gehört sicherlich zum H, also bleibt eins übrig. Cadolzburg passt aber nicht, weil kein Z in der Reihe steht. Mit Ü fällt mir in der Gegend nur Unterführberg und Oberführberg ein. Fehlen aber ein U und ein O. Wir brauchen eine Karte von der Gegend!“

Ich war sprachlos von Sonjas Kombinationsgabe und auch Moni starrte meine Freundin mit offenem Mund an.

„Am Eingang, an der Information hängt doch eine Karte vom Einsatzgebiet“, stellte Sonja fest und sprang auf. Ich warf Moni einen Blick zu, dann erhoben auch wir uns und rannten hinter

Sonja her. Eine Minute später standen wir zu dritt vor der Karte und suchten Orte mit einem C und einem Ü im Namen.

„Clarsbach und Fernabrünst“, sagte Sonja wenig später aufgeregt und tippte mit dem Finger auf die beiden Ortschaften. Ich brauchte die Buchstabenfolge nicht mehr zu vergleichen. Eine andere Möglichkeit gab es nicht. Ich nahm Sonjas Gesicht in beide Hände und drückte ihr einen schokoladigen Kuss auf den Mund. Dann rannte ich hinter Moni her in Richtung Tiefgarage.

Mit dem Blaulicht auf dem Dach raste ich aus der Ausfahrt und schlitterte auf die Straße. Moni hatte mir den Schlüssel übers Dach des Wagens zugeworfen und ich hatte mich selbstbewusst hinters Steuer geklemmt. Der Schneefall hatte zwar aufgehört, aber die Straßen waren alles andere als frei. Die Sirene half uns aber, durch das Gewimmel des Berufsverkehrs zu kommen. Der Nachmittag war inzwischen weit fortgeschritten und der bewölkte Himmel tat ein Übriges, sodass bereits die Dämmerung heraufzog.

„Clarsbach und Fernabrünst – wir sind unterwegs. Schick uns bitte Unterstützung“, sagte Moni in ihr Handy.“

„War das Rüdiger?“, fragte ich.

„Nein, das war der Boss“, entgegnete sie aufgeregt.

Immer wieder rutschte mir der Audi über die Vorderräder weg und Moni seufzte das ein oder andere Mal heftig auf. Schließlich waren wir aus der Stadt draußen. Ich fuhr auf die B8, was sicherlich nicht der kürzeste Weg war, bei dieser Witterung aber wahrscheinlich der schnellste. Ich holte alles aus dem Wagen heraus, was in ihm steckte, und Moni verkrampfte sich zunehmend in ihrem Sitz. An der Ausfahrt Seukendorf riss ich den Wagen in die enge Kurve, schoss über die rote Ampel, drückte das Gaspedal wieder bis zum Bodenblech und fuhr in Richtung Cadolzburg. An den blutigen Fall, den Moni und ich vor einiger Zeit hier aufgeklärt hatten, dachte ich nur kurz, während wir durch den Ort schossen. Die lang gezogenen Kurven zwischen Cadolzburg und Ammerndorf waren schmierig und voller Schneematsch und ich musste die Geschwindigkeit deutlich reduzieren. Die Strecke in Richtung Großhabersdorf war wieder besser geräumt und erlaubte höhere Geschwindigkeiten. Fast hätte ich das Schild in Richtung Fernabrünst verpasst und stieg heftig in die Eisen. Der Anstieg aus dem Biberttal heraus war dann gar nicht geräumt und ich bewegte den Wagen auf einer festgefahrenen Schneedecke. Der Frontantrieb und die Winterreifen unseres Wagens griffen bissig zu und zogen den Audi hart durch den Anstieg. Inzwischen war es dunkel geworden. Alleine der Schnee sorgte dafür, dass in den letzten Minuten der Dämmerung noch Umrisse und Konturen in der Landschaft zu erkennen waren. Und diese Umrisse raubten mir augenblicklich alle Zuversicht. Während wir auf Fernabrünst zuschossen, waren in der Umgebung mindestens zehn Hochspannungsmasten und noch einige kleinere Strommasten zu sehen.

„Verdammte Scheiße, wie sollen wir den Jungen da finden?“, fluchte ich und schlug mit der Rechten zornig gegen das Lenkrad. In Fernabrünst bog ich nach links ab und folgte dem Schild nach Clarsbach. Vielleicht waren ja zwischen den Orten weniger Strommasten, war meine Hoffnung. Diese wurde jedoch am Ortsausgang von Fernabrünst jäh zerstört. Im letzten Licht des Tages zeichnete sich ein wahrer Mastenwald gegen den trüben Horizont ab. Ich stoppte den Wagen in der Mitte zwischen den beiden Dörfern und schaute Moni deprimiert an.

„Was ist das bitte für ein perverses Schwein?“, fragte ich zornig und verzweifelt.

„Bis unsere Leute da sind, ist es stockfinster. Das sind mindestens dreißig Masten und teilweise mitten in der Prärie. Bis wir die alle abgesucht haben, ist der Junge tot, wenn er überhaupt noch am Leben ist.“

Monis Resümee war gnadenlos, aber realistisch. Ich wollte jedoch nicht aufgeben und hatte plötzlich eine Eingebung. Auf zwei Züge wendete ich den Wagen und ließ den Motor aufheulen, als ich zurück nach Fernabrünst fuhr. Meine Erfahrung, dass in jedem fränkischen Kaff auch eine Kneipe zu finden war, bestätigte sich kurz darauf. Ich stellte Wagen und Motor ab und stolperte die Treppen hoch in die Gaststätte. Nur eine Handvoll

Gäste saßen am Stammtisch und hoben träge die Köpfe, als ich schwungvoll in den Gastraum platzte.

„Hallo Leute, ich bin Kriminalbeamter der Kripo Fürth und wir suchen einen achtjährigen Jungen, der zwischen Fernabrünst und Clarsbach nackt an einen Strommasten gefesselt ist."

Es dauerte einen langen Moment, bis die Information in die Gehirne der Stammtischbrüder gesickert war, dann sagte einer: „Das sind verdammt viele Strommasten."

„Ich weiß, deshalb brauche ich sofort jede Hilfe, die ich kriegen kann. Wir müssen den Jungen finden, bevor es vollkommen finster ist."

„Wir kümmern uns um Leute und Licht!", sagte der Sprecher und holte sein Handy aus der Tasche. Auch die anderen zogen ihre Telefone heraus und riefen, wen auch immer an.

Ich hatte das Gefühl, genug getan zu haben, und stürmte wieder aus der Kneipe. Moni saß im Wagen und telefonierte mit unserem Chef.

„Es dauert sicherlich noch eine Stunde, bis die Leute da sind. Vorab kommen schon mal alle Streifen, die in der Gegend unterwegs sind, das sind jedoch nicht viele", sagte Moni, als sie aufgelegt hatte.

Ich wendete den Wagen und fuhr wieder zurück. Kurz vor einer Bahnunterführung, die nach Clarsbach ging, hielt ich an und stieg aus. Die Strommasten waren in der Dunkelheit kaum mehr zu erkennen, und ob Wege zu ihnen führten, war im Schnee nicht ersichtlich.

„Ich suche hier, versuch du dein Glück auf der anderen Seite", sagte ich zu Moni und stapfte los in Richtung des Strommastes, der gerade noch zu erkennen war. Ich zog mein Handy heraus und schaltete die Lampe ein. Schnell waren meine Schuhe voll mit Schnee, und Kälte drang mir in die Knochen. Es wäre natürlich perfekt gewesen, wenn meine Lampe den Jungen schon am ersten Mast angeleuchtet hätte, aber dieses Glück war mir nicht vergönnt. Ich blickte nach oben zu den leise knisternden Stromkabeln und stapfte dann weiter zum nächsten Hochspannungsmast. Die Dunkelheit war inzwischen vollständig über das

Land gezogen, deshalb sah ich die Scheinwerfer überdeutlich, die sich nach einigen Minuten in breiter Reihe aus Fernabrünst herausschoben. Ich blieb erst einmal fassungslos stehen und beobachtete, wie sich die Scheinwerfer von Traktoren, Geländewagen und Motorrädern aufteilten und in alle Richtungen ausschwärmten. Drei Streifenwagen kamen von Clarsbach her und die Blaulichter warfen zuckende Reflexe über den Schnee. Auch aus dieser Richtung näherten sich einige Fahrzeuge und schwärmten in alle Richtungen aus. Spätestens jetzt erwachte in mir wieder ein leiser Hoffnungsschimmer, den kleinen Kevin doch noch lebend zu finden, obwohl es schon viele Stunden her war, dass der Entführer sich gemeldet hatte. Ich kämpfte mich durch eine Hecke und fiel in einen dahinterliegenden Graben. Meine Hose war danach völlig durchnässt und klebte mir schwer an den Beinen. Zwei weitere Blaulichter tauchten hinter Fernabrünst auf und kurze Zeit später hielten Sanitäter und Notarzt am Ortsrand an. So wie es aussah, waren inzwischen alle Einwohner der zwei Orte auf den Beinen und suchten die Umgebung ab. So viel Solidarität und Zivilcourage hätte ich bei Weitem nicht erwartet, als ich in der Gaststätte meinen Aufruf gestartet hatte. Mittlerweile waren meine Finger so kalt, dass ich kaum mehr mein Handy halten konnte. Wie musste es da erst dem Jungen ergehen? Zwischenzeitlich hatte ich einen weiteren Mast gefunden und kein Kind entdeckt. Ich stapfte weiter durch den Schnee und wäre einige Zeit später fast über die Böschung eines Weihers gerutscht. Mit einem Bein klatschte ich ins eiskalte Wasser. Ich fluchte innerlich und ärgerte mich über meine Ungeschicklichkeit. Als der nächste Hochspannungsmast kurz darauf im Licht meiner Handylampe auftauchte, war ich mehr als froh. Aber auch dieser Mast war anscheinend der falsche. Ich suchte zwar das Gebüsch am Fuß des Mastes von allen Seiten ab, aber kein Kevin war weit und breit zu finden. Bevor ich entschied, der Stromleitung noch weiter zu folgen, klingelte mein Telefon.

„Wir haben ihn und er lebt“, schrie Moni in ihr Handy und ich hörte dabei, wie sie Freudentränen vergoss.

„Ich komme!“, stöhnte ich erleichtert und musste schlucken, um meine Tränen zurückzuhalten.

Ich verfolgte aus der Ferne, wie Notarzt und Sanitätsfahrzeug fast bis zur Unterführung fuhren und dann nach rechts abbogen und anhielten.

„Anscheinend war ich auf der falschen Seite der Straße“, dachte ich bei mir, aber dass der Junge lebte, war entscheidend. Das gute Gefühl in mir konnte aber nicht unterdrücken, dass ich fror wie ein Schneider und weder Hände noch Füße mehr spüren konnte. Als das Licht meines Handys ausging und ich durch die stockfinstere Nacht stapfte, schwand langsam mein Gefühl der Erleichterung und wurde ersetzt durch den Zustand des Selbstmitleides. Als ich endlich die Straße erreicht hatte, waren Sanitäter und Notarzt bereits verschwunden und die meisten Fahrzeuge der Einwohner wieder auf dem Rückweg in die beiden Orte. Das Blaulicht eines Streifenwagens flackerte weiterhin beharrlich durch die Nacht, die beiden anderen waren ebenfalls bereits abgerückt.

„Warum gehst du nicht ans Telefon“, schnauzte mich Moni an, als ich vor unserem Wagen ins Licht der Scheinwerfer trat.

„Leer“, sagte ich knapp und hob das Handy etwas hoch.

„Es ist verdammt kalt und alle sind wieder weg“, erklärte sie mir eine Tatsache, die mir mehr als bewusst war. Der Streifenwagen fuhr an uns vorbei, hupte kurz und schaltete dann das Blaulicht aus.

„Wie siehst du überhaupt aus“, motzte meine Partnerin weiter und ich blickte zitternd an mir herunter. „Zieh wenigstens Schuhe und Hose aus, bevor du dich in den Wagen setzt!“

Ich ging genervt zur Beifahrertür, zog sie auf und ließ mich völlig verdreckt und erfroren auf den Sitz fallen.

„Fahr du“, sagte ich einsilbig und schloss die Tür.

Anscheinend hatte Moni inzwischen begriffen, dass es mir nicht gut ging, denn sie stieg wortlos ebenfalls ein und schlug die Tür zu. Sie startete den Wagen, drehte als Erstes die Heizung auf volle Pulle und fuhr dann los.

Die Idee, in der Kneipe in Fernabrünst noch eine Lokalrunde zu schmeißen und mich für die Hilfe zu bedanken, verwarf ich schnell, denn die Kälte und die Schmerzen hatten mich voll im Griff.

Während mein Körper langsam wärmer wurde und Hände und Füße schmerzhaft zu prickeln begannen, hing ich meinen Gedanken nach. Hatte der Entführer mitbekommen, dass der Junge gerettet wurde, oder ging er davon aus, dass er tot war. Hatte er uns vielleicht sogar beobachtet und wusste jetzt Bescheid? Würde es eine weitere Tat geben oder war sein Durst nach Vergeltung – oder was auch immer sein Antrieb war, Rüdiger zu treffen – befriedigt?

„Nach Hause?“, fragte Moni und riss mich damit aus meinen Überlegungen.

„Nein, ich möchte so in die Oper“, entgegnete ich sarkastisch.

Dass sie daraufhin voll in die Eisen ging, sodass es mich übel in den Sicherheitsgurt presste, überraschte mich dann doch.

„Hör mir mal zu, du verdammte Mimose. Ich kann nichts dafür, dass du aus einer einfachen Suche nach einem Kind eine verdammte Durchschlageübung machst und dich total einsaust. Ich habe den Jungen verdammt noch mal gefunden und sehe nicht aus wie eine Wildsau. Also lass deine verdammte schlechte Laune und deinen verdammten Frust nicht an mir aus. Haben wir uns verstanden?“

„Das waren aber verdammt viele ‚verdammt‘“, grinste ich sie an, aber sie schüttelte nur missbilligend den Kopf.

„Nach Hause?“, fragte sie ein zweites Mal.

„Das ist wirklich eine tolle Idee, Frau Oberkommissarin. Ich wäre dir sehr dankbar dafür.“

Die trockene, aber gemütliche Wärme im Wagen hatte mich fast eingeschläfert, als Moni später vor meiner Wohnung anhielt.

„Wir sehen uns morgen“, sagte ich und stieg aus. Bevor ich die Beifahrertür zuschlug, beugte ich mich noch einmal hinunter und sagte ernsthaft: „Sorry und danke!“ Dann warf ich die Tür ins Schloss.

Meine nassen Schuhe quatschten übel, als ich die Treppen zu meiner Wohnung hinaufstieg. Im kleinen Gang legte ich all meine verdreckten Sachen ab und warf sie auf einen Stapel, dann huschte ich splitternackt und frierend ins Bad und ließ mir die Badewanne volllaufen. Dieses Mal verzichtete ich notgedrungen auf ein Hörbuch, weil der Akku meines Handys noch immer leer war. Ich rutschte tief in das heiße Wasser und schloss zufrieden die Augen.

Sonjas Stimme holte mich wenig später aus dem Halbschlaf.

„Schatz? Oh mein Gott, wie sieht es hier aus?", drang ihre Stimme erschüttert durch die geschlossene Badezimmertür.

„Ich bin im Bad!", rief ich freudig, um sie von meinem Dreckhaufen im Gang abzulenken.

Die Tür zum Badezimmer ging auf und Sonja stand mit gerunzelter Stirn im Türrahmen.

„Räum ich gleich weg. Mir war kalt, deshalb bin ich erst in die Wanne!"

Ich hasste mich dafür, dass ich mich in meiner eigenen Wohnung rechtfertigte, schlampig und unordentlich zu sein. Aber Zoff mit meiner Freundin hasste ich eindeutig mehr.

„Ihr habt den Jungen gefunden, habe ich gehört."

„Ja, dank deiner Hilfe. Moni und ich würden wahrscheinlich noch immer über den Buchstaben sitzen und rätseln."

Sonjas gerunzelte Stirn wich einem zufriedenen und stolzen Lächeln.

„Kinderspiel", sagte sie und schloss die Badezimmertür wieder von außen.

Ich machte zufrieden wieder die Augen zu und war froh, dass der Haussegen gerade wieder ins Lot geraten war.

Eine Minute später öffnete sich die Tür erneut und ich blinzelte durch die halb geschlossenen Augenlider.

„Hast du noch etwas Platz für mich?", fragte meine völlig nackte und wunderschöne Freundin vollkommen unschuldig.

Ich richtete mich so schnell auf und rutschte zum einen Ende der Wanne, dass sogar etwas Wasser über den Rand schwappte.

Sonja stieg graziös zu mir ins heiße Wasser und streckte mir ihre kalten Füße entgegen.

Das gemeinsame Bad dauerte lange und reichlich Wasser schwappte dabei über den Badewannenrand nach draußen.

Thomas Voigt saß in seinem Wagen und war zutiefst betrübt. Das mit der Entführung des Jungen hatte zwar tadellos geklappt, aber irgendwo hatte er anscheinend doch einen Fehler in seinen akribischen Vorbereitungen begangen. Nur so konnte er sich erklären, dass ihm die beiden Schnüffler der Kripo so auf die Pelle rücken konnten. Gott sei Dank hatte er nach der Entführung des Jungen routinemäßig die Handys der beiden Bullen geortet. Schon als sie seine Polizeistation am Auffanglager besuchten, war ihm klar geworden, dass sie ihm auf der Spur waren. Was ihn verraten hatte, konnte er sich nicht vorstellen. In wahre Hektik war Thomas Voigt geraten, als sich die Handys in Richtung seines Heimatortes bewegten. Schnell hatte er den Jungen von den Fesseln am Bett befreit und ihn geknebelt in den Kofferraum seines Wagens verfrachtet. Dann hatte er einige wichtige Sachen in eine große IKEA-Tüte gestopft und fluchtartig sein Haus verlassen. Kurz bevor er den Wagen um die nächste Ecke steuerte, sah er noch die Scheinwerfer des Dienstwagens seiner Verfolger im Rückspiegel auftauchen.

„Verdammte Scheiße“, fluchte er jetzt leise und schlug mit der Faust gegen das Lenkrad seines Wagens. Dass er aufgeflogen war, daran zweifelte er jetzt nicht mehr. Der Grund dafür spielte keine Rolle. Sicher war nur, er konnte nicht mehr zurück in sein Leben als Polizist und ehrbarer Bürger.

„War es das wert?“, fragte er sich im Nachhinein und die Antwort war ihm alles andere als klar. Wahrscheinlich würde das erst die nähere Zukunft zeigen.

Den Jungen zu verstecken und das Gedicht mit den Hinweisen zu verschicken, hatte er noch durchgezogen. Wenn er schon aufgeflogen war, dann sollte das nicht vergebens gewesen sein. Natürlich tat ihm der Junge fast leid, als er ihn sich in der Kälte ausziehen ließ. Das Gesicht des Jungen war dabei tränenüberströmt und er schluchzte unter dem Tape, das seinen Mund fest verschloss. Er bibberte am ganzen Körper, als der eiskalte Wind seinen blassen Körper umfing. Die hellblaue Unterhose mit den Teddys konnte ihn nicht wirklich wärmen, deshalb ließ Thomas Voigt sie dem Jungen.

Die Idee mit dem Strommast war ihm schon vor einiger Zeit gekommen, als er den Mastenwald bei einer Radtour entdeckt und damals als sehr bedrückend empfunden hatte. Vor allem für die Leute der kleinen Ortschaften in der Gegend. Rechtzeitig würden sie den Jungen sicherlich nicht finden. Bei dieser Kälte gab er den Achtjährigen nicht mehr als eine Stunde, bis er erfroren war. Schon alleine das Rätsel mit den beiden Orten zu lösen, würde sicherlich deutlich länger dauern.

Am meisten vermisste Thomas Voigt jetzt seinen Computer. Er hatte zwar in der Eile noch sein Tablet eingepackt, aber das war bei Weitem nicht mit der umfangreichen Ausrüstung in seinem Büro zu vergleichen. Sein Büro, in dem er noch die beiden Ermittler beobachtet hatte. Sie hatten sicherlich nicht geahnt, als sie es durchsucht hatten, dass die Kameras auch bei dunklen Bildschirmen aktiviert waren. Jetzt kannte er nicht nur die Namen und Handynummern des Ermittlerpaares, sondern wusste auch, wie sie aussahen.

Raschelnd zog er eins der belegten Brötchen aus der Papiertüte, die am Beifahrersitz lag, und biss nachlässig hinein.

Als ihm klar wurde, dass er aufgeflogen war, hatte er noch schnell eine größere Summe Bargeld aus einem Automaten geholt, um die nächste Zeit über die Runden zu kommen. Dass die Konten eines Flüchtigen eingefroren wurden, das war nicht nur in einschlägigen Krimis so, sondern tatsächlich eine Praktik, die im wirklichen Leben auch so ablief.

Er trank einen Schluck von seinem inzwischen fast kalt gewordenen Kaffee und seufzte tief. Wo er jetzt hinsollte und wie es überhaupt weitergehen sollte, darüber grübelte Thomas Voigt jetzt schon, seit er sein Auto auf dem Park-and-Ride-Parkplatz in Anwanden hinter einer Hecke abgestellt hatte. Er war sich sicher, dass sein Wagen und er inzwischen in der Fahndung waren und dass die Wahrscheinlichkeit größer war, entdeckt zu werden, wenn er herumfuhr, als wenn er hier stand. In der Nacht machte sich gewiss keine Streife die Mühe, alle kleinen Parkplätze im Landkreis abzusuchen.

Ob der Junge von Rüdiger Probst überlebt hatte, wusste er nicht. Er hatte zwar vom nahen Bahndamm aus die Suche beobachtet, aber ob der Achtjährige tot oder lebendig geborgen wurde, sah er aus der Entfernung leider nicht. Seiner Meinung nach ging sowieso alles viel zu schnell. Das Lösen seines Buchstabenrätsels hätte länger dauern sollen, und dass zwei Dorfgemeinschaften komplett ausrückten, um das Kind zu suchen, damit hatte er auch nicht rechnen können. Insgeheim bewunderte er fast seine Verfolger für diesen Schachzug. Die Tatsache, dass der Sanka wieder mit Blaulicht und Sirene vom Tatort verschwunden war, ließ aber eher den Schluss zu, dass der Junge überlebt hatte und so schnell wie möglich ins Krankenhaus befördert wurde. Falls das wirklich so war und der Sohn von Rüdiger Probst überlebt hatte, dann war seine Mission, das Arschloch in die Verzweiflung zu treiben, noch nicht erledigt. Der Junge und auch der Rest der Familie würden zwar jetzt fast unerreichbar für ihn sein, aber eine kleine Chance und eine Gelegenheit gab es immer.

Thomas Voigt kurbelte fast zufrieden die Rückenlehne seines Sitzes nach hinten, zog die warme Decke aus der Ikeatüte und breitete sie seufzend über sich aus. Das Auto war inzwischen ausgekühlt und es versprach eine kalte und ungemütliche Nacht zu werden. Er schloss die Augen und war schnell eingeschlafen. So bekam er nicht mehr mit, als der verdeckt am Beifahrersitz liegende Bildschirm seines Tablets aufleuchtete.

Oberkommissarin Monika Fröhlich fuhr zurück ins Präsidium, nachdem sie Bernd zu Hause abgesetzt hatte. Sie war einerseits erleichtert, dass sie Rüdigers Sohn gerade noch rechtzeitig gefunden hatten; auf der anderen Seite befürchtete sie, dass der Fall damit noch lange nicht abgeschlossen war. Karl Künast, der Leiter der Fürther Inspektion hatte inzwischen zwar Personenschutz für Rüdiger und seine Familie angeordnet, aber der Täter schien sehr gewitzt und erfinderisch zu sein und ließ sich womöglich nicht von ein paar Kollegen abhalten, der Familie etwas anzutun.

Sie hatte gerade in ihrem Bürostuhl Platz genommen und den Computer angeschaltet, als sich Anton Steinbach, der IT-Spezialist des Präsidiums, etwas außer Atem neben ihrem Schreibtisch aufbaute.

„Wo ist Bernd?“, keuchte er und ein feiner Schweißfilm glänzte auf Stirn und Nase.

„Der hat schon Feierabend gemacht“, antwortete Monika genauso kurz angebunden wie der Computer-Nerd.

„Wegen dem Buchstabenrätsel?“, druckste er herum.

„Was ist damit?“

„Schwer zu knacken“, sagte er verlegen und knetete unruhig seine Hände.

„Haben wir längst herausgefunden. Die Orte heißen Fernabrünst und Clarsbach.“

Toni legte ärgerlich seine Stirn in Falten und sagte mürrisch: „Könnte man mir ja mal sagen!“

„Ich sag es dir doch gerade – mach dir nichts draus, Hauptsache wir haben den Jungen gerettet.“

Die Falten in Tonis Gesicht wichen einem zufriedenen Lächeln.

„Dann ist alles gut.“

Der massige Körper des IT-Spezialisten wogte förmlich, als er sich wieder umdrehte und sich stöhnend in seine Ecke des Raumes aufmachte.

Eine Idee nahm in Monis Gedanken Gestalt an, als sie etwas angewidert den Blick von Tonis schwabbeligem Hintern abwandte.

„Toni, hör mal!“, rief sie ihm hinterher und der Mann blieb wie angewurzelt stehen. „Unser Täter ist ein Computer-Freak wie du, meinst du, du könntest seinen Rechner hacken und Infos herausfinden, was er als Nächstes geplant hat?“

Als er herumfuhr und sich mit dem Hemdsärmel über die schweißnasse Stirn wischte, leuchteten seine Augen wie bei einem Kind bei der Bescherung.

„Sicher hast du seine IP-Adresse?"

„Nö, habe ich nicht, aber ich weiß, wo der Typ wohnt", grinste sie gefällig und stand auf.

„Einen Moment, ich hole nur meine Sachen", sagte Toni und hastete in seine Ecke.

Einige lange Momente später stand er wieder neben Monis Schreibtisch und die orangefarbene Daunenjacke, die er trug, machte ihn nicht wirklich schlanker.

„Bin so weit", sagte er zufrieden und hielt sich eine gefüllte Stofftasche vor die Brust.

Ihr Dienst-Audi war wahrlich kein schmales Auto, aber Moni fühlte sich tatsächlich bedrängt, als Toni sich auf dem Beifahrersitz breitgemacht hatte. Jedes Mal, wenn sie den Schaltknüppel betätigen wollte, musste sie vorher die Daunenjacke etwas zur Seite schieben. Toni schien das jedoch nicht aufzufallen, denn er machte keine Anstalten, seine Jacke etwas zu sich heranzuziehen.

Moni wusste, dass die KTU am Nachmittag das Haus von Thomas Voigt bereits auf den Kopf gestellt hatte und dass jetzt eine Zivilstreife das Haus observierte. Damit, dass der Täter noch einmal hier auftauchen würde, rechnete zwar keiner, aber es gab ja immer wieder dumme Täter, deren Verhalten alles andere als nachvollziehbar war.

Der Feierabendverkehr war inzwischen vorbei und Moni parkte den Wagen nach einer Viertelstunde Fahrt vor dem Haus in Weinzierlein. Der dunkelgraue Golf, ein Stück die Straße hinauf, war in der Nacht kaum zu sehen und die beiden Beamten im Innern erst recht nicht. Moni stapfte durch den Schneematsch auf den Wagen zu und zog ihren Dienstausweis aus der Hosentasche.

„Guten Abend, Kollegen", sagte sie lächelnd, als das Fahrerfenster langsam nach unten glitt.

Der Beamte am Fahrersitz nickte ihr mürrisch zu.

„Was gibt es?“, fragte sein Beifahrer und seiner Stimme war anzuhören, dass er fror.

„Ich müsste ins Haus, um etwas zu überprüfen. Habt ihr einen Schlüssel?“

„Und warum frieren wir uns hier die Eier ab, wenn ständig jemand ein und aus geht?“, motzte der auf dem Fahrersitz zornig.

„Wir brauchen nicht lange“, entgegnete Monika geduldig, obwohl sie schon eine harschere Antwort auf den Lippen hatte.

Der Beifahrer reichte ihr einen Schlüssel heraus und das Fenster fuhr mit einem Summen langsam wieder nach oben.

Als Monika Fröhlich zurück zum Auto kam, hatte es Anton Steinbach gerade geschafft, sich aus dem Wagen zu schälen. Sie öffnete das Gartentor, ging zur Haustüre und sperrte sie auf. Als Toni ebenfalls in der Diele stand, schloss sie die Tür und eilte die Treppe nach oben. Anton pfiff anerkennend, als er kurz darauf schwer atmend das Büro betrat.

„Der Mann hat Ahnung, das ist alles vom Feinsten“, lobte er und ging auf den Computerplatz von Thomas Voigt zu. „Die Kameras sind an“, stellte er sachlich fest.

Moni blickte verdutzt.

„Die kleinen roten Dioden“, erklärte Toni und deutete auf ein Licht an einem großen Bildschirm. Er setzte sich in den ächzenden Chefsessel, ohne seine Daunenjacke abzulegen oder seinen Tragebeutel wegzustellen.

„Passwort?“, fragte er knapp und Moni ärgerte sich etwas über seine maulfaule Art zu kommunizieren.

„Keine Ahnung“, sagte sie deshalb genervt und ebenfalls einsilbig.

Anton Steinbach warf ihr einen unbefriedigenden Seitenblick zu, dann kramte er in seinem Stoffbeutel und förderte eine Handvoll Schokoriegel zutage. So schnell konnte Moni gar nicht schauen, war der erste ausgepackt und mit zwei Bissen im Schlund des ITlers verschwunden. Er schob seine Hände zusammen und bog sie so nach außen, dass die Fingergelenke ungesund knackten. Dann legte er sie auf die Tastatur und drückte eine Taste. Fast unhörbar begann ein Rechner unter dem großen Schreibtisch zu summen und alle Bildschirme flammten fast gleichzeitig in einem leuchtenden Blau auf. Alleine auf dem größten Bildschirm, direkt vor der Tastatur, stand in großen Lettern PASSWORT.

„Das kann jetzt etwas dauern!“, maulte Toni und griff erneut in seinen Stoffbeutel. Ein kleiner Laptop erschien in seiner Hand und er klappte ihn neben der Tastatur des großen Rechners auf. Danach musste Monika schnell einsehen, dass sie nicht annähernd verstand, was die geschickten Finger von Toni alles aus dem Laptop herauslockten.

Moni wurde langsam ungeduldig und ihr taten inzwischen die Beine weh, als Toni einen USB-Stick aus seinem Stoffbeutel zog und ihn in den Laptop steckte. Ein roter Ladebalken erschien und als der bis einhundert Prozent hochgezählt hatte, zog der IT-Experte den Stick wieder heraus und steckte ihn in einen der vielen Ports am großen Rechner des Täters.

„Jetzt brauchen wir etwas Glück und Geduld“, sagte Toni und lehnte sich gegen die knarrende Rückenlehne des Bürostuhls. Ein zweiter und ein dritter Schokoriegel fanden den Weg in seinen Magen und Monika Fröhlich wurde ärgerlich, dass dieser schofelige Kerl ihr keinen anbot. Sie hatte seit dem Frühstück zu Hause nur den Kaffee in der Kantine zu sich genommen und ihr Magen knurrte. Sie wollte sich aber auch nicht dazu herablassen, den Typen um einen Riegel zu bitten.

„Sag Bescheid, wenn es funktioniert hat“, sagte sie so neutral wie möglich und verließ den Raum. Im Dunkeln stieg sie die Treppe hinab, ging ins Wohnzimmer und ließ sich in einen der beiden Sessel fallen. Sie lehnte sich zurück und schloss die Augen. Obwohl sie in dieser fremden Umgebung weiter etwas unter Spannung stand, merkte sie, wie die Aufregung des Tages langsam von ihr abfloss wie zäher Honig.

Als Monis Handy klingelte, schreckte sie hoch und war sofort hellwach. Einen Moment lang wusste sie in der Dunkelheit nicht, wo sie sich befand. Dann drängten sich die Ereignisse des Tages wieder in ihr Bewusstsein und sie zog ihr Handy aus der

Tasche. Die Nummer, die anrief, war unterdrückt und Moni nahm das Gespräch an.

„Fröhlich?"

„Dachte ich es mir doch – ich bin es!", sagte ihr Gegenüber schmatzend.

Monika brauchte einen Moment, bis sie die Stimme eingeordnet hatte.

„Toni?"

„Sicher – wo bist du eigentlich?"

Die Oberkommissarin legte auf und blickte auf die Zeitanzeige ihres Handys.

„Verdammt", fluchte sie und stand auf. Es war bereits nach Mitternacht und sie hatte Stunden in dem Sessel verschlafen.

Sie hastete die Treppe nach oben, ging ins Büro und wurde fast erschlagen von unterschiedlichsten Bildern und Anzeigen auf den Bildschirmen. Toni saß noch genau dort, wo sie ihn zurückgelassen hatte, und seine Finger huschten über die Tastatur des Rechners. Neben der Tastatur hatte er inzwischen einen stattlichen Berg leerer Riegelverpackungen angehäuft.

„Wie läuft es?", fragte Moni gähnend und streckte sich dabei ausgiebig.

„Der Typ ist echt ein Profi. Schade, dass die Besten fast immer ihr Potenzial für Verbrechen nutzen. Sie fühlen sich dann allen anderen überlegen und denken, sie werden nicht erwischt."

So viele Wörter auf einmal hatte sie den Mann noch nie aneinanderreihen hören und Moni zog über diese Weisheit anerkennend eine Augenbraue nach oben.

„Hast du was gefunden?"

„Er hat die Handynummern von Polizeihauptkommissar Probst, von Bernd und anscheinend auch von dir. Deine Nummer kannte ich nicht, deshalb habe ich sie angerufen."

„Und woher hat er unsere Nummern?"

„Der Kerl hat von hier aus, aber sicherlich auch auf seinem Handy oder Tablet, jeden eurer Schritte überwacht. Wahrscheinlich hat er das Handy von Rüdiger Probst gehackt und so eure Nummern und die seiner Frau herausgefunden."

„Jetzt wird mir einiges klar!“, sagte Monika Fröhlich und in ihrem Kopf fügten sich einige Ungereimtheiten zu einem schlüssigen Bild zusammen.

„Hast du Hinweise zu einem Motiv gefunden – weshalb er Rüdiger schaden will?“

„Ich habe das Gedicht mit dem Rätsel gefunden und noch zwei weitere. Und ich denke auch das Motiv.“

Er deutete auf den Bildschirm, der links neben dem Hauptbildschirm hing und Moni sah einen vergilbten Zeitungsausschnitt. Die Überschrift lautete „Junger Mann von Polizisten erschossen.“ Ein Bild darunter zeigte das Gesicht von Kai Berger.

„Das ist der Junge, den Rüdiger vor so langer Zeit erschossen hatte“, flüsterte Moni mehr zu sich selbst.

Sie überflog den Bericht, konnte aber keine Erkenntnisse herausziehen, die den Zusammenhang mit Thomas Voigt erklärten.

„Ist da noch mehr?“, fragte sie den IT-Fachmann.

„Sicher“, entgegnete der und nach und nach erschienen weitere Zeitungsberichte auf den verschiedenen Bildschirmen. Monika brauchte lange, bis sie alle überflogen hatte. Es wurde in den Berichten immer wieder der Hergang der Tat beleuchtet und der Fortschritt der gerichtlichen Verhandlungen erklärt. Nirgends waren jedoch Namen erwähnt oder eine genaue Schilderung der Tat.

„Ich habe Hunger, wollen wir hier abbrechen?“, fragte Anton Steinbach zögerlich.

Monika runzelte die Stirn über so viel Verfressenheit, musste sich aber eingestehen, dass auch ihr Magen knurrte.

Sie überflog noch einmal die Bildschirme und stellte ganz nebenbei fest, dass die kleinen Dioden inzwischen nicht mehr leuchteten, die darauf hingewiesen hatten, dass die Kameras aktiv waren.

„Was ist mit den Kameras, kann er uns noch immer beobachten?“

„Nein, die habe ich als Erstes deaktiviert.“

Eine Idee poppte in Monis Gedanken auf wie ein Leuchtfeuer.

„Wenn er uns sehen kann, funktioniert das nicht auch anders herum?“

Toni überlegte einen Moment und schüttelte dann den Kopf.

„So einfach ist das nicht. Ich könnte höchstens versuchen, sein Handy oder sein Tablet zu orten. Dafür ist er aber sicherlich zu clever.“

Seine Finger huschten bei diesen Worten schon wieder über die Tastatur. Ein Bildschirm nach dem anderen erlosch, bis nur noch zwei aktiv waren. Mit der Maus schob Toni offene Fenster hin und her und klickte Befehle und Buttons an, die nur für Sekundenbruchteile erschienen waren.

„So clever ist er anscheinend doch nicht“, strahlte er nach wenigen Minuten. „Sein Handy kann ich nicht orten, aber sein Tablet befindet sich gerade bei diesen Koordinaten.“

Kurz darauf stellte sich heraus, dass sich die Koordinaten in der Nähe von Anwanden befanden.

Monika kannte sich zwar eher nördlich von Fürth aus, dort, wo sie auch wohnte, aber inzwischen fand sie sich auch hier im südlichen Landkreis ganz gut zurecht.

„Das ist, denke ich, nicht weit“, stellte sie sachlich fest. „In zehn Minuten sind wir dahingefahren.“

Tonis Kopf ruckte herum und in seinem roten Gesicht zeigte sich fast Panik.

„Aber bitte ohne mich!“, stammelte er spuckend.

Monika Fröhlich merkte ihm an, dass sie ihn auf keinen Fall vom Gegenteil überzeugen konnte, und wiegelte ab: „Nein, nein, das mache ich schon!“

Fünf Minuten später hatte sich Anton Steinbach auf den Beifahrersitz des Golfs gezwängt und einer der beiden Zivilfahnder war ausgestiegen.

„Schalte dein Handy aus. Am besten nimmst du den Akku heraus“, sagte Toni noch wichtigtuerisch, bevor Moni die Beifahrertür vorsichtig zudrückte, um sie ihm nicht in die Seite zu schlagen.

„Guter Tipp“, dachte sie bei sich, während sie und der Kollege durch den halb gefrorenen Schneematsch zu ihrem Wagen stelzten.

Sie hatte nur einen Moment überlegt, ob sie einen Alleingang machen sollte, erinnerte sich aber daran, dass sie Bernd immer wieder genau das vorgehalten hatte, und fragte kurzerhand den Kollegen, ob er mit ihr fuhr.

Als beide im Wagen saßen, gab sie dem Zivilfahnder den genauen Standort des Tablets durch, den Toni ermittelt hatte, und der tippte ihn auf seinem Smartphone in Google Maps ein. Dann schaltete sie ihr Handy aus und nahm den Akku heraus.

Der gefrorene Schneematsch knirschte, als sie den Wagen aus dem Parkplatz lenkte.

Monika schätzte ihren Begleiter auf Ende dreißig. Er hatte lange, dunkle Haare, die hinten zu einem Knoten zusammengefasst waren. Sein Bart war länger, als Moni ihn noch für sexy empfunden hätte, und seine extrem krumme Nase machte den Eindruck auch nicht besser. Er trug schwarze Jeans, Springerstiefel und eine dunkelbraune, lederne Fliegerjacke mit Pelzkragen.

„Cooles Outfit“, sagte Moni, um das Eis etwas zu brechen.

„Danke, du siehst auch toll aus.“

„Ich heiße übrigens Monika.“

Moni streckte ihm ihre Hand hin.

„Gerald“, sagte er und griff ihre Hand. „Freunde nennen mich aber Huck.“

„Sehr erfreut Huck“, sagte Moni und zog ihre Hand wieder weg, die ihr Beifahrer für ihren Geschmack etwas zu lange gedrückt hatte.

„Der Typ, den wir suchen, ist Polizist und hat bereits zwei Leute auf dem Gewissen. Wir wissen noch nicht, welches Motiv er genau hat, aber er ist mit Sicherheit bewaffnet. Wir müssen also wirklich äußerst vorsichtig sein, wenn wir uns ihm nähern. Theoretisch könnte es natürlich auch sein, dass wir nur sein weggeworfenes Tablet vorfinden.“

„Sollten wir nicht ein SEK anfordern?“, fragte Huck. Allerdings wirkte er dabei nicht ängstlich.

„Das können wir immer noch, wenn es brenzlig wird", entgegnete Moni und erntete ein unverständiges Stirnrunzeln.

„Endlich wieder etwas Wärme!", stellte Huck fest und rieb sich die Hände.

Monika fuhr gerade in Lind eine Steigung mit einer unübersichtlichen Kurve hoch. Die Antriebsräder des Audis drehten gelegentlich für eine Sekunde durch, bis sie im halb gefrorenen Schneematsch wieder griffen.

„Wir sind gleich da!", raunte Huck, so als könne der Gesuchte ihn bereits hören. Sein Blick war dabei auf sein Smartphone gerichtet, dessen Licht seinem Gesicht einen kalten Ausdruck verlieh.

Monika lenkte den Wagen durch ein kleines Waldstück, dann tauchte der Ort mit wenigen Lichtern in der Ferne auf. Sie reduzierte die Geschwindigkeit und schaltete einen Gang nach oben, damit der Motor nicht mehr so hochtourig lief.

„Vor der Bahnunterführung auf der rechten Seite!", sagte Huck beflissen.

Moni sah die Unterführung bereits. Davor stand ein Parkplatzschild, das nach rechts zeigte. Sie hielt den Wagen vor einer Einfahrt zu einem Bauernhof an, schaltete das Licht aus und stellte den Motor ab. Sie blickte zu ihrem Beifahrer und spürte, wie langsam Adrenalin in ihr Blut einschoss und ein aufgeregtes Kribbeln in ihrem Körper erzeugte. Sie zog ihre Waffe aus dem Holster, das auf der rechten Seite ihrer Jeans befestigt war, und lud sie durch.

Huck zog den Reißverschluss seiner Jacke auf, griff in sein Schulterholster und zog ebenfalls seine Waffe.

Selbst im schwachen Licht der nahen Straßenlaterne konnte Moni sehen, dass das nicht die Standarddienstwaffe der Polizei war. Huck bemerkte ihren verwunderten Blick und hob die Waffe vor seine Augen.

„Colt Government 1911 vernickelt", stellte er stolz fest.

Moni betrachtete die Waffe einen Moment, bis sie selbstbewusst sagte: „Das ist die A1, Kaliber 45, würde ich sagen. Erkennbar am verkürzten Schlaghahnsporn und dem abgerundeten Korn."

Huck blickte verdutzt auf seine Waffe, als hätte er sie zum ersten Mal in der Hand.

„Ist nicht leicht zu erkennen", beruhigte ihn Monika gespielt mitfühlend. Es war ihr immer wieder eine Befriedigung, wenn sie den waffenverliebten Machos dieser Welt einen kleinen Denkzettel verpassen konnte.

Geräuschvoll lud auch Huck seine Waffe durch, dann drückte er die Autotür auf. Moni stieg ebenfalls aus und lehnte die Autotür anschließend sorgfältig an. Der Gehweg war nicht geräumt worden und der Schnee knarrte, als beide langsam in Richtung Parkplatz schritten. Eine eiskalte Stille herrschte und Moni lief ein Schauer über den Rücken. Sie wusste jedoch nicht, ob die Kälte oder die respektvolle Angst der Auslöser war. Sie bogen nach rechts ab und sahen rechter Hand bereits den Parkplatz liegen. Auf den ersten Blick standen nur eine Handvoll Autos unregelmäßig darauf verteilt. Die Beleuchtung der Zughaltestelle auf dem Bahndamm spendete so viel oranges Licht, dass Moni den Wagen von Thomas Voigt schnell ausgemacht hatte. Mit der Hand deutete sie auf die hinterste Ecke des Parkplatzes, dort, wo der weiße Opel Astra neben einer kargen Hecke abgestellt war. Huck nickte verstehend, hob seine Waffe und entsicherte sie mit einem feinen Klicken. Auch Moni schob die Sicherung ihrer Dienstwaffe herum und hob sie an. Das Knirschen des Schnees und des darunterliegenden Splitts hörte sich in Monis übersensiblen Sinnen an, als käme eine Herde Büffel den Weg entlang gestürmt. Ihre Schritte wurden immer vorsichtiger und ihr schneller Atem erzeugte weiße Wolken vor ihrem Gesicht. Inzwischen waren ihr erste Zweifel gekommen, ob sie nicht doch lieber ein SEK-Team anfordern hätte sollen, aber jetzt gab es kein Zurück mehr. Wahrscheinlich war der Wagen sowieso leer und ihr Verdächtiger war mit dem Zug abgehauen und bereits über alle Berge. Sein Tablet hatte er zurückgelassen, weil er wusste, dass er damit auffindbar war.

Wie in der Polizeischule einst gelernt, schlich sie zur Beifahrerseite und Huck nahm sich die Fahrerseite vor. Die Fenster des Wagens waren von innen ziemlich beschlagen, was darauf hindeutete, dass sich jemand darin aufhielt oder aufgehalten hatte. Huck hatte sich bereits neben der Fahrertür postiert und zielte auf die Scheibe. Er warf Monika einen kurzen Blick zu und sie nickte nur zustimmend. Sie hatte sich zwischen Hecke und Auto gezwängt und richtete jetzt ihre Waffe auf das Beifahrerfenster. Nur undeutlich konnte sie die Gestalt sehen, die bei zurückgeklappter Rückenlehne auf dem Fahrersitz lag. Aber es lag jemand dort, das war ihr jetzt klar. Vorsichtig legte Moni ihre Linke auf den Griff der Tür und Huck tat es ihr auf der anderen Seite des Autos gleich. Moni raunte ein leises „Jetzt" und beide rissen die Türen auf.

Noch bevor Moni „Hände hoch" rufen konnte, bellte ein Schuss und zerriss die kühle Ruhe der Nacht. Ein Feuerstoß drang blendend durch die Decke, unter der der Verdächtige lag und Huck stürzte mit einem erstickten Gurgeln nach hinten. Der Kopf des Liegenden ruckte zu ihr herum und mit ihm schwenkte auch die Waffe unter der Decke auf Monika zu. Das alles nahm sie wie in Zeitlupe wahr und fühlte sich dabei wie gelähmt. Noch bevor sie einen einzigen klaren Gedanken fassen konnte, knallte der nächste Schuss und erschütterte den liegenden Körper des Verdächtigen. Der schmerzhafte Rückstoß ihrer Waffe fuhr durch Monis Handgelenk, ihren Arm hinauf bis zur Schulter.

Sie hatte geschossen, nicht Thomas Voigt.

Als der dritte Schuss bellte und durch die Windschutzscheibe des Opel schlug, schoss Monika Fröhlich eine zweite Kugel auf den Schützen ab und schrie dabei voller Zorn: „Du verdammtes Arschloch."

Stille kehrte ein, nur das leise Röcheln des Erschossenen war zu hören. Moni schlug die Beifahrertür zu und hastete keuchend um den Wagen. Dass sie sich dabei das Gesicht an der Hecke zerkratzte, merkte sie in diesem Moment nicht. Huck lag neben dem Wagen und rührte sich nicht. Dass regelmäßig feine weiße

Rauchwölkchen aus seinem halb geöffneten Mund dampften, war ein gutes Zeichen.

„Hast du ihn erwischt", presste er flüsternd hervor und betastete mühsam seine Brust.

„Beweg dich nicht, ich ruf einen Notarzt", sagte Moni gebieterisch und zog schnell ihre Jacke aus. Sie hob Hucks Kopf etwas an und schob ihm die Jacke darunter, dann zückte sie ihr Handy, fummelte mit zittrigen Fingern den Akku wieder hinein und wartete genervt auf ein Netz. Monika wählte die Notrufnummer. Sie gab alle Daten durch und kniete sich dann wieder neben Huck.

„Hilfe kommt gleich", sagte sie und lächelte zuversichtlich.

Ein tiefes Grunzen ließ Monika herumfahren. Dass noch immer Leben in Voigt steckte, hätte sie ihm nach zwei Treffern aus nächster Nähe aus ihrer Waffe nicht zugetraut. Sie hob ihre Waffe wieder vom Boden auf und richtete sich etwas auf. Mit einem Ruck zog sie die Decke weg, unter der Thomas Voigt ausgestreckt lag. Seine Waffe war zur Seite gerutscht und Moni nahm sie erleichtert an sich.

„Ihr habt gewonnen!", flüsterte der Angeschossene stöhnend.

Ein nettes Gesicht mit einem verzerrten Lächeln blickte Moni an.

„Warum?", konnte sie nur fragen.

„Dein Chef ist ein korrupter Mörder!", gurgelte er und ein feiner roter Blutfaden kroch aus seinem Mundwinkel.

Monika Fröhlichs Blick glitt von seinem Gesicht nach unten und sah die zwei Einschusslöcher in der Brust, von denen sich langsam dunkle Blutflecken ausbreiteten.

„Er hat Kai getötet – skrupellos und eiskalt!"

Thomas Voigt röchelte nach Luft, aber anscheinend hatte zumindest eine seiner Lungen etwas abbekommen.

„Es war Notwehr – Kai war bewaffnet!", verteidigte Moni ihren Chef.

„Nein", raunte der Verletzte und seine Augen flatterten. „Es war eine Ratsche – eine verdammte Ratsche, mit der wir an unseren Bikes herumgeschraubt haben."

„Du warst einer der beiden anderen Jungs?"

Thomas Voigt brachte ein fast unmerkliches Nicken zustande.

„Kai war die Liebe meines Lebens – aber niemand hat uns geglaubt."

Jetzt war der Mann kaum noch zu verstehen und Moni musste sich zu ihm beugen. Sein Mund war voller Blut und seine Zähne glänzten rot.

„Warum jetzt?", fragte sie eilig.

„Ich habe lange gebraucht, um diese Tat zu vergessen", er hustete gequält und ein Schwall Blut lief ihm über das Kinn und verschwand in seinem Pullover. „Aber jetzt taucht das Schwein einfach wieder auf – als wäre nichts gewesen", gurgelte er schwach und kaum mehr wahrnehmbar.

Monika musste schlucken. Dieser Mann war kein Monster. Die Geister der Vergangenheit, die Ungerechtigkeit und die zerstörte Liebe hatten ihn zu diesen Taten getrieben.

„Der Junge lebt!", sagte sie, denn sie hatte den Eindruck, dass diese Nachricht der Seele von Thomas Voigt vielleicht wieder etwas Leichtigkeit zurückgeben konnte.

Ein letztes Röcheln, dann kippte sein Kopf auf eine Seite und der Mann war tot.

Eine kalte Träne lief Monika über die Wange und erst jetzt wurde ihr bewusst, dass sie gerade einen Menschen getötet hatte. Sie zuckte zusammen, als sich eine Hand auf ihre Schulter legte.

„Du musstest schießen – es war Notwehr", stöhnte Huck neben ihr.

Moni fuhr herum.

„Du sollst doch liegen bleiben", schimpfte sie und wischte sich mit dem Handrücken die Tränen von den Wangen.

„Geht schon", lächelte Huck. „Meine gute Jacke – verdammt."

Er zog vorsichtig den Reißverschluss der Jacke auf und betrachtete das Einschussloch in seinem karierten Hemd. Er öffnete zwei Knöpfe und darunter kam eine schusssichere Weste zutage mit einem übel verformten Projektil in der Mitte seiner Brust.

„Und ich mach mir Sorgen um dich!“, sagte Moni vorwurfsvoll.

„Hallo, das tut übel weh. Es sind bestimmt einige Rippen gebrochen – oder zumindest heftig geprellt.“

„Jammer nicht, du Mädchen“, witzelte Monika.

In der Ruhe der Nacht, die sich wieder wie ein Leichentuch über den Parkplatz gelegt hatte, war aus weiter Ferne die Sirene des Notarztes zu hören. Moni zog fröstelnd ihre Jacke wieder an und wählte die Nummer ihres Chefs. Es war zwar mitten in der Nacht, aber das konnte sie ihm jetzt nicht ersparen.

„Sorry, dass ich störe, aber wir haben den Täter geschnappt – nein, nicht geschnappt, ich habe ihn erschossen.“

Ich bin im Normalfall ein Spätstarter und Morgenmuffel, aber als jetzt mein Telefon klingelte, war ich sofort hellwach. Ich zog vorsichtig meinen Arm unter Sonja hervor und sie gab ein ärgerliches Grunzen von sich. Der Blick auf mein Handy zeigte mir zweierlei, erstens war es vier Uhr fünfzehn und zweitens rief Rüdiger an.

„Chef, was ist los?“

„Warum war Monika Fröhlich alleine unterwegs? Sie hat Thomas Voigt erschossen.“

Die Nachricht traf mich wie eine Keule. „Keine Alleingänge“, kam mir ihr Standardspruch in den Sinn, als ich aus dem Bett sprang.

„Wo?“, konnte ich nur fragen.

„Auf einem Parkplatz in Anwanden, direkt neben der Bahnlinie. Ich denke, sie könnte jetzt deine Hilfe gebrauchen.“

„Bin unterwegs“, sagte ich nur noch knapp und legte auf.

„Was ist los?“, fragte Sonja schlaftrunken und rieb sich die Augen.

„Kannst du mich fahren? Mein Wagen steht noch in der Arbeit – Moni hat unseren Verdächtigen erschossen!“

Sonja war auch Polizistin und kannte außerdem Moni inzwischen selbst ganz gut, sodass ihr die Nachricht einen genauso großen Schrecken einjagte wie mir. Beide zogen wir uns an und stürmten wenige Minuten später aus dem Haus. Ich wusste anhand Rüdigers Beschreibung annähernd, wo sich der Parkplatz befand, und dirigierte Sonja dorthin. Sie fuhr mir etwas zu langsam, aber ich verkniff mir eine Bemerkung. Schon als wir nach Anwanden hineinfuhren, begrüßte uns eine ganze Batterie Blaulichter. Ich musste dreimal meinen Dienstausweis vorzeigen, bis wir endlich am Rande des Parkplatzes angekommen waren.

„Soll ich mitkommen?", fragte Sonja teilnahmsvoll.

„Nein, Schatz, das wird etwas dauern. Fahr einfach zurück, ich komme schon ins Präsidium. Genügend Autos sind ja da", grinste ich, beugte mich zu ihr rüber und küsste sie auf den Mund. Dann stieg ich aus und stürzte mich ins Getümmel.

Hier war echt was los. Dutzende Uniformierte, aber auch Leute in Zivil sowie die obligatorischen Weißkittel wuselten geschäftig über den hell erleuchteten Parkplatz. Überall standen große Strahler und zerrten die unwirkliche Szene aus der Dunkelheit. Im ersten Moment konnte ich Moni nirgends entdecken, aber dann sah ich sie, mit einer Decke um die Schulter gelegt, hinten in einem Krankentransporter sitzen. Ich sah ihrem Gesicht nicht an, dass sie gerade einen Menschen erschossen hatte. Diese Schwäche in ihren Augen hätte sie gegenüber der hier versammelten Polizeimacht niemals gezeigt.

Sie sah mich kommen und wollte schon aufstehen, als ich ihr mit einer beruhigenden Handbewegung signalisierte, dass sie sitzen bleiben sollte.

„Hallo, Hübsche", sagte ich einfühlsam und setzte mich so dicht neben sie, dass ich ihren Körper spüren konnte.

Ein tiefer Seufzer entrang sich ihrer Seele und sie lehnte sich fest an mich. Ich wollte gerade etwas vorwurfsvoll „keine Alleingänge" sagen, als sie selbst „keine Alleingänge" stammelte.

„Stimmt!"

„Jetzt weißt du mal, wie ich mich immer fühle, wenn du alleine losziehst", sagte sie schwach.

Ich legte meinen Arm um sie und strich ihr beruhigend über den Rücken.

„Kommissar Peter!“ Die Stimme unseres Chefs Karl Künast kam von rechts und ich wandte mich ihm zu.

„Chef?“

„Wo waren Sie eigentlich?“

„Zu Hause in meinem Bett. Rüdiger Probst hat mich gerade angerufen und mir Bescheid gegeben. Ist Monika hier fertig?“

„Ich frage jetzt mal nicht, warum ihr nicht zusammen hier wart, das klären wir im Präsidium. Aber die Interne hat sich angesagt und will Monika Fröhlich noch hier am Tatort befragen. Der angeschossene Polizist ist ja schon unterwegs ins Krankenhaus. Wie hieß der noch?“

Moni hob den Kopf und überlegte kurz, dann sagte sie: „Huck, ich weiß nur, dass sein Spitzname Huck ist.“

„Huck, also?“, knurrte unser Chef unbefriedigt und verschwand.

„Huck, also“, äffte Moni zornig nach.

Ich hatte so viele Fragen an sie, wollte Moni allerdings nicht drängen, deshalb schwieg ich einfach und betrachtete das rege Treiben um uns herum.

„Huck hat die erste Kugel abbekommen“, flüsterte Moni nach einer halben Ewigkeit des Schweigens. „Er war an der Fahrertür – ich auf der anderen Seite.“

Sie atmete einige Male heftig durch, um ihre Tränen zu unterdrücken.

„Ich wäre jetzt tot – Huck hatte eine Weste an.“

Ich spürte, wie ihr ganzer Körper von heftigen Schluchzern erschüttert wurde.

„Oberkommissarin Monika Fröhlich?“

Die Erwähnung ihres Namens riss Moni wieder aus ihrer schmerzlichen Erinnerung, sie richtete sich auf, wischte sich die Nässe aus ihren Augen und blickte die beiden Zivilisten ernst an.

Ein Mann und eine Frau, beide in dunklen Anzügen, richteten ihre Augen auf meine Partnerin. Ich hielt Moni zurück aufzustehen, deshalb sagte sie nur: „Ja.“

„Karl Wimmer und meine Kollegin Petra Liebel von der internen Ermittlung.“

Monika nickte nur verstehend und hatte wieder ihre unerschütterliche Miene aufgesetzt.

„Und Sie sind?“, fragte mich die Frau geschäftsmäßig.

„Kommissar Bernd Peter, ich bin Monikas Partner.“

„Soll er bei der Befragung dabei sein?“, fragte der Mann an Monika gewandt.

„Ich lass sie doch mit euch zwei Hyänen nicht alleine“, dachte ich mir, aber Moni nickte nur zustimmend.

„Bitte berichten Sie uns, kurz wie es zur Tötung des Beamten kam“, sagte Petra Liebel in einem Ton, als wäre sie Richterin und Monika eine Angeklagte.

„Der Verdächtige hatte bereits zwei Menschen grausam getötet und das Kind unseres Chefs entführt. Nach der Befreiung des Kindes hatte ich die Idee, mit einem IT-Spezialisten unserer Abteilung die Computer des Verdächtigen in seinem Haus nach Hinweisen zu durchsuchen.“ An mich gewandt sagte sie lächelnd: „Toni.“

„Wie heißt der Mann?“, fragte die kraushaarige Ermittlerin dazwischen.

„Anton Steinbach“, ergänzte ich Monis Aussage.

Sie berichtete weiter, wie sie das Tablet von Thomas Voigt geortet und wie sie sich mit Huck auf die Suche nach ihm gemacht hatte. Auf die Zwischenfrage der Ermittlerin (ich hatte sie für mich inzwischen sarkastisch Liebling getauft), wie Huck wirklich hieß, hob Monika nur unwissend die Schultern.

„Weiter!“, fuhr Liebling Monika an.

Ich konnte mich nicht mehr zurückhalten und sprang auf.

„Hör mal zu, Liebling, die Frau hat gerade in Notwehr einen Verdächtigen erschossen und ist damit wahrlich genug gestraft. Sie muss sich von dir hier nicht wie eine Mörderin vorverurteilen lassen. Entweder behandelst du sie mit dem nötigen Respekt und Fingerspitzengefühl, oder wir sind weg und du bekommst morgen einen schriftlichen Bericht ihres Anwalts. Ist das klar?“

Die Kraushaarige richtete sich zu ihrer ganzen Größe auf, streckte ihre Brust heraus und wollte mich gerade ankeifen, als ihr Partner dazwischen ging, sie am Arm ein Stück zurückzog und etwas vor sie trat.

„Den schriftlichen Bericht brauchen wir natürlich erst morgen, aber erzählen Sie uns doch bitte den Rest des Vorfalls. Wir unterbrechen Sie nicht mehr."

Es war nicht das berüchtigte Spiel böser Cop und guter Cop. Im Prinzip waren beide von der Sorte Wadenbeißer, aber Karl Wimmer war der weisere und abgeklärtere Typ Bulle und hatte neben seinen harten Augen auch ein feines Lächeln für uns übrig.

Monika erzählte ihre Geschichte fertig und mir lief dabei eine Gänsehaut den Rücken hinab. Dieses Mal war es echt knapp gewesen. Hätte sie nicht so beherzt reagiert, dann säße ich jetzt vor ihrer Leiche und würde mir ein Leben lang Vorwürfe machen, dass ich sie alleine gelassen hatte.

Petra Liebel öffnete den Mund und trat etwas nach vorne, um etwas zu fragen, als ich mich wieder erhob und resolut sagte: „Das reicht für heute, wir gehen jetzt!" Damit griff ich Monis Arm und zog sie hoch.

„Aber", stammelte die Ermittlerin der Internen. Ihr Kollege hielt sie jedoch zurück.

„Wir sind weg!", raunte ich Karl Künast zu, als wir an ihm vorbeikamen, und er nickte Moni zuversichtlich zu.

„Fahr du!", sagte Moni einige Momente später, als wir den beleuchteten Bereich des Parkplatzes verlassen hatten und auf den Dienst-Audi in der Einfahrt zu einem Bauernhof zugingen. Sie griff in ihre Jacke und gab mir den Wagenschlüssel.

„Zu dir oder zu mir", witzelte ich vorsichtig und Moni zog einen ihrer Mundwinkel leicht nach oben.

Schweigend lenkte ich den Wagen durch die Nacht und die Heizung des Audis gab sich alle Mühe, uns beide wieder aufzuwärmen. Ich wusste nicht, ob Schweigen oder Reden jetzt die bessere Medizin war. Mein Gefühl entschied sich jedoch für Schweigen.

Es war Moni, die dieses Schweigen schließlich flüsternd brach.

„Er war der Freund von Kai Berger und hat ihn geliebt."

Ihre Stimme brach und sie seufzte tief. Jetzt gab es keine Schranken mehr und dicke Tränen rollten über Monis Gesicht. Ihre harte Fassade bröckelte wie loser Putz und die stolze Frau sank zusammen wie ein Häufchen Elend. Ich legte ihr meine Hand auf die Schulter und streichelte sie sanft.

Ein Schluchzer folgte dem nächsten und Moni schlug beide Hände vors Gesicht.

Ich hatte die Innenstadt von Fürth hinter uns gebracht und fuhr jetzt gemütlich die Erlanger Straße stadtauswärts. Monis Schluchzer wurden weniger und sie schien sich langsam wieder zu fangen.

„Ich habe verdammten Hunger", sagte sie schließlich resolut, richtete sich wieder auf und wischte sich mit der Decke Rotz und Tränen aus dem Gesicht.

Ich bremste entschlossen ab und steuerte in eine geöffnete Tankstelle hinein. Wo sonst sollte ich um diese Uhrzeit etwas zu Essen herbekommen? Mit zwei heißen Aufback-Burgern und einer Handvoll Schokoriegel stieg ich kurz darauf wieder ein. Einer der Burger war zwar für mich bestimmt gewesen, aber Moni hatte beide restlos verputzt, als ich den Wagen vor ihrer Wohnung in Mannhof anhielt. Mit vollem Mund, in dem gerade einer der Schokoriegel verschwunden war, fragte sie mich: „Kommst du mit hoch?"

„Zu so verführerischen dicken Backen kann ich nicht Nein sagen", bemerkte ich charmant und sie schlug mir ihre Faust schmerzhaft auf den Arm.

Wenig später saß ich auf ihrer Couch und hatte ein kaltes Wasser vor mir auf dem Tisch stehen. Moni war im Bad verschwunden und die Dusche lief. Mir fielen langsam die Augen zu. So viel Schlaf hatte ich diese Nacht auch noch nicht bekommen und draußen wich die Dunkelheit schon langsam den ersten Vorboten des kommenden Tages. Ich erschrak etwas und wurde wieder wach, als sich Moni in ihrem Pyjama zu mir setzte und eine kuschelige Decke über sich breitete. Sie legte sich seitlich neben mich hin, die Knie angezogen und ihre eiskalten Füße auf meinen Schoß gebettet. Ich nahm einen ihrer Füße in meine warmen

Hände und rieb sie vorsichtig, um wieder Leben in sie hineinzubringen. Moni schnurrte wie ein Kätzchen.

„Was ich den Typen der Internen nicht auf die Nase binden wollte, sind die letzten Worte von Thomas Voigt. Dass nämlich Kai Berger damals keine Waffe aus seiner Jacke zog, als Rüdiger ihn erschossen hat, sondern nur eine Ratsche mit der er sein Rad immer repariert hat."

Nach dieser Mitteilung war ich wieder hellwach.

„Es hieß doch, dass er eine Schreckschusspistole hatte", überlegte ich laut. Das würde bedeuten, dass damals Fakten und Beweise manipuliert wurden, um Rüdiger zu rehabilitieren. Das hieß aber auch, dass die ganze Karriere unseres Chefs auf einer Lüge aufbaute, die damals ein Menschenleben gekostet hatte. Wenn Rüdiger uns nichts vormacht und er wirklich keine Erinnerung mehr an den Vorfall hatte, und ehrlich gesagt nahm ich ihm das auch ab, bedeutete das, dass ihn sein damaliger Partner oder ihr gemeinsamer Chef gedeckt und vielleicht sogar die ominöse Waffe beim Toten platziert hatte.

„Üble Sache, echt üble Sache", flüsterte ich nach einiger Zeit, in der mir der ganze Fall noch einmal durch den Kopf gegangen war. Diese neuen Erkenntnisse machten zwar die grausamen Taten von Thomas Voigt nicht weniger brutal, aber durchaus besser nachvollziehbar.

Aus Monis Körper war inzwischen die Anspannung gewichen und gleichmäßige Atemgeräusche sagten mir, dass sie eingeschlafen war. Vorsichtig nahm ich ihren zweiten Fuß und begann auch ihn zu wärmen.

Es war schon fast Mittag, als wir nach einem ausgiebigen Frühstück unsere Handys wieder einschalteten. Die ersten Anrufe hatten uns nämlich schon, kurz nachdem wir eingeschlafen waren, wieder geweckt und ich hatte beschlossen, dass für das ganze Gequatsche noch genug Zeit war, wenn Moni ausgeschlafen hatte. Verarbeitet hatte sie den Vorfall der vergangenen Nacht deshalb noch lange nicht, aber sie war gestärkt und bestens vorbereitet, um die unendlichen Fragen zu beantworten. Ob sie einen Anwalt konsultieren wollte, würde sie davon abhängig machen, in welche Richtung sich die Befragungen entwickeln würden. Gemeinsam entschieden wir, dass die letzten Worte von Thomas Voigt vorerst unerwähnt bleiben sollten. Moni wusste nicht wirklich, ob dieser Huck die anklagenden Worte des Sterbenden mitbekommen hatte, deshalb wollte sie vorerst schweigen und die Angaben nur bestätigen, falls Huck sie zur Aussage gebracht hatte.

Es war fast ein Uhr, als wir in die Tiefgarage des Präsidiums fuhren.

Wie zu erwarten war, hatte sich die Geschichte bereits in der ganzen Inspektion herumgesprochen, und Moni wurde von unzähligen Leuten Mut zugesprochen und auf die Schultern geklopft. Sie wurde gelobt und von einigen sogar, völlig unangebracht, beklatscht, als sie an ihnen vorbeikam.

Als wir an Rüdigers Büro vorbeigingen, herrschte darin dicke Luft. Das konnten wir sehen, ohne dass etwas zu hören war. Rüdiger, der Präsidiumsleiter Karl Künast und das Ermittlerteam der Internen waren in eine heftige Diskussion vertieft.

„Jetzt geht‘s los!“, raunte ich unaufgeregt und ging zu meinem Platz. Wir hängten unsere Jacken über unsere Stuhllehnen, dann flog schon die Glastür von Rüdigers Büro auf und erregtes Stimmgewirr wehte zornig zu uns herüber.

„Ich mach das!“, übertönte Karl Künast alle anderen und kam auf uns zu. Vorher hatte er die Tür zugemacht und damit die ungute Stimmung dahinter eingeschlossen.

„Guten Morgen, ihr zwei“, sagte unser Chef freundlich. „Oder lieber Mahlzeit. Es war genau richtig, dass ihr erst jetzt aufgetaucht seid. In aller Herrgottsfrüh hat uns bereits die Presse die Türen eingerannt, dann kam der Oberstaatsanwalt und hat getobt und zu guter Letzt gehen uns die zwei Nervensägen der Internen auf den Sack. Entschuldigt meine derbe Ausdrucksweise, ist sonst nicht meine Art.“

„Haben Sie schon etwas von Huck gehört, geht es ihm gut?“, fragte Moni teilnahmsvoll.

„Dieser ominöse Huck heißt Gerald König und es geht ihm den Umständen entsprechend gut. Zwei gebrochene Rippen und ein echt übles Hämatom über die halbe Brust, aber er wurde schon wieder aus dem Krankenhaus entlassen."

Moni atmete hörbar auf und murmelte: „Gerald, genau."

„Er hat alle deine Angaben bestätigt und deine schnelle Reaktion und mutige Entschlossenheit bewundernd erwähnt. Jetzt muss ich dich leider den zwei Hyänen der Internen zum Fraß vorwerfen, aber lass dich nicht unterkriegen, die machen auch nur ihre Arbeit." Er machte eine Geste und schickte Moni hinüber in Rüdigers Büro.

Einen Moment später hatte sie auf dem Bürostuhl unseres Chefs Platz genommen und Rüdiger verließ seinen Glaskäfig.

„Und jetzt zu uns beiden Hübschen", sagte Karl Künast, fläzte sich auf Monis Bürostuhl und rollte damit zu mir herüber. „Was war gestern los? Wo warst du bei der ganzen Geschichte?"

Dass auch ich Ärger bekommen würde, hatte ich nicht erwartet, deshalb traf mich die Frage etwas unvorbereitet. Meine Antwort: „Ich war in meinem Bett", fiel entsprechend auch nicht besonders clever aus. Rüdiger setzte sich auf eine Ecke meines Schreibtischs und jetzt sahen mich beide erwartungsvoll an.

„Also", hob ich an, „nachdem wir Rüdigers Jungen gefunden hatten."

„Wie habt ihr ihn gefunden?", fragte Karl Künast dazwischen.

„Also", begann ich von Neuem. „Nachdem wir das Rätsel erhalten hatten, waren wir in der Cafeteria und haben uns den Kopf zerbrochen, welche Orte wohl gemeint waren."

„Warum habt ihr das Rätsel nicht der IT gegeben?", fragte Rüdiger dazwischen.

„Habe ich, aber die hatten das Problem noch nicht gelöst, als Rüdigers Kind bereits im Krankenhaus war. Wie geht es dem Jungen überhaupt?"

„Passt schon wieder, er ist mit dem Schrecken davongekommen. Ein paar Erfrierungen an Fingern und Zehen werden wieder vollständig heilen, sagen die Ärzte."

„Das ist gut", bemerkte ich ehrlich erleichtert.

„Weiter!", motzte unser Präsidiumsleiter.

„Meine Freundin ist schließlich auf die zwei Orte gekommen."

Karl Künast runzelte fragend die Stirn.
„Sie ist auch Polizistin“, klärte Rüdiger auf.
„Clarsbach und Fernabrünst“, erzählte ich weiter. „Dass dort ein ganzer Wald mit Hochspannungsmasten steht, war uns erst klar, als wir dort waren und es bereits dunkel wurde. Ich bin kurzerhand nach Fernabrünst hineingefahren und habe in einer Kneipe nach Unterstützung gefragt. Ein paar Minuten später sind aus beiden Ortschaften unzählige Leute ausgerückt und haben uns geholfen, den Jungen zu suchen. Moni hat ihn schließlich gefunden. Ich bin dabei völlig verdreckt, klatschnass und am Ende meiner Kräfte zu unserem Wagen zurückgekommen und Moni hat mich nach Hause gefahren. Dass sie noch ins Büro fährt und mit Toni zum Haus unseres Verdächtigen ...“, ich zeigte dabei mit dem Daumen in Richtung Tonis Ecke.
„Anton Steinbach, einer unserer IT-Leute“, klärte Rüdiger wieder auf.
„... Damit habe ich nicht gerechnet. Und dass sie mit Huck loszieht, um den Verdächtigen zu stellen, das hätte ich nicht anders gemacht. Schließlich bestand die Gefahr, dass Thomas Voigt sich aus dem Staub macht.“
Rüdiger und Karl Künast blickten mir in die Augen und ich hatte Mühe, meinen Blick nicht zu senken. Es vergingen fast zwei Minuten, in denen mir langsam der Schweiß den Rücken hinab lief.
Es war schließlich Karl Künast, der das Schweigen brach.
„Ziemlich unkonventionelle Art zu ermitteln, aber anscheinend recht erfolgreich. Wissen wir jetzt eigentlich schon das Motiv des Täters?“
Diese Frage hatte jetzt kommen müssen und ich fragte mich, ob Rüdiger noch immer nicht wusste, wer der Täter wirklich war.
Auf keinen Fall wollte ich von der Ratsche und der angeblichen Schreckschusspistole anfangen, aber wer der Täter war, das konnte ich nicht verheimlichen.

„Vor vielen Jahren hat Rüdiger Probst im Dienst einen jungen Mann, Kai Berger, in Notwehr erschossen und Thomas Voigt war dessen Geliebter."

Die Augen fielen Rüdiger fast aus dem Kopf und er sprang überrascht auf.

„Was?", entgegnete er ungläubig.

„Er war dabei und hat den Tod des Freundes miterleben müssen. Ich denke, das hat ein gewaltiges Loch in Thomas Voigt hinterlassen und vielleicht auch Zorn. Ich nehme an, dass es reiner Zufall war, oder es war eine Auswirkung des Erlebten, dass er schließlich selbst Polizist wurde. Als er jetzt in unsere Dienststelle versetzt werden sollte, tauchte der Name Rüdiger Probst unvermittelt wieder in seinem Leben auf und förderte das lange verdrängte Erlebnis wieder zutage."

Ich überlegte kurz und entschied dann, dass alles gesagt war.

„Von den beiden Zeugen hieß keiner Thomas Voigt", raunte Rüdiger und sein Gesicht wirkte eingefallen und war kreidebleich.

Karl Künast hingegen stand auf und schlenderte gelassen zu Tonis Ecke hinüber. Ich mochte Toni, aber seine nerdige, maulfaule Art würde bei seinem Chef vielleicht nicht besonders gut ankommen.

Nachdem Rüdigers Büro noch immer besetzt war, nahm er sich Monis Bürostuhl und setzte sich an ihren Platz. Er schaltete ihren Computer an und wartete ungeduldig, bis er hochgefahren war. Dann klickte und tippte er drauf los und ich hätte zu gerne gewusst, was er überprüfte. Seine Miene wechselte fast sekündlich. Von Überraschung über Zorn bis zu Niedergeschlagenheit. Ich hätte gerne gefragt, was er herauszufinden versuchte, hielt aber schweren Herzens meinen vorlauten Mund. Er würde schon damit herausrücken, wenn er meinte, dass es mich etwas anging. Meine Aufmerksamkeit wandte sich damit wieder Moni und den beiden Ermittlern zu. Noch machte meine Partnerin einen recht gefassten, aber durchaus angespannten Eindruck. Die weibliche Ermittlerin, ich wusste ihren Namen nicht mehr, stand etwas im Hintergrund und machte sich Notizen. Ihr Partner führte das Gespräch und schien das recht professionell abzuwickeln.

„Was für ein komischer Kauz!“, sagte Karl Künast halb belustigt und halb erstaunt, als er sich wieder zu mir gesellte.

„Ich weiß“, antwortete ich. „Aber er hat Ahnung von seinem Metier und ist ein friedlicher Zeitgenosse.“

Rüdiger stand auf und schob seinem Vorgesetzten wieder Monis Stuhl hin.

„Er hat zwei Jahre nach dem Vorfall tatsächlich seinen Namen geändert. Er hieß damals Günter Vogt.“

Rüdigers Gesicht war bleich und er blickte schuldbewusst zu Boden.

„Dann sind ja jetzt alle Ungereimtheiten geklärt und Monika Fröhlich hat es anscheinend auch hinter sich“, sagte Karl Künast zufrieden. Tatsächlich kam Moni einige Momente später aus Rüdigers Büro. Die zwei Ermittler der Internen folgten ihr und bauten sich dann vor unserem Präsidiumsleiter auf.

„Wir sind dann fertig“, sagte der Typ und lächelte uns nacheinander an. „Sie erhalten dann unseren Bericht. Schönen Tag noch!“ Mit diesen Worten wandte er sich ab und verließ, gefolgt von Liebling (jetzt war mir der Name wieder eingefallen) das Büro.

Alle vier atmeten wir auf, als mit den beiden Personen auch die negative Stimmung das Büro verließ.

„Dann an die Arbeit, meine Herren und meine Dame. In einer Stunde möchte ich einen ausführlichen Bericht des Falles auf meinem Tisch liegen sehen.“ Karl Künast wollte gerade gehen, als er noch einmal stehen blieb.

„Ach ja, um sechzehn Uhr haben Sie einen Termin bei unserer Psychologin“, sagte er an Moni gewandt und drückte ihr eine Visitenkarte in die Hand.

„Aber“, begann Moni zu widersprechen.

„Kein Aber, das ist ein Befehl.“

Damit verschwand er endgültig und noch ein Stück Anspannung fiel vom ganzen Großraumbüro ab. Die Stimmen wurden wieder lauter und aus Tonis Ecke erklangen gleichzeitig ein tiefer Seufzer und das Rascheln einer Riegelverpackung.

„Ihr habt's gehört, an die Arbeit", sagte Rüdiger wieder etwas selbstbewusster. „Monika schreibt den Bericht und du nimmst dir euren anderen Fall vor", sagte er und deutete nacheinander auf uns. Dann schlenderte er zurück in sein Büro.

„Danke, dass ihr meinen Sohn gerettet habt!", flüsterte Moni ärgerlich.

„Und danke, dass ihr meine schmutzige Tat gedeckt habt!", fügte ich noch leiser hinzu.

Es war wie in einem Buch, in dem zwei Handlungsstränge langsam aufeinander zuflossen. Bei jedem Wechsel der Stränge brauchte man wieder einen Moment, bis man in Gedanken rekapituliert hatte und der Handlung wieder folgen konnte. Ich rief mir die letzten Aktivitäten in unserem zweiten Fall in Erinnerung. Ich war im Krankenhaus bei der Frau des zweiten Opfers, Hornschuh war ihr Name, und hatte ihr die Nachricht vom Tod ihres Mannes überbracht. Dort hatte ich erfahren, dass er sie fast zu Tode geprügelt hatte und sie deshalb im Krankenhaus war.

Hinweise auf den Täter hatte ich aber weiterhin keine, und wie ich jetzt weiter ermitteln sollte, wusste ich auch nicht. Ich blickte hilfesuchend zu Moni, die sinnierend vor ihrem Bildschirm saß und mich anstarrte. Ich wollte gerade fragen, wie es in unserem Fall jetzt weitergehen sollte, als sie sagte: „Lass mich in Ruhe, ich muss diesen verfluchten Bericht schreiben."

Etwas ärgerlich beschloss ich, das Büro zu verlassen und noch einmal zum zweiten Tatort nach Oberasbach zu fahren. Vielleicht konnte ich ja doch noch einen Nachbarn oder einen Anwohner der Straße ausfindig machen, der mich in diesem Fall weiterbringen würde. Außerdem wollte ich meine Vermutung, dass es keine Überwachungskameras in der Gegend gab, überprüfen.

Ich saß bereits im Auto, als das Telefon klingelte. Sonja war dran und fragte nach dem Stand der Dinge. Ich schilderte ihr in einer groben Zusammenfassung, was passiert war, seit sie mich in Anwanden abgesetzt hatte.

„Hört sich alles ziemlich schrecklich an“, entgegnete sie darauf. „Kommst du heute Abend zu mir?“

„Wenn du das möchtest“, antwortete ich herausfordernd.

„Wenn ich dich schon mit deiner Partnerin teilen muss, dann möchte ich wenigstens jede zweite Nacht an der Reihe sein.“

„Du warst gestern mehr als nur an der Reihe. Das muss wieder für zwei Wochen reichen“, entgegnete ich schnaufend.

„Dann bis später. Ich muss jetzt auflegen, bevor es zu schmutzig wird“, antwortete Sonja und legte auf.

Ich erreichte kurz darauf den Tatort in Oberasbach. Doch bevor ich anhielt, fuhr ich langsam durch die Siedlung und hielt Ausschau nach Kameras oder Hauseingängen mit Videoüberwachung. Langsam zog ich größere Kreise mit meinem Wagen, konnte aber nichts entdecken, was mir weitergeholfen hätte.

„Am Bahnhof könnten Überwachungskameras sein“, dachte ich mir, als gerade ein Zug auf den etwas höher gelegenen Gleisen anhielt. Schnell hatte ich mein Auto geparkt und ging eine Rampe nach oben zum Oberasbacher Bahnhof. Einige Leute kamen mir entgegen, die wohl gerade aus dem Zug ausgestiegen waren. Und kurz darauf setzte sich der Zug wieder in Bewegung. Eine Minute später stand ich alleine am Bahnsteig und lauschte dem langsam schwächer werdenden Klingeln der Gleise. Inzwischen war es zwar nicht mehr so kalt wie heute Nacht am Tatort, aber mich fröstelte es doch etwas, als ich den Bahnsteig auf und ab ging. Keine Kameras, keine Überwachung, nichts, was mich weiterbrachte, war mein Fazit nach kurzer Zeit.

Als ich fünf Minuten später mein Auto vor dem Tatort in der Rosenstraße abstellte, war ich alles andere als zuversichtlich. Ich stieg aus und schloss meinen Wagen ab. Dieses Viertel war mir nicht gerade geheuer und Vorsicht war besser, als nach Hause laufen zu müssen. Wie schon bei meinem ersten Besuch wirkte die Gegend verlassen. Was natürlich bei den heutigen Umständen fast verständlich war. Schnee, Schneematsch und Kälte zählten nicht zu den Dingen, die Menschen auf die Straße lockten. Kinder schien es in der Siedlung keine zu geben, denn diese wären auch bei solchem Wetter draußen. Aber vielleicht war das auch nur in meiner Kindheit so gewesen und die heutigen Kinder machten sich nichts mehr aus Schneeballschlachten, Iglu-Bauen und Schlittenfahren. Ich umrundete den Wohnblock, in dem der Mord geschehen war, und versuchte, einen Blick in die rückseitigen Fenster zu erhaschen. Eine Menschenseele bekam ich jedoch nicht zu Gesicht. Ich umrundete auch noch den fast identischen Nachbarblock und klopfte mir dann den Schnee von Hose und Schuhen, als ich wieder vorne auf dem Gehweg stand.

„Nichts, das gibt es echt nicht", dachte ich mir und trottete wieder zurück zu meinem Wagen. Das Haus auf der anderen Straßenseite erregte meine Aufmerksamkeit. Von hier aus hätte man den Täter gut kommen und gehen sehen können. Ich zog meinen Dienstausweis aus der Hosentasche und prüfte gewohnheitsmäßig meine Waffe, dann ging ich auf den Eingang des Hauses zu und drückte die unterste Klingel. Aber weder bei dieser noch bei den drei anderen Klingeln bekam ich eine Reaktion.

„Gibt es doch nicht, irgendjemand wird doch mal zu Hause sein!", fluchte ich in mich hinein. Unverrichteter Dinge ging ich wieder zu meinem Auto und wollte gerade die Tür aufschließen, als ein seltsames Geräusch an meine Ohren drang. Es war ein Summen oder ein fernes Brummen, das irgendwo über mir zu hören war. Es war beileibe nicht laut und ich konnte es nur wahrnehmen, weil es in dieser Gegend ruhiger war als auf einem Friedhof um Mitternacht. Ich hob meinen Kopf und starrte in die Luft. Die Wolkendecke war düster und geschlossen und nicht der kleinste Sonnenstrahl oder ein Stück blauer Himmel waren zu erkennen. Erst sah ich gar nichts, nur das leise Brummen blieb unverändert. Ich ging ein Stück die Straße hinunter, und erst als ich meine Suche schon erfolglos abbrechen wollte, sah ich die kleine Bewegung vor einem der Fenster in dem Wohnblock, in dem auch der Mord passiert war. Jetzt war mir klar, was da summte: Eine kleine neuartige Drohne schwebte vor einem Fenster im vierten Stock.

„Da spielt irgendwo ein Kind mit diesem Ding", dachte ich mir. Anscheinend waren das die Dinge, mit denen Kinder heute im Winter spielen.

Ich ging zurück zu meinem Wagen, schloss die Tür auf und warf noch einen Blick über die Schulter zurück zu der Drohne.

„Und wenn da eine kleine Kamera an Bord ist?“, schoss mir der Gedanke durch den Kopf.

Zumindest wäre das nicht ganz legal.

„Und wenn die Kamera auch am Tag des Mordes in Betrieb gewesen ist?“, dieser Gedanke war so reizvoll, dass ich ihn sogar laut aussprach.

Meine Autotür fiel wieder ins Schloss und mein Blick hängte sich erneut an die kleine Drohne. Inzwischen war sie am gleichen Fenster, aber ein Stockwerk tiefer angelangt und schwebte fast unbewegt davor.

Jetzt musste ich nur noch herausfinden, ob da eine Kamera an Bord war und von wo aus das Teil gesteuert wurde.

Einer Idee folgend zog ich mein Handy aus der Jackentasche, schaltete die Kamera ein, zoomte dann die Drohne so weit es ging heran und betätigte den Auslöser. Die Auflösung war zwar nicht besonders, aber ich konnte deutlich die kleine Kamera an der Unterseite der Drohne erkennen. Sie war in Richtung des Fensters gerichtet und ich vermutete stark, dass es sich nicht um ein Kinderspielzeug, sondern um das moderne Werkzeug eines Spanners handelte.

Ein Blick nach oben zeigte mir, dass dieses Gerät inzwischen in Stockwerk zwei angekommen war. Woher es gesteuert wurde, wusste ich aber noch immer nicht. Im Prinzip wusste ich nicht einmal, welche Reichweite die Fernbedienung so einer Drohne hatte. Und ich wusste auch nicht, wie lange so ein Ding mit einer Batteriefüllung fliegen konnte. Außerdem war die Wahrscheinlichkeit, dass die Kamera des Spanners etwas anderes als Schlafzimmer gefilmt hatte, ziemlich gering. Das Einzige, was ich tun konnte, war warten. Warten bis der Drohne der Saft ausging und sie zurück zu ihrem Besitzer flog. Ich nahm an, dass der zumindest in Sichtweite agieren musste, um die Drohne zu steuern. Wenn er anhand des Bildes der Kamera steuern konnte, wurde es schwierig, denn er konnte dann überall hocken und ich musste der Drohne unbemerkt folgen.

Als sich das Fluggerät auf Etage eins absenkte, überlegte ich kurz, ob ich versuchen sollte, sie mit einem Gegenstand zu bewerfen, um sie herunterzuholen. Ich verwarf diese Idee jedoch sofort, denn dann hätte ich immer noch nicht herausgefunden, wer das Teil fliegt. Darauf, dass der Besitzer hier auftauchte, wollte ich mich nicht verlassen.

Ich zog den Reißverschluss meiner Jacke ganz nach oben und schob meine kalten Hände in die Taschen. Gegen meine kalten Füße konnte ich allerdings im Moment nichts machen.

Als die Drohne ein weiteres Mal absank, nahm ich an, dass sie jetzt im Erdgeschoss spionieren wollte, aber noch bevor ich mich darauf einstellen konnte, stieg sie mit atemberaubender Geschwindigkeit nach oben und verschwand über dem Dach des Wohnblocks.

„Das habe ich mir anders vorgestellt", dachte ich, zog die Hände aus der Jackentasche und rannte los. Es war schwierig, auf den verschneiten Boden zu achten und gleichzeitig in die Luft zu schauen. Das Brummen hörte ich nicht mehr, denn meine eigenen Lauf- und Atemgeräusche übertönten es. Ich sah das Objekt meiner Verfolgung aber fliegen. Jetzt verlor es schon wieder an Höhe und tauchte in ein Grundstück ein, dessen Zaun aufgrund einer dahinterliegenden Hecke recht blickdicht war. Ich stolperte über eine kleine Schneewehe und wäre fast gestürzt. Im letzten Moment konnte ich mich wieder fangen und ging etwas langsamer. Mein Ziel war jetzt klar. In dem Einfamilienhaus in der Mitte des Grundstücks würde ich den Besitzer dieser Drohne finden, da war ich mir fast hundertprozentig sicher. Da ich keine Winterstiefel besaß, war ich wie immer mit Turnschuhen unterwegs und die hatten die unangenehmen Eigenschaften, dass sie weder warm noch schneedicht waren. Das heißt, ich hatte wieder einmal klatschnasse und eingefrorene Füße, als ich jetzt vor dem Gartentor stand und klingelte. Ein Summer ertönte und ich drückte das grüne Holztor nach innen.

„Ja?", rief mir eine recht hohe Männerstimme entgegen und ein Licht flammte über der Haustüre auf.

Ich ging etwas schneller, damit der Mann nicht ins Haus verschwinden konnte.

„Ich heiße Bernd Peter und bin von der Kriminalpolizei in Fürth."

Etwas verdutzt blickte mir ein untersetzter Mann mit grauem Haarkranz um die ausgedehnte Glatze entgegen.

„Ist was passiert?", fragte er hörbar eingeschüchtert.

„Das wollte ich eigentlich Sie fragen, Herr?"

„Norbert, Victor Norbert. V wie Vorname und N wie Nachname", spulte er seinen sicherlich Tausende Male verwendeten Spruch ab.

„Herr Norbert, also", bestätigte ich. „Nein, es ist nichts passiert, außer dass Sie mit Ihrer Kameradrohne andere Leute ausspionieren und dadurch deren Privatsphäre verletzen."

Wenn man jemandem erklären müsste, wie es aussieht, wenn sich ein Mensch ertappt fühlt, dann wäre dieser Herr jetzt das perfekte Anschauungsobjekt gewesen.

„Vic, was ist los? Wer hat geklingelt?" Die weibliche Stimme, die aus dem Haus schallte, war tiefer als die des Mannes und sie hörte sich außerdem sehr herrisch an.

„Ach nichts, Liebling, nur Werbung", antwortete Vic kleinlaut und mit hochrotem Kopf. Ich hätte bei dem Namen fast losgebrüllt. Wie kann man seinen Ehemann nur Vic nennen?

„Das Ding ist neu und ich bin noch am Herumprobieren", versuchte mein Gegenüber abzuwiegeln und spielte dabei an seinen ausgeleierten Hosenträgern.

„Das sah aber gerade sehr professionell aus, als das Ding nacheinander von Schlafzimmerfenster zu Schlafzimmerfenster flog."

Dass diese Fenster zu Schlafzimmern gehörten, wusste ich zwar nicht, hatte aber anscheinend ins Schwarze getroffen.

„Um diese Uhrzeit ist da sowieso keiner. Erst gegen Abend kann man da wirklich etwas sehen."

Dass er sich mit dieser Aussage selbst noch tiefer in den Schlamassel ritt, wurde ihm erst klar, als es schon zu spät war.

„Haben Sie vor drei Tagen ebenfalls gefilmt?", fragte ich nachdrücklich.

„Nö!“, kam es viel zu schnell.

Ich blickte dem kleinen Mann fest in die unsicheren Augen und sagte bestimmt: „Es gibt jetzt zwei Möglichkeiten, Vic. Die erste ist, ich rufe die Leute von der Sitte, die sind nämlich in einem Fall von Voyeurismus zuständig. Die kommen mit einem Gerichtsbeschluss, stellen Ihre Burg auf den Kopf und suchen die Filme und andere Sachen, an denen Sie dich immer so aufgeilen.“

Ich machte einen Moment Pause, um meine Worte wirken zu lassen.

„Die zweite, in meinen Augen für alle viel angenehmere Möglichkeit ist, dass Sie mir helfen, einen Verdächtigen in einem Mordfall zu finden, den Die hier vielleicht vor drei Tagen zufällig auf einem Ihrer Filme eingefangen haben.“

Ich deutete dabei auf die Rückseite des Gebäudes, in dem der Mord stattgefunden hatte.

„Mord?“, stotterte der Mann erschüttert.

„Ja, ein verdammt brutaler Mord und ich brauche einen Hinweis auf den Täter. Vielleicht habe ich ja Glück und Ihre Kamera hat zufällig etwas aufgenommen.“

„Ich habe das Ding erst seit vier Tagen.“

„Das ist gut, dann geben Sie mir bitte alle Speicherkarten, die Sie bisher bespielt haben.“

Die Augen meines Gegenübers wurden groß und feine Schweißperlen zeigten sich trotz der Kälte auf seiner Stirn.

„Ich hole sie“, stammelte er und wandte sich ab.

Ich ging noch einen Schritt vor, sodass ich im Türrahmen stand. So konnte er mir nicht die Tür vor der Nase zuschlagen.

„Alle!“, schickte ich ihm noch einmal mit allem Nachdruck hinterher.

Er schlurfte mit seinen Filzlatschen durch den Hausflur und wirkte dabei wie ein Mann, dessen Leben nur daraus bestand, vor anderen zu katzbuckeln.

„Was ist denn los da draußen, Vic?“

„Alles gut Herta, alles gut!“

„Wer ist denn da?“

„Nur ein Vertreter, Herta, ich mach das schon!"

„Wir kaufen nichts! Schick ihn weg!" Die Stimme der Frau wurde immer ungeduldiger und auch boshafter.

„Ja, ich schick ihn weg, Herta, du hast ja Recht – du hast immer Recht!" Den letzten Teil des Satzes hatte er so leise gesprochen, dass nur ich ihn hören konnte, denn gerade kam der Hausherr, nein, eher der Hausknecht, aus einem Raum am Ende des Flurs geschlurft.

Er streckte mir eine Hand mit seiner Sammlung Speicherkarten entgegen und sagte entschuldigend: „Meine Frau sitzt im Rollstuhl."

„Sind das alle?", fragte ich mit einem Blick auf die Karten in meiner Hand.

„Ja, das sind alle. Können Sie das bitte diskret behandeln, ich möchte keinen Ärger."

„Andere Menschen heimlich zu filmen, ist ganz klar eine Straftat. Sie haben den Ärger schon", entgegnete ich fest.

„Ich mach es auch nicht noch einmal", beschwor er mich und seine kleinen Augen schimmerten feucht.

„Sie hören von mir", sagte ich etwas milder und wandte mich ab. Fast an der Gartentüre angelangt, drang noch einmal die keifende Stimme seiner Frau an meine Ohren: „Ist er endlich weg, Vic?" Dann fiel die Haustüre ins Schloss und ich zog das Gartentor zu.

So wie es Frauen gab, die sich von ihren Männern drangsalieren oder sogar schlagen lassen, so gab es auch die umgekehrte Konstellation. Wahrscheinlich nicht so oft und nicht so gewalttätig, aber der seelische Schmerz soll ja oft schlimmer sein als der körperliche. Thematisiert wurde die Unterdrückung der Männer jedenfalls nirgends.

Dieses Mal nahm ich den Weg außen um die beiden Wohnblocks herum, denn ich wollte nicht noch einmal durch den tiefen Schnee stapfen. Ich blickte in meine Hand und dachte mir: „Fünf Speicherkarten in nur vier Tagen, wahrlich ein fleißiger Spanner und wahrlich viel Material zum Ankucken."

Als ich wieder in meinem Wagen saß, beschloss ich kurzerhand, nach Hause zu fahren. Letzte Nacht war ich ja sehr überhastet aufgebrochen und nach der Nacht auf Monis Couch hatte ich jetzt einfach das Bedürfnis, zu duschen und mir frische Sachen anzuziehen. Außerdem waren meine Füße eiskalt und klatschnass und ich wusste sicher, dass in meinem Laptop ein Steckplatz für diese Speicherkarten existierte. In den Polizeirechnern durften wir aus Sicherheitsgründen keine fremden Speichermedien verwenden.

Eine Stunde später saß ich frisch geduscht und nur mit T-Shirt und Unterhose bekleidet auf meiner Couch. Die erste Speicherkarte steckte in meinem Rechner und der große Flachbildschirm an der Wand war damit verbunden. Leider waren die Karten nicht nummeriert oder beschriftet, also hatte ich auf gut Glück die erstbeste genommen. Ich klickte auf „Wiedergabe“ und lehnte mich dann gemütlich zurück. Offensichtlich zeichnete die kleine Kamera auch den Ton auf, denn sofort als das erste Bild erschien, erklang auch das sonore Brummen der Rotoren aus meinen Lautsprechern, das mich schon vor Ort auf das Fluggerät aufmerksam gemacht hatte. Das Bild war gestochen scharf, wackelte allerdings fürchterlich herum. Der Himmel auf diesem Film war blau, also konnte er nicht von heute sein. Ich klickte auf schnellen Vorlauf, denn ich wollte mir nicht stundenlang die ersten Flugversuche des Spanners anschauen. Dass ich nicht einmal den Namen des Mannes wusste, war wieder so typisch für mich. Wobei mir noch nicht einmal klar war, ob ich nicht danach gefragt oder ihn nur schon wieder vergessen hatte. Durch die schnellere Abfolge der Bilder musste ich mich ziemlich konzentrieren. Ich wollte ja nicht den entscheidenden Moment verpassen. So wie es aussah, erlebte ich tatsächlich die ersten Flugversuche des Mannes. Immer wieder tauchte er selbst im Bild auf und studierte mit konzentriertem Blick und manchmal auch mit leicht herausgestreckter Zunge sein Fluggerät. Immer wieder ging die Kamera aus, um kurz darauf wieder mit einem anderen Blickwinkel anzugehen. Das flatterhafte und vom schnellen Schwenken unruhig wirkende Bild nervte, denn mein Gehirn kam kaum mit, das Gesehene aufzunehmen und zu verarbeiten. Schon einmal kurz zu zwinkern, konnte bedeuten, etwas verpasst zu haben. Die Wiedergabe in normalem Tempo abzuspielen, hätte dafür aber Stunden gedauert.

Eine halbe Stunde später wurde das Bild schwarz und es kam auch nichts mehr, nachdem ich eine Minute gewartet hatte. Ich drückte auf „Stopp“ und holte die Speicherkarte aus meinem Laptop. Ob dem Typen das nicht klar war, oder ob es Absicht war, konnte ich nicht sagen, aber die Karte wäre sicher noch für mehrere Stunden Aufnahmen ausreichend gewesen.

„Egal, umso besser“, dachte ich mir und schob die nächste Karte in den Schlitz des Rechners.

Schon bei den ersten Bildern konnte ich sehen, dass der Benutzer der Drohne von der letzten bis zu dieser Karte deutlich dazu gelernt hatte und besser geworden war. Die Schwenks waren langsamer und auch der Flug der Drohne wirkte nicht mehr so flatterhaft und ungestüm. Allerdings war die ganze Szenerie recht finster und undeutlich. Die Wand eines Häuserblocks tauchte auf. Noch war sie weit entfernt und konnte zu jeder der beiden fast gleichen Wohnblocks gehören. Zielstrebig flog die Drohne auf das oberste Stockwerk zu. Das erste Fenster, ganz links an der grauen Fassade, war das Ziel. Ich aktivierte wieder den schnellen Vorlauf und sofort huschte die Drohne von Fenster zu Fenster und arbeitete sich langsam bis zur rechten Seite der Hauswand vor. Wenn das so weiterging, dann sank die Wahrscheinlichkeit, irgendwann unseren Täter auf der Straße zu Gesicht bekommen, gegen null. Die Drohne flog ein Stockwerk nach unten und bewegte sich dann wieder nach links. Nur sporadisch war eins der Fenster beleuchtet und man konnte ins Innere der Wohnung sehen. Was daran interessant sein sollte, erschloss sich mir weiß Gott nicht. Im zweiten Stockwerk blieb die Drohne dann etwas länger vor einem erleuchteten Fenster stehen und eine Person bewegte sich dahinter wie im Zeitraffer. Ich tippte auf „Wiedergabe“ und der Film lief wieder in normalem Tempo ab. Das war es also, auf das der Spanner stand. Eine Frau stand in einem Bad vor dem Spiegel und machte sich zurecht. Sie war weder nackt noch besonders reizvoll. Es war einfach eine Frau, die sich in ihrem Bad völlig sicher und unbeobachtet fühlte und es sich einfach gutgehen ließ. Ich schaltete wieder auf schnellen Vorlauf, weil es mir unangenehm war, in die Privatsphäre dieser Frau einzudringen, auch wenn ich sie gar nicht kannte.

Die Aufnahmen endeten, als die Drohne, nachdem sie alle Fenster des Blocks durchhatte, wieder im Garten des Spanners landete.

Auf der nächsten Karte waren die heutigen Aufnahmen gespeichert. Erstens konnte ich das schnell am bedeckten Himmel erkennen und zweitens an den Flugmanövern. Da sicherlich wieder nur ein Tag auf der Karte zu finden war, warf ich sie wieder aus und steckte die nächste in den Rechner.

Ich stöhnte genervt und streckte langsam und schmerzhaft mein eingeschlafenes Bein aus. So wie es aussah, war das chronologisch die zweite Speicherkarte. Hier herrschte wieder ein übles Gewackel vor und die Drohne schoss teilweise unvermittelt weit in den Himmel und stürzte danach wie im freien Fall wieder nach unten. Dass der Typ das Fluggerät nicht bei seinen ersten Flugversuchen geschrottet hatte, wunderte mich. Die Aufnahmen der Kamera blieben aber in jeder Situation völlig scharf und ich musste bewundernd feststellen, dass in diesen kleinen Dingern inzwischen Technik vom Feinsten steckte.

Der schnelle Vorlauf lief wieder und meine Aufmerksamkeit nahm von Minute zu Minute ab. Wie ein Kampfjet jagte die Drohne durch die Straßen und über die Dächer des Viertels. Auf den Aufnahmen waren, wie in der Wirklichkeit auch, kaum Menschen oder Fahrzeuge zu sehen. Jetzt flog die Drohne sehr tief. Knapp über den parkenden Fahrzeugen kam sie die Tulpenstraße heruntergeschossen und schwenkte in die Rosenstraße ein.

Plötzlich war er da. Ein Motorradfahrer in schwarzen Klamotten auf einer schwarzen Maschine. Er stieg gerade ab, als ich den schnellen Vorlauf beendete. Aufgeregt spulte ich ein Stück zurück und startete dann erneut die Wiedergabe. Aus dem Düsenjet war wieder eine langsam fliegende Drohne geworden, die gemächlich um die Straßenecke am Anfang der Rosenstraße flog. Der Motorradfahrer war anscheinend gerade angekommen, denn er klappte den Seitenständer seiner Maschine nach unten und schwang dann sein Bein über die Sitzbank. Schon diese Bewegung machte mich stutzig, denn in meinen Augen stieg ein Mann so nicht von einem Motorrad ab. Der hellbraune Baseballschläger war mit zwei Bandagen am rechten Oberschenkel der Frau befestig, die sie jetzt löste. Dass es sich um eine Frau handelte, daran hatte ich nach ihren ersten Schritten keine Zweifel mehr. Leider machte die Drohne in diesem Moment wieder einen gehörigen Satz nach oben und die Kamera verlor mein Ziel aus dem Fokus. Ich stoppte die Wiedergabe und setzte mich aufrecht hin. Was ich schon nicht mehr geglaubt hatte, war doch noch eingetreten, ich hatte den Beweis, dass auch hier wieder der Täter von der Hardhöhe zugeschlagen hatte. Und was wir auf den schlechten Aufnahmen der Verkehrsüberwachungskamera nicht sehen konnten, war die Tatsache, dass wir eine Täterin vor uns hatten. In Gedanken ging ich noch einmal meine Liste mit den Haltern der Ducati XDiavel durch, aber da war ganz sicher keine einzige Frau dabei. Auch wenn mich mein Gedächtnis manchmal im Stich ließ, konnte ich das ausschließen. Ich schaute mir die Szene noch mehrfach an, aber ich hatte kein Bildbearbeitungsprogramm, mit dem ich in das Bild hineinzoomen konnte, um mehr Details zu erkennen. Deshalb nahm ich die Karte aus meinem Rechner, zog mich an und fuhr ins Büro. Toni mit seiner Technik und seinen Fertigkeiten würde mir schon Antworten geben können. Irgendeinen weiteren Hinweis auf die Täterin oder ihr Motorrad würden wir schon bekommen.

Meine Zweifel, dass Toni vielleicht keinen passenden Steckplatz für die Speicherkarte hätte, waren natürlich völlig unbegründet. Wahrscheinlich gab es kein Speichermedium, das der IT-Mann nicht öffnen konnte.

„Du kannst einige Minuten vorspielen, bis die Motorradfahrerin auftaucht“, sagte ich und zog mir einen Stuhl vom leeren Nachbarschreibtisch heran. Nein, es war kein leerer Schreibtisch, sondern das Lager von Tonis Snacks und deren leeren Verpackungen. Irgendwie eklig, aber auch irgendwie verführerisch.

„Warum hast du dir nicht die unten angezeigte Zeit gemerkt?“, fragte Toni genervt.

„Weil ich mir die unten angezeigte Zeit nicht gemerkt habe“, antwortete ich trotzig.

„Ist klar!“, entgegnete Toni und richtete seine Aufmerksamkeit wieder auf seinen Bildschirm. Obwohl der gewiss nicht klein war, wirkte das Bild trotzdem viel weniger detailliert als auf meinem großen siebzig Zöller.

„Da“, rief ich, als das Motorrad auftauchte.

„Schon gesehen, nur keine Panik, Bernd“, schmunzelte Toni und schaltete auf Standbild um. Etwas unschärfer wurde das Bild dadurch, aber noch immer waren alle Details deutlich zu sehen.

„Eine Frau, tolle Figur“, raunte der IT-Spezialist.

Langsam klickte er immer ein Bild weiter und jedes Mal hob die Motorradfahrerin ihr Bein ein Stück höher, als sie abstieg.

„Kannst du näher an das Motorrad heranfahren? Ich brauche irgendeine einzigartige Besonderheit, mit der ich die Maschine identifizieren kann.

Toni zoomte das Motorrad heran, bis es bildfüllend auf seinem Monitor angezeigt wurde. Ich wunderte mich, wie detailgetreu es immer noch abgebildet wurde. Schade war nur, dass wir hauptsächlich die Front von oben und ein Stück der rechten Seite zu Gesicht bekamen. Toni ging noch näher heran und schwenkte langsam über alle Einzelheiten des Motorrades. Inzwischen war die Auflösung nicht mehr ganz so toll und teilweise waren schon einzelne Pixel zu erkennen.

„Warte mal, wieder ein Stück zurück“, sagte ich aufgeregt.

Toni tat mir den Gefallen und einen Moment später sagte ich: „Stopp! – Was ist das da am Spiegel?“, raunte ich ihm zu.

„Entweder Dreck oder ein Kratzer“, bestätigte der meine Vermutung.

„Dreck wäre ungünstig, ein Kratzer wäre schon etwas Individuelles. Bekommst du das noch etwas schärfer?“

„Alter“, stöhnte er lang gezogen.

Kurz darauf lösten sich jedoch wie von Geisterhand die einzelnen Pixel langsam auf und das Bild, das heißt der Kratzer, wurde doch noch ein ganzes Stück deutlicher.

„Perfekt, du bist echt der König“, lobte ich und schlug ihm zufrieden auf die Schulter. „Kannst du mir das ausdrucken?“

„Ausdrucken?“, fragte er verstört. „Ich schick es dir auf dein Handy!“

„Super, dann lass uns jetzt die Frau ranzoomen!“

„Das hört sich doch gut an. Kannst du mir bitte vorher einen der Riegel herüberreichen?“

„Ich tue alles für dich, Toni, das weißt du doch“, sagte ich und reichte ihm einen seiner unzähligen Schokoriegel.

Das Outfit der Frau, sei es Lederkombi, Stiefel, Handschuhe oder Helm, war so konsequent schwarz, dass es schon fast ans Unmögliche grenzte. Nicht das kleinste Anzeichen, sei es ein Markenlabel oder ein Schriftzug, gab uns einen Hinweis, dem wir hätten nachgehen können. Der Versuch, das verspiegelte Visier des Helms zu durchdringen, scheiterte genauso wie der, ein Haarbüschel zu entdecken, das vielleicht irgendwo unter dem Helm hervorlugte. Die Aussicht, alle Besitzer der XDiavel noch einmal aufzusuchen und nach einem verkratzten Spiegel zu suchen, verursachte in mir nicht gerade Glücksgefühle.

„Danke, Toni“, sagte ich deshalb deprimiert, als das Bild des Kratzers auf meinem Handy erschien und verließ die Ecke der ITler. Monis Schreibtisch war verwaist und mir fiel wieder ein, dass sie einen Termin beim Seelenklempner hatte. Sicherlich würde ihr der erst einmal nicht helfen können, sondern nur zum x-ten Mal das Erlebte wieder in ihr heraufbeschwören. Ich konnte in der Hinsicht Moni nicht wirklich einschätzen. War sie eher der Mensch, der solche Erlebnisse tief in seinem Innern vergräbt und damit versucht, sie zu verarbeiten, oder musste die Tat kleingeredet und in alle Einzelteile zerpflückt werden, um sie psychisch abzuhaken? Ich wusste es nicht und hoffte, dass der Psychologe ihr helfen konnte. Bis sie wieder zurückkam, wollte ich jedoch nicht warten und beschloss, heute etwas früher Feierabend zu machen. Mir die Spiegel der Motorräder anzuschauen, dafür hatte ich auch morgen noch Zeit. Es war allerdings zu früh, um schon zu Sonja zu fahren, deshalb hatte ich mich schnell überredet, mal wieder auf ein gepflegtes Chicken Teriyaki zu SUBWAY zu fahren. Manchmal musste es einfach Fastfood sein, auch wenn ich ganz genau wusste, dass diese leckere Mischung aus ungesunden Ingredienzien meinem Körperumfang und meiner Gesundheit sicherlich nicht guttaten.

Der Zeitrahmen war knapp wie immer, aber sie hatte gut recherchiert und vorgearbeitet. Der Typ, dem es heute an den Kragen ging, war ein Gewohnheitstier nie gekannten Ausmaßes. Sein Leben verlief wie ein Uhrwerk und bei der kleinsten Abweichung seines Zeitplans wurde er zur Furie. Leidtragende war meist seine Ehefrau, die mit der Pedanterie ihres Mannes gestraft war und darunter furchtbar litt. „Anfangs war er nicht so!“, hatte sie immer wieder betont. „Aber im Laufe der Jahre hatte er sich zu diesem gestörten und oft aufbrausenden Arschloch entwickelt“, hatte sie weiter erklärt.

Erst hatte er ihr nur Schläge angedroht und sie damit fast mehr verletzt als jetzt, wenn ihn tatsächlich immer wieder die Hand ausrutschte. Der Sex war eine immer gleiche Abfolge von Liebkosungen und Praktiken, die seine Frau jede Woche am gleichen Tag und zur gleichen Uhrzeit stoisch über sich ergehen ließ. Zumindest danach war er dann etwas ausgeglichener und verließ das Haus, um seinem Hobby, dem Angeln, zu frönen. Aber selbst hier war er so unflexibel und eingefahren, dass er jedes Mal am gleichen Fluss und am gleichen Platz saß, obwohl der Fischereiverein, dem er angehörte, eine riesige Auswahl an Fischgewässern anbot.

Diese Gewohnheit wollte sie sich heute zunutze machen und hatte schon im Vorfeld erkundet, wo und wann er diesem Hobby nachging. Der Weg von ihrem Zuhause bis zu diesem Platz war ziemlich genau zwölf Kilometer lang und bei ihrem zweimaligen Abfahren der Strecke hatte sie immer unter fünfzehn Minuten gebraucht. Im Gegensatz zu ihren ersten zwei Vergeltungsaktionen fand diese heute in der Öffentlichkeit statt, und sie musste sich vorsehen, nicht dabei beobachtet zu werden.

Sie blickte auf ihre Uhr und verließ dann auf leisen Sohlen das Zimmer. Sie öffnete den angrenzenden Raum, streifte sich schnell ihre Kleider ab, bis auf die Unterwäsche und schlüpfte mit geübten Bewegungen in die Motorradklamotten. Sie glitt in ihre Boots, zog sich den Helm über und öffnete das verspiegelte Visier. Mit zwei Handgriffen hatte sie sich den Baseballschläger an den Oberschenkel geschnallt, nahm ihre Handschuhe und verließ schleichend den Raum. Flink huschte sie den Flur hinunter und durch die Terrassentür nach außen. Die Kälte konnte das Leder nicht schnell durchdringen, aber schon beim ersten Schritt nach draußen bildeten sich weiße Dampfwolken vor dem offenen Visier. Das Motorrad stand da, wo sie es nach der letzten Tat abgestellt hatte, und der rote Notschlüssel tat seine Wirkung bei dem neuartigen Startsystem. Es war wie immer mühsam, die schwere Maschine um das Haus und auf die Straße zu schieben, und der Schnee machte das Ganze zu einer gefährlichen Rutschpartie. Aber schließlich saß sie auf dem einsitzigen Sattel. Sie zog sich die Handschuhe über und schloss routiniert das Visier. Im ersten Moment versuchte sie, nur durch die Nase auszuatmen, in der Hoffnung, dass das Visier nicht von innen beschlug. Durch den Fahrtwind, wusste sie, war das gleich nicht mehr nötig. Sie drückte den Startknopf und die Maschine kam sofort. Den Impuls, den Motor kräftig aufheulen zu lassen, unterdrückte sie und rollte vorsichtig die verschneite Straße hinauf. Erst als sie auf die geräumte Hauptstraße abgebogen war, drehte sie den Gasgriff weiter auf und ergab sich völlig dem guten Gefühl, die kraftvolle Maschine zwischen ihren Beinen zu spüren. Beim Motorradfahren konnte sie immer schnell ihre beruflichen Sorgen vergessen und einfach nur so dahinrasen, ohne dass ihr jemand die Ohren vollquatschte.

Der Ort Leichendorf war ihr Ziel und sie musste grinsen, denn der Ortsname passte wie die Faust aufs Auge. Inzwischen war sie nicht mehr so aufgeregt wie bei ihrer ersten Bestrafung. Sie hatte kein Mitleid und keine Skrupel mehr, es den Typen heimzuzahlen. Wenn sie nur an den Zustand der Frau ihres zweiten Opfers dachte, und daran, wie übel ihr Mann sie zugerichtet hatte, kam ihr schon wieder Galle hoch und tiefer Hass breitete sich in ihrer Magengegend aus. Nein, sie hatte keine Skrupel, aber es war auch kein Hass auf alle Männer. Sie war keine militante Feministin, sondern wollte einfach nur Gerechtigkeit für die Frauen, denen es wirklich dreckig ging und die sich nicht wehren konnten oder wollten.

Sie fuhr über die Dörfer, kam durch Wachendorf, Banderbach und bog dann hinter Bronnamberg links ab in Richtung Leichendorf. Dort, wo das kleine Flüsschen Bibert fast bis an die Straße herankam, dort musste ihr nächstes Opfer sitzen und angeln. Sein kleines Haus, in dem er mit seiner Frau lebte, lag nur ein kurzes Stück entfernt auf der anderen Seite der Straße. Sie nahm die S-Kurve am Kalksandstein-Werk mit großer Vorsicht, denn die Straße war nass und schmierig. Danach nahm sie weiter das Gas weg und fuhr in gemächlichem Tempo an der bekannten Stelle vorbei. Tatsächlich war ihr Opfer seiner Zeitplanung treu geblieben und saß trotz Winterwetter unter einem der grünen Anglerschirme direkt am Wasser. Sie fuhr an der Stelle vorbei und suchte in der Umgebung nach zufälligen Unbeteiligten, die ihre Tat beobachten könnten. Aber weder ein weiterer Angler noch ein Spaziergänger oder ein Auto waren unterwegs. Dort, wo die Straße kurz darauf endete und entweder nach rechts über eine Brücke in den Ort Leichendorf oder in die andere Richtung nach Zirndorf weiterführte, wendete sie die Maschine und fuhr zurück. Sie stoppte direkt hinter dem Angler, ließ den Motor laufen und stieg ab. Sie klappte den Seitenständer der Ducati nach unten und hielt dabei immer den Blick auf ihr Opfer gerichtet. Der blickte sich verärgert um und stand dann umständlich unter dem Anglerschirm aus seinem Klappstuhl auf. Unter ihrem Helm und bei laufendem Motor der Maschine konnte sie kaum hören, was er sagte, als er jetzt auf sie zukam und mit verzerrtem Gesicht und erhobener Faust drohte. Mit zwei schnellen Bewegungen hatte sie den Baseballschläger von ihrem Oberschenkel gelöst und hob ihn gebieterisch an. Der Mann stockte und sie blickte noch einmal kurz die Straße hinauf und hinab und schlug dann mit aller Kraft den Schläger auf den Kopf des Mannes. Was bisher noch nie geschehen war, passierte. Der Mann hob rechtzeitig abwehrend einen Arm an und der Schläger krachte furchtbar dagegen. Trotz des laufenden Motors und obwohl sie den Helm aufhatte, konnte sie das hässliche Bersten seiner Knochen hören. Ihre Handgelenke durchlief ein stechender Schmerz und sie hätte fast den Schläger fallen lassen. Ein furchtbarer Schrei zerriss die winterliche Umgebung und sie wusste, dass der sehr weit zu hören war. Mit schreckensgeweiteten Augen betrachtete der Mann seinen unnatürlich abgeknickten Unterarm, der kraftlos langsam nach unten sank. Sein Gesicht war kalkweiß und völlig verzerrt. Sein grüner Anglerhut war ihm vom Kopf gefallen und brachte eine lichte, schwarze Haarpracht zutage, die von grauen Strähnen durchzogen war. Das nahm sie jedoch nur am Rande wahr, denn der zweite Schlag, direkt in das erstarrte Gesicht, folgte unmittelbar nach dem ersten. Knochen brachen und Blut spritzte in alle Richtungen davon. Der Mann fiel leblos um wie ein gefällter Baum. Sie trat näher, presste zornig ihre Zähne zusammen und schlug zwei weitere Male zu, nur um sicherzugehen. Dann warf sie den blutigen Schläger ins Wasser. Sie schnaubte angestrengt, und das Visier des Helmes beschlug sofort. Sie musste schlucken, um den Brechreiz zu unterdrücken, und schob schnell das Visier nach oben. Sie bückte sich und packte beherzt zu, dabei versuchte sie, nicht in das zermatschte Gesicht des Toten zu blicken. Mit einiger Kraftanstrengung verschwand die Leiche im kalten Nass, gefolgt von der Angelausrüstung des Mannes. Sie nahm sich sogar die Zeit, den Schirm zusammenzuklappen, und warf ihn hinterher. Mit den dicken, grünen Klamotten ging der Leichnam zwar nicht gleich unter, aber sicherlich würden sie sich vollsaugen und den Toten früher oder später unter Wasser ziehen. Sie ging die wenigen Schritte zurück zur Ducati, blickte sich noch einmal prüfend um und war ganz zufrieden mit ihrer Arbeit. Leichter Schneefall hatte eingesetzt, und wenn sie Glück hatte, würde der die Spuren ihrer Tat schnell mit einem weißen Mantel des Vergessens bedecken.

Bevor sie wieder auf die Maschine stieg, bückte sie sich ein letztes Mal, hob den Hut des Mannes auf und warf ihn in den Fluss. Wenige Augenblicke später zeugten nur einige Blutspritzer und aufgewühlte Erde vom brutalen Ende eines Mannes.

Moni sah aus wie immer, als ich am nächsten Morgen ins Büro kam. Der Psychologe schien entweder alles richtig gemacht zu haben, oder sie hatte wieder ihre Maske der Gleichgültigkeit aufgesetzt.

„Morgen, Moni", versuchte ich es freundlich.

„Hallo Bernd", kam es ebenso freundlich zurück.

„Und wie war deine Sitzung beim Seelenklempner?", fragte ich, während ich meine Jacke über die Stuhllehne warf und mich dann seufzend setzte.

„Klempnerin", korrigierte mich meine Partnerin. „Ich habe es mir schlimmer vorgestellt. War eigentlich ganz cool."

Dass sie es so positiv aufnahm, damit hatte ich nicht gerechnet. Im Prinzip hatte ich jetzt eine Schimpftirade und einige unflätige Ausdrücke erwartet.

„Bist du mit unserem Fall weitergekommen?"

Ich nickte nur.

„Und?", fragte sie ungeduldig.

„Während du dich seelenruhig auf der Couch deiner Psychologin herumgefläzt hast, bin ich noch einmal zum zweiten Tatort nach Unterasbach gefahren und habe zufällig einen Spanner ausfindig gemacht, der unsere – und jetzt kommt es – Täterin mit einer Drohnenkamera gefilmt hat." Ich zog mein Handy aus der Hosentasche und scrollte durch die WhatsApp-Nachrichten.

„Hier", sagte ich und schob ihr mein Handy über den Schreibtisch zu. Sie wischte einige Male, bis sie alle fünf Bilder gesehen hatte, die mir Toni gestern geschickt hatte.

„Und was ist das?", fragte sie, als das unscharfe Bild des Kratzers am Spiegel als Letztes angezeigt wurde.

„Das ist unser kleiner Hoffnungsschimmer in diesem Fall. Ein Kratzer am rechten Spiegel der Ducati. Daran können wir die Maschine unserer Täterin identifizieren. Blöd ist nur, dass keine der XDiavels, die ich überprüft habe, eine Halterin hat. Durchweg waren das nur Männer."

Moni streckte sich und gab mir grübelnd mein Telefon zurück. „Das muss nichts heißen", sagte sie. „Der Halter muss ja nicht zwangsläufig auch der Fahrer sein."

„Du kennst doch sicherlich den Spruch: Ein Motorrad und eine Frau verleiht man nicht, wenn dann noch eher die Frau", sagte ich scherzhaft.

„Nein, diesen Machospruch kenne ich nicht, weil du Arsch ihn dir gerade ausgedacht hast", entgegnete Moni hart. „Ich wusste schon immer, dass tief in dir eine frauenfeindliche Seele steckt. Und das war wieder so ein Moment, wo sie an die Oberfläche geschwappt ist."

Ich grinste sie nur an, ihre Analyse war in meinen Augen völlig falsch, aber ich hatte ihre angeblich so unerschütterliche Ruhe und Gleichgültigkeit wieder einmal ins Wanken gebracht und das war schließlich mehr wert als der kleine Vorwurf danach.

„Moni, Bernd, kommt ihr bitte mal in mein Büro!", schallte die Stimme von Rüdiger zu uns herüber, der in seiner halb geöffneten Glastür stand und eine ganz freundliche Miene machte. Ein Rüffel schien uns anscheinend nicht zu erwarten. Wir erhoben uns aus unseren Bürostühlen, warfen uns einen fragenden Blick zu und gingen dann hinüber zum Glaskäfig. Inzwischen saß unser Chef wieder hinter seinem Schreibtisch und sagte: „Macht bitte die Tür zu!"

Dann holte er tief Luft, stützte beide Hände auf dem Schreibtisch ab und begann zu sprechen. Dass er sich dabei nicht wohlfühlte, konnten wir ihm beide ansehen.

„Im Namen meiner Frau und der Kinder", er stockte, „und natürlich auch von mir – na ja, ich möchte mich also bei euch beiden ganz herzlich bedanken, dass ihr meinen Jungen gerettet habt – und das Problem aus der Welt geschafft habt – na ja, ihr wisst schon", druckste er herum.

Ich blickte Moni von der Seite her an und fragte mich, ob sie jetzt auch an die Story mit der Ratsche dachte und ob sie ihn die jetzt vor den Latz knallen wollte. Ihr Gesicht zeigte Härte und auch etwas Wut und ich befürchtete schon das Schlimmste, als sie sagte: „Ist unser Job, Rüdiger. Deine Probleme umzulegen, dafür sind wir doch da!“

Erst blickte uns Rüdiger verdutzt an, dann lehnte er sich in seinem Chefsessel zurück und lächelte verlegen.

„So war das natürlich nicht gemeint. Ihr wisst schon, was ich euch sagen will …“

„Nein, erklär es uns bitte“, entgegnete Moni scharf.

Rüdiger runzelte verärgert die Stirn, setzte sich gerade hin und aus Rüdiger, dem Vater und Ehemann, wurde von einer Sekunde zur nächsten Polizeihauptkommissar Probst.

„Ich bin auch nicht froh, dass du den Mann erschossen hast, Monika, das kannst du mir glauben, aber ich bin verdammt froh, dass die Bedrohung für meine Familie und meine Freunde ein Ende gefunden hat. Das wäre alles, ihr habt einen Fall.“

Noch vor wenigen Tagen wäre ich von dieser Ansage eingeschüchtert gewesen und hätte Respekt vor meinem Vorgesetzten gehabt. Jetzt, mit dem Wissen um seine Tat in der Vergangenheit, war mir dieser Respekt etwas abhandengekommen und ich sah Moni mit einem Seitenblick an, dass es ihr ähnlich erging. Sie wollte schon aufbegehren, deshalb nahm ich sie an der Schulter und drehte sie in Richtung Glastür. Ich öffnete und ließ sie vor mir das Büro verlassen.

„Lass uns rausgehen und die Spiegel der Mopeds untersuchen!“, sagte ich unternehmungslustig, griff mir meine Daunenjacke und meine Pistole und verließ dann hinter meiner Partnerin das Büro.

Gestern am späten Nachmittag hatte es wieder zu schneien begonnen. In der Nacht wurde es dann zapfig kalt und alles war fest angefroren. Ich fand tatsächlich meine Liste mit den Motorradhaltern als zusammengeknüllte Papierkugel am Grund meiner Jackentasche und versuchte, sie vorsichtig zu entfalten. Anscheinend war sie irgendwo auch mal nass geworden, denn ein kleiner Teil der Adressen war etwas verschmiert.

„Beernd?“, raunte Moni auf dem Fahrersitz lang gezogen, als sie meine Bemühungen mit ansah.

„Entschuldige, ich bin nicht bekannt und berühmt für meine Ordnung, sondern nur für meine Schönheit und Weisheit!“

„Und für deine maßlose Selbstüberschätzung“, ergänzte Moni nach einem Moment und verdrehte dabei ihre Augen.

„Ich würde sagen, erst Ronhof, dann Zirndorf und dann Burgfarrnbach“, schlug ich vor und Moni startete aus der Einfahrt des Präsidiums nach rechts.

Der Weg bis zur Adresse am Ronhof war nicht weit und das Überprüfen des Spiegels dauerte nur eine Minute. Ich warf noch einmal einen sehnsüchtigen Blick auf den alten Citroën, dann verschwanden wir wieder. Dieser Richard hatte zwar bis heute nicht angerufen, aber da kein Kratzer am Spiegel war und ich der Mutter die abscheulichen Taten nicht zutraute, war dieser Halter vorerst einmal raus.

Die zerlegte Maschine in Zirndorf hatte sich nicht verändert. Sie stand noch immer unberührt und weiterhin zerfleddert in der Garage. Da ich nicht glaubte, dass die Killerin ihr Motorrad nach jeder Tat in seine Einzelteile zerlegt, sparte ich es uns sogar, den Spiegel in dem Chaos zu suchen, um ihn zu überprüfen.

Kurz darauf saßen Moni und ich in einer Kalchreuther-Bäcker-Filiale in einem Rewemarkt und hatten ein zweites Frühstück vor uns. Meins bestand aus einem leckeren Schnitzelsandwich und einem Eistee. Moni wärmte sich die Hände und ihr Inneres an einer heißen Tasse Latte macchiato. Ich wollte gerade einen ersten herzhaften Bissen nehmen, als mein Handy klingelte.

„Chef, was gibt es?“, fragte ich, als im Display Rüdigers Name erschien.

„Wir haben eine Leiche in Leichendorf und es sieht verdammt nach eurem Baseball-Killer aus.“

„Killerin“, dachte ich nur, sagte aber: „Wir sind unterwegs!“ Und legte auf.

„Leiche in Leichendorf“, sagte ich zu Moni, stand auf, packte das Schnitzelsandwich und die Flasche Eistee und hetzte in Richtung Auto. Monis Latte blieb so gut wie unberührt auf dem Tisch zurück. Im Auto legte ich das Sandwich auf die Ablage zwischen den Sitzen und klemmte mir die Flasche mit Eistee zwischen die Beine. Während Moni schon den Wagen startete, tippte ich ins Navi Leichendorf ein. Ich hatte den Namen zwar schon gehört, aber als mir mein Handy nur zwei Komma zwei Kilometer anzeigte, war ich doch überrascht. Moni ließ den Audi mit einem heftigen Ruck aus dem Parkplatz schießen und mein Schnitzelsandwich verteilte sich in seinen Einzelteilen in den Ritzen zwischen den beiden Sitzen.

„Na toll, das machst du aber sauber“, sagte Moni und kam mir mit dem Spruch eine Sekunde zuvor.

Nach zwei Minuten hatten wir die Brücke erreicht, über die man nach Leichendorf hineinfuhr. Noch war der ganze Polizeiapparat nicht am Start. Nur ein einzelner Streifenwagen stand auf der Brücke und sein Blaulicht rotierte unermüdlich vor sich hin. Einige Schaulustige standen auf der Brücke und gestikulierten heftig. Moni stellte den Wagen vor der Brücke ab und wir stiegen aus. Es war kalt und ein ungemütlicher Wind fuhr uns in die Kleider.

Wir zogen beide unsere Dienstausweise heraus und zeigten sie der Polizistin auf der Brücke.

„Spaziergänger haben dort, am Einlauf zu dem Wasserrad etwas Ungewöhnliches bemerkt und die Polizei angerufen. Es handelt sich um eine Leiche, die dort angeschwemmt wurde.“ Die Beamtin deutete dabei ein Stück den kleinen Fluss hinunter. Tatsächlich stand dort ein gewaltiges Wasserrad am rechten Flussufer. Hätte unser Hiersein nicht einen ernsten und makabren Grund bedeutet, dann hätte der Anblick des Wasserrades und des alten, efeubewachsenen Gebäudes daneben wirklich etwas sehr Schönes gehabt. Umrahmt von winterlich verschneiter Natur plätscherte der kleine Fluss klar und seicht vor sich hin. Die Wasserränder am Ufer waren gefroren und unter dem durchsichtigen Eis spielten kleine Luftblasen in der Strömung. Vor dem Einfluss zum Wasserrad war eine gitterartige Sperre, die anscheinend Äste und größere Gegenstände vom Mühlenrad fernhalten sollten. Neben diesem Gitter stand ein uniformierter Kollege und hob die Hand, als wir zu ihm blickten. In dem Gitter, das konnte man von hier aus durchaus sehen, hing ein großer Gegenstand, der sofort als menschlicher Körper zu erkennen war.

„Wie kommen wir dorthin?", fragte ich die uniformierte Kollegin. Ich konnte ihr ansehen, dass für sie dieses Ereignis nichts von Arbeitsroutine hatte, und dass sie jetzt froh war, die Verantwortung an uns zu übergeben.

„Über die Brücke und dann links über den Parkplatz der Gaststätte", antwortete sie geschäftsmäßig.

„Wer hat die Leiche entdeckt?", fragte Moni und die Kollegin deutete auf ein älteres Paar am Ende der Brücke.

Moni stapfte auf die beiden zu und ich ging in die andere Richtung, um zum Kollegen bei der Leiche zu kommen. Wir stellten uns gegenseitig vor und gaben uns die Hand. Vom Ufer aus war die Leiche nicht direkt zu erreichen, aber sie war so nah, dass ich viele Einzelheiten erkennen konnte. Als Erstes fiel natürlich das völlig zerstörte Gesicht auf. Es war kreideweiß und völlig blutleer. Das Wasser hatte alles Blut abgewaschen, das bei der Tat sicherlich in Strömen geflossen war. Es war aber nicht aufgedunsen, so als würde die Leiche schon seit Tagen oder Wochen im Wasser liegen. Nase und Unterkiefer waren völlig zermatscht und die Augen sahen aus, als hätten sie einen weißgrauen Überzug. Insgesamt ein gruseliger Anblick. Bekleidet war der Mann, denn um einen Mann handelte es sich definitiv, mit grünen Klamotten. Grüne Cargo-Hose mit reichlich Taschen, grünes Hemd, grüner Pullover und mit einem grünen alten US-Armee-Parker. Passend dazu einen grünen Gummistiefel. An dem stiefellosen Fuß trug die Leiche eine weiße Socke.

„Habt ihr schon Personalien festgestellt?", fragte ich den Uniformierten.

„Nö, wie denn?", entgegnete dieser und zog die Schultern hoch.

„Frag ja nur. Dann warten wir auf die Leute von der Spurensicherung."

„Ich denke, dass er nicht hier getötet wurde. Wahrscheinlich wurde er hier nur angeschwemmt", mutmaßte der Beamte und ich gab ihm nickend recht.

„Dann sollte ich mir mal dieses Flüsschen etwas weiter oben anschauen“, entgegnete ich und wandte mich ab.

„Bibert – dieses Flüsschen heißt Bibert!“, stellte der Uniformierte klar und ich musste mich etwas zusammenreißen, um ihn in meinen Augen nicht als Klugscheißer abzustempeln.

Beide Uferseiten waren mit unberührtem Schnee bedeckt und ich wollte mir keinen Ärger mit den Leuten der Spurensicherung einhandeln, deshalb ging ich erst einmal über die Brücke und bog dann links ab auf die Straße in Richtung Wertstoffhof. Ich blieb auf dem Geteerten und konnte nach vielleicht fünfzig Metern wieder den Fluss durch das laublose Unterholz sehen. Der Schnee von der Straße bis zum Flussufer war aber überall völlig unberührt. Entweder war der Mord vor dem Schneefall passiert, oder weiter flussaufwärts. Natürlich kam auch die andere Flussseite infrage, die war aber anscheinend in Privatbesitz. Zumindest ließen die durch das Unterholz erkennbaren Gebäude und der überall herumliegende Unrat darauf schließen. Ich folgte dem Fluss weiter, bis er sich schließlich von der Straße abwandte und nach links im Gelände verschwand.

Als ich kurz darauf unverrichteter Dinge wieder zur Brücke zurückkam, war diese mit Spannbändern abgesperrt und die Schaulustigen darauf waren verschwunden. Anscheinend waren schon die Leute von der Spurensicherung am Werk, denn ich konnte sie in ihren weißen Kitteln und blauen Gummihandschuhen am Einlaufgitter des Wasserrades hantieren sehen. Ein weiterer Wagen fuhr bis zur Absperrung vor und die Ärztin der Pathologie stieg aus. Sie holte einen kleinen Koffer aus dem Kofferraum und kam dann geschäftig auf mich zu.

„Hallo, danke!“, sagte sie lächelnd, als ich ihr das Absperrband hochhielt.

Ich kannte sie vom Sehen, wusste aber ihren Namen nicht, oder vielleicht auch nicht mehr, deshalb sagte auch ich nur: „Hallo.“

„Wo ist die Leiche?“

„Kommen Sie, ich gehe mit“, sagte ich und ging über die Brücke zum Parkplatz der Gaststätte. Der Leichnam war inzwischen am Fundort aus allen Richtungen fotografiert worden und lag jetzt auf einer ausgebreiteten Folie auf dem Parkplatz. Moni unterhielt sich mit einem Weißkittel der Spusi, der einen Baseballschläger in den behandschuhten Händen hielt.

„Den haben wir ebenfalls am Einlaufgitter des Wasserrades gefunden“, konnte ich dessen Erklärung des Fundes noch hören.

„Also doch“, dachte ich, obwohl ich schon beim ersten Blick auf den Toten und seine Verletzungen fast sicher war, dass unsere Täterin wieder zugeschlagen hatte, im wahrsten Sinn des Wortes.

„Habt ihr schon Hinweise auf die Identität des Opfers gefunden, fragte ich eine Frau der Spurensicherung, die neben dem Toten kniete und seine Taschen durchsuchte.

„Keine Papiere, kein Handy. War anscheinend ein Angler oder ein Jäger“, sagte die Frau geschäftig.

„Angler“, meinte die Ärztin, die inzwischen auf der anderen Seite des Toten kniete. Sie deutete auf die Brust des Toten und sagte: „Diese Aderklemmen nehmen Angler, um den Haken wieder aus dem Maul des Fisches zu lösen.“

Jetzt, wo sie darauf gedeutet hatte, nahm ich das scherenähnliche Teil auch zur Kenntnis, das an eine der Brusttaschen des Parkas geklemmt war.

„Ich war als Kind oft mit meinem Vater beim Angeln. Der hatte so ein Ding auch immer dabei“, sagte die Ärztin erklärend.

Ich wandte mich ab und wollte die Ärztin ihre Arbeit machen lassen. Angler war ein erster Hinweis und ich zog mein Handy heraus. „Angeln Leichendorf“ tippte ich in Google ein und bekam sofort einige Treffer. An erster Stelle stand ein Angelladen Lämmermann in Oberasbach und an zweiter der erste Fischereiverein Zirndorf. Dass sich Angler in Vereinen zusammentun, hätte ich im ersten Moment nicht gedacht. Ich wusste zwar, dass auch Angler eine staatliche Prüfung ablegen mussten, ähnlich den Jägern, aber dass es Vereine gab, war mir nicht klar. Ich klickte die Webseite des Vereins an und musste lange warten, bis sich die Startseite aufgebaut hatte. Der Button „Gewässer“ öffnete eine Auflistung der Flüsse und Seen, an denen die Mitglieder angeln durften. Stattliche elf Gewässer wurden mir angezeigt, darunter auch die Bibert. Dass dieser Fluss Bibert hieß, hatte ich ja von unserem Klugscheißer, der kein Klugscheißer ist, erfahren. Dreieinhalb Kilometer war die Strecke lang, auf der die Mitglieder des Vereins angeln durften, und es waren sogar die GPS-Daten vom Beginn bis zum Ende der Strecke angegeben. Außerdem wurden alle Fische erwähnt, die in diesem Fluss einmal heimisch waren, und auch die, die jetzt noch darin sind. Ich wunderte mich erneut, was in so einem unscheinbaren Flüsschen alles kreuchen und fleuchen sollte. Ich klickte mich zurück und fand eine Adresse mit Telefonnummer vom Vereinsheim in Zirndorf. Als ich die Nummer gewählt hatte, ging jedoch keiner ran. Die Nummer des ersten Vorsitzenden und die seines Vertreters waren ebenfalls nicht erreichbar und der zweite Stellvertreter wohnte anscheinend in Raitersaich. Schon beim ersten Klingelton ging endlich jemand ran.

„Petschner", meldete sich eine sonore, männliche Stimme.

„Bernd Peter, von der Mordkommission Fürth", entgegnete ich und wartete einen Moment, bis die Information bei meinem Gegenüber angekommen war. „Sie sind Vorstand vom Anglerverein in Zirndorf?", fragte ich dann.

„Ja, ich bin in der Verwaltung tätig", bestätigte er merklich vorsichtig.

„Wir haben da eine Leiche in der Bibert geborgen. In der Ortschaft Leichendorf. Und es spricht einiges dafür, dass es ein Angler ist. Kennen Sie Ihre Mitglieder alle persönlich, sodass Sie den Mann vielleicht identifizieren könnten?"

Einen langen Moment hörte ich nur das leise Atmen meines Gegenübers, dann sagte er zögerlich: „Die meisten kenne ich schon."

„Gut, hätten Sie Zeit, gleich vorbeizukommen? Das würde uns die Ermittlungen deutlich erleichtern, Herr Petschner!"

„Sicher habe ich Zeit. Dauert allerdings etwas, ich wohne nicht in Zirndorf."

„Ich weiß, wir sind hier sowieso noch eine Zeit lang beschäftigt. Danke, bis gleich."

Ich legte auf und stellte mir für einen Augenblick die Frage, ob unsere beiden anderen Opfer vielleicht auch Mitglied in diesem Verein waren und er die Verbindung zwischen den drei Mordfällen darstellte. Ich verwarf den Gedanken allerdings schnell, da in den beiden Wohnungen der ersten Opfer nichts, aber auch wirklich gar nichts darauf hingewiesen hatte, dass sie in irgendeiner Form naturverbunden oder angelbegeistert gewesen waren.

„Wen hast du angerufen?", fragte mich Moni, die sich unbemerkt hinter mich gestellt und ihre Hände tief in den Jackentaschen vergraben hatte.

„Den Vorstand des Fischereivereins, dem dieses Flüsschen gehört."

„Und?", fragte sie, als ich nicht weitersprach.

„Kommt vorbei!"

Ich ging wieder die paar Schritte zur Ärztin hinüber und fragte: „Und wie sieht es aus?"

„Er ist tot", sagte sie mit todernster Stimme, ohne aufzublicken.

Ich warf einen fragenden Blick über die Schulter zu Moni und sah, dass sie sich ein herzhaftes Lachen gerade noch verkneifen konnte.

Erst wollte ich als Nächstes nach der Todesursache fragen, da die aber genauso offensichtlich war, entschied ich mich um.

„Können Sie schon etwas über den Todeszeitpunkt sagen?"

„Wollen Sie nicht erst wissen, wie er starb?", fragte sie zurück und blickte mich herausfordernd an.

„Das sehe ich doch, er ist ertrunken", entgegnete ich ernsthaft und starrte genauso herausfordernd zurück.

„Jetzt ist aber gut", mischte sich Moni lauter als nötig ein.

„Sorry, war ein mieser Tag", sagte die Ärztin entschuldigend und stand auf. „Also, der Mann hat sich gewehrt, Elle und Speiche des linken Unterarmes sind gebrochen und er hat mindestens noch drei Schläge mitten ins Gesicht bekommen. Er ist mit ziemlicher Sicherheit schon tot gewesen, als er ins Wasser fiel oder hineingeworfen wurde. Der Todeszeitpunkt ist relativ genau festzustellen." Sie bückte sich und schob den Ärmel des

Parkas etwas zurück. „Das ist eine alte Automatikuhr und sie wurde genau um fünf Uhr zwanzig zerstört. Wahrscheinlich vom Baseballschläger getroffen. Da die Leiche durch das kalte Wasser sehr gut konserviert wurde, kann ich vor der Obduktion nur sagen, dass es gestern war. Ob morgens oder abends weiß ich erst danach."

„Um fünf Uhr dreißig in der Früh ist es stockfinster", stellte Moni fest. „Kann man im Dunkeln überhaupt angeln?", fragte sie mit mir den Falschen.

„Keine Ahnung", entgegnete ich deshalb schulterzuckend, „aber um fünf Uhr dreißig abends ist es zu dieser Jahreszeit auch schon dunkel."

„Natürlich kann man im Dunkeln angeln", behauptete die Ärztin lächelnd. „Die meisten Raubfische wie Zander, Hecht und Aal beißen nur nachts oder in der Dämmerung. Ich war früher oft mit meinem Opa auf Waller an der Wörnitz, der wird auch nur in der Nacht gefangen."

„Alles klar", sagte ich mit einer Mischung aus Frust und Verärgerung.

„Habt ihr schon einen Hinweis auf die Identität des Opfers?", fragte die Ärztin.

„Nein, aber einer der Vorstände vom hiesigen Fischereiverein ist unterwegs, um den Toten zu identifizieren", entgegnete ich.

„Ein Angler hat meistens eine ganze Menge Ausrüstung dabei. Stuhl, Schirm, Tasche mit Zubehör, Kescher und natürlich eine oder mehrere Ruten. Außerdem braucht er Papiere, staatlichen Angelschein, Ausweis und Erlaubniskarte des Gewässerbesitzers", sagte die Ärztin und jetzt ging sie mir damit echt auf die Nerven.

„Der Opa", sagte ich deshalb mit einem genervten Unterton.

„Genau, außer er war Fliegenfischer, dann beschränkt sich die Ausrüstung auf Kescher und Rute. Der Rest steckt in einer speziellen Jacke mit unzähligen Taschen."

„Und da er keine solche Jacke anhat, war diese Information völlig für die Katz!", maulte ich und ging weg.

Sie hatte allerdings mit ihrer Aussage durchaus recht, dass da irgendwo eine ganze Menge an Angelequipment sein müsste.

„Habt ihr schon das Ufer flussaufwärts nach dem Tatort abgesucht?“, fragte ich zwei der Weißkittel, die ein Stück abseits neben ihrem Kleintransporter standen.

„Die Kollegin ist unterwegs, aber der Fluss ist ganz schön lang und in einem Tag kann so eine Leiche weit heruntergetrieben sein.“

„So ein Angler hat eine ganze Menge an Ausrüstung dabei, die müsste ja noch irgendwo zu finden sein“, sagte ich leise, sodass die Ärztin es nicht hören konnte.

„Vielleicht hat die ja der Täter mitgenommen“, sagte der eine.

„Oder er hat alles in den Fluss geworfen“, meinte der andere.

„Dann kommen wir wahrscheinlich nicht drum herum, die Taucherstaffel anzufordern, dass die hier alles absucht“, murmelte ich zögerlich.

„Die werden sich freuen, in diesem Rinnsal herumzukriechen und nach Angelzeug zu suchen“, meinte der Größere der beiden grinsend.

„Seid ihr hier fertig? Dann könnt ihr ja der Kollegin suchen helfen. Ich fordere die Taucher an.“

Beide blickten mich unwillig an, trollten sich aber dann doch in Richtung Brücke.

Ich zog mein Smartphone heraus und wählte Rüdigers Nummer.

„Wir sind noch immer am Fundort der Leiche in Leichendorf“, sagte ich, als mein Chef sich gemeldet hatte. „Wir brauchen hier ein Taucherteam, um die Ausrüstung des Toten zu finden. Wir nehmen an, dass er ein Angler war und dass seine Ausrüstung mit den Papieren, genauso wie er und die Tatwaffe, im Fluss gelandet ist.“

Es dauerte einen Moment, bis Rüdiger Probst antwortete: „Seid ihr sicher?“

„Nein, wir sind nicht sicher, aber die Taucher könnten dafür sorgen, dass wir sicher sind“, meinte ich ungeduldig.

„Gut, ich kümmere mich darum, kann allerdings etwas dauern“, sagte er und legte auf.

Ich ging wieder zurück zu Moni und der Ärztin.

„Ich habe Taucher angefordert, die den Fluss nach dem Zeug des Toten absuchen sollen“, sagte ich. Wahrscheinlich etwas zu wichtigtuerisch, denn beide Frauen sahen mich nur stirnrunzelnd an.

Gott sei Dank fuhr kurz darauf ein Wagen auf den Parkplatz und ein Mann stieg unschlüssig aus. Ich ging hin und fragte: „Sind sie Karl-Heinz Petschner?“

„Ja.“

„Mein Name ist Bernd Peter, wir haben vorhin telefoniert“, sagte ich lächelnd und gab ihm die Hand. Der Mann hatte ungefähr meine Größe, nur noch einen unbedeutenden Ring grauer, kurz geschnittener Haare über den Ohren und um den Hinterkopf und einen gepflegten, ebenfalls kurz geschnittenen Bart. Es war zwar noch etwas Farbe in den Haaren und im Bart, es konnte aber nicht mehr als grau meliert durchgehen. Er hatte eine Brille auf und der Wohlstandsbauch wölbte sich unter seiner grünen Jacke deutlich hervor.

„Die Leiche ist übel zugerichtet, Herr Petschner, ich würde Sie aber trotzdem bitten, sie sich anzuschauen, um die Identität festzustellen.“

Er nickte nur und folgte mir zu der Leiche. Moni und die Ärztin machten etwas Platz, als wir uns dem Toten auf der Isolierfolie näherten. Ich stellte mich am Kopfende der Leiche auf und blickte den stellvertretenden Vorsitzenden des Fischereivereins ins Gesicht. Mit vorsichtigen Schritten, so als wollte er die Totenruhe nicht stören, kam er langsam heran und rieb sich nervös die Hände. Schon an seiner ersten Reaktion konnte ich feststellen, dass er das Mordopfer kannte. Seine Augen weiteten sich und er blieb wie erstarrt stehen. Eine Hand schlug er sich vor den Mund und er hatte anscheinend Mühe, seinen Würgreflex zu unterdrücken.

„In dieser Hinsicht sind wir Bullen inzwischen schon recht abgebrüht“, dachte ich mir und machte einen Schritt auf Herrn Petschner zu.

„Sie kennen ihn also!“, stellte ich fest.

Er drehte sich weg und entfernte sich einige Schritte, bis er an Moni und der Ärztin vorbei war.

„Wer macht sowas?“, fragte er bleich und schüttelte ungläubig den Kopf.

„Wir wissen es noch nicht“, antwortete ich ruhig und ließ ihm dann etwas Zeit, um sich zu fangen.

Nach einer Minute nahm er seine Brille ab, wischte sich die Tränen aus den Augen und drehte sich dann wieder zu uns um.

„Ich kenne den Mann. Er ist – nein, er war ein langjähriges Mitglied in unserem Verein. Er heißt Manfred Schilling – alle haben ihn aber nur Manni genannt.“

Ich sah, wie Moni ihr Handy zückte und den Namen zur Überprüfung ins Präsidium durchgab. Auch die Ärztin nahm sich ihr Klemmbrett zur Hand und schrieb den Namen in ein Formular.

„Wohnt er in Zirndorf und ist er verheiratet?“, fragte ich nach. Karl-Heinz Petschner wischte sich noch einmal mit dem Jackenärmel über die Augen, dann setzte er seine Brille wieder auf.

„Ja, er wohnt gleich da vorne. Er ist verheiratet und hat zwei erwachsene Kinder. Manni war einer unserer unermüdlichsten Fischer. Er war sehr regelmäßig am Wasser und war auch recht erfolgreich. Sein Fangbuch war jedes Jahr fast vollgeschrieben. Er hatte seinen Stammplatz, an dem er immer gesessen hat. Es hat auch kein anderer gewagt, sich an Mannis Platz zu setzen, da wäre er wahrscheinlich echt zickig geworden.“

„Und wo ist dieser Platz?“, fragte ich nach.

„Kommen Sie mit, ich zeige es Ihnen.“ Mit diesen Worten ging er los in Richtung Brücke. Ich nickte den beiden Frauen kurz zu und folgte dem Vorstand. Wir gingen über die Brücke und folgten wieder der Straße, an der ich schon einmal entlanggelaufen war.

„Dort vorne im dritten Haus auf der linken Seite wohnt Manni“, sagte Karl-Heinz Petschner und deutete nach rechts auf eine Handvoll Häuser.

Kurz bevor der Fluss nach links ins Gelände verschwand, war eine schmale, freie Stelle, an der man durch das Dickicht direkt ans Wasser kam.

„Hier ist es“, sagte mein Führer und deutete auf die freie Stelle am Flussufer.

Inzwischen war die Stelle nicht mehr unberührt wie bei meiner ersten Erkundung. Anscheinend hatten die Leute der Spurensicherung hier schon alles abgesucht. Ich bückte mich und stapfte dann vorsichtig durch die Mischung aus Schlamm und Schnee zum Wasser.

„Was hat denn ein Angler so an Equipment dabei, wenn er hier fischt?“, fragte ich den Vorstand.

„Das kommt etwas darauf an, auf welche Fischart man es abgesehen hat. Jetzt im Winter gehen eher die Raubfische wie Hecht und Zander. Dazu hat man ein bis zwei Angeln dabei, einen großen Kescher, um die Fische zu landen, und natürlich Stuhl, Schirm und eine Tasche mit verschiedenen Schwimmern, Haken und anderen Hilfsmitteln. Manni war immer hervorragend ausgerüstet. Einige Dinge sind sogar Vorschrift, die muss man bei einer Kontrolle des Fischereiaufsehers oder der Polizei auch vorzeigen. Dazu gehört der staatliche Fischereischein die Erlaubniskarte des Gewässerbesitzers und Dinge wie Rachensperre, Messer und Metermaß, um die Fische vermessen und töten zu können.“

Ich merkte Karl-Heinz Petschner an, dass er sich jetzt in seinem Metier befand, und dass er ganz froh war, über Dinge zu reden, die nicht den Toten betrafen.

„Und Sie sind sich sicher, dass unser Toter gestern hier geangelt hat?“, fragte ich nach und starrte in das leise gluckernde Wasser.

„Wenn er geangelt hat, dann hier“, versicherte mein Begleiter fest.

„Und wo sind seine Sachen?“, fragte ich und drehte mich zu ihm um.

Er hob nur die Schultern und runzelte unwissend die Stirn.

„Die Uhr des Toten wurde um fünf Uhr dreißig von einem Schlag auf die Unterarme zerstört. Wann ging er immer angeln? Würden Sie eher auf früh oder auf abends um diese Uhrzeit tippen?"

„Wenn dann abends. Manni hatte seine festen Zeiten und die waren eher nachmittags. Aber seine Frau kann ihnen sicherlich mehr sagen."

Ich nickte verstehend und wandte mich dann um, um wieder zurück zur Brücke zu gehen.

„Kann das ein Serienkiller sein, der es auf Angler abgesehen hat?", fragte Karl-Heinz Petschner, der direkt hinter mir ging, vorsichtig. „Sollten wir das Gewässer sperren?"

„Ich denke nicht. Das war eher ein gezielter Anschlag. Den Grund für diese Tat müssen wir allerdings noch herausfinden", sagte ich, denn ich wollte ihm nichts von den beiden anderen Opfern erzählen.

Als wir zurück auf dem Parkplatz waren, bedankte ich mich für seine Hilfe und verabschiedete mich dann vom Fischereivorstand. Er stieg in seinen Wagen und war kurz darauf verschwunden. Einige Minuten später kam der Leichenwagen und holte unseren Toten ab. Die Ärztin hatte sich inzwischen auch wieder verabschiedet und die Leute der Spurensicherung wärmten sich in ihrem Wagen auf. Sie warteten auf die Taucher, um gegebenenfalls weitere gefundene Gegenstände der Angelausrüstung sicherzustellen.

Während ich auch auf die Taucher wartete, hatte sich Moni bereit erklärt, zur Wohnung des Ermordeten zu gehen und die Ehefrau zu unterrichten. Ich war ihr echt dankbar dafür, denn diese Gänge waren wirklich schwierig und erforderten Fingerspitzengefühl und Einfühlungsvermögen, mit denen ich wahrlich nicht wirklich gesegnet war. Auch ich setzte mich in unseren Dienstwagen und rieb mir die kalten Hände. Der schneidende Wind draußen kühlte einen schnell aus. Etwas angewidert fischte ich jetzt das zerlegte Schnitzelsandwich zwischen den Sitzen heraus und bastelte es, so gut es ging, wieder zusammen. Dann biss ich kräftig hinein und war froh, dass ich mir nicht Monis Getue anhören musste, von wegen Assi und so.

Es dauerte noch eine halbe Stunde, bis endlich ein Einsatzfahrzeug der Feuerwehr auf den Parkplatz der Gaststätte fuhr. Monika war noch immer nicht zurück und ich konnte mir fast bildlich vorstellen, wie sie versuchte, die Ehefrau des Toten zu trösten.

Warum die Leute der Feuerwehr mit ihren schweren Brandschutzanzügen zu einem Tauchereinsatz ausrückten, verstand ich nicht. Ich nahm es aber einfach hin, ohne mich durch einen unqualifizierten Kommentar bei ihnen vielleicht unbeliebt zu machen. Ich erklärte dem Einsatzleiter die Situation und führte ihn zum Angelplatz des Toten.

„In diesem Rinnsal braucht ihr keine Taucher, sondern einfach nur Gummistiefel“, motzte der Endfünfziger grummelnd.

„Wenn ihr trotzdem mit der Suche hier beginnt – weiter flussaufwärts war der Angler nicht“, sagte ich ruhig, ohne auf sein Genörgel einzugehen.

„Wir beginnen am Fundort des Toten und arbeiten uns dann gegen die Strömung bis hier her“, widersprach der Mann fachkundig und nicht ohne ein gesundes Maß an Hochnäsigkeit.

„Ist mir auch recht!“, sagte ich genervt.

Seine jungen Kollegen hatten in der Zwischenzeit ihre Tauchausrüstung aus dem Einsatzfahrzeug geladen und waren jetzt dabei, sich ihre Anzüge überzuziehen.

„Maske und Schnorchel reichen“, verkündete ihr Einsatzleiter und erntete damit enttäuschte Gesichter.

„Ihr geht hier ins Wasser, arbeitet euch stromaufwärts vor und sucht den Grund nach Gegenständen ab. Vermisst wird eine Angelausrüstung, die sollte also leicht zu finden sein. Zwei Mann sichern mit Seilen von weiter oben.“

„Klare Anweisungen, der Mann weiß, was er tut“, dachte ich halb bewundernd, aber auch etwas genervt über seinen harschen Tonfall.

Auch die Leute der Spurensicherung hatten ihren Transporter verlassen und waren jetzt wieder am Start. Sie beobachteten den

Einsatz mit ebenso viel Interesse wie ich. Unter den Tauchanzügen trugen die Feuerwehrleute einen warmen Fleece-Overall, also schien der Anzug darüber völlig dicht zu sein. An den Handgelenken und am Hals schloss eine Gummidichtung wasserdicht ab und von Schulter zu Schulter verlief am Rücken ein breiter Reißverschluss, der anscheinend auch völlig dicht war.

Wenig später wateten zwei Taucher in den knietiefen Fluss hinein und zwei weitere sicherten sie unter der Brücke hindurch mit einem Seil. In einem regelmäßigen Zickzackkurs stapften die beiden durch das Wasser stromaufwärts und kämmten so den ganzen Grund der Bibert ab. Ihre Taucherbrillen hatten sie nach oben geschoben, sodass sie auf der Kopfhaube auf Höhe der Stirn hingen. Ab und zu griff einer ins Wasser, es waren aber immer irgendwelche Äste oder Steine, die sie zutage förderten. Sie hatten die Brücke bereits ein Stück hinter sich gelassen, als einer einen Kescher ans Ufer brachte. Einer der Weißkittel übernahm das Teil und war sichtlich überfordert damit.

„Eigentlich können wir uns hier vom Acker machen", sagte Moni zu mir, die inzwischen wieder aufgetaucht war und ihre Arme zitternd um die Brust geschlungen hatte.

Im Prinzip hatte sie recht. Wir hatten alle Informationen, die wir brauchten. Die Angelsachen würden uns keine neuen Erkenntnisse über den Hergang der Tat liefern. Die Angaben der Ehefrau waren alles andere als aussagekräftig. Nach ihrer Aussage hatte ihr Mann keine Feinde und das Eheleben schien zwar recht eintönig, aber trotzdem harmonisch verlaufen zu sein. Die Frau bestätigte außerdem, dass der Tatzeitpunkt nur abends gewesen sein kann. Jetzt fehlte uns nur der Zusammenhang mit unserer Motorradkillerin. Und den fanden wir sicherlich nicht hier an diesem Fluss in Leichendorf heraus. Ich ging zu einem der Weißkittel hinüber und erklärte ihm, dass wir jetzt den Tatort verlassen würden und dass er die restlichen Ermittlungen übernehmen sollte.

„Ihr schickt uns ja wie immer einen Bericht", stellte ich noch fest und erntete ein zustimmendes Nicken.

Kurz darauf saßen wir im Auto. Moni steuerte es durch den kleinen Ort und bog dann auf die Rothenburger Straße ab in Richtung Oberasbach. Bevor wir Feierabend machten, beschlossen wir, doch noch dem Ducati-Besitzer in Burgfarrnbach einen Besuch abzustatten. Ich hatte das Steuer übernommen, weil Moni gerade mit ihrer Mutter telefonierte. Im herrschenden Berufsverkehr dauerte es etwas länger, bis ich in die Straße hinter dem Burgfarrnbacher Schloss einbog. Als ich dann den Wagen vor dem Haus des Motorradbesitzers abstellte, warf Moni mir einen erstaunten Blick zu und runzelte die Stirn.

„Hier ist die Praxis der Psychologin, bei der ich gestern war!“, sagte sie völlig perplex.

Ich schielte auf das große Messingschild am Zaunpfosten.

„Susanne Pirol, Psychologin“, war dort zu lesen. Jetzt wusste ich auch wieder, wo mir der Name der Psychologin schon mal untergekommen war. Ich hatte sie im Krankenhaus bei der Frau unseres zweiten Opfers kennengelernt.

„Das kann doch alles kein Zufall sein“, murmelte ich.

„Was denn?“, fragte Monika.

„Das ist auch die Psychologin, die bei der Frau unseres zweiten Opfers im Krankenhaus war. Das habe ich dir doch erzählt?“

Moni nickte nur und die steile Falte zwischen ihren Augenbrauen zeigte mir, dass auch sie die Witterung aufnahm.

„Dann lass uns mal die Maschine begutachten. Der Besitzer ist nämlich der Lover von Frau Psycho“, sagte ich unternehmungslustig und stieg aus. Inzwischen hatte die Dämmerung Einzug gehalten und es wurde auch wieder frischer. Wir gingen durch das offene Gartentor und klingelten dann in der oberen Etage. Aber auch nach dem zweiten Versuch wurde der Türöffner nicht betätigt. Kurzerhand klingelte ich in der Praxis und einen Moment später drückte ich die Haustüre auf. Die Psychologin stand in der Eingangstüre zur Praxis und blickte uns fragend entgegen.

„Frau Fröhlich“, bemerkte sie überrascht.

„Frau Doktor, wir wollten zu Ihrem Freund im Obergeschoss, aber der öffnet nicht.“

„Pavel ist nicht da. Ihm hat das Winterwetter aufs Gemüt geschlagen, deshalb ist er für ein paar Wochen in die Sonne geflüchtet“, entgegnete sie mitfühlend.

„Könnten wir uns sein Motorrad noch einmal genauer ansehen. Reine Routine“, sagte ich.

So als würde sie mich erst jetzt wahrnehmen, blickte sie mich überlegend an.

„Sind Sie nicht der Ermittler im Todesfall Hornschuh? Wir haben uns doch im Krankenhaus kennen gelernt.“

„Sicher“, sagte ich freundlich und schenkte ihr ein gezwungenes Lächeln.

„Kommen Sie doch herein“, sagte sie und trat zur Seite.

Es war in meinen Augen nicht wirklich eine Arztpraxis, die wir betraten. Wenn ich mich recht erinnerte, war die Aufteilung der Wohnung annähernd die Gleiche wie im ersten Stock. Natürlich war das Wohnzimmer oder Behandlungszimmer, wie man es auch immer bezeichnen wollte, nicht mit ein paar Tonnen Sand geflutet. Die rein schwarzweiße Einrichtung war modern und wirkte in meinen Augen kalt. Nur das prasselnde Feuer im Kamin brachte etwas Behaglichkeit in den Raum.

„Steht das Motorrad im Aufzug?“, fragte ich und ging auf die breite Terrassentür zu.

„Ja. Pavel hat mir schon mitgeteilt, dass Sie sich bereits einmal dafür interessiert haben.“

Sie kam zu mir, schob die Gardine zur Seite und drückte auf den Öffnungsschalter der Schiebetür. Ich zog mein Handy heraus und schaltete das integrierte Licht ein. Die Psychologin öffnete die Gittertür des Aufzuges und trat dann zur Seite. Eigentlich sah ich auf den ersten Blick, dass dieses Motorrad noch immer so versaut war wie beim letzten Mal und seither sicherlich nicht bewegt worden war. Ich hob aber trotzdem mein Handy und leuchtete beide Rückspiegel an, ob dort Kratzer auf der Rückseite zu sehen waren. Gepflegt war das Motorrad wahrlich nicht, aber die Spiegel wiesen keinerlei Kratzer auf. Enttäuscht schaltete ich das Licht meines Telefons wieder aus und ging zurück ins Haus. Die Psychologin war in ein Gespräch mit Moni vertieft, in dem es anscheinend um ihre Behandlung ging. Ich drückte den Knopf der Schiebetür und sah zu, wie diese sich surrend schloss. Danach blickte ich mich in dem Behandlungsraum um und fragte mich, ob, und wenn ja, wie die Psychologin mit unserem Fall zu tun haben könnte. Ich trat lächelnd an die beiden Frauen heran und ihr Gespräch erstarb.

„Und, etwas entdeckt?“, fragte die Psychologin.

„Nein, alles gut“, wiegelte ich entgegen meiner Überzeugung ab. „Wie geht es eigentlich Frau Hornschuh?“, schob ich sofort als Frage nach und achtete genau auf die Miene der Psychologin.

Ohne Überraschung in ihrem Gesicht, aber mit mitfühlendem Ausdruck, antwortete sie: „Die Frau ist auf dem Wege der Besserung, aber es wird noch eine ganze Weile und viele Sitzungen dauern, bis sie ihr Leben wieder alleine bewältigen kann.“

Wir waren schon im Begriff, zu gehen, als mir plötzlich der Satz der Frau unseres ersten Opfers einfiel, als wir sie beim zweiten Mal besuchten. „Eure Psychologin konnte mir auch nicht helfen, aus der Scheiße hier herauszukommen!“

Ich drehte mich noch einmal um und fragte so neutral, wie ich konnte: „Haben Sie eine Frau Dornberger als Patientin?“

Ich meinte den Bruchteil eines Augenblickes eine Reaktion in ihren Augen erkannt zu haben, war mir aber später auch nicht mehr sicher.

„Aber Herr Kommissar, Sie wissen doch sicherlich, was ärztliche Schweigepflicht bedeutet“, antwortete sie mit einer freundlichen Miene, die ich ihr nur bedingt abkaufte.

„Sicher“, entgegnete ich ebenfalls lächelnd. „Und wo waren Sie gestern Abend zwischen siebzehn und achtzehn Uhr?“

Sie blickte von mir zu Moni und wieder zurück und ihre Miene verfinsterte sich.

„Bin ich jetzt eine Verdächtige?“, fragte sie mit ärgerlich gerunzelter Stirn.

„Bernd, lass es gut sein!“, fiel mir Moni in den Rücken und packte mich an der Schulter, um mich in Richtung Haustüre zu ziehen.

„Reine Routine", betonte ich gelassen und schüttelte Monis Hand mit einem Ruck ab.

„Ich war tatsächlich hier und hatte einen Patienten!", sagte die Psychologin und schob ihr Kinn trotzig nach vorne.

„Und wer das war, fällt natürlich unter die ärztliche Schweigepflicht", entgegnete ich zynisch.

„Fällt es nicht", motzte Moni lauter als nötig. „Ich war gestern um diese Zeit hier!"

Ich blickte meine Partnerin völlig entgeistert an. Natürlich war sie gestern hier, das hatte ich völlig verdrängt. Mein Instinkt sagte mir, dass diese Frau etwas mit unserem Fall zu tun hatte, und auf diesen Instinkt hatte ich bisher immer vertrauen können. Sollte ich mich so täuschen? Aber die Fakten sprachen für die Psychologin. Ein besseres Alibi für den ermordeten Angler, als mit Monika zusammen gewesen zu sein, konnte es allerdings nicht geben. Und das Motorrad war zwar das richtige Modell, schied aber aufgrund der fehlenden Kratzer auf dem Spiegel aus. Außerdem sprach der Schmutz auf der Maschine eindeutig dafür, dass sie seit ewiger Zeit nicht mehr bewegt wurde. Es konnte also nicht die richtige sein.

„Sorry, wie gesagt, reine Routinefragen", brachte ich stockend heraus und wandte mich dann zum Gehen. Moni verabschiedete sich mit einem Händedruck und einigen geflüsterten Worten.

„Was ist denn in dich gefahren?", fragte sie zornig, als wir wieder im Wagen saßen.

Ich überging die Frage, denn mein Gehirn war damit beschäftigt, eine Lösung für die Ungereimtheiten in diesem Fall zu finden. Ich war noch nicht überzeugt, dass die Psychologin als Verdächtige wirklich ausschied. Das Motiv hatte ich schnell gefunden. Sie wollte es den Männern heimzahlen, deren Frauen sie als Patientinnen behandelte und deren schreckliches Leid sie dadurch erfahren hatte. Vielleicht ging ja auch nur der dritte Mord nicht auf ihr Konto. Sollte es bereits einen Trittbrettfahrer geben, der die Schuld auf die Motorradfahrerin lenken wollte? Aber dann war da noch immer das Problem mit dem Motorrad.

„Bernd?"

Ich schreckte aus meinen Überlegungen hoch und blickte zu Moni hinüber, deren bleiches Gesicht durch das Licht der Scheinwerfer des Gegenverkehrs immer wieder für Sekunden aus der Dunkelheit gerissen wurde.

„Was?“, fragte ich leise.

„Was ist mit dir?“

Ich brauchte einen Moment, bis ich mir die Antwort zurechtgelegt hatte: „Mein Gefühl sagt mir, dass diese Psychologin mehr in unseren Fall verstrickt ist, als es die Fakten erahnen lassen.“

Moni kannte mich lange genug, um zu wissen, dass ich meinem Instinkt vertraute und dass der mich auch selten trog. Wahrscheinlich schwieg sie deshalb.

Meine Gedanken kreisten weiter um den Fall, bis wir wieder im Präsidium angekommen waren. Dort verabschiedeten wir uns in den Feierabend. Während Moni noch einmal kurz ins Büro wollte, schwang ich mich in mein Auto und schrieb Sonja eine kurze Nachricht.

„Zu mir oder zu dir?“

Es dauerte einen langen Moment, bis die Antwort kam.

„Hallo, Schatz, wie war dein Tag? Ich würde mich freuen, wenn wir uns heute sehen könnten. Gerne komme ich zu dir, wir können uns aber auch bei mir treffen. Vielleicht können wir ja zusammen etwas Leckeres kochen und danach ein wenig kuscheln. Ich freue mich auf deine Antwort und liebe dich!“

Ich saß in meinem Auto und wusste im ersten Augenblick nicht, was sie von mir wollte. War es ihre Art, mich zu maßregeln und mich nach ihrer Vorstellung zu verändern, oder wollte sie einfach nur freundlich sein? Als ich den Text ein zweites Mal gelesen hatte, kam ich zu dem Schluss, dass es Ersteres war, und sie mir damit sagen wollte, wie sie es gerne hätte, dass ich ihr schreibe. Ärgerlich schob ich mein Handy in die Jackentasche, startete meinen Wagen und fuhr in die Fürther Innenstadt. Wenig später saß ich in der Gustavstraße in meiner Lieblingskneipe und bestellte mir etwas zu essen und zu trinken. Der Ärger über Sonja verrauchte nur langsam. Von wegen zusammen kochen und dann ein bisschen kuscheln.

Es wurde ein schöner, ausgelassener und fast etwas zu langer Abend. Ich lernte neue Leute kennen, hörte gute Musik und musste mich nicht für meine Art rechtfertigen. Außerdem waren auch zwei attraktive Mädels am Start, die durchaus Interesse an mir zeigten. Ich bin zwar nicht der Typ, der in einer Beziehung ständig weiterhin auf der Suche war, aber eine Bestätigung, dass ich noch begehrenswert war, tat mir durchaus gut. Die leise Hoffnung, dass Sonja in meiner Wohnung auf mich wartete, erfüllte sich nicht und ich kroch müde und alleine in mein kaltes Bett.

Schon während der Nacht wütete ein heftiger Wintersturm über unserer Region. Immer wieder erwachte ich, wenn eine Windböe in die Rollläden meines Schlafzimmerfensters fuhr und sie zum Klappern brachte. Auch morgens war die Sturmfront noch nicht abgeflaut und auf den Straßen lagen überall umgefallene Baustellen-Absicherungen und mehr oder weniger große Äste herum. In den Nachrichten wurde gemeldet, dass es in Norddeutschland noch wesentlich heftiger zugegangen und es an den Küsten der Nordsee sogar zu katastrophalen Überflutungen gekommen war.

Obwohl ich fast überpünktlich war, saß Moni schon an ihrem Schreibtisch, als ich das Büro betrat.

„Moin, moin“, sagte ich scherzhaft, in Gedanken noch an der Nordseeküste.

„Hallo“, entgegnete meine Partnerin knapp. Sie war in einen Bericht vertieft, der in einer offenen Akte vor ihr lag.

„Und?“, fragte ich, warf meine Jacke über die Lehne meines Bürostuhls und legte meine Waffe in die Schreibtischschublade.

„Der Bericht der KTU“, murmelte Moni und klappte kurz darauf die Akte zu. „Die Feuerwehr hat tatsächlich eine ganze Angelausrüstung aus dem Wasser gezogen. Die gefundenen Papiere haben die Identität des Anglers bestätigt. Der Todeszeitpunkt stimmt mit der defekten Uhr überein. Ansonsten gibt es keine neuen Erkenntnisse.“

Ich lehnte mich in meinen Stuhl zurück, schob ihn etwas vom Schreibtisch weg und legte meine Füße auf die Tischplatte. Dann verschränkte ich beide Hände hinter dem Kopf und blickte versonnen zur Decke. Obwohl ich es förmlich körperlich spürte, dass die Psychologin in den Fall verstrickt war, wagte ich es nicht, Moni darauf anzusprechen. Auch wie ich die Frau aus der Reserve locken konnte, fiel mir nicht ein. Das war keine einfach gestrickte Person, die man mit simplen Tricks in Widersprüche verwickeln konnte. Diese Tricks beherrschte sie als Psychologin wahrscheinlich um Welten besser als ich.

„Was haben wir?“, fragte mich Moni über die Schreibtische hinweg. „Und wie geht es jetzt weiter?“

Am liebsten hätte ich gesagt, dass wir uns einen Durchsuchungsbeschluss besorgen sollten, um das Haus der Psychologin auf den Kopf zu stellen. Ich wusste aber, dass meine Partnerin mir für diesen Vorschlag an die Gurgel gehen würde.

„Wir sollten versuchen, einen Hinweis zu finden, ob der Angler tatsächlich von unserer Täterin auf dem Motorrad ermordet wurde. Vielleicht gibt es ja schon einen Trittbrettfahrer, der den Verdacht auf einen Serienkiller lenken will. Ansonsten bleibt uns nur die Suche nach dem Kratzer auf dem Spiegel.“

Moni nickte.

„Mit einer Überwachungskamera brauchen wir sicherlich in der Gegend des Mordes nicht zu rechnen. Wir können höchstens Anwohner befragen, ob sie zum Tatzeitpunkt etwas bemerkt haben.“

„Es gibt allerdings keine direkten Anwohner“, stellte ich nüchtern fest. „Flussaufwärts kommt eine Art Industriegebiet und flussabwärts kommen nach Leichendorf erst einmal ein ganzes Stück nur Felder und Wiesen und dann Zirndorf.“

„Dann also die Motorradhalter abklappern?“, fragte Moni frustriert.

Ich nickte und fragte mich, ob ich ihr meine Theorie mit der Psychologin doch präsentieren sollte.

„Moni, kann ich dir mal eine Theorie erläutern, die mir seit gestern im Kopf herumspukt – ohne dass du mich für verrückt erklärst?“

Sie setzte sich gerade hin und warf mir einen Blick zu, der vorsichtig gesagt skeptisch wirkte.
„Bitte, ich höre!"
„Aber lass mich bitte ausreden", sagte ich kleinlaut und schob meine Füße vom Tisch. Auch ich setzte mich gerade hin und fuhr meinen Bürostuhl wieder ratternd an den Tisch heran.
„Also, dass die Psychologin eine Frau eines unserer Opfer betreut, oder vielleicht auch zwei oder alle drei, das muss, wie ich finde, mehr als nur ein Zufall sein. Vielleicht spielt sie ja den Rächer der misshandelten Frauen und kümmert sich mit einem Baseballschläger um deren Männer."
Moni verzog das Gesicht und sackte in ihrem Stuhl förmlich zusammen.
„Und das Motorrad? Wo ist das Motorrad mit dem Kratzer am Spiegel? Und wie soll sie den Angler getötet haben, während ich auf ihrer Couch lag? Ich glaube, du verrennst dich da in eine Idee, die weder Hand noch Fuß hat."
„Und wenn sie eine Komplizin hat, die die Drecksarbeit für sie erledigt?", fragte ich.
Moni schien dieses Argument tatsächlich ernst zu nehmen und abzuwägen, denn ihre Stirn zeigte angestrengte Denkfalten.
„Dann müsste eins der anderen Motorräder der Täterin gehören?", sagte sie und warf mir einen Blick zu, der alles andere als überzeugt wirkte.
„Um deine Theorie auszuschließen, müssen wir schnellstens die anderen Motorräder untersuchen und außerdem herausfinden, ob die Frauen von Täter eins und drei bei Frau Doktor in Behandlung waren."
Ich nickte zufrieden. Anscheinend hatte ich ihr doch einen Floh ins Ohr gesetzt, der sich irgendwie festgebissen hatte.
„Du kümmerst dich um die Motorräder und ich nehme mir noch einmal die beiden Frauen zur Brust – Frauengespräch", sagte sie unternehmungslustig und stand auf.
Mir wäre die Einteilung anders herum deutlich lieber gewesen, aber sie hatte sicherlich recht, dass sie zu den traumatisierten Frauen wahrscheinlich einen besseren Zugang hatte. Und ich

kannte die Halter der Motorräder bereits und würde da schneller vorwärtskommen.

„Wir telefonieren", sagte ich noch, während sie bereits in ihre Jacke schlüpfte und ihre Pistole hinten in ihre Jeans schob.

Es dauerte den halben Tag, bis ich wieder alle Halter der Ducati XDiavels besucht hatte. Ich traf zwar nicht alle persönlich an, aber irgendwie schaffte ich es immer, mir Zutritt zur entsprechenden Maschine zu verschaffen und die Spiegel zu überprüfen.

Ich war mehr als frustriert, als ich den letzten Halter auf meiner Liste abgehakt hatte und weder einen Kratzer noch einen ähnlich aussehenden Dreckschmierer auf einen der Spiegel gefunden hatte. Moni hatte sich bisher nicht gemeldet, obwohl sie in der vergangenen Zeit die beiden Frauen sicherlich schon besucht hatte. Ich wollte gerade das Telefon zur Hand nehmen, um ihr mitzuteilen, dass ich nicht erfolgreich war, als mir eine Idee kam. Statt die Nummer meiner Partnerin zu wählen, tippte ich in Google „Ducati Fürth" ein. Ich wollte schauen, wie viele Händler dieser Marke es in der Gegend gab. Tatsächlich hatte ich nur einen Treffer in der Benno-Strauß-Straße. Kurzentschlossen wendete ich meinen Wagen und fuhr in Richtung Schwabacher Straße. Auch wenn es nichts brachte, wollte ich dem Händler doch einen kurzen Besuch abstatten. Es dauerte nicht lange und ich fuhr auf der Schwabacher Straße stadtauswärts, unterquerte die Stadtautobahn und den Kanal und bog dann links ab. Im Dillinger, das kurz vorher auf der rechten Seite lag, hatte ich vor einigen Jahren viel Geld gelassen, aber auch schöne Nächte erlebt. Noch in Gedanken an meine Sturm- und Drangzeit stellte ich mein Auto vor einer dieser neuartigen Wellblechgaragen ab, die überall aus dem Boden schossen. Groß prangte das weiße Ducati-Logo auf rotem Grund an der Hauswand. Erst hatte ich den Eindruck, dass der Laden geschlossen war. Es war natürlich auch nicht Saison für Motorräder. Fröstelnd drückte ich gegen die Eingangstür und fand sie offen. Ich trat ein und sofort umfing mich Wärme in Verbindung mit einem angenehmen Geruch nach Gummi, Sprit und Leder. Im ersten Moment war niemand zu sehen und meine Aufmerksamkeit fiel auf die toll präsentierten Motorräder. Es waren alle Formen, Typen und Farben vertreten. Heiße Rennmaschinen, chromstrotzende Chopper, gepflegte Reisemotorräder, aber auch die neuartigen Café-Racer.

„Hallo, kann ich Ihnen helfen?"

Ein junger Typ, ich schätzte ihn auf Mitte zwanzig, kam lächelnd auf mich zu. Schwarze Lederjeans und schwarzes Ducati-T-Shirt empfand ich als standesgemäße Bekleidung. Er hatte kurz geschnittene Haare und ein glatt rasiertes Gesicht. Das fand ich zwar angenehm, aber durchaus untypisch für einen Biker.

„Das hoffe ich doch", entgegnete ich freundlich. „Habt ihr eine dieser XDiavel Dark Stealth auf Lager?"

Das Grinsen im Gesicht des Verkäufers wurde breiter. Entweder hatte ich mit meiner Frage seinen eigenen Geschmack getroffen oder er witterte eine saftige Provision.

„Sicherlich", sagte er beflissen und ging vor mir her.

Schon aus der Entfernung erkannte ich das giftige Teil, das ich mir seit Tagen immer wieder anschauen musste. Exponiert stand es mutterseelenalleine auf einem großen, runden Spiegel. So konnte man die Maschine aus allen Richtungen betrachten, auch von unten. Einige Spots an der Decke sorgten dafür, dass nicht der kleinste Schatten den Anblick des Geschosses trübte. Obwohl ich in letzter Zeit einige dieser Maschinen gesehen hatte, faszinierte mich die martialische Optik dieses Motorrades aufs Neue.

„Ein Traum in Schwarz", flüsterte der Verkäufer ehrfürchtig und strich der Maschine, ohne sie zu berühren, fast liebevoll über den Tank.

Als ich sein Gesicht betrachtete, wusste ich, dass es nicht die erhoffte Provision war, die diese Augen zum Leuchten brachten.

Ich zog meinen Dienstausweis aus der Hosentasche und hielt ihn hoch.

„Ich heiße Bernd Peter und bin von der Mordkommission bei der Kripo Fürth. Wir haben einen Fall, bei dem dieses Motorrad als Fluchtfahrzeug benutzt wurde."

Der Verkäufer runzelte die Stirn und das begeisterte Leuchten in seinen Augen wich einem fast panischen Flackern.

„Dieses Fahrzeug?“, fragte er erstaunt.

„Nicht dieses Fahrzeug“, stellte ich richtig. „Ein Motorrad dieses Typs.“

Ich machte ein paar Schritte und betrachtete die beiden Spiegel von vorne.

„Blöder Gedanke“, schimpfte ich mich selbst in Gedanken und schüttelte genervt den Kopf.

„Ach so“, meinte der Verkäufer erleichtert.

„Habt ihr eine Kartei mit den in den letzten Jahren verkauften Motorrädern dieses Typs?“

Der Verkäufer überlegte nur kurz, dann bestätigte er meine Frage.

„Könnte ich einen Blick darauf werfen?“, fragte ich zutraulich.

„Da muss ich erst den Chef fragen“, antwortete der Verkäufer und ging in Richtung Verkaufstresen. „Einen Moment bitte“, sagte er dort angekommen und verschwand durch eine Tür hinter dem Tresen.

Undeutlich hörte ich seine Stimme, als er anscheinend mein Anliegen einer anderen Person vortrug. Es dauerte lange, bis sich die Tür wieder öffnete und ein Mann in Anzug und Krawatte erschien. Aufgrund seiner grau melierten Haare und seines Bartes schätzte ich ihn auf Mitte fünfzig. Er stellte sich mit seinem Namen vor und ich hob ein weiteres Mal meinen Dienstausweis und nannte auch meinen Namen.

„Es geht um eine XDiavel?“, fragte er.

„Genau“, bestätigte ich. „Genauer gesagt um eine Stealth. Eine dieser Maschinen wurde bei einem Verbrechen als Fluchtfahrzeug verwendet, und ich bin gerade dabei, alle Halter von zugelassenen Maschinen zu überprüfen. Hätten Sie vielleicht Unterlagen Ihrer verkauften Motorräder dieses Typs, dann könnte ich sie mit den Zulassungsdaten abgleichen?“

Ich blickte dem Mann ins Gesicht und bemerkte ein Zögern und Unsicherheit.

„Ich denke, das ist nicht im Sinne des Datenschutzes“, sagte er schließlich ausweichend.

„Es geht um Mord", sagte ich nachdrücklich und betonte das Wort Mord besonders.

„Brauchen Sie dafür keinen Durchsuchungsbeschluss?", fragte er nervös.

„Wenn Sie mir nicht helfen wollen, dann hole ich mir tatsächlich einen Beschluss", sagte ich lapidar. „Ich habe hier die Liste der zugelassenen Fahrzeuge." Ich zog die völlig verranzte Liste aus der Jackentasche und strich sie auf der Theke einigermaßen glatt. „Wenn ich Ihnen die Namen vorlese und Sie gleichen sie mit Ihrer Verkaufsliste ab, dann hätten Sie mir schon geholfen."

Das unruhige Wippen von einem Fuß auf den anderen, so als müsse er dringend auf die Toilette, verschwand und der Chef sagte: „Also gut!"

Er ging an ein Computerterminal und begann, mit der Maus heftig drauflos zu klicken.

„Also gut, es kann losgehen", sagte er nach einigen Minuten.

Ich hob meine Liste vor die Augen und begann vorzulesen. Bei den meisten Namen nickte er zustimmend, aber bei einer Handvoll musste er verneinen.

„Gibt es in der Gegend noch weitere Ducati-Händler?", fragte ich, nachdem ich meine Liste abgearbeitet hatte.

„Im Großraum Nürnberg-Fürth sind wir der einzige", antwortete er nicht ohne Stolz in seiner Stimme.

„Sind jetzt in Ihrer Verkaufsliste noch Namen, die ich nicht vorgelesen habe?"

„Nein, das waren tatsächlich alle unserer verkauften Stealth."

Ich knüllte meine Liste wieder frustriert zusammen und schob sie zurück in meine Jacke.

„Dann herzlichen Dank für Ihre Hilfe", sagte ich etwas deprimiert.

Inzwischen war der junge Verkäufer wieder erschienen und stand neugierig neben seinem Chef.

„Danke für die Vorführung", sagte ich zu ihm und wandte mich zum Gehen.

Bevor ich die Tür des Verkaufsraumes öffnete, nahm ich noch einen tiefen Zug des herrlichen Duftes, dann trat ich hinaus in die sonnige Kälte des Tages. Fast war ich bei meinem Auto, als die Stimme des jungen Verkäufers hinter mir erklang: „Herr Kommissar, warten Sie!“

Ich drehte mich um und sah den Verkäufer auf mich zuhasten.

Ich habe da noch etwas entdeckt“, sagte er fröstelnd in seinem T-Shirt.

Ich folgte ihm wieder in den Verkaufsraum. Der Chef war wieder verschwunden und der Verkäufer bemühte sich, leise zu sprechen.

„Ein Halter auf Ihrer Liste hat zwei identische Motorräder gekauft. Ich kann mich sogar noch an das ungleiche Pärchen erinnern.“

Aufgeregt zog ich meine Liste wieder heraus, und als ich sie jetzt glattstrich, riss sie in der Mitte auseinander. Ich fluchte leise.

„Susanne Pirol, hieß die Frau.“ Er deutete dabei auf seinen Computerbildschirm. „Und sie wollte unbedingt zwei identische Maschinen, ich weiß es noch wie heute. Sie eher Nobeltussi mit Kohle, und er abgeranzter, in die Jahre gekommener Surfer-Typ. Mir war von vorne herein klar, dass diese beiden Maschinen hauptsächlich ein ödes Leben in der Garage führen würden.“

Mein Puls ging fast durch die Decke. Das war der ersehnte Hinweis auf Frau Doktor. Mein Instinkt hatte mich also doch nicht getrogen.

„Das hat mir echt geholfen!“, sagte ich grinsend zu dem Verkäufer. „Sie haben etwas gut bei mir.“

Ich hob ihm meine Hand entgegen und er schlug grinsend ein.

„Wenn ich mein nächstes Ticket wegen zu schnellem Fahren bekomme, dann melde ich mich“, sagte er, während ich schon den Laden verließ.

Im Auto zog ich mein Telefon heraus und rief Moni an.

Monika Fröhlich war froh, dass ihr Partner ihr einen guten Vorwand lieferte, das Büro wieder alleine zu verlassen. Sie hatte sich zum Mittagessen mit Huck, alias Gerald König, verabredet, der die Kugel abbekommen hatte, die eigentlich für sie bestimmt war. Sie hatten sich schon einmal zum Abendessen getroffen und sie fand den Kollegen ganz interessant, auch wenn sie von derart selbstverliebten Männern eigentlich die Nase voll hatte. Bis Mittag wollte sie noch einmal die beiden Frauen der Opfer besuchen, obwohl sie von der Theorie ihres Partners nicht wirklich überzeugt war, und dann ein gemütliches Mittagessen mit Huck genießen.

Bis zur Hardhöhe war es nicht weit und die Frau des ersten Opfers öffnete bereitwillig die Tür und ließ sie ein.

„Frau Dornberger, ich hätte da nur noch eine Frage an Sie", sagte Monika Fröhlich, als sie in der kleinen Wohnküche auf einem Stuhl Platz genommen hatte.

„Möchten Sie eine Tasse Tee? Ich habe ihn gerade frisch aufgebrüht", fragte die sichtlich erholte Frau.

Monika nickte lächelnd. Der Duft, der die kleine Küche erfüllte, war wirklich verlockend. Einen Moment später stellte die Frau des ersten Opfers eine dampfende Tasse Tee vor Monika und fragte: „Zucker?"

„Ja, bitte."

Seit Jahren hatte die Oberkommissarin keine Zuckerwürfel mehr zu sehen bekommen, jetzt stellte die Hausfrau eine verschnörkelte Porzellan-Zuckerdose mit Zuckerwürfeln und einer kleinen Würfelzuckerzange vor sie.

„Haben Sie den Täter gefasst?", fragte die Frau und setzte sich ebenfalls.

„Nein, leider noch nicht."

Monika blickte der Frau in die Augen und fragte vorsichtig und ehrlich interessiert: „Wie geht es Ihnen?"

Es war kein Lächeln, das im Gesicht der Frau erschien, aber es war auch keine Trauer. Am ehesten hätte Monika es als Erleichterung gedeutet.

„Mir geht es ganz gut", sagte die Frau und hob ihre Teetasse mit beiden Händen an den Mund.

„Sind Sie in Behandlung bei einer Psychologin?"

„Nein, ich komme schon alleine klar."

„Sie haben bei unserem ersten Besuch erwähnt, dass eine Psychologin Ihnen auch nicht aus Ihrer Situation helfen konnte."

Das Gesicht der Frau bekam von einem Moment zum nächsten tiefe Furchen und ihre Augen begannen, feucht zu glänzen.

„Entschuldigen Sie, wenn ich alte Wunden aufreiße, aber es ist wichtig."

„Ich war tatsächlich einmal bei einer Psychologin. Vorher hatte mich mein Mann fast totgeschlagen", brachte die Frau gepresst hervor. „Sie versprach mir, dass sie mir helfen würde, aber passiert ist nichts. Einige Tage später war mein Mann wieder zu Hause und der ganze Albtraum begann von vorne."

Tränen liefen der Frau über die Wangen und sie zog geräuschvoll die Nase hoch.

Monika nickte nur stumm. Ihr war es unangenehm, dass sie in den alten Wunden der Frau bohren musste.

„Wissen Sie noch den Namen der Psychologin?"

Ihr Gegenüber wischte sich mit dem Ärmel die Tränen aus den Augen und starrte Monika dann unverwandt und mit roten Augen an.

„Ich weiß den Namen nicht mehr, ich war nur einmal bei ihr. Ist es wichtig?"

Moni überlegte, ob sie den Namen der Psychologin erwähnen sollte. Entschloss sich aber, dass sie der Frau den Namen nicht in den Mund legen oder ihr einen Hinweis auf Bernds Verdacht geben wollte.

„Es ist wichtig, wissen Sie noch, wie sie aussah?"

Es dauerte eine ganze Weile und Moni sah der Frau an, dass sie in Gedanken wieder in die Vergangenheit glitt.

„Sie sah toll aus – ich habe mich so geschämt, weil ich so übel zusammengeschlagen war. Brünett – ja, ich glaube, sie war brünett, hatte ihre Haare zu einem Pferdeschwanz streng nach hinten gekämmt. Und braune Augen – ja, sie hatte große, wunderschöne braune Augen."

Vor Monika Fröhlichs innerem Auge tauchte der Anblick ihrer Psychologin auf. Goldener Teint mit brünetten Haaren und tiefgründigen, braunen Augen mit unglaublichen, natürlichen Wimpern.

„Sollte an Bernds Theorie doch etwas dran sein?“, fragte sie sich insgeheim.

„Warum fragen Sie? Hat die Frau etwas mit dem Tod meines Mannes zu tun?“, fragte Monikas Gegenüber stutzig.

„Nein, das ist eine reine Routinefrage. Wir müssen in alle Richtungen ermitteln, um den Täter zu finden.“

Diese Aussage musste bei Ermittlern immer herhalten, wenn sie nicht bereit waren, Einzelheiten zu verraten. Sie stellte aber die Befragten alles andere als zufrieden und nährte nur unbegründete Verdächtigungen.

„Sie haben mir sehr geholfen, Frau Dornberger, und herzlichen Dank für den Tee.“

Monika Fröhlich nahm noch einen Schluck Tee, dann stellte sie die Tasse wieder auf den Tisch und stand auf.

„Ich habe jetzt einen Job an einer Supermarktkasse“, sagte die Frau, während auch sie sich erhob.

„Das freut mich – das freut mich wirklich. Sie haben es verdient, endlich ein ruhiges und friedvolleres Leben zu führen“, sagte Monika und es war nicht einfach eine Floskel, um die Frau zu trösten, sondern sie sprach wirklich aus, was ihr Herz ihr sagte. Spontan nahm sie die Frau in den Arm und strich ihr liebevoll mit beiden Händen über den Rücken. Im ersten Moment versteifte sich die ehemalige Prostituierte, aber nach einem Augenblick und einem tiefen Seufzer ließ sie sich auf die Umarmung der Polizistin ein.

Nach ein paar Minuten saß die Oberkommissarin wieder in ihrem Dienstwagen und war auf dem Weg nach Leichendorf.

Die Frau des dritten Opfers, Manfred Schilling, war ebenfalls zu Hause.

„Was ist denn noch“, fragte sie patzig, als sie geöffnet hatte, und versperrte demonstrativ die Wohnungstür.

„Ich hätte da noch eine Frage, Frau Schilling“, sagte Monika freundlich und wollte damit das Eis brechen.

„Ja, welche?“

„Könnte ich bitte reinkommen?“

„Nein, könnten Sie nicht“, entgegnete die Frau und ihre Wangen röteten sich.

„Rita, wer ist es?“ Eine dumpfe Männerstimme drang hinter ihr aus der Wohnung und das Gesicht der Frau lief knallrot an.

Eine Sekunde später zog ein Riese von einem Mann die Tür auf und blickte neugierig auf die Oberkommissarin. Sein Alter war schwer zu schätzen. Seine kurz geschnittenen Haare waren dunkelbraun, voll und ohne eine graue Strähne. Er hatte einen Dreitagebart und tiefe Falten hatten sich männlich in sein Gesicht gegraben. Ohne Hast schob er sich sein Hemd wieder in die Hose und schloss seinen Gürtel. Er hätte sich bücken müssen, um durch die Tür zu gehen und sich nicht den Kopf am Türrahmen anzuschlagen.

„Ich erledige das schon“, stammelte die Hausfrau verlegen und schob den Mann zurück in den Flur.

„Frau Schilling, Ihr Liebesleben interessiert mich ehrlich gesagt nicht, auch wenn es schon ungewöhnlich ist, dass erst ein paar Tage vergangen sind, seit Ihr Mann brutal ermordet wurde. Er ist noch gar nicht unter der Erde und Sie haben schon einen neuen Lover. Oder hatten Sie ihn schon vorher? Das würde den Verdacht natürlich auf Sie oder diesen Mann lenken.“ Monika deutete dabei auf die Tür, hinter der der Riese wieder verschwunden war.

„Nein, Sie verstehen das nicht“, hob die Frau zu protestieren an. „Er ist nur ein Freund und hilft mir, über die Sache hinwegzukommen. Da war nichts vorher. Ich war meinem Mann immer treu.“ Ihr Blick war fast flehentlich, als sie jetzt Monika mit großen, glänzenden Augen anblickte.

„Ist schon gut“, sagte Monika Fröhlich einlenkend. „Eine andere Frage: Waren Sie jemals in psychologischer Behandlung?“

Monikas Gegenüber hatte anscheinend ein Problem, so schnell umzuschalten, denn sie glotzte die Oberkommissarin entgeistert und mit halb geöffnetem Mund an.

„Bitte?“, fragte sie nach einem langen Moment des Schweigens.

„Waren Sie jemals bei einem Psychologen?“, wiederholte Monika geduldig.

„Das geht Sie doch nichts an“, echauffierte sich die Frau des Toten und verschränkte ärgerlich ihre Arme vor der Brust. „Was hat das mit dem Tod meines Mannes zu tun?“

Sie war so laut geworden, dass der Mann wieder hinter ihr erschien und ihr eine Hand auf die Schulter legte.

„Mich interessiert nicht, welche Probleme Sie hatten, oder warum Sie sich in Behandlung begeben haben. Ich möchte wirklich nur wissen, ob Sie in Behandlung waren und bei welchem Arzt.“

Monika Fröhlich benutzte absichtlich nicht die weibliche Form, um die Frau nicht zu beeinflussen.

Die Frau drehte sich hilfesuchend zu dem Riesen herum, erntete aber nur ein unsicheres Schulterzucken.

„Na gut, wir waren einmal in einer Paarberatung. Es waren aber nur zwei Sitzungen, dann hatte mein Mann keinen Bock mehr darauf. Er fühlte sich von der Psychologin in die Enge getrieben und gestand sich seine Fehler nicht ein.“

„Wissen Sie noch den Namen des Arztes?“

„Ich weiß noch, dass die Praxis in Burgfarrnbach war. Es war eine Ärztin. Aber der Name – nein, ich weiß nicht mehr, wie sie hieß. Aber es war in der Straße hinter dem Schloss. Wir haben uns noch gewundert, dass in einem Kaff wie Burgfarrnbach ein so prunkvolles Schloss steht. Man kennt ja im Ausland mehr Sehenswürdigkeiten als in der eigenen Heimat.“

Auch wenn der Name Pirol nicht gefallen war, wusste Monika Fröhlich, dass es sich nur um ihre Psychologin handeln konnte, und dass sich damit der Verdacht ihres Partners nicht nur verhärtete, sondern schon fast zur Gewissheit geworden war. Die Psychologin hatte tatsächlich mit allen drei Opfern unmittelbar zu tun gehabt und kristallisierte sich damit als Hauptverdächtige in diesem Fall heraus.

„Danke, Frau Schilling, Sie haben mir sehr geholfen.“

Die Oberkommissarin reichte der Frau ihre Hand und lächelte sie verschmitzt an. „Und ihr kleines – nein, ihr großes Geheimnis ist bei mir sicher.“

Sie deutete dabei auf den Hünen, dessen gewaltige Pranken noch immer auf den Schultern der Frau ruhten. Eine feine Röte stieg der Hausfrau in die Wangen und Moni wandte sich zum Gehen. Sie hatte das Gartentor schon fast erreicht, als die Stimme der Frau sie noch einmal erreichte.

„Mein Mann hat einmal gesagt, dass sie nicht nur heißt wie ein Vogel, sondern auch einen hat. Daran kann ich mich noch erinnern."

„Danke", sagte Monika Fröhlich und schloss das Gartentor hinter sich.

„Pirol? Gibt es einen Vogel, der Pirol heißt?", fragte sie sich, während sie ins Auto einstieg. Tatsächlich zeigte Google einen gelben Vogel an, als sie den Begriff „Pirol" kurz darauf in ihr Handy eingetippt hatte.

Ein Blick auf die Uhrzeitanzeige des Telefons sagte ihr, dass es Zeit war, zu ihrem Treffen mit Huck zu fahren. Der wohnte in Leinburg und hatte sie ins „Historische Gasthaus zum Rockenbrunn" zum Mittagessen eingeladen.

Der Name des Lokals klang zwar in Monikas Ohren etwas spießig, aber vielleicht war das Essen ja so gut, dass man darüber hinwegsehen konnte.

Sie brauchte fast eine Stunde, bis ihr Dienstwagen schließlich mitten im Wald auf den Parkplatz eines uralten Fachwerkbaus rollte. Richtig idyllisch lag das Gebäude zwischen gewaltigen Baumriesen eingebettet da. Es war kalt, als sie ausstieg, aber die Sonne am wolkenlosen Himmel hatte bereits ganz schön Kraft und tat nach den vielen Wochen trübsinnigen Wetters gut.

Monika war zwar etwas zu früh dran, ging aber trotzdem über einen fast museal wirkenden Innenhof mit einem quadratischen Wasserbecken in den Gastraum hinein.

„Herr König hat für zwei Personen reserviert", sagte sie zu der Bedienung, die sie freundlich empfing.

Der Gastraum war dunkel und wirkte leicht bedrohlich. Er hätte ebenso gut aus dem Film „Ein Wirtshaus im Spessart" stammen können. Große, uralte Holzvertäfelungen bedeckten Wände und Decke. Die bleiverglasten Fenster wurden von schweren Vorhängen eingerahmt und moderne Leuchten setzten alles gekonnt in Szene. Monikas Vorurteil beim Erwähnen des Namens der Gaststätte bröckelte bereits, als ihr die Kellnerin ihren Platz zuwies und freundlich ihre Jacke an der Garderobe verstaute. Huck war noch nicht da, deshalb bestellte sie sich ein Wasser und sagte zur Bedienung, dass sie noch auf jemanden wartete.

Einige Minuten später kam Huck in den Gastraum. Inzwischen hatte der sich mit Mittagsgästen ganz schön gefüllt und ein stetiges Stimmengewirr verbunden mit feinem Essensgeruch erfüllte die Luft. Huck lächelte ihr freundlich zu, dann zog er seine Jacke aus und hängte sie an die Garderobe. Er hatte dunkelblaue Jeans an, in denen sein Hintern toll zur Geltung kam, und ein blaukariertes Flanellhemd, unter dessen hochgekrempelten Ärmeln ein langärmeliges, weißes Shirt herausschaute. Wie bei ihrem letzten Treffen hatte er auch heute seine Haare zu einem Knoten zusammengefasst und Monika fragte sich, wie lange sie wohl in offenem Zustand waren. Der üppige Bart war gepflegt und die zwei Reihen Zähne strahlten lächelnd daraus hervor.

„Hallo Moni", sagte er freundlich, beugte sich zu ihr und drückte ihr einen flüchtigen Kuss auf die Wange.

„Hallo Huck", entgegnete Monika Fröhlich lächelnd.

„Entschuldige, dass ich zu spät komme – der Verkehr, du weißt schon."

„Der Verkehr in Rockenbrunn?", fragte Monika grinsend.

Huck blickte sie mit gerunzelter Stirn an und sagte ernst: „Rockenbrunn ist der Nabel der Welt und in der Rockenbrunner Straße ist immer die Hölle los."

Seine Zähne blitzten Monika entgegen und sie musste lachen.

„Hast du schon etwas ausgesucht?", fragte Huck und deutete auf die beiden Speisekarten auf dem Tisch.

„Nein, ich habe auf dich gewartet."

Er reichte ihr eine der Karten und schlug sie sogar vorher auf.

„Manieren hat er ja", dachte Moni. „Oder er will mich nur ins Bett kriegen", relativierte sie ihre Ansicht gleich selbst. Sie hatte sich gerade in die Speisekarte vertieft, als ihr Handy klingelte.

Obwohl sie schnell ranging, warfen ihr einige der Gäste giftige Blicke zu.

„Bernd?“, fragte sie leise, als sie seinen Namen im Display sah.

„Wo bist du?“, fragte ihr Partner unsensibel wie immer.

„Ich bin gerade beim Mittagessen.“

„Warst du bei den beiden Frauen der Opfer?“

„Ja, war ich und beide waren bei der Psychologin in Behandlung.“

„Und wann wolltest du mir das sagen?“, fragte er zornig.

„Ich wollte dich gerade anrufen“, entgegnete sie kleinlaut.

„Gerade habe ich herausgefunden, dass deine Frau Doktor zwei Ducatis des gleichen Typs gekauft hat. Ich denke, das sollte reichen, um die Dame noch einmal zu besuchen.“

„Das ist nicht meine Frau Doktor“, ärgerte sich Moni.

„Treffen wir uns dort?“, fragte ihr Partner zurück.

„Ich brauche noch etwas“, raunte Monika und ihr Blick wanderte zu Hucks Gesicht. „In einer Stunde.“

„Gut, lass es dir schmecken!“ Nach diesen Worten legte Bernd auf.

Die Oberkommissarin legte ihr Handy weg und machte ein bedauerndes Gesicht, als sie jetzt ihr Gegenüber ansah.

„Das wird nichts mit dem Essen“, raunte sie Huck zu.

„Der Job?“, fragte der Polizist.

„Ja, ich muss mich mit meinem Partner treffen, um noch einmal eine Verdächtige zu verhören.“

„Und, schon wieder Mord und Totschlag?“, fragte Huck und strich sich versonnen über die Brust, dort, wo ihn das Geschoss von Thomas Voigt getroffen hatte.

„Unser tägliches Brot“, entgegnete Monika und stand auf.

Huck wollte sich ebenfalls erheben, Monika Fröhlich legte ihm jedoch eine Hand auf die Schulter und bedeutete ihm damit, sitzen zu bleiben.

„Lass es dir schmecken, das holen wir irgendwann einmal nach“, sagte sie, lächelte und jetzt gab sie ihm einen freundschaftlichen Kuss auf den Mund.

Moni und ich trafen fast gleichzeitig an der Praxis der Psychologin ein. Die Sonne stand schon weit im Westen und warf lange, kalte Schatten auf die Straße. Bevor ich klingelte, brachten wir uns beide auf den neuesten Stand unserer jeweiligen Ermittlungen.

Die Psychologin öffnete nach einem Moment des Wartens selbst die Tür. Sie hatte ein Lächeln aufgesetzt, das sich nicht in ihren Augen widerspiegelte.

„Frau Pirol, wir hätten da noch einige Ungereimtheiten, die wir mit Ihnen klären wollten“, sagte ich freundlich und machte einen Schritt auf sie zu. Sie blieb äußerlich cool, ich merkte ihr jedoch an, dass sie sich unmerklich etwas versteifte und nervös wurde.

„Bitte, dann kommen Sie doch herein“, sagte sie, schob die Tür etwas weiter auf und trat zur Seite.

Einen Moment später standen wir ihr in der Praxis gegenüber und sie hatte eine kühle, undurchdringliche Miene aufgelegt, als sie fragte: „Wie kann ich helfen?“

„Wo ist das zweite Motorrad?“, fiel ich mit der Tür ins Haus.

Sie schaute mich einen Moment mit gerunzelter Stirn an und fragte dann: „Welches zweite Motorrad?“

„Sie haben damals zwei identische Ducatis gekauft. Wo ist die zweite?“, fragte Moni und ihre Stimme klang kühl und selbstbewusst.

„Ach, dieses Motorrad meinen Sie“, sagte sie und ihre Überraschung war entweder perfekt gespielt oder echt. „Das war so eine fixe Idee von mir. Ich wollte gemeinsam mit Pavel sportliche Motorradtouren unternehmen und nicht nur bei ihm hinten draufsitzen. Leider hat mein Freund kein großes Interesse am Biken, sodass ich meine Maschine schnell wieder verkauft habe. Ich hatte sie noch nicht einmal angemeldet. Damals war ich stinksauer auf Pavel, dass er nicht bereit war, dieses Hobby mit mir zu teilen. Ich sitze nämlich gerne auf einer Maschine, reiß den Gasgriff auf und lass mir den Fahrtwind ins Gesicht wehen.“

Ich nickte verstehend und fragte: „Und wem haben Sie das Motorrad verkauft?“

Die Psychologin überlegte einen Moment, bevor sie antwortete: „Das hat damals Pavel übernommen. Ich denke, er hat eine Anzeige in einer Motorradzeitschrift oder vielleicht auch bei eBay geschaltet und das Ding verkauft. Seine hat er behalten und das Geld für meine Maschine auch. Sie haben ja gesehen, wie er seine Ducati pflegt – in dieser Hinsicht ist er echt ein Schlamper.“

„Wir müssen dieses Motorrad überprüfen. Haben Sie einen Namen des Käufers – oder einen Kaufvertrag?“, fragte Moni.

„Ich denke nicht, dass Pavel da etwas aufgehoben hat. Wahrscheinlich hat er noch nicht einmal einen Vertrag gemacht – würde ich ihm echt zutrauen.“

„In dieser Hinsicht ist er dann wohl auch ein Schlamper?“, fragte ich voller Ironie.

„Wo ist Ihr Freund jetzt?“, ließ Moni nicht locker.

„Habe ich Ihnen doch gesagt, er ist in die Sonne geflüchtet.“

„Und wo ist das genau? Und wann kommt er wieder?“, fragte ich genervt.

„Er ist auf Hawaii, und wann er genau wiederkommt, das weiß ich ehrlich gesagt auch nicht.“

Ich blickte Moni an und anhand ihres Blickes erkannte ich, dass auch sie jetzt keine Fragen mehr zum Thema Motorrad hatte.

„Alle drei Ehefrauen der Opfer unseres derzeitigen Falls waren bei Ihnen in psychologischer Behandlung. Das ist auch die einzige Gemeinsamkeit der drei Taten. Und natürlich das Motorrad, das der Täter zur Flucht benutzt hat. Was sagen Sie dazu?“

Ihre kalten, braunen Augen blickten mich für einen kurzen Moment fast hasserfüllt an, dann hatte sie sich wieder unter Kontrolle und antwortete: „Es ist wahrscheinlich reiner Zufall, dass diese Frauen bei mir in Behandlung waren. Ich habe viele Patienten und Patientinnen, Herr Kommissar. Dass sie bei mir in Behandlung waren, ist jedoch nicht die einzige Gemeinsamkeit. Alle drei Frauen wurden von ihren Männern behandelt wie

Vieh. Sie wurden geschlagen, vergewaltigt und zutiefst gedemütigt, so viel kann ich Ihnen trotz ärztlicher Schweigepflicht sagen."

„Und Sie haben die Frauen nicht nur behandelt, sondern gleich das Problem aus der Welt geschafft, indem sie ihre Männer erschlagen haben."

In ihrem Gesicht regte sich kein Muskel und kein verräterisches Augenzucken zeigte sich, als ich ihr diesen Vorwurf lautstark und emotional vor die Füße knallte.

Sie schwieg lange und blickte abwechselnd von mir zu Moni.

„Manchmal hätte ich wirklich gute Lust, das zu tun, das können Sie mir glauben. Diese Frauen – und es gibt dort draußen Hunderttausende von ihnen – haben ein besseres Leben verdient – und die Männer müssten für ihre Taten viel mehr zur Verantwortung gezogen werden. Noch immer ist Gewalt in der Ehe ein Kavaliersdelikt, das viel zu wenig bekannt gemacht wird. Und wenn es bekannt wird, kommen die Männer in den meisten Fällen mit viel zu milden Urteilen und Strafen davon."

Sie machte eine kurze Pause, um ihre Worte wirken zu lassen.

„Doch davon abgesehen, halte ich mich an meinen hippokratischen Eid und tue keinem Menschen etwas zuleide."

„Vielleicht lassen Sie die Männer ja von einem Dritten erschlagen. Wer hilft Ihnen dabei?"

„Sie fischen im Trüben und haben nichts", sagte die Psychologin selbstbewusst und mit einem feinen Lächeln in den Mundwinkeln, als ich ihr diesen Vorwurf machte. „Ich habe für alle drei Morde ein Alibi – das können Sie doch bestätigen, Frau Fröhlich, oder?"

Moni nickte versonnen und sagte nach einem Moment des Überlegens: „Nur für einen Mord kann ich das bestätigen. Für die beiden anderen müssen wir das noch überprüfen. Woher wissen Sie die Tatzeiten eigentlich?"

Die Nasenflügel der Psychologin zuckten und sie schluckte, bevor sie sich wieder unter Kontrolle hatte.

„Von Ihnen natürlich, Sie haben mich doch schon danach gefragt."

Ich persönlich hätte nicht sagen können, ob wir die Tatzeiten ihr gegenüber schon mal erwähnt hatten, und Moni gab sich mit der Antwort anscheinend auch zufrieden, denn sie nickte nur.

„Bitte setzen Sie sich mit Ihrem Freund in Verbindung. Wir müssen wissen, wer Ihr Motorrad gekauft hat. Und wenn er aus der Sonne zurückkommt, dann informieren Sie uns darüber", sagte ich abschließend zu Frau Pirol. Dann wandte ich mich ab und ging in Richtung Haustür davon. Dieses Mal gab auch Moni der Psychologin nicht die Hand, sondern folgte mir auf dem Fuße.

Als wir in der Kälte vor unserem Wagen standen, wartete ich auf Monis Meinung zu der Psychologin. Sie schien jedoch ihrerseits abzuwarten, was ich sagen würde. Ich zog mein Handy heraus und wählte die Nummer einer unserer Ermittlerinnen im Innendienst.

„Hallo Birgit, kannst du bitte bei dem Ducati-Händler in Fürth anrufen und dir die Fahrgestellnummern der beiden Motorräder von einer Kundin mit dem Namen Susanne Pirol geben lassen? Dann überprüf bitte, wo beide zugelassen sind, oder waren – dank dir, du bist ein Schatz."

„Und jetzt?", fragte Moni frierend.

„Jetzt würde ich mir gerne die beiden Garagen von innen ansehen", sagte ich leise und deutete auf die beiden Garagentore neben dem Haus der Psychologin. „Meinst du, wir bekommen einen Durchsuchungsbeschluss mit den Verdachtsmomenten, die wir bisher haben?"

„Du glaubst also nicht an die Story mit dem Verkauf der Maschine?"

„Ich denke, dass dieses zweite Motorrad das Fluchtfahrzeug unserer Täterin ist, und wenn du nicht beim dritten Mord hier gewesen wärst, dann wäre deine Psychologin in meinen Augen Verdächtige Nummer eins. Natürlich haben wir jetzt das Problem, dass sie sich sicherlich in die Enge getrieben fühlt und das Motorrad schnellstens beseitigen will, wenn es noch hier steht. Die Frau ist clever und intelligent und mit allen Wassern gewaschen."

„Dann sollten wir zumindest versuchen, schnellstens einen Beschluss zu bekommen. Und auf jeden Fall müssen wir ihr Alibi bei den beiden anderen Fällen auch noch überprüfen, auch wenn das mit der ärztlichen Schweigepflicht nicht leicht sein wird“, meinte Moni und stieg in ihren Wagen. „Ich habe Hunger, wir treffen uns im Büro“, sagte sie noch, bevor ihre Wagentür ins Schloss fiel und sie losfuhr.

„Schon wieder“, dachte ich und schlenderte zu meinem Auto. „Du bist doch sonst nicht so verfressen.“

Ich saß bereits im Wagen, als sich mein Bauchgefühl wieder meldete. Wenn ich jetzt von hier verschwand, ins Büro fuhr und versuchte, über Rüdiger einen Untersuchungsbeschluss zu bekommen, dann hatte meine Verdächtige alle Zeit der Welt, um das Motorrad verschwinden zu lassen, zumindest wenn es noch hier stand. Vielleicht hatte sie es ja auch nach dem letzten Mord schon beseitigt und war deshalb so selbstbewusst und fast schon arrogant.

Das Klingeln meines Handys riss mich aus meinen Gedanken. Ich entsperrte das Telefon und tippte auf die WhatsApp-Nachricht von Birgit, die mir am Display angezeigt wurde.

„Eins der beiden Motorräder ist auf einen Pavel Ibromatic in Burgfarrnbach zugelassen, das andere wurde noch bei keiner Zulassungsstelle angemeldet. Ich habe allerdings noch keine Suche im Ausland durchgeführt.“

Ich wählte „antworten“ und tippte schnell: „Danke, ist nicht nötig“ ein.

Ich überlegte kurz, ich hatte aber tatsächlich nie ein Kennzeichen an der Maschine bemerkt. Nicht auf den Bildern der Verkehrsüberwachung und auch nicht auf denen der Drohne des Spanners aus Unterasbach. Das musste zwar nicht zwangsläufig bedeuten, dass kein Nummernschild montiert war, denn in beiden Fällen hatte ich das Motorrad nur von vorne oder von der Seite gesehen. Bei einem Fluchtfahrzeug kein Nummernschild oder ein falsches zu verwenden, war aber durchaus üblich.

Monis Bemerkung, dass sie Hunger hatte, hatte auch mich angefixt, aber aus irgendeinem Grund wollte ich den Platz vor der Praxis der Psychologin noch nicht verlassen. Also griff ich in den Fußraum vor dem Beifahrersitz und wühlte in dem Durcheinander von Fastfood-Verpackungen, leeren Flaschen und einem Paar schlammverkrusteten Gummistiefeln nach dem halben Sub, das ich vor einigen Tagen nicht mehr geschafft hatte.

„Wer Ordnung hält, ist nur zu faul zum Suchen“, dachte ich mir, als ich das Teil in der Tiefe des Haufens ertastet hatte. Ich wickelte das angebissene Cheese-Oregano-Brötchen aus seinem Papier aus und stellte fest, dass es noch genießbar roch und nur der Salat etwas welk aussah. Ich biss kräftig hinein und fluchte, weil dabei ein großer Klecks der leckeren Chipotle-Sauce auf meine Jacke tropfte. Während ich auf dem zweiten Bissen herumkaute, sah ich eine Frau im Rückspiegel meines Wagens, die sich auf dem Gehsteig näherte. Zielstrebig ging sie durch das offene Gartentor und klingelte an der Haustür der Psychologin. Ich rutschte in meinem Sitz etwas nach unten, konnte aber sehen, dass meine Verdächtige die Tür öffnete und die andere Frau händeschüttelnd hineinbat.

„Komplizin oder Patientin?“, fragte ich mich in Gedanken und schob mir den Rest des Brotes in den Mund. Um das herauszufinden, konnte ich jetzt nicht hier weg, das wusste ich, deshalb zog ich wieder mein Telefon heraus und wählte Rüdigers Nummer. Ich war so froh, dass mich keiner beobachtete, und ekelte mich fast etwas vor mir selber, als ich die Reste der scharfen Soße an meinen Händen, über das Display des Telefons verschmierte. Das klebrige Ding an mein Ohr zu halten, brachte ich dann doch nicht fertig.

„Rüdiger, ich brauche einen Durchsuchungsbeschluss für das Haus einer Frau Doktor Susanne Pirol in Burgfarrnbach.“

Auf die Rückfrage meines Chefs erklärte ich ihm meine Verdachtsmomente, und dass ich ziemlich sicher war, das Fluchtfahrzeug unseres Täters hier zu finden.

„Das wird schwierig werden“, antwortete er nachdenklich. „Die Frau arbeitet eng mit der Polizei zusammen und hat einen guten Ruf. Dass deine Anschuldigungen einem Richter reichen, wage ich zu bezweifeln. Aber ich versuch es."

„Alles klar, ich bleibe hier und observiere das Haus. Ihr könnt mir den Beschluss ja auch aufs Handy schicken."

Ich legte auf und versuchte dann, mein Telefon, meine Hände und meine Jacke mit gebrauchten Servietten aus meinem Fußraum von den Rückständen der orangen Soße zu befreien.

Ganz zufrieden war ich mit meinem Ergebnis zwar schließlich nicht, mehr war allerdings im Moment nicht möglich. Als kurz darauf die Straßenlaternen aufflammten, stellte ich fest, dass ich ungünstig direkt unter einer dieser Lampen geparkt hatte und somit wie auf dem Präsentierteller stand. Kurzerhand startete ich den Motor und ließ meinen C2 aus der Parklücke rollen. Ich fuhr die Sackgasse bis zum Ende und wendete dann den Wagen. In Sichtweite zum Pirol-Haus, aber im Schatten einer ausladenden Eiche verborgen, stellte ich den Wagen wieder ab. Den Motor ließ ich laufen und drehte die Heizung ganz auf, denn inzwischen hatte sich die Sonne mit ihren wärmenden Strahlen komplett verzogen und eisige Kälte drang unbarmherzig in meinen Kleinwagen ein. Es dauerte eine halbe Stunde, bis mein Telefon klingelte und Moni an der anderen Seite war.

„Wo bist du? Hockst du noch immer vor dem Haus der Psychologin herum?", fragte sie genervt. Ohne eine Antwort abzuwarten, wetterte sie weiter: „Ich soll dir von Rüdiger ausrichten, dass du den Durchsuchungsbeschluss vergessen kannst. Frau Pirol hat beste Verbindungen in ganz hohe Kreise und wahrscheinlich liegt auch die Richterin regelmäßig bei ihr auf der Couch. Ich soll dir außerdem ausrichten, dass du dich da nicht in etwas reinsteigern und verrennen sollst, das vielleicht deiner Karriere schaden könnte."

Ich ärgerte mich über diesen letzten Satz und wollte gerade antworten, dass ich nur meine Arbeit mache, als ein greller Scheinwerfer in der Einfahrt von Frau Psychologin aufflammte und abbog, um die Sackgasse zu verlassen. Ein Motor heulte auf und ich konnte kurz unter einer der Straßenleuchten ein schwarzes Motorrad ohne Nummernschild mit einer schwarz gekleideten Fahrerin ausmachen, dann startete ich schon meinen Wagen.

„Unsere Täterin hat gerade mit ihrem Motorrad die Garage von der unbescholtenen Psychologin verlassen. Ich folge ihr“, sagte ich ins Telefon und warf es dann auf den Beifahrersitz.

„Keine Alleingänge, ich bin unterwegs!“, hörte ich noch leise Monis Stimme, dann gab ich meinem Wagen die Sporen. Ich hoffte, dass Moni eine Fahndung auslösen würde, und ich hoffte, dass ich zumindest im Stadtbereich an der Motorradfahrerin dranbleiben konnte. Die eher mageren sechzig PS meines Wagens sprachen allerdings nicht dafür, dass ich das schaffen konnte. Spätestens dann, wenn die Täterin eine Autobahn erreichen würde, war sie weg. Mein Kleinwagen rumpelte über die schlechte Straße hinter dem Schloss und folgte dem Motorrad, das nach rechts in Richtung der Hauptstraße abgebogen war. An der Hauptstraße bog die Motorradfahrerin wieder nach rechts ab und ich hatte den Eindruck, dass sie aufgrund der schlechten Straßenverhältnisse dabei recht gesittet fuhr. Anscheinend hatte sie nicht bemerkt, dass ich ihr folgte. Ich hielt Abstand, denn ich wollte diesen Vorteil nicht verspielen. Wenn sie den Gasgriff der Einhundertneunundfünfzig-PS-Maschine erst einmal richtig aufriss, dann war sie nämlich auf Nimmerwiedersehen verschwunden. Ich befürchtete schon, sie würde nach rechts auf die B8 fahren, als wir Burgfarrnbach hinter uns gelassen hatten, aber sie fuhr an der Ampel geradeaus und tauchte in die Dunkelheit dahinter ein. Wo es hier genau hinging, wusste ich nicht, und ich hatte keine Zeit und auch keine Hand frei, um auf dem Navi nachzusehen. Also folgte ich ihr im nötigen Abstand, um nicht aufzufallen. Als das Motorrad um eine lang gezogene Linkskurve verschwunden war, gab ich etwas mehr Gas, um die Täterin nicht zu verlieren. Ich fuhr durch eine Unterführung und wurde wieder etwas langsamer. Die schmale Straße ging in einen befestigten Schotterweg über, der sich durch den festgefahrenen Schnee abzeichnete. Langsam begann mein Blutdruck zu steigen und mein Jagdtrieb gewann die Oberhand. Vorsorglich schaltete ich meine Scheinwerfer ab und rollte weiter den Schotterweg entlang. Trotz Dunkelheit war der einigermaßen gut auszumachen. Rechts konnte ich den Schemen eines Gebäudes erkennen, aber die Täterin schien weiter geradeaus gefahren zu sein, denn hinter kahlen Sträuchern und Büschen sah ich das Bremslicht der Maschine aufleuchten. Als erst das Bremslicht und dann auch das rote Rücklicht erloschen, hielt ich den Wagen an und schaltete den Motor ab. Ich nahm mein Handy und öffnete Google Maps, um meinen Standort festzustellen. Meine Partnerin hatte anscheinend aufgelegt, deshalb wählte ich erneut ihre Nummer.

„Hallo Moni", flüsterte ich, als sie abgehoben hatte. „Ich bin auf einer Straße die ‚Am Sportboothafen' heißt, und habe unsere Täterin bis hierher verfolgt. Sie hat jetzt angehalten und ich werde versuchen, unbemerkt an sie heranzukommen."

Ich wartete Monis Erwiderung nicht ab, weil ich genau wusste, was kommen würde, und legte auf. Dann öffnete ich leise meine Wagentür und stieg aus. Dass dabei die Innenbeleuchtung kurz aufflammte, hatte ich nicht bedacht und fluchte ärgerlich in mich hinein. Ich lehnte die Tür nur vorsichtig an, um kein Geräusch zu machen, dann zog ich meine Waffe und folgte geduckt und vorsichtig der rutschigen Schotterpiste. Erst jetzt, nachdem ich Moni den Straßennamen durchgegeben hatte, wurde mir klar, dass hier irgendwo der Europakanal sein musste, und dass die Möglichkeit bestand, dass die Verdächtige ihr Motorrad darin versenken wollte. Ich ging etwas schneller und versuchte, auf dem Schotterweg so wenig Geräusche wie möglich zu machen. Als ich gefühlt auf halber Strecke zwischen meinem Auto und der letzten Position des Rücklichts des Motorrades war, flammte das Licht vor mir wieder auf. Der Anlasser orgelte nur kurz, dann zerriss das Aufheulen des Motors die Stille der Nacht.

„Verdammt", fluchte ich und sprintete los. Das Rücklicht vor mir verschwand für einen Moment, dann raste ein Scheinwerfer auf mich zu und blendete mich derart, dass ich stehen bleiben musste. Ich riss meine Waffe hoch und schrie aus Leibeskräften, dass ich schießen würde. Die Motorradfahrerin zog die Maschine nach rechts, verschwand auf einem Schotterweg und hinterließ eine Spur aus aufgewühlten Steinen und Schnee. Ich ließ die Waffe sinken, denn jetzt der Flüchtenden hinterher zu schießen, hätte erstens kaum Aussicht auf einen Treffer bedeutet und zweitens war es auch nicht mehr angemessen. Stattdessen sprintete ich zurück zu meinem Wagen und machte mich an die Verfolgung der Motorradfahrerin. Die Schotterpiste war schmal und voller Schlaglöcher, die unter dem Schnee erst sehr spät oder gar nicht zu erkennen waren, und führte direkt am Ufer des Kanals entlang. Ganz sicher war der Weg nur für Radfahrer oder Fußgänger konzipiert und nicht für eine Verfolgungsjagd mit Motorrad und Auto mitten in der Nacht und bei diesen Bedingungen. Ich hatte meine Waffe auf den Beifahrersitz geworfen und tastete jetzt nach meinem Handy, das dort auch irgendwo liegen musste. Ich wagte es nicht, den Blick von der Schotterpiste vor mir zu nehmen, denn bei einer einzigen Unachtsamkeit würde ich mitsamt Fahrzeug im Main-Donau-Kanal landen. Trotz des schlechten Untergrundes raste die Flüchtige mit erstaunlicher Sicherheit und hohem Tempo in einiger Entfernung vor mir über den winterlichen Weg. Endlich hatte ich mein Telefon ertastet und hielt es mir seitlich vor die Nase. Gott sei Dank war die Strecke fast kerzengerade, sodass ich mit wenigen Wischern Monis Nummer gewählt hatte.

„Bernd, wo bist du", maulte sie mich an, ohne sich vorher zu melden.

„Ich verfolge unsere Täterin auf einer Schotterpiste direkt am Europakanal entlang in Richtung Nürnberg. Sie hat schon einen riesigen Vorsprung und ich weiß nicht, wo sie von dieser Piste wieder abfährt. Versuch, irgendwo Sperren zu organisieren, ich bleibe ihr weiter auf den Fersen!"

„Alles klar, sei vorsichtig."

Ich warf mein Handy wieder auf den Beifahrersitz und drückte das Gaspedal ganz durch. Noch konnte ich das einsame Rücklicht der Flüchtenden vor mir erkennen. Wenn sie jetzt von dieser Schotterpiste abfuhr und eine Straße erreichte, dann war sie weg, das wusste ich. Mein Wagen bockte und schlitterte über den holprigen Weg und einige Male kam ich der Kante zum Kanalbett schon verdammt nahe.

Auf der anderen Seite des Kanals verlief die Südwesttangente und dort herrschte reger Feierabendverkehr. Das erste Blaulicht tauchte weit vor mir auf einer Brücke auf, die über den Kanal führte, und verschwand dann hinter winterkahlen Büschen und Sträuchern auf der Seite der Schotterpiste.

„Hoffentlich sperren sie die Strecke ab“, dachte ich mir ärgerlich. Ich fühlte mich gerade wie in einem Albtraum, in dem man vor etwas Grässlichem flüchtete, aber selbst nicht von der Stelle kam. Mein Wagen wurde übelst durchgeschüttelt und sowohl seine altersschwachen Stoßdämpfer als auch mein Rücken bekamen heftige Schläge ab.

Das Blaulicht tauchte jetzt auf der Schotterpiste vor mir auf, aber das Motorrad hatte diese Stelle schon passiert und raste weiter am Kanal entlang. Die Polizisten im Streifenwagen machten Platz, als ich auf sie zugerast kam. Kurz sah ich ein Gebäude auf der rechten Seite aufragen, dann war ich auch schon daran vorbei. Der kurze Moment, als ich meinen Blick nach rechts hatte wandern lassen, hatte genügt und das Rücklicht des Motorrades war verschwunden. Ich ließ meinen schmerzverkrampften Fuß weiter auf dem Gaspedal stehen und starrte in die Nacht. Kein Motorrad, aber in der Ferne und auf der Tangente mehrere Blaulichter, die sich alle in meine Richtung bewegten.

„Sollte sie das Motorrad in den Kanal gesteuert haben?“, fragte ich mich kurz, dann tauchte das Rücklicht wieder auf. Jetzt sah ich es allerdings von der Seite und es flog förmlich über dem Wasser. Im nächsten Moment erkannte ich im Licht des Motorradscheinwerfers die schmale Fußgängerbrücke, die sich über den Kanal spannte. Ich ging etwas vom Gas, um die Auffahrt auf die Brücke nicht zu verpassen. Ich hoffte, dass mein Wagen nicht zu breit für dieses Bauwerk war. Fast hatte ich die Brücke schon erreicht, als auf der anderen Seite ein Blaulicht auftauchte. Noch war die Fahrerin des Motorrades nicht über der Brücke und die Chancen standen gut, dass ein einziger Wagen die Brücke komplett absperren konnte. Einen Moment später ging ich voll in die Eisen, denn vor mir war eine Abfahrt von der Schotterpiste aufgetaucht. Eine gewendelte Auffahrt führte auf die Brücke. Sie war tatsächlich nur für Fußgänger und Radfahrer gedacht, mein schmaler Flitzer war aber nicht zu breit und ich ließ ihn vorsichtig und mit quietschenden Reifen um die lang gezogene und vom Schnee befreite Auffahrt schießen. Auf der Brücke angekommen musste ich meine Augen zusammenkneifen, denn ein aufgeblendeter Scheinwerfer stach mir förmlich ins Gesicht. Diese modernen LED-Scheinwerfer hatten wirklich eine gnadenlose, fast schmerzhafte Helligkeit. Die Flüchtende hatte anscheinend gewendet, weil die Brücke auf der anderen Seite blockiert war, und kam jetzt auf mich zu. Ich trat auf die Bremse und stellte meinen Wagen, so gut es ging, quer über die schmale Fahrbahn. Dann griff ich meine Waffe vom Beifahrersitz und stieß die Tür auf. Mit einem Satz war ich aus dem Wagen und legte meine Waffe, über die Motorhaube, auf die Motorradfahrerin an. Unter mir war die schwarze Fläche des Kanals und etwas weiter vorne rauschte der Verkehr auf der Südwesttangente in beide Richtungen dahin. Die Motorradfahrerin hatte jetzt angehalten und an den Bewegungen des Scheinwerfers konnte ich erkennen, dass sie einen Ausweg suchte und keinen fand. Von der anderen Seite der Brücke näherte sich eine Person, die eine kleine Taschenlampe und sicherlich auch eine Waffe in den Händen hielt.

Ich ahnte es bereits, als der Scheinwerfer des Motorrades ausging, die Fahrerin den Seitenständer nach unten klappte und ihr Bein über den Sattel schwang. Schnell quetschte ich mich zwischen Motorhaube und Brückengeländer durch und sprintete los.

„Halt, bleiben Sie, wo Sie sind, sonst schieße ich“, rief ich mit voller Lautstärke, um das Geräusch des fließenden Verkehrs zu übertönen. Meine Waffe hatte ich gesenkt, denn ich erwartete keine Gegenwehr, sondern einen weiteren Fluchtversuch. Ich hoffte, dass ich dieses Mal mit meiner Ahnung nicht Recht behalten würde, wurde aber enttäuscht. Noch bevor ich einen weiteren Ton herausbrachte und die Tatverdächtige erreichen konnte, war sie schon auf das Brückengeländer geklettert und nach unten gesprungen.

„Verdammt“, fluchte ich, trat ans Geländer und blickte in die schwarze Tiefe. Ich hatte das Platschen des auftreffenden Körpers nicht gehört und sah jetzt auch nicht die kleinste Bewegung in der bodenlosen Dunkelheit.

„Bernd, alles klar?“

Monis Stimme riss mich aus meinen Gedanken.

„Wir brauchen Licht und Taucher“, stieß ich stockend hervor. „Mit ihren schweren Motorradklamotten geht die unter wie ein Amboss.“

Moni hatte ihr Handy schon in der Hand und ihre Waffe eingesteckt. Ich überlegte nur einen Moment, dann drückte ich Moni meine Waffe in die Hand und nahm ihr die kleine Taschenlampe ab. Ich zog meine Daunenjacke aus und schlüpfte aus den Turnschuhen.

„Du springst da nicht hinunter!“, schrie meine Partnerin mich angsterfüllt und zornig an.

„Wir können sie nicht ertrinken lassen“, sagte ich mit so viel Zuversicht, wie ich aufbringen konnte, und kletterte auf das Brückengeländer. Ich blickte nur einen Moment in die Tiefe und wusste, dass die Wahrscheinlichkeit, die Frau dort unten zu finden, verschwindend gering war. Ich musste es aber versuchen, also sprang ich.

Ich hörte noch das panische und lang gezogene „Nein“ von Moni, dann fiel ich.

Ich hätte nicht sagen können, was schlimmer war: der harte Aufprall auf dem Wasser oder die gnadenlose Kälte, die mich von einer Sekunde zur nächsten umschloss wie eine eisige Faust. Der Schock der Kälte ließ mich förmlich erstarren und ich hatte das Gefühl, dass mein Herz einige Schläge aussetzte. Ich riss die Augen auf und das kalte Wasser brannte, als wäre es salzig. Nach einem Moment der Starre begann ich in Richtung Wasseroberfläche zu schwimmen. Monis Taschenlampe umklammerte ich dabei wie einen Rettungsring. Als mein Kopf die Wasseroberfläche durchstieß, atmete ich heftig aus und saugte dann frische Luft in meine Lungen. Ich wusste nicht, wie lange ein Mensch bei dieser Temperatur im Wasser überleben konnte. Es konnte sich aber nur um Minuten handeln, denn dann war die Körpertemperatur so weit gesunken, dass die Funktionen der Organe unweigerlich ausfielen. Ich gab Moni ein Zeichen mit der Taschenlampe, dann drehte ich mich langsam um meine eigene Achse und leuchtete auf die Wasseroberfläche vor mir. Ob die Motorradfahrerin noch hier in der Nähe war oder ob sie schon in Richtung Ufer geschwommen war, wusste ich nicht. Vielleicht war sie nach dem Sprung in die Tiefe gar nicht erst wieder aufgetaucht. Als ich mich zweimal im Kreis gedreht hatte, tauchte ich meinen Kopf unter Wasser und leuchtete mit der Lampe in die Tiefe. Sehen konnte ich dabei allerdings gar nichts. Das Wasser war zu trüb und meine Sicht ohne Taucherbrille gleich null. Ich leuchtete in Richtung Ufer auf der Seite der Tangente, konnte aber nichts entdecken, was auf ein Lebenszeichen der Motorradfahrerin hindeutete. Ich wandte mich dem anderen Ufer zu, hob meine Lampe weit aus dem Wasser und leuchtete die schwarze glatte Fläche vor mir ab. Ich hörte trotz des kalten Pochens in meinen Ohren plötzlich Monis Stimme: „Da ist sie!“

Im gleichen Moment sah auch ich das Aufblitzen von aufgewühltem Wasser, auf halben Weg zum rettenden Ufer. Sofort klemmte ich mir die kleine Lampe zwischen die Zähne und begann zu schwimmen. Meine nasse Kleidung und die beißende Kälte zerrten an mir wie eine tödliche Umarmung. Zehen und Finger konnte ich fast nicht mehr spüren und das Wasser fühlte sich an wie zäher Sirup. Langsam kam ich dem Ufer näher, aber von der Motorradfahrerin war keine Spur mehr zu sehen.

„Noch ein paar Meter“, schrie Moni von der Brücke und ich kämpfte mich weiter vorwärts. Nicht nur mein Körper funktionierte inzwischen nur noch mit halber Kraft, sondern auch meine Gedanken. Es fühlte sich so an, als dauerte es doppelt so lange wie sonst, bis die Befehle meines Gehirns meine Muskeln in Armen und Beinen erreichten.

„Hier war sie“, schrie Moni und ich versuchte, die Lampe aus meinem Mund wieder zu greifen. Mit meiner gefühllosen Hand konnte ich sie jedoch nicht festhalten und das kleine Stückchen Helligkeit versank in den Tiefen des Europakanals. Trotz allen

Ehrgeizes, die Motorradfahrerin zu retten, gewann jetzt der Überlebenswille in mir, deshalb machte ich mich mit schwachen Schwimmbewegungen auf in Richtung Ufer. Zumindest nahm ich an, dass sich das Ufer in der Richtung befand, in die ich schwamm.

„Bernd, sie ist hinter dir wieder aufgetaucht!“, schrie Moni. „Sie ist hinter dir!“, rief sie erneut und jetzt schaffte es diese Information, auch in meinem eingefrorenen Gehirn eine Reaktion auszulösen. Ich drehte mich um und sah den Kopf und einen um sich schlagenden Arm, nur einige Meter von mir entfernt. Anscheinend hatte die Frau es geschafft, den Motorradhelm abzunehmen, und hustete und prustete jetzt panisch auf mich zu. Fast apathisch sah ich sie auf mich zukommen, konnte aber nicht mehr reagieren. Einen Augenblick später hatte sie mich erreicht, umklammerte mich mit wilder Kraft und zog mich unbarmherzig in die Tiefe. Ich hatte noch nicht einmal mehr Zeit, einen tiefen Atemzug zu machen, sondern ging mit leeren Lungen unter.

Der Luftmangel löste in mir einen Moment später einen Adrenalinschub aus, der meinen Körper bis in den letzten Winkel mit einer Welle aus Kraft und Hitze erfüllte. Plötzlich war da ein Gedanke an eine Filmszene in meinem Bewusstsein, die ich vor Jahren gesehen hatte. Dabei hatte der Ausbilder eines Rettungsschwimmers diesen vor einer Situation wie meiner gewarnt und ihn beschworen, jederzeit Ruhe zu bewahren, einen oder mehrere Finger des zu Rettenden zu ergreifen und mit aller Gewalt nach hinten zu biegen. So löse sich jeder Klammergriff, auch in der größten Panik, hatte er lächelnd behauptet.

Die Motorradfahrerin zappelte und schlug wild um sich, aber ein Arm lag wie ein Schraubstock um meinen Hals. Mit meinen tauben Fingern glitt ich den Arm entlang bis zur Hand und packte ihre Finger. Wie viele ich genau erwischt hatte, wusste ich nicht, aber eine Sekunde später gellte ein gurgelnder Unterwasserschrei an meine Ohren, als ich die Finger mit aller Gewalt, die noch in mir steckte, von meinem Hals weg bog. Der Klammergriff löste sich und ich konnte mit schwachen Bewegungen und brennenden Lungen in Richtung Wasseroberfläche schwimmen.

Die Finger der Frau ließ ich nicht los. Allzu tief waren wir gar nicht abgesunken, denn nach wenigen Zügen durchstieß mein Kopf zum zweiten Mal an diesem Abend die Wasseroberfläche. Tief zog ich Luft in meine brennenden Lungen, dann packte mich eine kräftige Hand am Kinn und zog mich hinter sich her. Immer wieder schwappte mir dabei Wasser in Mund und Nase und ich hustete und rotzte, um es wieder loszuwerden. Erst als ich von zwei starken Armen unter den Achseln gepackt wurde und eine Sirene und ein Blaulicht in unmittelbarer Nähe die Nacht zerrissen, schloss ich die Augen und versank in Dunkelheit.

„Bernd! Bernd! Bernd!"

Der Klang meines Namens drang schwach in mein Bewusstsein und erinnerte mich an Sheldon, wenn er penetrant an Pennys Wohnungstür klopfte. Mühsam öffnete ich meine Augen und hatte fast den Eindruck, dass meine Augenlider eingefroren waren.

„Da bist du ja wieder", drang Monis zitternde Stimme an meine Ohren. „Öffne bitte deine rechte Hand", flüsterte sie direkt in mein rechtes Ohr.

Ich gab meiner Hand zwar den Befehl, sich zu öffnen, doch ob sie es tatsächlich tat, konnte ich nicht spüren. Monis Reaktion und ein schmerzhaftes Stöhnen zeigten mir jedoch, dass es geklappt hatte.

„Gut gemacht, Bernd!"

Jemand legte meinen Arm neben mich und breitete dann die warme Decke darüber, die mich schon bis zum Hals bedeckte. Um mich herum herrschte helle Betriebsamkeit. Blaulichter blinkten durch die Nacht und wenig später begann ein Stromaggregat zu brummen. Helle Scheinwerfer flammten auf und beleuchteten die Szenerie. Das lächelnde, pausbäckige Gesicht einer Sanitäterin erschien über mir und ihre Hand griff unter meinen Kopf und hob ihn etwas an. Dann setzte sie mir eine Trinkflasche an den Mund und flößte mir ein warmes Getränk ein. Wohlig rann die warme Flüssigkeit durch meine Speiseröhre und brachte meine Lebensgeister langsam wieder zurück.

„Du bist ein Engel“, bedankte ich mich, als ich die Flasche komplett ausgetrunken hatte. Ich richtete mich auf und blickte in die Runde. Direkt neben mir lag die Motorradfahrerin unter einer Decke und ein Arzt kniete neben ihr und bemühte sich um ihre übel aussehenden Finger. Sie standen völlig unnatürlich in einem neunzig Grad Winkel nach hinten ab. Entweder hatte ich sie ihr gebrochen oder ausgekugelt.

„Bleib liegen!“, raunte mich die Sanitäterin an und wollte mich wieder zu Boden drücken.

„Mir geht es gut“, lächelte ich sie an, obwohl mein Gesicht schmerzte. Es fühlte sich an, als wäre die Haut plötzlich eine Nummer zu klein geworden, so spannte sie über meinen Knochen und Wangen. Moni saß ein Stück von mir entfernt auf einem Poller und hatte sich auch eine warme Decke umgewickelt. Ihre blonden Haare waren nass und nach hinten gelegt. Ihr Gesicht wirkte dadurch viel schlanker, fast schon ausgezehrt. Sie war blass und hatte eine Tasse mit dampfender Flüssigkeit in der Hand. Ich lächelte ihr zu und fragte: „Hast du mich herausgezogen?“

Sie nickte nur und hob wieder die Tasse an ihren Mund.

Ich blickte zur Seite, wo gerade die Sanitäter damit beschäftigt waren, die Motorradfahrerin auf eine Bahre zu legen. Ich stemmte mich hoch und hatte Mühe, mich aufrecht zu halten. Dann trat ich vorsichtig an die Bahre heran und blickte der Psychologin in die Augen. Dass es Susanne Pirol war, wurde mir erst jetzt wirklich bewusst. Sie blickte mich mit gerunzelter Stirn an und ich hätte nicht sagen können, ob Hass oder Scham aus diesem Blick sprach. Gegen den Protest der Sanitäter richtete sie sich auf und die warme Decke rutschte ihr von der Brust. Sie hatte noch immer die triefnassen Lederklamotten an, die ihr im kalten Wasser sicherlich mehr Schutz geboten hatten als mir meine Jeans und mein T-Shirt.

„Sie waren zu clever für mich. Das Motorrad hat mich verraten“, sagte sie und es war keine Frage.

„Und wie haben Sie das mit Ihrem Alibi gemacht?“, fragte ich neugierig, denn das war mir noch immer ein Rätsel.

Sie grinste überlegen und betrachtete ihre Hand, deren Finger wieder gerade, aber unter einem straffen Verband verschwunden waren.

„Hypnose!“, stellte sie souverän fest und das eine Wort reichte mir völlig als Erklärung aus. „Deshalb muss ich auch schnellstens in meine Praxis, dort liegt noch eine Patientin, die ich hypnotisiert habe. Nur ich kann sie wieder wecken. Außerdem würde ich gerne die nassen Klamotten loswerden.“

Gegen den Protest der Sanitäter half ich der Psychologin von der Bahre.

„Ich fahre sie nach Hause und komme dann mit ihr ins Präsidium“, rief ich Moni zu und erntete einen skeptischen Blick von meiner Partnerin.

„Das kannst du nicht machen“, hob sie an. „Sie ist tatverdächtig, außerdem seid ihr beide klatschnass und durchgefroren. Das ist nicht nur unvernünftig, sondern gegen alle Vorschriften!“

„Sie hat eine Patientin in Hypnose auf ihrer Couch liegen und muss sie noch aufwecken, danach komme ich mit ihr ins Präsidium“, beruhigte ich meine Partnerin, erntete aber nur ein resignierendes Kopfschütteln.

Erst als ich jetzt mit der Psychologin die gewundene Auffahrt auf die Brücke hinaufstieg, kam wieder Leben in meine Füße. Immer noch auf Socken ging ich zu meiner Jacke und zu meinen Schuhen. Vorher hatte ich Frau Pirol auf den Beifahrersitz meines Wagens gesetzt. Ein wenig unangenehm war mir die Unordnung im Fußraum des Beifahrersitzes schon, als die Ärztin angewidert ihre Motorradstiefel darin versenkte. Hastig zog ich mein nasses T-Shirt über den Kopf und schlüpfte in meine trockene Jacke. Die Socken zog ich auch aus und glitt vorsichtig in meine Turnschuhe. Ein kurzer Blick auf den Motorradspiegel bestätigte, was inzwischen klar war, denn der markante Kratzer darauf würde als belastendes Indiz vor Gericht verwendet werden können. Die Brücke war zu schmal, um darauf wenden zu können, und auf der anderen Seite stand unser Dienstwagen und blockierte die Abfahrt. Ich legte also den Rückwärtsgang ein und fuhr vorsichtig die gewundene Auffahrt nach unten.

Die Heizung meines C2 hatte es gerade geschafft, den Innenraum und seine beiden Insassen einigermaßen aufzuwärmen, als ich schon vor der Praxis der Psychologin anhielt. Wir betraten das Haus und Susanne Pirol zog ihre klatschnasse Motorradjacke aus und warf sie über eine Garderobe. Dann folgte ich ihr in den Behandlungsraum und tatsächlich lag dort die Frau auf der Behandlungscouch, die ich vor ihrer Flucht das Haus betreten gesehen hatte. Nur kurz redete die Ärztin auf ihre Patientin ein, dann zählte sie bis drei und die Patientin schlug ihre Augen auf. Es dauerte einen Moment, bis sie wieder in die Realität zurückgefunden hatte. Dann wunderte sie sich über das Outfit der Psychologin und darüber, dass diese von oben bis unten klatschnass war. Susanne Pirol würgte die Fragen der Frau relativ barsch ab und geleitete sie dann nachdrücklich aus dem Haus.

„Ich gehe schnell unter die Dusche und ziehe mir frische Kleidung an. Möchten Sie auch duschen? Ich könnte Ihnen auch Kleider von Pavel geben", fragte sie mich fast ein wenig aufreizend.

Ich musste zugeben, dass ich gerne aus meinen nassen Sachen herausgekommen wäre, zumal die übel nach Schlamm und Fisch stanken.

„Nein, danke", sagte ich und winkte ab. „Das mit dem Duschen wird leider nichts, bitte packen Sie sich nur frische Sachen ein, Sie können dann im Präsidium duschen."

Sie blickte mich ärgerlich an und nickte nur zustimmend. Dann verschwand sie in einen angrenzenden Raum und ließ demonstrativ die Zwischentür offen.

Während die Psychologin raschelnd ihre Sachen packte stand ich vor dem Bücherregal im Behandlungsraum und studierte der Reihe nach die Titel der Bücher. Meist waren es medizinische Fachbücher mit unaussprechlichen Titeln. Es war aber auch eine ganze Sammlung von interessanten Fantasy- und Science-Fiction-Romanen dabei.

Als ich das Gefühl hatte, dass sie genug Zeit gehabt hatte, um ihre Sachen zu packen, ging ich zur offenen Tür hinüber und musste kopfschüttelnd feststellen, dass die Psychologin genauso unschlüssig vor ihrem riesigen Kleiderschrank stand, wie Sonja es immer tat. In Gedanken hörte ich deren Spruch „Ich habe nichts zum Anziehen“ und wandte mich ab.

„Beeilung bitte“, sagte ich auffordernd und schlenderte in den Hausflur. Ich betrachtete versonnen die Lederjacke an der Garderobe, unter der sich bereits eine kleine Wasserlache am Fußboden gebildet hatte. An der Schulter der Jacke waren zwei silberfarbene Nieten befestigt, die fast aussahen wie ein Rangabzeichen. Ich drehte die Jacke etwas auf ihrem Haken, um die andere Schulterpartie zu sehen, und stellte fest, dass auf dieser Seite drei solcher Nieten ins Leder eingearbeitet waren. Es dauerte einen langen Moment, bis ich den Verdacht, der in mir aufkam, richtig deuten konnte.

Ich war mir ziemlich sicher, dass diese Nieten tatsächlich identisch waren mit der silbernen Spitze, die wir am ersten Tatort sichergestellt hatten und die wir bisher nicht zuordnen konnten. Ein weiteres Indiz für die Schuld der Psychologin. Ich grinste, zog mein Handy heraus und machte ein Bild von den beiden Schulterstücken und der Lücke zwischen den beiden Nieten. Zufrieden ging ich wieder ins Behandlungszimmer und schlenderte zu der großen Schiebetür, durch die die Psychologin verschwunden war. Langsam sollte sie ja fertig sein und ich wurde nicht nur ungeduldig, sondern auch misstrauisch.

„Frau Pirol“, rief ich laut und klopfte an den hölzernen Rahmen der Schiebetür. Sie antwortete nicht und Geräusche drangen auch nicht mehr zu mir heraus. Ich klopfte fester, weil ich nicht wusste, ob sie noch direkt in dem Raum hinter der Tür war, oder vielleicht etwas weiter weg. Es blieb aber still. Aus Gewohnheit griff ich zu meinem Pistolenholster, um meine Waffe zu überprüfen. Das Holster war jedoch nicht da und mir fiel wieder ein, dass ich ja Moni meine Waffe gegeben hatte, bevor ich von der Brücke ins Wasser gesprungen war. Entschlossen ging ich durch die Tür und rief ein weiteres Mal: „Frau Pirol?“

Hatte ich anfangs nur den großen Kleiderschrank gesehen, betrat ich jetzt ein großes, sehr geschmackvoll eingerichtetes Schlafzimmer. Eine Tür ging anscheinend in den Hausflur hinaus und eine weitere in das angrenzende Bad. Die Badezimmertür stand offen und der leichte Geruch nach Parfüm lag in der Luft.

„Frau Pirol?“, rief ich noch einmal vorsichtig und ging auf das Badezimmer zu. Ich wollte auf keinen Fall in ihre Intimsphäre eindringen, ohne mich vorher bemerkbar zu machen, aber da ich keine Reaktion bekam, konnte ich auch nicht länger untätig bleiben. Ein traumhaftes Badezimmer ließ mich fast ehrfürchtig werden, zumindest aber neidisch. Es war nicht nur die schiere Größe, sondern auch die perfekte Einrichtung. Eine riesige, freistehende Badewanne mit edlen Armaturen, eine offene Dusche mit einem quadratischen Regenduschfeld und alles in Mattweiß oder Edelstahl gehalten. Eine komplette Wand wurde von einem Spiegel eingenommen, der die Größe des Raums noch vervielfachte. Auf den ersten Blick sah ich die Psychologin nicht, aber als ich den Raum genug bestaunt hatte, sah ich die Frau zusammengesunken zwischen Toilette und Bidet auf dem Boden sitzen. Sie hatte noch immer ihre nasse Motorradhose und ihr durchweichtes Sweatshirt an und der Kontrast zu den weißen Boden- und Wandfliesen hätte nicht größer sein können.

„Frau Pirol?“, flüsterte ich leise und ging auf die Frau zu. Sie saß da, hatte ihre Knie an die Brust gezogen und ihren Kopf gesenkt. In der einen Hand hielt sie eine Rasierklinge und am anderen Handgelenk zeigte sich ein feiner roter Schnitt.

„Ich kann es nicht“, stammelte sie schluchzend und hob den Kopf. Mit roten, tränennassen Augen blickte sie mich verzweifelt an. Die sonst so selbstsichere und unerschütterlich wirkende Frau saß da wie ein Häufchen Elend. In der Umgebung des riesigen Badezimmers wirkte sie wie ein kleines verängstigtes Kind. Ich ging in die Hocke und zog ihr vorsichtig die Rasierklinge aus den Fingern. Sie schluchzte und begann dann hemmungslos zu weinen. Diese Frau, die für so viele Menschen da gewesen war und ihnen aus ihrer Verzweiflung geholfen hatte, hätte jetzt selbst Unterstützung und Zuspruch gebrauchen können. Ich war in diesem Fall allerdings ungeeignet. So dicht wollte ich sie nicht an mich heranlassen. Das hatte ich in der Vergangenheit schon zu oft geschehen lassen und meistens bitter bereut.

„Wir müssen gehen“, sagte ich leise und legte ihr eine Hand auf die Schulter.

Sie schniefte nur und nickte ergeben, dann wischte sie sich mit dem nassen Ärmel die Tränen aus dem Gesicht und stand auf. Ihre Füße in den schweren Motorradstiefeln stapften über die Fliesen, als sie ins Schlafzimmer ging. Sie griff sich eine Sporttasche, die auf dem Bett stand, und ging in den Flur hinaus.

Wenige Minuten später saßen wir wieder im Auto und ich fuhr zum Präsidium. Die Psychologin saß auf der Decke der Sanitäter, denn meine Sitze waren beide völlig durchnässt und eiskalt. Wir schwiegen und ich versuchte, mir vorzustellen, wie diese Frau im Gefängnis zurechtkommen würde und wie ihr Surfer-Typ die Praxis abwickelte und ihre Kohle verprasste. Mit drei vorsätzlichen und brutalen Morden würde sie so schnell nicht wieder auf die Menschheit losgelassen werden, auch mit allen Beziehungen zu Richtern nicht.

Im Präsidium angekommen übergab ich die Psychologin einer Beamtin, die ihr ihre Rechte vorlesen und sie dann beim Duschen beaufsichtigen sollte. Danach ging ich in unser Büro und sah Moni an ihrem Schreibtisch sitzen und an einem Bericht schreiben.

„Du bist ja schon umgezogen und riechst nicht mehr nach Schlamm und Fisch“, sagte ich zu ihr und schnupperte an ihren blonden Haaren.

„Verpiss dich, du stinkst“, maulte sie mich an und zog ihre Nase kraus. „Wie siehst du eigentlich aus? Musst du eigentlich in jeden Weiher und Tümpel hineinspringen? Langsam wird es echt peinlich mit dir.“

„Ich rette Menschenleben, Frau Oberkommissarin“, entgegnete ich lächelnd, obwohl ich ihr insgeheim recht geben musste. In letzter Zeit war ich tatsächlich oft nass geworden.

„Und essen kannst du auch nicht, schau dir mal deine Jacke an“, feixte sie weiter und ich betrachtete den Soßenfleck auf meiner Jacke, der im Auto gar nicht so groß gewirkt hatte.

„Deine Psychologin duscht gerade, wird danach in den Verhörraum gebracht und wartet dann dort auf dich. Pass aber auf, dass sie dich nicht wieder hypnotisiert", konterte ich lächelnd.

Damit hatte ich ihr einen fragenden Blick ins Gesicht gezaubert und ich war stolz darauf.

„Sie hat dich hypnotisiert und in der Praxis alleine gelassen, während sie den dritten Mord begangen hat."

„Das kann nicht sein, ich habe die ganze Zeit ihre Stimme gehört und war sicher, dass sie immer neben mir gesessen hat."

„Sie hat halt dein Gequatsche nicht länger ertragen und sich aus dem Staub gemacht."

Moni schüttelte genervt den Kopf und streckte mir ganz erwachsen die Zunge heraus.

„Ich fahr jetzt nach Hause, ich muss aus dieser nassen Hose raus, übernimmst du das Verhör?", sagte ich und wandte mich zum Gehen.

„Ich sehe schon, dass du wieder einmal die Hosen voll hast, geh ruhig nach Hause und lege dich trocken. Sonst bekommt das Bübchen noch eine Blasenentzündung."

Normalerweise war ich es, der immer das letzte Wort hatte, aber jetzt fiel mir tatsächlich keine Entgegnung mehr ein, deshalb ging ich.

„Deine Waffe!", rief Moni mir noch hinterher und ich machte wieder kehrt, um sie mir zu holen.

„Grüße an Sonja", raunte sie, während ihre Finger schon wieder über die Tastatur huschten.

Am Nachhauseweg legte ich eine AC/DC-Disc in meinen CD-Player und drehte die Lautstärke fast auf Anschlag. Trotzdem fand ich dabei die Ruhe, noch einmal über die Psychologin nachzugrübeln. Dass es bei ihrem Job nicht leicht war, immer neutral zu bleiben und keine Aggressionen gegen die üblen Typen unserer Gesellschaft zu entwickeln, sah ich ein. Uns Polizisten ging es auch nicht anders. Unser Rechtssystem schien oft auf der Seite der Verbrecher zu sein, und es war teilweise frustrierend, wenn diese nach ihren Gräueltaten mit viel zu milden Strafen oder sogar mit einem Freispruch davonkamen. Natürlich konnten wir uns deshalb nicht über das Gesetz hinwegsetzen und Selbstjustiz üben, auch wenn wir das in Gedanken schon manchmal taten. Ich fuhr noch schnell zum Burger King in der Schwabacher Straße und holte mir ein opulentes, vor Cholesterin strotzendes Abendessen im Drive-in. Seit meinem Snack im Wagen war schon wieder eine halbe Ewigkeit vergangen und zum Kochen hatte ich heute beileibe keinen Bock mehr.

Schon als ich den Wagen vor meiner Wohnung geparkt hatte, sah ich am Licht in meinem Wohnzimmerfenster, dass Sonja da war. Im Prinzip freute ich mich auf sie, konnte aber jetzt schon ihr Gezeter hören, wenn ich mit meiner Burger-King-Tüte in die Wohnung kam. Kurz entschlossen stieg ich also wieder in mein warmes Auto und breitete Pommes, Burger und Cola auf meinem Beifahrersitz aus. Genüsslich schob ich mir die ungesunden Kalorien in den Mund und genoss den guten Geschmack. Mit der eiskalten Cola spülte ich alles hinunter und warf dann die leeren Verpackungen auf den Haufen im Fußraum.

„Das sollte ich mal ausräumen“, dachte ich entspannt. Zumindest bevor meine Freundin wieder einmal mitfahren wollte. Jetzt allerdings nicht.

Sonja fläzte vor dem Fernseher und schien schon fast zu schlafen, als ich in die Wohnung kam. In der Luft lag der Duft ihrer gefüllten Champions, die sie wirklich hervorragend kochte. Ein klein wenig rührte sich mein schlechtes Gewissen wegen der Burger-King-Mahlzeit, aber nicht lange.

„Hallo Schatz“, begrüßte ich sie lächelnd und trat auf sie zu, um ihr einen Kuss zu geben.

„Igitt, geh weg von mir!“, fuhr sie hoch und rückte auf der Couch etwas zur Seite.

„Was ist?“, fragte ich gekränkt.

„Wie siehst du denn aus? Und nach was stinkst du?“

Ich blickte an mir hinunter und sagte dann zu meiner Verteidigung: „Ich habe heute eine Verdächtige vor dem Ertrinken im Kanal gerettet und bin auch froh, dich zu sehen.“

„Ach so, sorry“, entgegnete sie entschuldigend und streckte mir ihren niedlichen Kussmund entgegen.

Ich akzeptierte ihre Entschuldigung und küsste sie vorsichtig, sodass sich wirklich nur unsere beiden Münder berührten.

„Du warst doch schon wieder beim McDonald‘s“, fuhr sie mich dann an und leckte sich stirnrunzelnd über die Lippen. „Ich habe extra für uns gekocht.“

„Nein, war ich nicht“, sagte ich wahrheitsgetreu. „Ich gehe jetzt duschen.“

Sofort war es wieder da, das schlechte Gewissen, aber spätestens in der warmen Dusche wusch ich es mir mit dem stinkenden Kanaldreck wieder ab.

Am nächsten Morgen saß ich mit Moni im Büro und ging noch einmal den Bericht durch, den sie gestern noch geschrieben hatte. Sie ergänzte noch Kleinigkeiten, die ich ihr noch nicht erzählt hatte, und ich schickte ihr die Bilder der Nieten auf der Lederjacke der Psychologin. Die war inzwischen in Untersuchungshaft und die Anzeige wegen dreifachen Mordes lief.

„Ich schicke den Bericht an Rüdiger“, sagte meine Partnerin abschließend und drückte mit demonstrativer Endgültigkeit eine Taste auf ihrer Tastatur.

„Wieder ein Fall abgeschlossen“, stellte ich erleichtert fest.

Der unzufriedene Ausdruck in Monis Gesicht machte mich jedoch stutzig.

„Was ist?“, fragte ich.

„Ach nichts“, entgegnete sie kopfschüttelnd.

„So belämmert glotzt du nicht, wenn nichts ist. Rück schon raus mit der Sprache“, sagte ich provozierend.

Kurz loderte Zorn in ihren Augen auf, dann antwortete sie gereizt: „Ich treffe mich mit Huck und mir geht Rüdigers Fall mit dem erschossenen Jungen nicht aus dem Kopf.“

Irgendwie war das eine Information zu viel in einem Satz für mich und ich musste kurz überlegen.

„Welcher Huck?“

„Ist klar, kannst du dir echt nicht mal einen Namen merken?“, pflaumte sie mich an. „Das ist der Polizist, mit dem ich zusammen den Entführer von Rüdigers Sohn gestellt habe.“

„Sag doch gleich, dass du Gerald König meinst“, raunte ich großspurig, als hätte ich ein Gedächtnis wie ein Elefant.

Moni schüttelte nur genervt ihren Kopf.

„Und was ist mit dem erschossenen Jungen?“

Moni schloss die Augen, lehnte sich in ihrem Bürostuhl zurück und verschränkte die Hände auf ihrem Kopf. Ich wusste, dass das ein Anzeichen dafür war, dass sie sich echt zusammenreißen musste, um nicht in die Luft zu gehen.

„Dieser Thomas Voigt hat mir doch mit seinen letzten Atemzügen erzählt, dass Rüdiger seinen Freund erschossen hat, obwohl der nur eine Ratsche aus der Jacke gezogen hat.“

„Ach, dieser erschossene Junge, sag das doch gleich – und was willst du jetzt unternehmen?“

„Ganz ehrlich? Ich möchte, dass Rüdiger uns erklärt, wie das damals abgelaufen ist.“

„Dann frag ihn doch einfach“, sagte ich pragmatisch und deutete auf den Glaskäfig, in dem unser Chef saß.

Moni blickte mich mit einem Gesichtsausdruck an, der zu fragen schien: „Ernsthaft?“

Demonstrativ stand ich auf und ging zu Rüdigers Büro hinüber. Da er mich schon kommen sah, sparte ich mir das Klopfen und trat ein. Moni kam hinter mir in den Raum und ich schloss die Glastür wieder vorsichtig.

„Wir haben dir den Bericht zu unserem Fall geschickt“, sagte Moni schnell, wahrscheinlich um mir zuvorzukommen, sprichwörtlich mit der Tür ins Haus zu fallen.

„Ist ja gut ausgegangen“, lobte er und öffnete seine Mails am Rechner. „Dass es unsere Psychologin ist, hätte keiner für möglich gehalten. Setzt euch doch!“

Moni und ich setzten uns hin und ich holte tief Luft, um die Frage zu formulieren.

„Wie war das wirklich damals – mit dem erschossenen Jungen?“

„Kai Berger“, ergänzte Moni.

Rüdiger schaute fast erschrocken auf und blickte erst mich und dann Monika an.

„Was soll das jetzt? Was geht euch das an?“, fragte er genervt.

„Thomas Voigt hat mit seinen letzten Worten erwähnt, dass Kai Berger damals nur eine Ratsche aus seiner Jacke gezogen hatte und keine Pistole, wie es in den Akten zu diesem Fall steht“, sagte Moni um einen neutralen Tonfall bemüht.

Anscheinend fasste das unser Chef jedoch nicht als neutral auf, sondern eher als Anschuldigung. Sein Gesicht nahm eine leicht rötliche Färbung an und seine Stirn legte sich in Falten. Deutlich lauter als gewöhnlich fuhr er uns dann an: „Das geht euch verdammt noch mal nichts an. Dieser Fall ist abgeschlossen. Ich wurde von aller Schuld freigesprochen und vollkommen rehabilitiert.“

Ich wartete einen Moment, bis er sich wieder einigermaßen unter Kontrolle hatte, dann bohrte ich nach: „War es eine Ratsche?“

Rüdiger beugte sich zu mir nach vorne und stützte beide geballten Fäuste auf der Schreibtischplatte ab.

„Ich weiß es nicht. Im Bericht meines Kollegen stand Waffe und es existierte auch eine Waffe als Beweismittel bei der Verhandlung.“

„Hat er dich damit nur gedeckt?“

Diese Frage ging eindeutig zu weit, das wusste ich, aber ich musste sie stellen, um alle Verdachtsmomente in Monika und mir auszuräumen.

Rüdiger lehnte sich zurück und sein Körper wurde schlaff und fiel förmlich in sich zusammen.

„Was denkt ihr, wie oft ich mir diese Frage selbst gestellt habe? Momentan vergeht kein Tag, an dem die Zweifel nicht in mir bohren und mein Gewissen zerreißen. Ich dachte, ich sei über den Fall hinweg, bis dieser Thomas Voigt aufgetaucht ist und alles wieder an die Oberfläche geschwemmt hat.“

„Du kannst dich also wirklich nicht mehr erinnern?“, fragte Moni, noch nicht ganz überzeugt.

„Ihr könnt mir glauben, dass ich es nicht verschweige oder verdränge, es ist einfach weg. Erst der Schuss hat mich wieder aus meiner Panik gerissen und mein Kollege hat mich sofort zur Seite genommen und alles weitere veranlasst."

Alle drei schwiegen wir einen langen Moment, dann sagte ich ernsthaft: „Ich kenne da eine Psychologin, die könnte vielleicht unter Hypnose etwas aus dir herauskitzeln."

„Bernd!", keifte Moni und Rüdiger meinte resolut: „Raus jetzt ihr zwei! Geht an eure Arbeit!"